ullstein

Das Buch

An der Zürcher Bahnhofsstraße wird ein Drittel des Weltprivatvermögens verwaltet. Klar, dass dort die großen Finanzskandale, aber auch amüsante Fehlschläge aus der Welt des schnellen Reibachs ihre Heimat haben. In seiner investigativen Reportage deckt Leo Müller die geheimen Geschäfte prominenter Geldtouristen auf und erklärt, wie das System von der mächtigen Kundschaft geschützt wird. Beim Ausflug in die Welt des modernen Corporate Crime begegnen wir nicht nur den gewieften Gehilfen in Geldhäusern und Anwaltskanzleien, ihren raffinierten Steuertricks und machtlosen Strafverfolgern. Auch Jürgen Möllemann und Don Johnson sowie Leo Kirch und Holger Pfahls sind mit von der Partie …

»Müller zeigt in seinem Buch, dass die kriminelle Energie in der Wirtschaftswelt größer ist, als brave Bürger denken.«

SÜDDEUTSCHE ZEITUNG

»In dem Buch *Tatort Zürich* deckt Wirtschaftsjournalist Leo Müller die geheimen Geschäfte prominenter Geldtouristen auf, entlarvt die Machenschaften korrupter Finanzjongleure und schildert die Ohnmacht der Justiz.«

DIE WELT

»Locker, jedoch präzise formuliert, mit einem mitunter leicht ironischen Unterton, liest sich Müllers Insiderreport wie ein Kriminalroman.«

RHEINISCHER MERKUR

Der Autor

Leo Müller, Autor des Schweizer Wirtschaftsmagazins *Bilanz,* ist Experte für Finanzkriminalität. Bereits beim *Stern,* bei der Schweizer Wirtschaftszeitung *Cash,* dem Magazin *Capital* und der *Financial Times Deutschland* hat er zahlreiche Wirtschaftsskandale enthüllt. Seine Recherchen wurden international beachtet. Müller ist Dozent am Studiengang Economic Crime Investigation der Hochschule Luzern und lebt mit seiner Familie bei Zürich.

Leo Müller

TATORT ZÜRICH

Einblicke in die Schattenwelt der internationalen Finanzkriminalität

Ullstein

Besuchen Sie uns im Internet:
www.ullstein-taschenbuch.de

MIX
Papier aus verantwortungsvollen Quellen
FSC® C006701
FSC
www.fsc.org

Aktualisierte Taschenbuchausgabe im Ullstein Taschenbuch
3. Auflage 2011

Umschlaggestaltung: Hilden Design unter Verwendung
einer Vorlage von Etwas Neues entsteht, Berlin
Satz: LVD GmbH, Berlin
Papier: Pamo Super von Arctic Paper Mochenwangen GmbH
Druck und Bindung: CPI – Ebner & Spiegel, Ulm
Printed in Germany
ISBN 978-3-548-36949-5

Inhaltsverzeichnis

TEIL 3

Zürich, Bahnhofstrasse. Einleitung

Aber am Montag hub der Tanz von neuem an, und so ging es viele Wochen fort, dass man die Mägde auf den Gassen, wenn sie des Morgens die Zeitungen holten und lasen, und die Männer beim Früschoppen rufen hörte: »Sie haben wieder einen! Wieder einen!«

Gottfried Keller:
»Martin Salander«, 1886

Es gibt kein Land der Welt, das mehr Privatvermögen von Ausländern verwaltet als die Schweiz. Kein Schweizer Finanzplatz ist so groß wie der von Zürich. Die höchste Konzentration von verwaltetem Geld pro Quadratmeter wird im Zürcher Stadtkreis 1 registriert. Zwischen Hauptbahnhof und Zürichsee, im Quartier mit der höchsten Dichte von Geldverwaltern, liegt die Bahnhofstrasse. Hier also bunkern die Superreichen dieser Welt ihr Geld.

Die Schweizer Banken betreuen auf ihren inländischen Kundendepots 4,412 Billionen Franken – etwa 2,674 Billionen Euro. Das entspricht knapp dem Neunfachen der deutschen Bundeseinnahmen oder etwa der Hälfte des gesamten deutschen Privatvermögens. Mehr als ein Drittel der grenzüberschreitend angelegten Weltprivatvermögen, Offshore-Gelder genannt, sind in der Schweiz mit Abstand deponiert – mehr als zwei Billionen Franken. Damit ist die Schweiz das größte Offshore-Finanzzentrum auf dem Globus.[1]

Als »Neugeld« bezeichnen die Bankiers den Zuwachs frischer Kundengelder. An der Menge des »Neugeldes«, das aus Europa, Asien und Amerika eintrifft, messen sie ihren Erfolg.

Der große Reichtum wächst ins Unermessliche. Er ist resistent gegen Krisen und Rezessionen. 8,7 Millionen vermögende Kunden mit jeweils mehr als einer Million flüssiger Werte wurden weltweit von den Reichtumsforschern für 2005 ermittelt, rund 7,6 Prozent mehr als im Vorjahr. Diese reiche Bankkundschaft verfügte über ein Vermögen von 33,3 Billionen US-Dollar. Ihre Depots wuchsen seit 2004 um 8 Prozent. Bis 2010 wird ihr Vermögen auf 44,6 Billionen US-Dollar anwachsen – das entspricht mehr als dem 1600fachen der jährlichen Investitionsausgaben im deutschen Bundeshaushalt. 44 600 000 000 000 US-Dollar – das ist die unvorstellbare Summe, von der sich die Zürcher Bankiers einen erklecklichen Teil sichern wollen.[2]

Damit sind sie nicht allein. Jede Million ist umkämpft. Amerikaner und Briten, Japaner und neuerdings auch Chinesen buhlen um ihren Anteil am großen Batzen. Wer die meisten »Kisten« hereinholt, wie die Millionen im Zürcher Bankerjargon abschätzig heißen, sorgt für Furore. Am liebsten umwerben sie Milliardäre, die Multimillionäre sind die zweite Wahl. Die Villen und die präsidialen Büros der Reichen sind die Arbeitsplätze dieser Banker, sie rücken auch auf die Yachten und Golfplätze aus. Die gewöhnlich Sterblichen zählen zum »Retail-Geschäft«, dem Kleinhandel. Sie müssen einen Zettel mit der Abfertigungsnummer ziehen und unten, in der Schalterhalle, warten, bis sie an der Reihe sind.

Oben, in den feinen Etagen der Bahnhofstrasse werden die Herrschaften von den Bankiers umsorgt. Sie dienen dem Mammon und sie lieben die Mächtigen, lästern die Kapitalismuskritiker. Vor allem von der linken Polit-Prominenz in Europa ist zu hören, die Bankiers seien Gehilfen der Steuerbetrüger, Fluchthelfer des Kapitals. Finanzminister, Regierungschefs, EU-Kommissare und Diplomaten fordern, die Steuerschlupflöcher zu stopfen.

Ganz oben, in den Chefzimmern der Bahnhofstrasse nimmt man das Gerede gelassen hin. Denn es sind mitunter die Kunden und Freunde, die da heucheln und markige Worte verkünden, um ihr rabiates Abgabensystem zu verteidigen, das sie ernährt.

Die Mächtigen der Welt sind für ihre gelegentlich unfeinen Geschäfte eine symbiotische Beziehung mit den Zürcher Bankiers eingegangen: Profiteure auf beiden Seiten, man kennt sich, man schätzt sich. Die potenten Delinquenten zählen zu den Honoratioren in Hamburg, Madrid, Paris oder Rom – oder gehören zum Establishment überseeischer Metropolen. Sie sitzen, Träger höchster Orden, in Parlamenten und Regierungskabinetts, präsidieren Handelskammern und Wirtschaftsvereinigungen, fördern das kulturelle Leben und die Wissenschaften und gehören zu den größten Geldgebern der demokratischen Parteien. Italienische Ministerpräsidenten, französische Parteichefs, österreichische Hofräte, britische Lords, sie alle saßen schon in den Lederfauteuils der Bankiers. Nicht zu vergessen die vermögenden Deutschen, die seit einem Jahrhundert zur Stammkundschaft zählen.

Zu ihrem Glück sind die Retail-Kunden, deren Geld zu Hause bleibt, leicht vergesslich. Sonst würden ihnen einige Enthüllungen der ganz speziellen Liaison deutscher Politiker zu den Bankern an der Bahnhofstrasse schnell einfallen, wenn einmal wieder das Publikum zur Steuerehrlichkeit aufgerufen wird: Ex-Bundeskanzler Helmut Kohl, der nach seinem Ausscheiden aus dem Regierungsamt als Berater im »Internationalen Beirat« der Großbank Credit Suisse diente; Kohls Parteischatzmeister Walther Leisler Kiep (Großes Bundesverdienstkreuz mit Stern und Schulterband), der 21 Jahre lang die Kassen der CDU aus heimlichen Zürcher Gelddepots auffüllte; Ex-CDU-Parteichef und Bundesinnenminister Wolfgang Schäuble, der Treffen mit dem Waffenhändler Karlheinz Schreiber zugeben musste und sich mit der CDU-Schatzmeisterin Brigitte Baumeister darüber stritt, wie eine Bargeldgabe über hunderttausend Mark von dessen Zürcher Konto in die Parteikasse gelangte; Manfred Kanther, der Vater des deutschen Geldwäsche-Gesetzes, der seine hessische CDU 16 Jahre lang mit knapp 21 Millionen Mark alimentierte, die auf Zürcher Geheimkonten gelagert waren, während er straffe Steuerregeln verabschiedete; die FDP-Politiker Hans-Dietrich Genscher und Otto Graf Lambsdorff, die sich in Untersuchungsausschüssen und Gerichtsverhandlungen gegen den Vorwurf der Steuerhinterziehung bei der Parteienfinanzierung verteidigten, während ihr Schatzmeister Hans H. Gattermann in Zürich ein neues Nummernkonto eröffnete, um dort wieder heimlich Parteispenden zu bunkern.

Es war auch der FDP-Mann Gattermann, der zusammen mit dem Koalitionspartner und CSU-Bundesfinanzminister Theo Waigel die Besteuerung von Kapitalerträgen einführte, die jedoch bald als »Dummensteuer« qualifiziert wurde, weil jeder gut Beratene sie umgehen konnte. Die Zinserträge vom Zürcher Konto blieben dem Finanzamt natürlich verborgen. Waigel wiederum hat als Anwalt nach dem Ausscheiden aus dem Amt die Schweizer Bankiervereinigung beraten. Oder der bayerische Christdemokrat Edmund Stoiber, der sich mit dem Privatflugzeug des »Bäderkönigs« und Steuerflüchtlings Eduard Zwick zu einer Geburtstagsfeier in dessen Ferienvilla fliegen ließ. Bayerns damaliger CSU-Finanzminister Gerold Tandler ließ das Verfahren gegen Zwick wegen dessen Steuerschulden in Höhe von 70 Millionen Mark mit einem Verwaltungsakt erledigen. Tandler selbst hatte bei dem Steuerhinterzieher enorm hohe Privatschulden, Zwick soll ihm noch in den neunziger Jahren einen Kredit über fast zwei Millionen Mark bei einer Schweizer Bank abgelöst haben.

Auch Bundesfinanzminister Peer Steinbrück (SPD) weiß, wie man Konzernmanagern einen Persilschein ausstellt, die 220 Millionen Mark Schmiergeld steuermindernd in die Bücher nahmen, nachdem sie das Geld auf Zürcher Konti von panamaischen Briefkastenfirmen transferiert hatten. Steinbrück sah als Landesfinanzminister in Nordrhein-Westfalen keinen Grund zum Einschreiten, als aufflog, wie die Düsseldorfer Steuerbeamten mit ihrer Unterschrift die Schmiere für Panzerlieferungen nach Saudi-Arabien bewilligten. Damit folgte er einer zweifelhaften Praxis, die unter seinem sozialdemokratischen Vorgänger Heinz Schleußer begründet worden war.

Ein Geldmanager von der Bahnhofstrasse, dem tiefe Einblicke in die Kundendatenbanken erlaubt sind, gibt preis, was nicht gesagt werden soll: »Es gibt wohl kaum einen etablierten Politiker in Europa, der nicht irgendwo über unseren Finanzplatz sich oder etwas finanziert.« Die Geheimnisträger an der Bahnhofstrasse kennen so manches Detail mehr, sie wissen und schweigen.

Vergessen sind die Geschichten schnell. Verdrängt durch immer neue Storys, die von den Zeitungen gedruckt werden und die Leser immer wieder aufs Neue ins Staunen versetzen. Sie zählen zu den nachwachsenden Rohstoffen für die Medienleute. Und wenn sich die Fälle häufen, können die Leser wie dereinst Gottfried Kellers rechtschaffener Romanheld Martin Salander ausrufen: »Sie haben wieder einen!« Und wenn sie erwischt werden, dann gibt es spannende Geschichten zu erzählen. Politaffären, Korruptionsskandale und Medienspektakel nationalen Ausmaßes drohen jedoch nur in der Heimat der Kundschaft, die Bahnhofstrasse bleibt ohne Makel. Parteiführer und Regierungsmitglieder stürzen, Industriekonzerne und Großunternehmen geraten in die Krise, Börsendebakel und Finanzkrisen erschüttern oftmals Länder, die größer und mächtiger als die Schweiz sind.

Legenden um den größten Tresor der Welt

Der verschwiegenste Boulevard auf dem Erdenrund ist nicht aus der Ruhe zu bringen. 140 Jahre alt ist die Prachtstraße der Bankiers, sie hat schon viele Skandale durchlebt. Noch immer ist die Aufbruchstimmung der Großbürger spürbar, die hier ihre Stadtpaläste errichtet haben. »Vornehm« und »repräsentativ« soll die Meile auch bleiben, so ist es in der städtischen Bauordnung vorgeschrieben. Sie ist viel schmaler als die Champs-Elysées in Paris, viel kürzer als der Broadway in New York und nicht einmal annähernd so hell erleuchtet wie die Nathan Road in Hongkong. Ihr Geheimnis liegt in dem Gefühl von Beständigkeit und Stabilität, das sie bei ihren Besuchern zu erzeugen vermag. Ihre Anziehungskraft ist ungebrochen, 25 Millionen Menschen schlendern jedes Jahr durch die Bahnhofstrasse. Es ist die Straße, die wie keine andere den Reichtum der Welt symbolisiert. Und der Paradeplatz, ihr prächtigster Ort in der Mitte zwischen See und Bahnhof, gilt als Zentrum des großen Mammons.

Doch wo die Superreichen dieser Welt heutzutage ihr Vermögen verwalten lassen, ist kein Platz mehr für Phantasie. Die Werte erscheinen nur noch als Kontosaldi auf den Flachbildschirmen der Kundenbetreuer und der Vermögensverwalter in den Büros ringsum. Vor Arbeitsbeginn strömen sie jeden Morgen über diesen Platz, auf dem sich die betagten Tramwagen kreuzen, museale blaue Modelle aus präelektronischer Zeit, aus allen Himmelsrichtungen der Stadt kommend. Mit metallischem Knirschen kommen sie von den besseren Quartieren am See hereingefahren oder von der Limmat und vom Hauptbahnhof über die Bahnhofstrasse, rattern über den Talacker und den Bleichweg wieder davon in die Industrie- und Arbeiterviertel der Stadt. Im Minutentakt der Tramwagen begegnen sich hier Arm und Reich.

Am Paradeplatz wechseln die Tramwagen ihre Fracht. Ordentlich frisierte Herren im grauen Business-Anzug und Damen im gedeckten Kostüm, mit Ledertasche oder geschulterter Laptop-Tasche, eilen in die Büros. Andere steigen auf eine Tram Richtung Börse an der Sihl oder streben zu den Bürofabriken der großen Wirtschaftsprüfgesellschaften hinter dem Stauffacher Platz im einstigen Arbeiterquartier. Die gleiche Linie nehmen die vom Leben Gezeichneten, deren Weg ins Langstrassenquartier im Kreis 4 führt, wo das Dirnengewerbe und die Randgeschäfte der Zürcher Gesellschaft beheimatet sind. Studenten, Rentner und das Heer der Angestellten aus den westlichen Stadtvierteln wechseln den Zug Richtung Bahnhof oder zum Bellevueplatz an der Oper.

Unterm Paradeplatz, so lautet die schlichte Legende, würden die Notenbündel, Goldbarren und Wertpapiere in gewaltigen Tresoren gelagert, tief unter der historischen Tramwartehalle, oder unter dem 1873 erbauten Monumentalbau der altehrwürdigen Kreditanstalt, vielleicht auch unter dem nüchternen Banken-Neubau der größten Schweizer Bank UBS und den prachtvollen Gründerzeitbauten des Hotel Savoy (1838), dem Kaffeehaus Sprüngli (1859) oder dem »Leuenhof«, der seit 1914 das traditionsreiche Modehaus

Grieder und die Bank Leu beherbergt. Solche Erzählungen entbehren jedoch jeder Bankenrealität, längst wurde der real existierende Zaster in Hochsicherheitslager weit entfernt vom Paradeplatz in die Außenbezirke der Stadt oder in die ländlichen Regionen ausgelagert. Und auch die Originale der Wertpapiere werden in einem nüchternen Hightech-Tresor im Kanton Aargau aufbewahrt. Das Fort Knox der Schweiz liegt in Olten an der Aare.

Der Aufbewahrungsort ist so unspektakulär wie eine Plastiktüte, in der ein paar Bündel Euronoten stecken: Olten, wo sich die Zuglinien und Autobahnen Richtung Süden und Osten kreuzen. Ein Verkehrsknoten, doch niemand verbindet den Ort mit Reichtum, unermesslichem Reichtum. In Olten sind die meisten Schweizer Wertpapiere gebunkert, in einem riesigen Sammeltresor der Firma SegaInterSettle, 25 Meter unter der Erde, tief im Grundwasser schwebend, rundherum mit maulwurfartigen Kontrollgängen und meterdicken Wänden geschützt. Ein Raum, so groß wie der berühmte Konzertsaal des Luzerner Kulturzentrums. Dort werden Aktien und Obligationen, also Papiere über Schuldverschreibungen, im Wert von rund 1600 Milliarden Franken in aufgestapelten Hartplastikkisten gehortet. Es ist ein seelenloser Ort.

Aber wo finden wir das schmutzige Geld? Die Vorstellung von der Schattenwelt der Geldwäscher und der Finanzgangster ist in Hollywood geprägt worden. Es sind längst antiquierte Legenden aus den wilden Zeiten im Chicago der zwanziger Jahre, als Gangsterboss Al Capone und seine lausigen Spießgesellen die Szene beherrschten, die in Hinterzimmern schummriger Spielsalons ihre Raubzüge planten.

Die modernen Lokalitäten zur Reinigung des anrüchigen oder gar stinkenden Geldes erstrahlen in feinerem Ambiente. Der Kunde schlendert über den gediegenen Zürcher Boulevard, vorbei an Schaufenstern, die historische Uhrmacherkunst oder feinste Leder-Accessoires feilbieten. Den Eingang zum Office seiner Finanzassistenten verpasst er, wenn er zu rasch dahinschreitet.

Eine moderne, schmucklose Tür aus Milchglas und Metall. Ein diskretes Portal aus dem Katalog der nüchtern entwerfenden Architekten, die wissen, wie Denkmalschutz und Postmoderne ästhetisch ansprechend mit den Bedürfnissen ihrer anspruchsvollen Kundschaft verknüpft werden: unauffällig, unaufdringlich, unprätentiös. Hier kokettiert das Geld nicht, es wird nicht geprotzt und auch nicht geblufft. Understatement heißt die Devise.

Empfangsdamen und Empfangsherren, die wissen, was sich gehört, stehen bereit, lassen die Kunden in Lederfauteuils warten. Nicht lange, aber lange genug, um den Respekt zu fördern. Und dann setzt man sich im tropenholzgetäfelten Besprechungsraum zusammen, mit Konferenztelefon auf dem modernen Tisch, Installationen für Powerpoint-Präsentationen, respektablem Wandschmuck und Designer-Schwingsesseln. So wie in tausenden anderer Oberklassebüros.

Hier kann der Kunde seinen mitunter schwierigen Alltag vergessen, der mit dem Aufbau seiner stolzen Vermögen in der Heimat verbunden ist. Seine Welt ist hier noch in Ordnung, ein Ruhepol als Gegensatz seiner sonst so nervösen, global verteilten, operativen Geschäfte, die ihn ruhelos im Jet rund um den Globus reisen lassen. Hier hat wenigstens sein Geld eine Heimat, die das Wort verdient, ausgezahlt in Schweizer Scheinen, den schönsten Banknoten der Welt. Alles hier ist bodenständig, stabil, verlässlich und selbstverständlich diskret. So wie eine Großmutter, die man jederzeit aufsuchen darf. Willkommen im Department of Money Security, der wahren Heimstatt des Zasters.

An der Bahnhofstrasse machen wir uns auf die Suche nach den Backoffices der internationalen Wirtschafts- und Finanzkriminalität. Denn hier, im größten Geldversteck der Welt, lassen sich illegale Einnahmen und schwarze Konten noch immer am leichtesten verbergen. Davon profitieren russische Oligarchen ebenso wie afrikanische Potentaten, kaukasische Neureiche, südamerikanische Geheimdienstoffiziere, japanische Yakuza-Gangster, islamische Terrorfinanciers, deutsche Internet-Schwindler oder korrupte französische Ölhändler. In der Zürcher Geldgediegenheit wähnen sie ihre Pfründe in Sicherheit vor den heimischen Häschern wie Steuerfahndern und Staatsanwälten.

Früher hatten viele Bankiers nur zwei Maßstäbe für die Klassifizierung ihrer Kunden: kleines oder großes Geld. Heute sind sie wählerischer – notgedrungen. Die vielen Skandale haben weltweit dazu geführt, dass Schranken gegen den illegalen Geldtransfer eingebaut wurden. Die Banker schauen nun zweimal hin, wenn die Abgesandten, Treuhänder, Berater oder Lobbyisten die Millionen oder Milliarden ihrer Auftraggeber in Zürcher Tresoren verbunkern wollen. Die erlernten guten Manieren verlangen Ehrerbietung, heimlich aber wird die Herkunft des Geldes durchleuchtet und vieles getan, um den Lump hinter dem edlen Kleid zu erkennen. In den hinteren Diensträumen gibt es hochmoderne Rechenmaschinen mit Datenbanken und Personenkarteien, wie sie sonst nur bei den Geheimdiensten zu finden sind – »Fichen-Sammlungen« nennen es die Schweizer und sie haben durchaus ein ungutes Gefühl dabei. Die neuen Instrumente sollen jede auffällige Geldtransaktion melden und Warnsignale abgeben, sobald ungewöhnliches Verhalten entdeckt wird. Sie sollen bei den öffentlich besonders exponierten Kunden Freund, Familie und Parteikameradschaft durchleuchten und Verdächtiges herausfiltern. »Compliance-Office« heißt so ein Büro, in dem verschwiegene Analytiker arbeiten, und »Monitoring« heißt diese tägliche Überwachungsarbeit am Bildschirm. Wenn sie etwas Unschönes entdecken, schalten sie sofort die neuen Behörden und Kontrollorganisationen zur Geldwäschebekämpfung ein.

Ein gewaltiges Heer von Beratern, Experten und Aufsichtsbeamten überwacht und kontrolliert die Datenflut, unterstützt von Software-Spezialisten, Trainern, Lektoren und Konferenzorganisatoren. So ist eine ansehnliche Anti-Geldwäsche-Industrie entstanden, die keine andere Aufgabe hat, als graues, schwarzes und sonst wie schmutziges Geld von dem sauberen fern zu halten. Die neue Branche hat sogar schon einen Namen: »Forensic accounting and corporate investigation industry«, abgekürzt FACI, was so viel wie »Forensische Buchprüfungs- und Wirtschaftsermittlungs-Industrie« bedeutet.[3]

Kriminalistisch gebildete Buchhalter und Detektive mit jahrelanger internationaler Erfahrung als Fahnder sind das Herzstück dieser Industrie. Sie übernehmen den Fall, sobald sich Auffälligkeiten zeigen und arbeiten an der Aufklärung. Eine moderne Sherlock-Holmes-Variante mit Laptop und Vielfliegerkarten aller großen Fluggesellschaften. Ihre Aufträge erledigen sie in der Regel verschwiegen und routiniert, und ihre Untersuchungsberichte werden nur selten vor Polizisten, Staatsanwälten oder Richtern ausgebreitet. Ihre Auftraggeber – geprellte Großaktionäre, übertölpelte Konzernchefs oder betrogene Geschäftspartner – schätzen nämlich diese archaisch anmutende Form der öffentlichen Auseinandersetzung über Wirtschaftsverbrechen nicht besonders. Zeitgemäßer ist es, die Konflikte zwischen Tätern und Geschädigten still abzuwickeln.

Auf der anderen Seite des abgeschirmten Kampfplatzes stehen wachsende Heerscharen von Treuhändern, Vermögensverwaltern, Anwälten und Steuertechnikern, die stets mit neuen Variationen eines altbekannten Schemas das Geld ihrer Kunden vor dem Zugriff der Antibetrugsindustrie zu schützen suchen. Sie lassen Netze so genannter Briefkastenfirmen rund um den Globus installieren. Die Vereinten Nationen zählen inzwischen 60 bis 90 solcher Offshore-Plätze mit geschätzten drei Millionen Briefkastenfirmen. 44 Offshore-Gerichtsbarkeiten hat der Internationale Währungsfonds erfasst.[4]

Die feinste Steueroase in der Europäischen Union

Die unendlichen Geldströme sind nicht lückenlos zu kontrollieren. An den Knotenpunkten des rund um den Globus zirkulierenden Geldes mischen sich unentwegt Berge von Greenbacks, Franken und Euros aus sauberen und schmutzigen Quellen. Wissenschaftler und Regierungsberater, die unablässig an ausgefeilten elektronischen Filtern und deren Verbesserung tüfteln, um kriminelle Gelder auszumachen, sind verzweifelt, denn bei diesem Job können sie nur verlieren. Die Regulatoren befänden sich in einer

»klassischen No-win-Situation«, sagt der amerikanische Vordenker Richard W. Rahn, der einst US-Präsident George Bush Senior beraten hat.[5]

Die Offshore-Tricks lohnen sich freilich erst bei höheren Einsätzen. Daher ist dies nichts für Kleindealer und Schwarzgeld anlegende Handwerksmeister. Es sind die kriminellen Techniken der Reichen und Mächtigen, von den angloamerikanischen Kriminologen »Crime of the Powerful« genannt.

Die Mächtigen brauchen einen großen, reputierlichen Finanzplatz für ihre privaten Gelddepots und für die Unternehmen, deren Geschicke sie lenken. Der Finanzplatz Zürich steht daher in Europa, wie auch London, Luxemburg und Liechtenstein, unter dem Schutz einer nicht deklarierten Allianz. Augenzwinkernd gönnt man der Schweiz den Sonderweg, schließlich hängt das Wachstum des Privatvermögens auch vom stabilen und gedeihlichen Streben der Eidgenossen ab.

Anders lautende Kritik an der Schweiz scheint entweder von den unverbesserlichen Ahnungslosen in Parlamenten und Regierungen oder von besonders verlogenen Vertretern der politischen Klasse zu kommen. Denn nähmen die Regierungen der EU ihre Vorwürfe gegen die Schweiz wegen ihres »unfairen Steuerwettbewerbs« ernst, dann hätten sie wohl im Jahr 2004 die Aufnahme der Mittelmeerinsel Malta in ihre Union überdenken müssen. Die Malteser haben nämlich seit 1996 eine der attraktivsten und radikalsten Steueroasen der Welt installiert. Die Steuerexperten wissen Bescheid, auch die Fachleute der EU-Kommission: Unternehmer genießen in Malta mit ihren Holdinggesellschaften einen unschlagbaren Steuersatz von rund vier Prozent – im schlimmsten Fall.

Die Treuhandfirmen und Anwaltskanzleien in Malta überschlagen sich mit Zero-Tax-Angeboten für »die Europäische Onshore-Holding, konform mit EU- und OECD-Standards, ohne Steuern auf Dividenden, Tantiemen und Zinsen«. Die Firmeneigentümer können anonym bleiben. Die potentielle, effektive Steuerrate auf die weltweiten Gewinne der Aktionäre beträgt »0 %«. Die Registrierung erfolgt binnen 24 Stunden. Wirtschaftsanwälte mit britischem Hochschulabschluss und ausgewiesener Expertise im EU-Steuerrecht übernehmen die Betreuung.[6] Bequeme Abkommen zur Vermeidung der Doppelbesteuerung, die den geschäftlichen Austausch erleichtern und ermöglichen, wurden unter anderem mit den Finanzministern folgender Länder vereinbart: Österreich, Italien, Frankreich, Deutschland, Belgien, Luxemburg, den Niederlanden, Großbritannien, der Schweiz, Kanada und den USA. Das Malta-Rezept ist keine Scharlatanerie, der Niedrigsteuermarkt funktioniert. Emsig werden auf der Insel Holdingfirmen angemeldet, auch viele deutsche. Mit Argwohn schauen die Liechtensteiner auf den mediterranen Konkurrenten und auch sie verharren nicht tatenlos. Sie haben ein neues Gesetz für die Vermögensverwalter durch ihr Landesparlament gepeitscht, das mit den europäischen Richtlinien konform geht. So können die Liechtensteiner Finanzdienstleister in der gesamten europäischen Union ihre Finanzdienstleistungen offen anbieten. In der östlichen Nachbarschaft bieten die Österreicher im Kleinwalsertal Vorzugsbedingungen für deutsche Schwarzgeld-Touristen, die Bares über die Grenze schleppen, und verhalten sich bei den Debatten innerhalb der Europäischen Union ganz still. Vorbild sind die Parade-Europäer im Großherzogtum Luxemburg, die in den neunziger Jahren nach dem Erlass einer EU-Richtlinie über Investmentfonds in Windeseile eine riesige Finanzmarkt-Aufsichtsbehörde aufgebaut haben, um schnell und reibungslos einen geregelten Zugang für internationale Fondsgesellschaften zu schaffen. Heute ist das kleine Luxemburg ganz groß, es verwaltet mehr als eine Billion Euro Kundenvermögen.

Die Zürcher Bankiers staunen über die Luxemburger und die pfiffigen Treuhänder im benachbarten Fürstentum, die traditionell ihre Partner beim Umwerben und Betreuen der internationalen Kundschaft sind. Allmählich müssen sie am Paradeplatz sogar darüber nachdenken, ob ihre Entscheidung für einen Sonderweg außerhalb der Europäischen Union die richtige Strategie für den Schweizer Finanzplatz war. Manche entwerfen skurrile Modelle, wie der Vordenker Konrad Hummler von der feinen Bank Wegelin, der die Schweiz gerne nach dem Beispiel des Offshore-Geldhafens Singapur ummodeln würde und auf andere Weltmärkte des großen Geldes ausweichen möchte.[7]

Zuletzt haben die Finanzplatz-Diplomaten aus Luxemburg und der Schweiz den Euro-Bürokraten immerhin ein Zinsbesteuerungsabkommen abgerungen, das über Jahrzehnte ihre Bankenplätze schützt. Darin wurde der internationale Austausch über die Identität von Steuerhinterziehern, die in Zürcher oder Luxemburger Instituten ihr Geld deponieren, weiterhin blockiert. Auch bei Änderungen des EU-Rechts müssen die Schweizer nicht nachziehen. Stattdessen versprachen sie, die Steuern auf Zinserträge von ihren EU-Kunden einzutreiben und in deren Heimatländer zu transferieren. Die Finanzminister Frankreichs, Deutschlands und Italiens unterschrieben feierlich im Blitzlichtgewitter der Pressefotografen und sprachen vom großen Fortschritt auf dem Weg zu einem fairen Steuerwettbewerb.

Dabei mussten sie wissen, dass dieses Abkommen keinen Cent in ihre Staatskassen bringen dürfte, weil darin zahlreiche Ausnahmen eingebaut sind, die es den vermögenden Anlegern auch in Zukunft erlauben, ihr Geld »steuerneutral« zu verwalten. So sind die Anlagen von Vermögensverwaltungsfirmen, die als Kontoinhaber eingetragen sind, vom neuen Regelwerk nicht betroffen. Also gründen die Steuerfüchse Briefkastenfirmen in Liechtenstein, wenn sie es nicht schon getan haben. Was die EU-Kommissare unterzeichneten, war im Ergebnis eine Schutzklausel und Stabilitätsgarantie mit Ewigkeitscharakter für den Zürcher Finanzplatz. Und so ist es nur konsequent, dass im Berliner Finanzministerium keine nennenswerten Einnahmen für die Zinserträge einkalkuliert wurden, die aus der Schweiz überwiesen werden sollen.[8]

Politiker besuchen gerne internationale Konferenzen und Weltwirtschaftsgipfel, um dort in die Kameras ihrer heimatlichen Fernsehsender über die wachsende Steuerhinterziehung und die internationale Kapitalflucht zu wehklagen. Zwar dringt ihre Botschaft bis in die Wohnzimmer der mittelständischen Angestellten vor, doch sind sie die falschen Adressaten. Zerknirscht, aber beständig und zuverlässig finanzieren sie den Staat, weil ihnen die Abgaben gleich an der Quelle, bei der monatlichen Lohnzahlung, abkassiert werden. Bei kaum einem anderen Thema wird so fintenreich geflunkert und geheuchelt wie bei der Diskussion um die Kapitalflucht. Staatsmännisch allerdings.

Die Regierungschefs aus Deutschland, Frankreich, Großbritannien, Italien, Japan, Kanada, den USA und Russland beschließen augenzwinkernd an den Konferenztischen der G8-Staatengemeinschaft, dass die Steuerhinterzieher und illegalen Geldexporteure mit größter Strenge verfolgt werden müssten. Vor allem wegen einer neuen, großen Gefahr: der Terroristen-Finanzierung. Gemeinsam erklären ihre Vertreter bei den Treffen der Organisation für wirtschaftliche Zusammenarbeit (OECD), dass sie im Kampf gegen den Abgabenschwindel allen unkooperativen Ländern, die beim großen Abwehrkampf nicht mitspielen wollen, den Garaus machen wollen. Mächtig genug dafür wären sie. Gemeinsam verfügten sie über genügend politische Macht, um den Finanzplatz Schweiz enorm zu schädigen.

Die Verbündeten verkünden ungerührt große Erfolge durch die verbale Kriegsansage. Fast alle Länder erklären sich inzwischen zu kooperativen Staaten, nur noch drei verweigerten bis zum Sommer 2005 das Wohlverhalten: Myanmar, Nigeria und Nauru. Die Republik Nauru, der 12 000 Einwohner zählende Inselstaat im Pazifischen Ozean mit rund 400 Offshore-Banken, beugte sich ebenso, wenn auch mit Turbulenzen. Präsident Ludwig Derangadage Scotty ließ im ersten Übermut gleich nach seinem Amtsantritt 139 Banklizenzen widerrufen, was aber zunächst nicht gut ankam: Scotty musste zurücktreten und wieder seinem Vorgänger René Harris Platz machen. Aber auch Harris spielt nun mit, und die Republik Nauru wird gehorsam neue Gesetze verabschieden und Geldwäsche-Kontrollbehörden einrichten, die den Regeln der Mächtigen genügen. Nachdem Harris auch die restlichen Mickymaus-Banken geschlossen hatte, wurde der Inselstaat im Oktober 2005 von der schwarzen Liste genommen. Seitdem gibt es nur noch zwei Widerspenstige. Eine brave neue Welt.[9]

Einzig die Amerikaner erreichten mit bilateralen Verträgen, dass ihre Bürger hohe Risiken eingehen, wenn sie Unversteuertes auf fremden Finanzplätzen anlegen. Zuletzt setzten sie ein Signal, nachdem sie Milliardenverluste in der Staatskasse verschmerzen mussten, die ihnen große Steuerberatungsunternehmen eingebrockt hatten. Das Exempel wurde im August 2005 am Prüfkonzern KPMG statuiert, der eingestehen musste, dass seine Steuerberatungspraxis gesetzeswidrig war. KPMG USA zahlte eine Strafbuße von mehr als 456 Millionen US-Dollar und versprach Besserung. Die Amerikaner waren auch Pioniere der Idee, Verbrecher auf den Spuren ihres Geldes zu verfolgen. Ihr erstes Geldwäschegesetz haben sie 1970 erlassen. Heute gestehen US-Experten ein, dass die Schweizer die besseren Regeln eingeführt haben.[10]

Die Fahndungserfolge der Anti-Geldwäsche-Detektive machen Schlagzeilen. Für das Publikum sind sie berauschend, für die Finanzfachleute sind sie Alltag. Was sind schon sechs Milliarden Franken gesperrte Gelder? Was bedeuten schon 500 Millionen in einer schwarzen Konzernkasse? Die Coups der Fahnder kosten die Nobel-Banker ein, zwei gute Kunden weniger, kein Drama. Man wird es verschmerzen können. Die Vermögensverwalter gehen zur Tagesordnung über und zählen ihren »Neugeldzufluss«, der 2005 plus 24,9 Prozent betrug.[11] Und den erschrockenen Zeitgenossen beruhigen die Geldmanager mit einem anschaulichen Vergleich. Schließlich werde an der Bahnhofstrasse kein Tante-Emma-Laden geführt, es handele sich eher um eine gigantische Shoppingmall des Geldes. Entsprechend großzügig müsse man daher auch das Phänomen des »Ladendiebstahls« einkalkulieren. Mehr Geld, mehr Diebe.

Kleine Geographie des schmutzigen Geldes

Kolumbien ist immer noch der größte Kokainproduzent der Welt.[12] Afghanistan ist die größte Opiumproduktionsstätte für den europäischen Markt.[13] Das weltweit zweitgrößte Produktionszentrum für Opiate ist das Goldene Dreieck zwischen Myanmar, Laos und Thailand.[14] Und die wichtigste Durchgangsstation für den europäischen Markt ist Albanien. Durch das Land wurden in den vergangenen Jahren laut Europol ein Drittel der in Europa konsumierten Drogen nach Westen geschleust – und im Gegenzug wurde es mit den Bargeldeinnahmen aus dem Drogenhandel überschüttet. Das verdankt Europa dem abgewählten Präsidenten Fatos Nano, der nach den Angaben seines Nachfolgers Sali Berisha »der Kopf eines länderübergreifenden Bestechungssystems« war und »ein Transportunternehmen mit Helikoptern besaß, dessen Hauptkunden die Drogendealer von Albanien sind«.[15]

Die schwersten Korruptionsverbrechen kennen wir aus Afrika. Als Kernländer der mächtigsten Mafia-Organisationen haben die Crime-Forscher Italien, Russland, China und Japan identifiziert. Die Meister der Steuerhinterziehung werden in Frankreich, Italien und Deutschland vermutet. Und die korruptesten Politiker des alten Europas verortet man in Paris, die derzeit kreativsten Bilanzdesigner in den USA und in Italien.

Dies sind die Heimatorte der Täter und in der Regel auch die Hauptorte der Tat. Die transnationale Kriminalität beschränkt sich aber gewöhnlich nicht auf einen »Begehungsort«, wie es die Strafrechtler auf Juristendeutsch formulieren. Lange bevor es modern wurde, von Globalisierung zu reden, gehörten Auslandskonten und ausländische Briefkastenfirmen zum Grundinventar der Finanzkriminalität. Zur modernen Orchestrierung eines unerlaubten Deals gehört ein verlässlicher Dienstleister im Hintergrund, ein Backoffice für die Erträge. Damit es die Strafverfolger nicht allzu einfach haben, wird dieses Hinterzimmer stets im Ausland eingerichtet. Besonders pfiffige Täter versuchen, den Weg des Geldes und der Firmenbeziehungen über Stationen in mehreren Ländern zu leiten.

Im Katz-und-Maus-Spiel zwischen Tätern und Strafverfolgern gilt stets eine Grundregel: Ein Deal, der über viele Länder abgewickelt wird, bedeutet größtmöglichen Aufwand für die Fahnder – viele Jurisdiktionen, viele Staatsanwälte, viele Rechtshilfeersuchen.

Denn für jeden Strafverfolger endet sein Aktionsradius an der Grenze. Dies gilt selbst in der Europäischen Union, die sämtliche Schlagbäume zwischen ihren Mitgliedsländern beseitigt hat. Will ein Strafverfolger auch nur minimale Erkenntnisse im Nachbarland oder im entfernten Ausland gewinnen, kommt unendlicher Papierkram auf ihn zu: Rechtshilfegesuche müssen oft erst übersetzt und von den eigenen föderalen und nationalen Justizministerien genehmigt werden. Dann werden die Schriftstücke über diplomatische Vertretungen weitergeleitet, um dann abermals auf formale Korrektheit von den Juristen des Empfängerstaates geprüft zu werden. Ein nervenaufreibendes, Zeit raubendes Spiel. Am Ende des Hürdenlaufs sind die Fahnder zermürbt – und stehen oft ohne Ergebnis da.

Die Täter wiederum können sich auf dem Instanzenweg über viele Stationen hinweg zur Wehr setzen, Beschwerden einlegen, Gerichte anrufen. Es bedarf nicht mehr als eines Anrufes beim lokalen Anwaltsbüro. Die Advokaten nehmen dann den nächsten Businessflug, um sich mit ihrem Mandanten zu beraten. Im globalen Netzwerk von Corporate Crime Inc. suchen sich die CEOs, CFOs und COOs des Managements den günstigsten Platz. Die wichtigsten Standortkriterien sind in der Oberwelt wie in der Unterwelt des Finanzgeschäfts die Gleichen: Professionalität, Diskretion, Stabilität, Erreichbarkeit mit modernen Verkehrsmitteln, Sprache, Kostenstruktur und Performance. Es ist ein unscheinbares Kriterium, das oft den Ausschlag gibt: Erwünscht sind möglichst viele Stationen auf dem Beschwerdeweg gegen allfällige Amts- und Rechtshilfemaßnahmen der Strafverfolger. All das bietet die Bahnhofstrasse. Ein idealer Platz für das Backoffice.

Die Kriminalisten haben große Mühe, die Bösen von den Guten zu unterscheiden. Sie begründen ihre Wissenschaft auf die Idee vom »White-Collar-Crime«, die der amerikanische Forscher Edwin Sutherland 1939 in einer berühmt gewordenen Präsidentenrede vor der Amerikanischen Soziologischen Gesellschaft präsentiert hatte.[16] Damals galt es als große Entdeckung, dass mächtige und professionelle Geschäftsleute regelmäßig Straftaten begehen.

Sutherlands Erkenntnisse gelten noch immer: Oberklassen-Kriminelle bleiben oft unentdeckt. Wenn sie erwischt werden, haben sie gute Chancen, nicht bestraft zu werden – und wenn ihre Taten gesühnt werden, dann erhalten sie oft milde Strafen und überwiegend Geldbußen, die sie aus der Portokasse zahlen können. Wie sagt schon der Volksmund: »Die Kleinen hängt man, die Großen lässt man laufen.« Oder als amerikanischer Buchtitel: »The Rich Get Richer, the Poor Get Prison.«[17]

In der politischen »Law and Order«-Rhetorik von Regierenden und Polizei-Fürsten hat sich seit Sutherland wenig geändert. Wirtschaftskriminelle bleiben darin eine Marginalie. Forderungen wie »null Toleranz« gelten allein den traditionellen Straßenkriminellen. Nur in den USA haben die gewaltigen Schäden krimineller Manager, die Konzerne wie Enron und Worldcom mit Betrügereien und Bilanztricks in die Katastrophe stürzten, erstmalig ein Umdenken ausgelöst. Dort werden von den Gerichten nun auch harte Gefängnisstrafen und gravierende Geldbußen ausgesprochen.

Aber immer noch sind die empirischen Daten und Statistiken über die Weißkragen-Täter sehr dürftig. Wirtschaftskriminalität bleibt weitgehend ein »unsichtbares« Phänomen, schreibt der britische Kriminologie-Professor Steve Tombs von der Universität Kent in einem neuen Lehrbuch.[18] Die jüngsten Betrugsskandale haben alte akademische Denkmodelle in Frage gestellt. Wie unterscheidet sich das Persönlichkeitsprofil des Worldcom-Chefs Bernie Ebbers, der »Bilanzirrtümer« in Höhe von 12 Milliarden US-Dollar zu verantworten hat, von seinen ehrbaren Kollegen? Die klassische Vorstellung, Kriminelle seien an ihrer kalkulierten, extremen Profitgier zu erkennen, ist ad absurdum geführt, sagt Crime-Theoretiker Tombs: »Das mag sehr viel mehr dem gleichen, was Unternehmen oder ihre Direktoren und Manager gewöhnlich tun.« Wirtschaftskriminalität sei nicht das Resultat einiger »fauler Äpfel« der Geschäftswelt, erklärt der britische Analytiker, »Wirtschaftskriminalität ist nicht nur weit verbreitet, sie ist üblich und sie ist durchdringend.«[19]

Woran also ist ein krimineller Konzernchef zu erkennen? Die modernen Kriminalisten wissen es auch nicht so recht. »Eines der höchst interessanten Merkmale der Personen, die in unternehmerische Verstöße verwickelt sind, ist ihre Normalität«, so fasst Tombs jüngste Forschungsarbeiten zusammen: »Es gibt fast keine bedeutsamen Unterschiede zwischen ihnen und den Nicht-Tätern.« Ihre »Abnormalität« sei eher eine Form des besonderen Ranges, den sie als individueller Typus erlangt haben, dem wir alle nacheifern: erfolgreich, vermögend, hart arbeitend, innovativ, hochrespektiert und gut vernetzt, Stützen ihrer lokalen Gemeinschaft – Typen wie Kenneth Lay, der als gesellschaftlich hoch angesehener Chef den globalen Energiekonzern Enron ins Verderben schickte.[20]

Es gibt noch viel zu forschen.[21] Gesichert ist nur eine wissenschaftliche Erkenntnis: Kriminelle in Nadelstreifen verursachen einen tausendfach höheren Schaden als profane Straßengangster. Auf 652 Milliarden US-Dollar schätzt die US-Vereinigung der Betrugsermittler ACFE den jährlichen Schaden, das Doppelte des US-Budgets für nationale Sicherheit. Eine Studie der 31 000 Mitglieder zählenden Organisation ergab, dass ein typisches Unternehmen sechs Prozent der Bruttoeinnahmen durch die Betrügereien in den eigenen Reihen verliert. In 15 Prozent aller Betrugsfälle ermittelten die Experten Verluste von mindestens einer Million US-Dollar.[22]

One must draw a line

Natürlich können und sollen hier nicht alle Akteure erwähnt werden. Wie sagte schon Cornelius Vanderbilt, der Gründer einer amerikanischen Milliardärsdynastie: »One must draw a line somewhere.« Dem Feingefühl für pekuniäre Rangunterschiede sollte dennoch Beachtung geschenkt werden. Daher sind zwischen den Deckeln dieses Buches keine Geschichten über Buchhalter verewigt, die in der Not die Firmenkasse um ein Milliönchen erleichterten – auch nicht über gewöhnliche Bank- und Posträuber oder ähnlich harmlose Zeitgenossen.

Hier war auch kein Platz für die in Vergessenheit geratenen, durch die Maschen der Justiz geschlüpften, besonders cleveren Borderline-Künstler oder gar diejenigen, deren Geschick nicht zur Vollendung eines anständigen Wirtschaftsverbrechens ausreichte. Als unantastbar werden auch jene betrachtet, die es nach jahrelangem, manchmal jahrzehntelangem Einsatz endlich in den Olymp der jährlich publizierten Listen superreicher Individuen geschafft haben, deren gewinnbringend vollendete Taten verjährt und vergessen sind. Ihnen müssen wir durch Schweigen Respekt erweisen. Die zarten Anfänge ihrer großen Reichtumsbildung wollen wir im Dunkel belassen, ihre Identität dürfen wir hier entsprechend den höchstrichterlich verankerten Persönlichkeitsschutz- und Datenschutzrechten ohnehin nicht preisgeben. Einige der hier gewürdigten Helden und Komparsen schaffen es, mehrfach auf die Bühne der Justiz zu treten. Manchen ist es nicht so recht gelungen, den Resozialisierungsweg so einzuschlagen, wie es der Richter verstanden hatte, so dass sie erneut mit gewissen »Unregelmäßigkeiten« und »Missverständnissen« in Erscheinung traten.

Die Aufnahmebedingung für den Club der hier verewigten Akteure ist eine gewisse Würde und Größe bei der Tatausübung, ein Mindestmaß an Kühnheit bei der Tatplanung oder eine ungewöhnlich hohe intellektuelle Energie, die bei der Durchführung des Projektes zum Zuge kam.

TEIL 1

Lokaltermin: Einmal Paradeplatz und zurück. Geschichten von Geldtouristen

Und die schlimme Krankheit durchzog das ganze Land, ohne Ansehen der Konfessionen oder der Sprachgrenzen. Nur etwa im Gebirge, wo die Sitten einfacher geblieben und das bare Geld oder Geldeswert seltener, war nicht viel davon zu hören.

Gottfried Keller:
»Martin Salander«, 1886

Bankgeheimnisse

Die diskreten Praktiken eines erfolgreichen Privatbankiers

Ernst Imfeld war ein Held des Private Banking. Bei der Zürcher Bank Leumi galt er als Guru der Anlageberatung und als Genie im Devisenhandel. Seine millionenschweren Kunden liebten ihn. Bis dieses dumme Neujahrstelefonat passierte.

Rene Rivkin wurde in Australien als begnadeter Börsenspekulant berühmt und liebte das Leben. Imfeld nahm ihm sein Geld und seine Geheimnisse. Er wählte den Freitod.

Meir Grosz schaffte es in seiner Bankenkarriere bis zum Generaldirektor. Er hatte einen heißen Kunden aus Lateinamerika und beendete seine Karriere abrupt. Einige seiner Klienten zeigten keine starken Nerven und zählten nicht unbedingt zu den ehrlichsten Steuerzahlern.

Nathan Landshut war Staatsanwalt in Zürich. Imfeld war sein erster und letzter großer Fall. Seine Anklageschrift würde für ein ganzes Ermittlerleben reichen. Er wechselte die Seite und wurde Anwalt.

Der 3. Januar 2001 begann in der Bank Leumi als ein ruhiger Tag. An der Claridenstrasse, nicht weit vom Zürichsee und der Tonhalle, dem imposanten Konzerthausbau aus der Gründerzeit, trafen die meisten Mitarbeiter zu Fuß ein. Sie kamen wie immer die wenigen Schritte vom Paradeplatz herüber, wo sie aus der Straßenbahn gestiegen waren.

Die meisten Leumi-Mitarbeiter hatten den Neujahrstag genossen, am folgenden »Berchtoldstag«, dem traditionellen Zürcher Feiertag, nahmen sie frei, auch wenn den vielen jüdischen Angestellten des Geldinstituts der zwinglianische Festtagskalender nicht viel bedeutet. Im schlicht gehaltenen Foyer legte die Empfangsdame die Tageszeitungen für die wartenden Besucher in der kleinen Sitzecke bereit, einmal die *Financial Times* und einmal die *Neue Zürcher*. Sorgsam platzierte sie die Imagebroschüren, die davon erzählten, wie die Bank Leumi groß wurde, wie sie aus einem Bilanzvolumen von 58 000 britischen Pfund zu Beginn des zwanzigsten Jahrhunderts rund 35 Milliarden Pfund machte. Oben, in der vierten Etage, betrat Meir Grosz sein geräumiges Chefzimmer.

Der Anrufer aus Deutschland wurde ihm von der Sekretärin durchgestellt. Es war ein guter Kunde. Seine Millionen hat der Deutsche im Filmbusiness gemacht. Zunächst wollte der Mann mit seinem Portfoliomanager Ernst Imfeld sprechen, dem Chef des Private Banking, wegen einer ganz gewöhnlichen Order. Doch Imfeld war an diesem Mittwoch, dem 3. Januar 2001, noch in Florida in den Weihnachtsferien.

Weil der Mann vom Film auch den Chef persönlich kannte, wurde er gleich zu Meir Grosz durchgestellt, dem damaligen Generaldirektor. Routiniert versprach Grosz den Rückruf in ein paar Minuten, nach einem Blick auf das Kundenportfolio. Dann informierte er den Kunden über seine Positionen: über Geldanlagen, über Aktien der US-Firma Acacia Research und über seine Schulden von 4,1 Millionen US-Dollar. Am anderen Ende der Leitung wurde es still. Sekundenlang. Meir Grosz schien es, als sei die Leitung tot. Dann erwiderte der Mann, das sei nicht sein Konto.

Aktien habe er nie gekauft. Von Acacia habe er noch nie gehört. Und von Schulden wisse er nichts. Gar nichts.

Kurz hintereinander folgten diverse Panikgespräche mit Imfeld in Florida. Dem irritierten Chef und dem schockierten Mann vom Film offenbarte der Portfoliomanager nun, was nicht länger zu verheimlichen war: Es stimmte, bei dem Kunden waren Millionen verbrannt worden. Mit Aktien und mit Devisengeschäften. Und auf eine zögerliche Frage von Grosz gestand er: Der deutsche Kunde ist nicht der Einzige.

Ferien waren für Ernst Imfeld eine gefährliche Zeit. Denn die Unterrichtung über Soll und Haben behielt er lieber selbst in der Hand. Stets war er erreichbar, per Mobilfunk oder über seine Privattelefone, ob in Zürich oder in Florida. Zwölf Jahre lang ging das gut, mit mehr als 200 Kunden. Darunter zahlreiche Multimillionäre aus Deutschland, den USA und Australien. Er war ihr Vertrauensmann, er kannte ihre privaten Verhältnisse und Schicksale: Kinder, Enkel, Ehefrauen und Lebensgefährten. Imfeld besuchte die Klienten in Frankfurt oder Hamburg, in New York oder Los Angeles.

Jahrelang wurde er für seine prophetischen Gaben hoch gelobt. Die *Jerusalem Post* jubelte, seine Analysen erinnerten an die Prophezeiungen von Jeremja, Jesaja und Hesekiel. »Er liegt immer richtig«, zitierte die Zeitung Ex-Bankchef Meir Grosz. Die Heldengeschichten trugen zum ausgezeichneten Image bei, das die Schweizer Filiale beim Mutterhaus in Israel aufbaute. Leumi Zürich war das wichtigste Vermögensverwaltungsinstitut der traditionsreichen, einstigen Staatsbank Israels.

Imfelds Anlagestrategie war denkbar einfach: alles auf eine Karte. Er setzte bei den Platzierungen für die Kunden seit 1997 ganz simpel auf seine vier Lieblingsaktien: Acacia Research, Ramtron, Interdigital Communications und American Energy Group (Amel). Die kalifornische Acacia Research liefert Technologien für die Branchen Life Sciences und Medien. Seit 2000 kriselte es.[1] Die Firma Ramtron in Colorado Springs produzierte Speicherbausteine für die Computerindustrie – und einen Absturz. Interdigital Communications entwickelt drahtlose Technologien in der Datenübertragung und litt unter der IT-Krise. Die Ölfirma Amel aus Texas, 1994 mit Firmensitz im US-Bundesstaat Nevada gegründet, war ebenfalls kein vertrauenerweckendes Investment. Ihr Gründer George Norman aus dem Bundesstaat Colorado war nach einem Bankenbetrug 23 Jahre lang flüchtig, bevor er unter den Phantasienamen Thomas DeAngelis und Dr. James Hill mit einer Briefkastenfirma eine texanische Ölgesellschaft übernahm und in American Energy Group umtaufte. Dabei halfen ihm deutsche Anlagebetrüger. Norman wurde im November 1997 verhaftet. 600 Aktionäre, die er als Investoren ankündigte, waren eine Luftnummer. Die US-Börsenaufsicht klagte wegen Wertschriftenbetrugs gegen Amel.[2] Zuvor hatte die außerbörslich gehandelte Firma ein millionenschweres Joint Venture mit der Nevada-Company Northamerican Sureties (NAS) angekündigt, die in einem weiteren Fall nochmals als kreativer Investor auffallen wird.[3]

Als sich die Kurse im freien Fall befanden und die vier Unternehmen von ihren Höhenflügen der späten neunziger Jahre in die Tiefe stürzten, brach das Kartenhaus zusammen. Ernst Imfeld wusste nun: Jetzt geht die Schlacht los. Zurückgekehrt in Zürich, traf er sich schon vor der Bank mit dem Generaldirektor. Drinnen warteten bereits die Herren von der Innenrevision; eingeflogene Controlling-Experten vom Mutterhaus aus Israel, die Hausanwälte der Bank und Accounting-Spezialisten vom Wirtschaftsprüferkonzern PricewaterhouseCoopers. Imfelds Büro war verschlossen. Seine Computer konfisziert. Sein Händlertelefon, über das er in kürzester Zeit Milliardenumsätze abgewickelt hatte, tot. Die üblichen Sofortmaßnahmen, wie sie die Privatermittlertrupps am Tatort ergreifen.

Es muss eine gespenstische Szene in diesen Tagen bei Leumi gewesen sein, der absolute Ausnahmezustand. Ein Treuhänder, der aus Israel zu Meetings angereist war, erinnert sich: »Praktisch niemand war in der Bank, es war wie auf einem Friedhof.« Tagelang studierten die Experten Dutzende von Kundendossiers. Ein ziemlich unübliches Bild eröffnete sich ihnen. Irgendwie schienen fast alle Kunden miteinander verwoben. Zwischen ihren Konti gingen Gelder hin und her. Waren die Kunden miteinander verwandt, befreundet oder machten sie Geschäfte miteinander, weil sie aus branchennahen Unternehmen stammten? Allmählich legten die Ermittler ein undurchschaubares Netz von Geldtransaktionen frei.

Das Ausmaß der Transfers war kaum abzuschätzen. Millionenlöcher waren in die Depots von vermögenden Kunden gerissen worden. Ein Minus von mindestens 20 Millionen Franken war bei der ersten, gröbsten Durchsicht schnell entdeckt. Aber wie groß ist das Loch wirklich?, rätselten die Controller. Ernst Imfeld gab spontan »Fehler« zu Protokoll, zumindest so weit sie ihm gerade in den Sinn kamen. Der Geldmanager war erleichtert, sagte er. Jetzt musste er keine schönen Zahlen mehr erfinden und die hohen Erwartungen an Eigenkapitalrendite und Umsatzwachstum erfüllen.

Imfeld erstattete Selbstanzeige. Auch Meir Grosz blieb nichts anderes übrig, als der Eidgenössischen Bankenkommission (EBK), der zuständigen Aufsichtsbehörde in Bern, den Fall zu melden und ebenfalls eine Strafanzeige bei der Zürcher Staatsanwaltschaft einzureichen, die sich damals noch Bezirksanwaltschaft nannte.[4] Die EBK hätte diesen Schritt ohnehin getan.

Nach den ersten Zeitungsmeldungen über einen Betrugsverdacht bei Leumi liefen die Geschädigten Amok. Lautstarke Spontanauftritte im feinen Geldhaus waren noch harmlose Varianten. Unvergessen bleibt Meir Grosz der Auftritt einer gleichermaßen rüstigen wie resoluten älteren Dame, die, kurz nachdem er sie telefonisch unterrichtet hatte, plötzlich bei ihm im Chefbüro stand. Oder die Fälle von Geschädigten, die am anderen Ende der Telefonleitung dem Herzstillstand nahe schienen.

Für einen israelischen Treuhänder mit Zweitbüro in Frankfurt, der mehr als 100 Millionen US-Dollar Kundengelder auf die Leumi-Filialen verteilt hatte, wurde »der Tag zur Nacht«. Und ein steinreicher deutscher Herr jenseits der 80, gebrechlich und krank, tauchte plötzlich in der Claridenstrasse auf und verlangte die Herausgabe von zig Millionen – cash und sofort auf den Tisch. Er war nicht zu beruhigen, stopfte sein Bestes schließlich in die Aktentasche und marschierte damit geradewegs über den Paradeplatz in die Schalterhalle der Großbank UBS. Den verdutzten Bankern von der Konkurrenz mochte er partout nicht erklären, woher er das viele Geld habe. »Das geht sie nichts an«, fauchte der Millionär. Und so geriet er unverschuldet in eine Geldwäscherei-Ermittlung. Weil die Fahnder aber ein Nachsehen hatten, stellten sie das Verfahren bald wieder ein.

Die Ermittlungsmaschine wird angeworfen

Gut vier Wochen später nahm die Justizroutine ihren Lauf. An einem frühen Februarmorgen standen die Ermittler des Staatsanwalts Nathan Landshut an der Wohnungstür Imfelds und drückten ihm einen Haftbefehl in die Hand und begannen, einige Umzugskartons mit dienstlichem und persönlichem Papier zu füllen. Eine wochenlange Untersuchungshaft folgte. Danach musste Imfeld zu ungewohnten Kundengesprächen im Sitzungszimmer des Staatsanwalts erscheinen. Bei der Zeugenvernehmung traf er nacheinander seine Klienten wieder, die in Begleitung von Geschädigtenanwälten und Rechtsvertretern der Bank erschienen. Die Vernehmungsprozedur dauerte Jahre, Imfeld entwickelte allmählich Routine. Er hatte sozusagen einen neuen Arbeitsplatz. Sein Verteidiger Bernard Rambert war ein treuer Begleiter. Der gewiefte Anwalt galt jahrelang als Star für besondere Fälle. Er war so etwas wie der Hausanwalt für Autonome, Alt-Terroristen und die Hausbesetzer der siebziger Jahre. Aber anders als einigen seiner deutschen Kollegen aus den alten Straßenkampftagen blieb ihm der Weg nach ganz oben verwehrt.

Im Vernehmungszimmer war kein Platz für schrillen Klassenkampf, monatelang standen eher trockene Zweifelsfälle des modernen Bankings auf der Tagesordnung. Die Grenzlinie zwischen kreativem, ordentlichem Private Banking und der illegalen Version des Geschäfts stand zur Debatte, eine knifflige, aber gleichwohl interessante Materie. Geladen waren auch die Controller der Bank, die Revisoren von PricewaterhouseCoopers (PwC), die Treuhänder und Anwälte, die Rechtsberater der Versicherungen, Devisenhändler und Kreditmanager. Sogar Imfelds Sekretärin musste aussagen und natürlich reiste Meir Grosz aus Israel an, der nach seinem unrühmlichen Abtritt in die Heimat zurückgegangen war. Zusammen mit den betroffenen Kunden aus Übersee und Deutschland nahmen acht, neun oder zehn Personen am Besprechungstisch von Staatsanwalt Landshut Platz.[5]

Manche Kunden gaben nur missmutig Auskunft, hatten sie sich doch jahrzehntelang auf die Verschwiegenheit ihrer Bank verlassen. Das Bankgeheimnis galt ihnen als helvetische Grundtugend und unumstößliches Gesetz, um nichts in der Welt zu brechen. Und nun saßen sie an einem Konferenztisch, um über ihre Kontostände zu parlieren. Landshut gab zu verstehen, dass bei den öffentlichen Gerichtsverhandlungen die Kundennamen anonymisiert werden könnten und erklärte die Regularien: Dass vor dem Bezirksgericht ein reiner Aktenprozess geführt würde, der maximal zwei oder drei Verhandlungstage dauern dürfte. Dass vor dem Richter lediglich der Angeklagte, dessen Verteidiger und der Staatsanwalt sprechen würden. Dass alle Vernehmungen ausschließlich vom Staatsanwalt geführt würden, der dann eine »klare und kurze« Anklageschrift verfassen müsse, so verlange es das Gesetz des Kantons. Sie würde nur die wesentlichsten Vorwürfe enthalten und zusammen mit den Vernehmungsprotokollen, den Bankenakten und Kontenaufstellungen als Beweismittel dem Gericht zugestellt. Bei den Strafuntersuchungen würden nur verschwiegene Justizpersonen und der Schweigepflicht unterstehende Anwälte und Wirtschaftsprüfer teilnehmen und die später im Gerichtssaal öffentlich vorzutragende Anklageschrift würde keine Kundennamen enthalten.

So weit war die gute Ordnung erklärt. Und wäre das Leben nicht so oft von bösen Überraschungen und abweichendem Verhalten geprägt, dann hätte das Verfahren auch in diesen geheimnisgeschützten Bahnen verlaufen können. Doch das Leumi-Verfahren verlief anders, als sich die Väter der Zürcher Strafprozessordnung dies im Jahr 1919 vorstellen konnten: Die große Ermittlungsmaschine wurde angeworfen.[6] Versicherungen ließen Gutachten fertigen, Revisionsgesellschaften erstellten Untersuchungsberichte, Kundenanwälte erstellten Expertisen, die Bankenaufsicht gab einen Report in Auftrag.

Das alles blieb nicht folgenlos. Imfelds Fall wurde globalisiert. Amerikanische Kunden klagten vor US-Zivilgerichten gegen den Banker und erörterten die Angelegenheit in offen zugänglichen Gerichtsakten.[7] Die australische Börsenaufsicht wurde auf den Fall aufmerksam und stieß in erledigten Akten auf altbekannte Tatverdächtige, nicht ohne sich öffentlich über das Schweizer Bankgeheimnis zu beklagen.[8] Kontoauszüge wurden in australischen Zeitungen faksimiliert.[9] Die Enthüllungen aus Sydney wurden wiederum in Schweizer Medien zurückgespült. Das Bundesgericht in Lausanne publizierte ein Urteil über die Beschwerde der australischen Kundschaft gegen die transkontinentale Amtshilfe der Eidgenössischen Bankenkommission (EBK).[10] Am Ende musste in Sydney der Suizid eines verzweifelten Kunden verzeichnet werden.

Ermittlungen über zweifelhafte Aktiengeschäfte führten zu der Zürcher Vermögensverwalterfirma Allfinanz Zentrum AG, die ihre Geschäfte zum Teil über ein Leumi-Konto abwickelte.[11] Die Fährte endete bei einer verdächtigen Kontobeziehung einer weiteren Privatbank an der Bahnhofstrasse, über die pakistanische Beamte für Lizenzgeschäfte in einem Rohöldeal bestochen worden sein sollen.[12] Schließlich beschwerte sich Shouki Oren, der junge Nachfolger von Meir Grosz, über Klagen und Ansprüche einer Geschädigtengruppe, die »mit unlauteren Mitteln ihre unberechtigten Ansprüche verfolgten«.[13] In Israel klagte Rechtsanwalt Yair Olmert, ein Neffe des ehemaligen Vizepremierministers Ehud Olmert, gegen Leumi und verlangte von den Aufsichtsbehörden in Tel Aviv, die Verantwortung des Mutterhauses für die Veruntreuung der Kundengelder zu klären.[14] Und für einen gebeutelten Kunden schlug das Schicksal gleich zweimal zu. Er wurde mit Dokumenten zu seiner Vernehmung von ausländischen Zöllnern beim Grenzübertritt in die Schweiz erwischt. Schwierige Gespräche mit den Steuerbehörden waren unvermeidlich. Kunden, die sich hinter verschwiegenen Treuhänderkonstruktionen mit Liechtensteinischen Stiftungen und britischen Trusts versteckten, waren nicht mehr länger geheim.

Kurz und gut, Spuren der Leumi-Untersuchungen waren allmählich wie Flugsand über den Globus verteilt worden und lösten mitunter heftige Politskandale aus. Unschöne Kundenschicksale wurden offenbart, die ein Geheimnis von Klient und Bankier hätten bleiben sollen. Sie lieferten nicht nur interessante Erkenntnisse über die frühen Anfänge erstaunlicher Reichtumskarrieren. Auch das eine oder andere unkorrekte Geschäft wurde offenbart. Und in einer selten anzutreffenden Qualität der empirischen Datenlage wurde nicht nur die Praxis eines Bankhauses publik, das hohe Schwarzgeldsummen ausländischer Kundschaft betreut, sondern auch die Risiken beim Umgang mit der heiklen Grenzgänger-Klientel.[15]

So kommt es, dass auch das Publikum ausnahmsweise einen authentischen Einblick in die verschwiegenen Praktiken und raffinierten Techniken des Private Bankings erhält. Das Resultat ist eine ungeschminkte Kurzlektion über sehr kreatives Banking, wie es von keinem Lehrbuch dargeboten wird – und eigentlich nicht mehr existieren dürfte.

Imfelds Kunden waren die Ersten, denen die Lektion erteilt wurde. Sie zeigten sich in Landshuts Besprechungszimmer indigniert, erbost oder gar erschlagen, als ihnen die ersten Erläuterungen zu den Bewegungen in ihren Bankdepots offen gelegt wurden. Sie hatten Imfeld absolutes Vertrauen geschenkt. Er war ein großer Sympathieträger, fand immer den richtigen Ton, hatte gute Manieren. Der ideale Mann, um die High Net Worth Individuals zu überzeugen. Imfeld hatte auch innerhalb der Bank hohes Ansehen genossen. Als inoffizielle Nummer zwei wurde er behandelt, ein »Guru« sagten die einen, ein »Genie« die anderen. Schließlich kannte die Bank seine Zahlen. Gut 70 Prozent des Schweizer Umsatzes machte er allein. Die anderen Portfoliomanager litten unter dem Übervater, der ihnen stets vormachte, wie man Gewinne für die Bank einfährt.

Wie kein anderer akquirierte er Neukunden mit zweistelligen Millionenportfolios. Das allein war noch nicht die hohe Kunst. »Das Geld zu holen ist nicht schwer. Schwierig ist es erst, das Geld zu aktivieren, in Bewegung zu bringen.« Darin war er unschlagbar, und das brachte Kommissionen und Gebühren. Seine einfache Philosophie war: »Keep the client happy. Keep the bank happy.« Imfeld war ganz oben.

»Der Mensch fällt vom höchsten Berg ins tiefste Tal«, hielt ihm ein Treuhänder die alte aramäische Weisheit vor. Als Spross einer Hoteliersfamilie war Imfeld in einem beschaulichen 200-Seelen-Dorf im innerschweizerischen Kanton Obwalden aufgewachsen. Seine wichtigsten Lehrjahre verbrachte er in New York bei der altehrwürdigen Schweizerischen Kreditanstalt SKA, der Vorgängerin der heutigen Credit Suisse. Er joggt und ist ein prämierter Karate-Sportler. Er liest für sein Leben gern Biographien, am liebsten dicke Schinken. Besonders die römischen Feldherren haben es ihm angetan.

Nicht unsympathisch war er auch Staatsanwalt Nathan Landshut, einem geradlinigen und intellektuellen Typen um die Vierzig. Der promovierte Jurist war Assistent bei dem renommierten Zürcher Strafrechtsprofessor Andreas Donatsch, bevor er nach einem Intermezzo in einer Anwaltskanzlei zur Staatsanwaltschaft kam. Er hat sich mit ungeheurem Fleiß durch den Mammutfall gebissen, drei Jahre lang war es sein wichtigster Fall und gleichzeitig eines der größten Dossiers, das die Staatsanwaltschaft Zürich zu betreuen hatte. Die drei Jahre in der Vernehmer-Rolle merkt man ihm an, wenn er den Fall erklärt, mal präzise und sensibel, mal aufgewühlt und energisch. Die Anklage Imfeld wurde sein Gesellenstück und zugleich sein Abschiedsgeschenk für die Strafverfolgungsbehörde. Das schwierige Schriftstück müssen seine Kollegen beim Bezirksgericht einreichen, sie müssen auch das Plädoyer im Gerichtssaal vortragen. Landshut wechselte im Sommer 2005 die Seite, um künftig Plädoyers als Anwalt und Strafverteidiger vorzutragen, ein nicht unüblicher Karrieresprung in Zürich, wo eine anständige Beamtenpension nicht als Gipfel des beruflichen Schaffens gilt.

Kurzlektion im Fach »Kreatives Banking«

Landshuts Nachforschungen offenbarten ungewöhnliche Geldverschiebungen und klassische Devisenhandelstricks, die es längst nicht mehr geben sollte. Er entdeckte, dass bankinterne Regeln und Kontrollen zwar existierten – und lernte, warum sie nicht funktionierten.

Zunächst suchte der Staatsanwalt nach der persönlichen Bereicherung des Angeschuldigten. Anfangs sah es so aus, als würde er nicht fündig. Imfeld bestritt vehement jegliche Veruntreuung. Landshut fand einen gehobenen Lebensstil vor. Imfeld fuhr einen 500er Mercedes, nichts Auffälliges in seiner Position. Aber dann soll ein Bentley aufgetaucht sein und die Rechnung eines stadtbekannten Ferrari-Händlers für einen italienischen Nobelflitzer. Beide Luxuskarossen sollen auf Imfeld-Kunden aus der Schweiz zugelassen worden sein. Doch die behaupteten, dass sie die Wagen nur zum Schein für Imfeld und auch mit dessen Geld gekauft hatten. Oder mit Kundengeld, wie Landshut mutmaßt. Und Imfeld stellte die Autogeschichten in Abrede.

Bei Imfeld ging der Reichtum eher durch den Magen. »Er war der große Spender«, sagte ein Gutachter. Der Hotelierssohn war ein perfekter Gastgeber, im Kreise seiner Freunde zeigte er sich großzügig. An seinen Stammtischen tummelten sich Banker und Anwälte, sogar Valentin Roschacher, der ehemalige Chefankläger der Schweiz, stieß einmal für ein Weihnachtsessen zur Tafelrunde.[16] Imfeld bevorzugte das spanische Restaurant »Casa Aurelio«, ein für seine erlesene Weinkarte bekanntes Lokal im Langstrassenquartier, dem Rotlichtbezirk.

Seine besten Freunde wussten es zu schätzen. »Free Lunch and Free Limit«, war die Devise. Gute Freunde, die bei ihm ein Konto einrichten durften, mussten sich nicht mehr mit lästigen Kreditlimiten herumschlagen. Bei der Allfinanz Zentrum AG, einer inzwischen gelöschten Zürcher Vermögensverwaltungsfirma, deren Geldgeschäfte Imfeld managte, richtete er einige Unterkonti für seinen Exklusivkreis ein. Überzogene Kreditlimite, unbezahlte Rechnungen, Verzug bei den Auto-Leasingraten – das alles war für sie nicht mehr länger ein Problem. Ernst regelte alles.

Landshut forschte aber auch nach dem Ziel von Geldtransfers, die sich die Kunden nicht erklären konnten – oder wollten. Imfeld hatte Erklärungen parat, zum Teil sehr komplizierte Geschichten. Da gab es zum Beispiel das »Cash-Matching«, eine Dienstleistung, die es in einem Geldhaus eigentlich nicht geben dürfte. Aber bei der Bank Leumi gab es sie. Der Controller hatte nichts dagegen einzuwenden, Imfelds Erläuterungen erschienen ihm schlüssig. Imfeld hatte stets plausible Erklärungen, wie ein Prüfbericht von PricewaterhouseCoopers (PwC)Monate nach dem Auffliegen festhielt.[17]

Im »Cash-Matching« war Imfeld ein Meister. Das ging so: Ein Kunde in Australien brauchte dringend viel Geld, konnte es aber weder transferieren noch bar über die Grenze holen – wegen der Steuern. Ein anderer Imfeld-Kunde wollte Geld in der Schweiz anlegen, war aber bereit, das Geld stattdessen nach Australien zu bringen. Der gemeinsame Portfoliomanager vermittelte, seine Transaktion hinterließ weder Spuren auf dem Papier noch in den Transaktionsdatenbanken. Geldwäsche-Experten kennen das »Cash-Matching« seit Jahrzehnten unter anderem als kreatives Modell der Drogengeld-Verwalter oder von den Devisenschmuggeln während des Zweiten Weltkrieges. Es ist ein simples Kompensationsschema, bei dem ein Kontokorrentkonto auf Vertrauen geführt wird.[18]

Imfelds Königsdisziplin war der Devisenhandel, wegen der schönen Margen. Er verteidigte sich, der jährliche Devisenumsatz habe bei der Bank Leumi zwischen 12 und 20 Milliarden geschwankt.

Und durch dieses Volumen seien 50 Prozent der Gewinne erwirtschaftet worden.

»Es ist ein Spiel«, sagt Meir Grosz. Ein Spiel, bei dem vor allem die Bank viel gewinnen kann. Der Kunde kann nur schwer nachvollziehen, zu welchem Kurs gekauft und verkauft wurde. Ein schnelles Spiel, denn die Kurse, die Imfeld am Monitor auf seinem Schreibtisch in Echtzeit verfolgte, änderten sich in Sekunden. Mit dem Papierkram jedoch kam er, so meint Staatsanwalt Landshut, nicht ganz so schnell nach – und die bankinternen Regeln waren lax.

Die Kundenbetreuer konnten den Devisenhändlern im Haus zunächst einen Auftrag erteilen, ohne den Namen des Kontoinhabers zu nennen. Binnen einer Stunde sollte der Portfoliomanager aber den Kundennamen und dessen Kontonummer mitteilen, so lautete die Weisung. Bei Imfeld soll es häufig ein wenig länger gedauert haben, und Staatsanwalt Landshut glaubt darin auch den heimlichen Grund gefunden zu haben, warum Imfeld im Devisenhandel unschlagbar war.

Der Staatsanwalt erläuterte: »Meines Wissens liegt doch das Problem darin, dass der Kundenberater offensichtlich die Möglichkeit hatte, Devisenaufträge in unglaublichem Umfang beim Devisenhändler in Auftrag zu geben, ohne dass er einen Kundennamen genannt hat. Der Devisenkurs verändert sich fast pro Sekunde und der Kundenbetreuer kann am Computer sekündlich sehr schön verfolgen, wie sich der Kurs verändert. Er weiß, er hat 50 Millionen US-Dollar gekauft, ohne dass ein Kundenkonto belastet wurde. Sehr wahrscheinlich interessiert den Devisenhändler der Name des Kunden gar nicht. Er nimmt den Auftrag des Kundenbetreuers des Chef Privatbanking einfach entgegen. Mir liegen sogar Informationen vor, dass diese problematische 60-Minuten-Regel in keiner Art und Weise eingehalten wurde.«

Wenn die Händler aber erst eine Stunde nach ihren Platzierungen die Transaktionen den Konti zuordneten, war das wie ein Roulettspiel, bei dem erst gesetzt wurde, wenn die Kugel bereits gefallen war. Imfeld hingegen leugnete derlei Praktiken.

Immerhin so viel steht fest: Imfeld gab die Orders en bloc an die Devisenhändler im Haus, oft zweistellige Millionenbeträge auf einen Schlag. Zwei Milliarden Dollar Umsatz auf einem einzigen Depotkonto kamen vor. Ein Händler, der im Durchschnitt bei 55 Prozent seiner Entscheidungen ein Plus erwirtschaftete, war top. Imfeld war besser. Er schaffte eine Erfolgsquote von 80 Prozent und mehr. Die Leumi-Devisenhändler waren zufrieden. Und natürlich auch Meir Grosz, dessen Geldhaus einen revolutionären Schnitt bei den Geschäften machte. Vor dem Staatsanwalt konnte sich der ehemalige Generaldirektor allerdings nicht mehr richtig erinnern, wie viel das Institut durch Imfeld eingenommen hat. Für die Kunden war die Erfolgsquote zum Schluss im Keller: ein Minus-Resultat im Depot.

Imfeld gab zu, gewisse unautorisierte Transfers organisiert zu haben. Aber für seine Handelstransaktionen habe er stets eine Order gehabt. Für Manipulationen habe er keinen Freiraum gehabt, sagte er. Die aufgerissenen Löcher in den Depots stopfte er mit Millionentransfers gesunder Konten, und so setzte ein Dominoeffekt ein. Bei Leumi fragte man sich, wie das alles passieren konnte. Insbesondere Ex-Generaldirektor Grosz kam allmählich ins Grübeln. Es war nicht der erste Krisenfall, der sich in seinen Zürcher Tagen ereignete. Er leitete das Institut an der Claridenstrasse seit 1995, und bereits im November 2001 stolperte er über eine Geldwäsche-Affäre, die weltweit Schlagzeilen machte.

Die Bank war von dem ehemaligen peruanischen Geheimdienstchef Vladimiro Lenin Montesinos benutzt worden. Der promovierte Anwalt und Absolvent der »US Army School of the Americas« hatte jahrelang bei Waffengeschäften mit der kolumbianischen Guerilla-Organisation Farc Millionen für sich abgezweigt. Sein Fall löste in Peru rund sechzig Gerichtsverfahren aus, unter anderem wegen Geldwäsche, Drogenhandels und Bestechung. Montesinos wickelte in den neunziger Jahren seine Deals über Schweizer, Luxemburger und amerikanische Banken ab. In der Schweiz benutzte er neben Leumi die Banque Crédit Agricole Indosuez, die Fibi-Bank, die Bank Leu und die UBS. 96 Millionen

Franken brachte er ins Land. Grosz war verantwortlich für den peruanischen Kunden, er musste von seinem Posten zurücktreten und ging zurück nach Israel.

Andere kritische Vorfälle, die unter seiner Regie passierten, blieben folgenlos. Eine Kundin protestierte drei Jahre vor dem Desaster, nachdem sie 135 000 Mark verloren hatte. Imfeld hatte ihr gutes Geld »gehedged«. Das bedeutet eigentlich, dass ein Depot abgesichert wird, um es vor Währungsunsicherheiten und Kursrisiken zu schützen. Es sollte also ein Sicherungsgeschäft sein. Doch der ursprüngliche Begriff ist nicht mehr in diesem Sinn gebräuchlich. Heute sind damit meist komplexe Derivate oder alternative Finanzgeschäfte gemeint, die häufig durch hohe Kredite finanziert werden und somit selbst hoch riskant sein können. Gewöhnlich sollen daher nur wenige Prozentanteile eines Kundenportfolios mit solchen Finanzstrategien eingesetzt werden. Sie sind nur für ausgesprochen kenntnisreiche Anleger geeignet.

Imfelds Kundin war dies nicht. Grosz bot der reklamierenden Dame an, den Verlust auszugleichen. Sie lehnte ab und blieb dem Haus treu. Transferbelege mussten bei Leumi erst ab einer Höhe von 250 000 US-Dollar auf seinen Tisch. Angeschaut hat er sie nicht. Er habe sie nur »aus psychologischen Gründen« angefordert. Grosz bestätigte, dass auch ein anderer Portfoliomanager ausschließlich die Schönwetterseite des Depots mitteilte: »Offenbar wurde nie der Saldo erwähnt, immer nur über das Haben gesprochen.« Kleinlaut sagte er später aus, dass er dies als »unkorrekt« empfunden habe. Es gab eine interne Revision und eine externe. Es gab ein Kreditkomitee zur Überwachung der Darlehensvergabe an die Anleger. Es gab quartalsweise Berichte über die Einhaltung der Geldwäsche-Richtlinien. Aber »Beanstandungen gab es nie, nie, nie«, sagt Grosz heute. Er entschuldigt sich: »Ich wollte einfach keinen Skandal.«

Weitere Unregelmäßigkeiten verzeichnete ein PwC-Zwischenbericht vom 31. Januar 2001. Der vertrauliche Report wies nach, dass Imfeld kein Einzelfall war. Wegen unsauberer Geschäfte hatte man sich bereits in aller Stille vom Börsenchef, dem Cheftrader und drei Prokuristen aus der Handelsabteilung getrennt. Die Mitarbeiter wollten dem fremden Erfolg offensichtlich nicht bloß zuschauen. Es war die Zeit, als Kunden im Handumdrehen Millionengewinne beim Börsengang von erfolgreich scheinenden Unternehmen machten, den in Boomzeiten beliebten Initial Public Offerings (IPO). Weil es ihnen nicht erlaubt war, als Wertschriftenhändler Geschäfte auf eigene Rechnung zu tätigen, vermittelten sie der Vermögensverwalter-Kundin Allfinanz Zentrum AG die begehrten Aktien der neuen Gesellschaften. Beim Spekulationsgewinn nach dem Börsenstart schauten sie, dass sie nicht vergessen wurden. Fünf Sechstel des Profits sollen für die Vermögensverwalter reserviert gewesen sein, ein Sechstel soll an die Allfinanz Zentrum AG gegangen sein. Vier Händler erhielten hin und wieder Couverts mit Bargeld-Inhalt. Sie gestanden, jeweils rund hunderttausend Franken erhalten zu haben. »Weil Imfeld sehr zufrieden war«, erklärten sie.

Simple Money und steuerneutrales Geld

Vielleicht hatte die fehlende Wachsamkeit bei Leumi etwas mit den Eigenheiten eines Geschäftes zu tun, bei dem ein guter Teil der Kundschaft in ihrem Heimatland ein Fall für Steuerfahnder oder gar für Staatsanwälte wäre. Einige Dutzend Jahre Gefängnis dürften bei Imfelds Kunden über seine Bankerjahre gerechnet durchaus zusammenkommen. Ein erheblicher Prozentsatz der Klienten hatte schwarzes – Pardon, in der Bankersprache sagt man »steuerneutrales« – Geld angelegt. Sie waren Täter in der Heimat, Opfer in der Schweiz. Die Klienten scheuten Kontoauszüge, alles Papier war ihnen ein Graus.

Die Post an sie wurde in einem speziellen Raum gelagert und beim Besuch im Büro des Portfoliomanagers von Sekretärinnen aus dem Inspektorat überreicht. »Hold Mail« nennt man in der modernen Private-Banking-Sprache das, was traditionell banklagernde Post heißt. Eine übliche Praxis bei den sensiblen Kunden.[19]

Schließlich sollte diese Post auf keinen Fall den Heimatbehörden der Kundschaft in die Hände fallen und auch nicht unbefugten Familienmitgliedern. Ein aktueller Computerauszug war ihnen lieber, sagen Geschädigte. Meist behaupteten sie, keine Dokumente mehr zu besitzen. Und wenn doch einmal ein solcher Kunde nicht auf Papier verzichten wollte, wurden die Kontoauszüge auf den Kopierer gelegt und mit der niedrigsten Zoom-Stufe derart verkleinert, dass sie im handlichen Format einer halben Postkarte ein diskretes Dokument ergaben.

Orders wurden verschlüsselt übers Telefon übermittelt, zum Beispiel »400 000 T-Shirts« für den Transfer in US-Dollar. Ein Chauffeur der Bank erledigte schon mal einen Bargeldtransport von Vaduz nach Zürich und holte Kunden und ihre Treuhänder vom Flughafen ab. Eine große Herausforderung für die Schweizer Geldverwalter waren die Steuerrechtsverschärfungen der US-Finanzbehörde Internal Revenue Service (IRS), die im Herbst 1997 erlassen wurden. Danach unterliegt jeder US-Bürger der amerikanischen Steuerpflicht, unabhängig von seinem Wohnsitz, Arbeitsplatz oder Aufenthaltsort. Auch andere Staatsbürger, die mit der Green Card eine amerikanische Niederlassungsbewilligung besitzen, dürfen sich dem langen Arm von Uncle Sams Steuereintreibern nicht entziehen. Die neue Regel zielte darauf ab, dass die Banken weltweit die Identität von US-Bürgern offen legen müssen, falls sie in US-Wertpapiere investieren. Für Länder mit einem gesetzlich verankerten Bankgeheimnis erlaubte das IRS eine abgeschwächte Variante. Deren Banken müssen seit dem Erlass von den Kunden entsprechende Erklärungen über ihr steuerehrliches Verhalten abverlangen.[20]

So viel Fiskalgewissen war natürlich nicht von jedem Kunden zu erwarten, auch wenn ein blaues Passdokument auf patriotische Charakterstärke schließen ließ. Daher mussten für die US-Bürger bei Leumi die Offshore-Experten gerufen werden, um eine neue Lösung zu suchen. Die Berater fanden sie in Panama-City, wo das Geld in eigens gegründeten Stiftungen geparkt werden kann. Die Chefetage der Bank wurde darüber in einem Meeting eigens gebrieft. Imfeld orderte gleich 30 Panama-Stiftungen bei seinen Vertrauenstreuhändern an der Bahnhofstrasse in Zürich und im liechtensteinischen Vaduz. Für Eilige halten die Dienstleister gewöhnlich die Gründungspapiere gleich in der Hängeregistratur bereit. Die Kunden müssen nur noch aus den vorhandenen phantasievollen Stiftungsnamen etwas ihnen Sympathisches aussuchen.

Andere Anwälte schworen auf Gibraltar-Trusts oder »Trusts with underlying Company«, eine Variante mit doppeltem Boden. Im gewöhnlichen Fall gründeten sie für den Kunden eine Firma in einem Land, das keine Registrierung der Gesellschafter oder Aktionäre erfordert. Die Aktien wurden dann von dem Trust gehalten. Beide Gesellschaften registrierten sie in unterschiedlichen Rechtsstaaten und Gerichtsbarkeiten, damit es im Zweifel die Häscher vom Fiskus nicht so einfach haben. Es sind Schönwetterkonstruktionen, geprägt vom Wunsch der Kundschaft, nicht erwischt zu werden.

Im Vernehmungszimmer von Staatsanwalt Landshut kamen all diese steuerlichen Tricks und Kniffe auf den Tisch. In den Augen der Zeugen behandelte der Staatsanwalt diese Vorgänge so diskret wie ihr Bankier. Denn das schweizerische Steuerrecht erlaubt ihm eine großzügige und kundenfreundliche Haltung bei diesen Dingen. Gewöhnliche Steuerhinterziehung ist in der Schweiz ein verwaltungsrechtliches Vergehen, kein Verbrechen. Daher muss der Staatsanwalt im Rechtshilfeaustausch mit seinen Kollegen im Ausland derlei Unpässlichkeiten übersehen, auch wenn die ausländischen Ermittler diese Taten durchaus als Verbrechen verfolgen würden: Was nicht im Schweizer Strafgesetzbuch steht, wird auch nicht im Rechtshilfeverfahren ausgetauscht. Er muss auch nicht wegen Geldwasche ermitteln, denn das schweizerische Gesetz erfordert eine Verfolgung nur bei Reinigungsoperationen mit Geldern, die durch ein Verbrechen generiert wurden. Handeln darf er erst, wenn er unumstößliche Beweise über einen schweren Steuerbetrug erhält, wenn der Verdächtige zum Beispiel erhebliche Täuschungsmanöver mit gefälschten Urkunden angezettelt hat.

Schwieriger wurde der Fall des australischen Börsenhändlers Rene Rivkin. Für ihn brach die Welt zusammen, als er Anfang des Jahres 2001 von Imfelds Coup erfuhr. Rivkin war für Imfeld kein besonderer Kunde. In Australien dagegen war er eine Legende. Sein extravaganter Lebensstil lieferte Storys für die Yellow Press, von den Fotoreportern ließ er sich in seinem protzigen Cabriolet bei der Fahrt über die Sydney Harbour Bridge ablichten. Dann wurden seine illegalen Börsenspekulationen enthüllt, die er über die Bank Leumi abwickelte. Untersuchungen der australischen Börsenaufsicht wegen Insiderhandels folgten.

Auf dem Zeugenstuhl konfrontierte Staatsanwalt Landshut Rivkin mit den Devisentransaktionen auf seinem Konto. Die Protokollantin notierte:

Rivkin: »So etwas habe ich noch nie in meinem Konto gesehen und Mr. Imfeld hat zu mir kein einziges Wort darüber fallen lassen.«

Landshut: »Sind Sie absolut sicher?«

Rivkin: »Ich bin mehr als sicher und ich weiß genau, dass ich diese Transaktion nie gesehen habe.«

Landshut: »Das ist aber unglücklich. Wenn Devisenhandel eine Lotterie wäre, dann würde dies einem Sechser entsprechen. Rund 99 Prozent von all diesen Devisentransaktionen waren erfolgreich. Von rund 24 Einsätzen war gerade einer ein Verlierer. Nach meiner Berechnung müssten Sie mehr als 990 000 Franken Gewinn bei diesen Geschäften gemacht haben.«

Rivkin: »Es wäre einfach zu erklären, dass es mit mir zu tun hat. Aber das hat nichts mit mir zu tun.«

Rivkin musste anschließend eine Aktion erläutern, die in seiner Heimat für Furore und Rätsel sorgte. Er hatte den britischen Fußballclub Manchester United für eine Million US-Dollar ins Land gebracht. Die Australien-Tournee spülte ihm einen Gewinn von umgerechnet 3,5 Millionen Franken in die Kasse. Der Staatsanwalt wollte wissen, welches seiner Konti für die Operation belastet wurde.

Rivkin: »Einfach irgendeines meiner Konti.«

Staatsanwalt Landshut eröffnete ihm, dass Imfeld bei seinen Geldverschiebungen nicht ein Konto Rivkins, sondern stattdessen das Konto eines älteren Herrn mit der einen Million US-Dollar belastet hatte.[21] Wieder ein raffinierter Cash-Matching-Deal? Oder einfach ein Durcheinander? Staatsanwalt Landshut konnte es nicht mehr klären. Rivkin wurde im Jahr 2003 zu einer Gefängnisstrafe verurteilt, die Strafe musste er allerdings noch nicht sofort antreten. Als sei das Schicksal mit ihm besonders ungnädig, entdeckten die Ärzte auch noch einen Hirntumor. Im Mai 2005 nahm er sich in seiner Wohnung das Leben. Sechzig Jahre alt war er geworden.[22]

Mitunter erlebte Landshut skurrile Streitigkeiten zwischen dem Ex-Banker Imfeld und den Kunden. Denn der Kontoinhaber muss nicht immer identisch mit dem Eigentümer oder dem Zeichnungsberechtigten sein. Der Kundenbetreuer muss die tatsächlich wirtschaftlich Berechtigten als »Beneficial Owner« im bankinternen so genannten Formular A eintragen. Diese Regel gilt für Schweizer Banken seit 1977, und der Portfoliomanager hat diese Urkunde wie seinen Augapfel zu hüten. So kann er zum Beispiel einen Liechtensteiner Treuhänder oder Schweizer Anwalt als Zeichnungsberechtigten notieren und den tatsächlichen Kunden als »Beneficial Owner« (BO).[23]

In Landshuts Sitzungszimmer stritten sich verschiedene Beteiligte über die wirtschaftlich Berechtigten an den Konti. Da war die Rede von »wahren BO« und solchen, die nur vorgeschoben waren. Das sollte zwar alles im Private Banking schon längst nicht mehr vorkommen, aber vor dem Staatsanwalt kamen eben die wahren Verhältnisse zum Vorschein.

Landshut sah hinter den zahlreichen Geschädigten aber auch deren persönliche Schicksale. Oft alte, gebrechliche Menschen, auch Frauen und Männer, die den Holocaust überlebt hatten. Einige von ihnen schwer krank. Häufig Geschäftsleute mit einem Ur-Vertrauen in ihr israelisches Bankhaus. Jahrelang musste er für nahezu jedes Konto klären, welcher Kunde wann was wie genau eingesehen hat, wohin das Geld wanderte und ob der eine o. andere Schaden nur vorgetäuscht war. Denn Imfelds Strafverteidiger Bernard Rambert unterstellte, dass es auch Trittbrettfahrer unter den Kunden gab: »Manche versuchen ganz offenbar, ihre Börsenverluste bei dieser Gelegenheit wieder wettzumachen, und machen deshalb falsche Angaben.« Und auch die Bank wollte nicht jede Schadensersatzforderung durchgehen lassen.

So oder so beträgt der Gesamtschaden mindestens 200 Millionen Franken. Niemand weiß es genau. Der Imageschaden für die Bank Leumi ist enorm, ihr Ruf hat stark gelitten. Für das Geschäftsjahr 2001, als die Dramen publik wurden, verzeichnete die 1953 gegründete Schweizer Bankfiliale sechs Milliarden Franken verwaltete Kundenvermögen.[24] Für das Jahr 2003 gab der Geschäftsbericht nur noch 5,5 Milliarden Franken an. Der Report verzeichnete »Reorganisationsmaßnahmen im Private Banking«. Über die »Unregelmäßigkeiten« wird von den Chronisten der Bank in schmerzloser Prosa notiert: »Anfang Januar 2001 entdeckte die Bank Kundenkonten, über die unbefugte Transaktionen von einem leitenden, lokalen Mitarbeiter ausgeführt wurden. Dieser Mitarbeiter, welcher Mitglied der Geschäftsleitung der Bank war und den Bereich Private Banking leitete, wurde unverzüglich von seinen Pflichten entbunden und von der Bank entlassen. Im Jahr 2003 befriedigte die Bank eine erhebliche Anzahl von Forderungen von Kunden, die finanzielle Schäden erlitten hatten. Die Bank bemüht sich weiterhin um die Abwicklung der verbleibenden Fälle.« Für die Geschäftsjahre bis 2003 wurden in der Bilanz für die Abwicklung der Schäden insgesamt Rückstellungen in Höhe von 205,9 Millionen Franken gebildet. Die Versicherung der Bank kam für 60 Millionen Franken auf.[25]

Ernst Imfeld ist für das Bankgeschäft verbrannt. Er hat eine kleine Beratungsfirma gegründet. Große Erfolgsstorys hat er nicht zu verkünden und wartet derweil auf seinen Prozess. Sein Verteidiger Rambert wird zunächst einmal viele Beweisanträge stellen, über die dann das Gericht befinden muss. Dann wird er wohl auch mit dem Finger auf die damals Verantwortlichen bei der Bank [illegible] uf die laschen Kontrollstrukturen und auf den hohen [illegible] k. Der Richter wird über eine klassische Urteilsformel [illegible] n müssen. Die passende Floskel wurde schon oft im [illegible] al verkündet: »Der Vollzug der Taten wurde ihm leicht ge[illegible] Das erste Urteil vor dem Bezirksgericht Zürich, wenn es denn auf schuldig erkennt, wird Imfeld gelassen nehmen. Er weiß, das Spiel geht weiter. Er wird im Zweifel durch alle Instanzen kämpfen. Das kann gut ein Jahrzehnt dauern. Und am Ende, so seine bescheidene Hoffnung, wenn die Öffentlichkeit längst über neue Rekordfälle diskutiert, wird man in einem Gerichtssaal ganz still über einen historischen Vorgang entscheiden. Seine Chancen stehen dann nicht schlecht, dass ein Richter Milde zeigt – liegt die Tat doch schon so lange zurück.

Für die Aufseher von der Eidgenössischen Bankenkommission (EBK) ist der Fall schon heute Geschichte. Sie hatten die Sache bereits im Januar 2002 nach kurzer, intensiver Untersuchung abgeschlossen. Daniel Zuberbühler, der EBK-Direktor, erklärte wenige Wochen nach dem Auffliegen des Falles: »Für mich ist das keine sensationelle Geschichte, solche Veruntreuungen gibt es immer wieder.«[26] Grundlage der EBK-Analyse war ein Prüfbericht von PricewaterhouseCoopers, der im Oktober 2001 vorgelegt wurde. »Wir hatten damals einen ganz beschränkten Wissensstand. Da war noch gar nicht das ganze Ausmaß bekannt«, sagt Nathan Landshut. Er hat der EBK in einem Brief geschrieben, dass er sein Material der Aufsichtsbehörde für Untersuchungszwecke zur Verfügung stelle. Die Akten mit Lehrstückcharakter werden ziemlich sicher im Gerichtsarchiv verstauben.

Nathan Landshut war ein Idealist. Staatsanwälte sind nicht dazu da, die Welt zu verbessern. Einem seiner Nachfolger wird es ähnlich gehen. Nicht genau so, sondern ganz anders, aber ganz bestimmt.

Sensationen

Der ganz gewöhnliche Kassenschwund im Private Banking

Hanspeter Walder erleichterte seine Bank um 75 Millionen US-Dollar. Mit dem Geld baute der Bankier ein Schloss in der Nähe von New York zu einem Luxushotel für den Jetset um. Zu seinen Gästen zählten Berühmtheiten aus Politik und Showbusiness, aber auch die Chefs seiner Bank.

Andreas Hafen führte seinen Fußballclub in der Provinz in die national bedeutsame Liga. Die Geldquellen des Clubs schienen nicht zu versiegen. Bis auf den Konti des Bankiers der Verlust von 51 Millionen Franken entdeckt wurde.

Was ist schon sensationell? Was dem Publikum und den Journalisten als Sensation vorkommen mag, ist im Berufsalltag von Daniel Zuberbühler, dem Chef der Eidgenössischen Bankenkommission (EBK), eher Tagesgeschäft. Der oberste Finanzgendarm der Schweiz ist dazu da, die Ausfallerscheinungen in der Branche zu begrenzen. Niemand erwartet von ihm, dass er sie ausrottet, ebenso wenig wie von einem Verkehrspolizisten verlangt wird, dass kein Autolenker das Geschwindigkeitslimit auf den Schweizer Autobahnen verletzt.

Fehlbare Banker gibt es immer wieder. Der Finanzplatz Schweiz ist davon nicht stärker betroffen als andere. Aber große Geldhaufen bereiten mehr Gelegenheiten. EBK-Direktor Zuberbühler winkt die Falldossiers an seinem Schreibpult durch wie ein Buchhalter der Untreue. Wenn er bei jeder veruntreuten Million eine Kerbe in seine Tischkante ritzen würde, müsste er das Pult jedes Jahr wechseln. Und die Banken sind nicht einmal sein einziges Aufgabengebiet. Er beaufsichtigt außerdem die Wertschriftenhändler und auch die Prüfgesellschaften, soweit sie Banken, Effektenhändler oder Anlagefonds revidieren. Zudem kümmert er sich um die Investmentfonds, die Börsen, die Offenlegung von Beteiligungen und die Kaufangebote bei börsennotierten Unternehmen und er hat die Geldwäschereiaufsicht über Banken, Effektenhändler und Fondsleistungen.

Daniel Zuberbühler, ein bärtiger Sozialdemokrat, gilt als pragmatischer Mann. Der 57-Jährige trat 1976 als juristischer Beamter in die EBK ein. Seine Liste der bösen Jungs – die Damenwelt tritt hier selten in Erscheinung – ergibt für die vergangenen Jahre eine stattliche Schadenssumme. Tüchtige Bankmanager haben als Robin Hoods im weißen Kragen eine gewaltige Umverteilung der Vermögen von den Kundenkonti in die Taschen von Freund, Familie oder Fußballclub organisiert.

Ein lokales »Sensatiönchen« war immerhin der Fall des UBS-Kadermannes Andreas Hafen in St. Gallen, der sich im Juli 2005 vor dem Kreisgericht St. Gallen wegen einer Millionen-Veruntreuung verantworten musste. Stundenlang verharrte der Angeklagte im Gerichtssaal, ohne nach links zu den Anklage- und Nebenklägervertretern oder nach rechts zu seinem Verteidiger zu blicken. Es schien, als wollte er das Schauspiel einfach nur schnell über sich ergehen lassen. Diese Art von Öffentlichkeit war ihm nicht geheuer und weit entfernt von der, die er suchte und jahrelang genossen hatte. Hier saß nicht mehr der Held des Private Banking, eher ein schlichter Bürger, der wieder zu sich selbst gefunden hat. Mit Hilfe des Psychotherapeuten und betreut von seinem Strafverteidiger. Wie war Hafen in diese vermaledeite Situation gekommen? Alles begann mit einem Hobby, das Andreas Hafen mit einigen Bankern und Managern teilt, die mit einem weit gefassten Eigentumsbegriff auffallen. Er war Präsident des Fußballclubs in Wil, einem schmucken, mittelalterlichen Städtchen im Kanton St. Gallen. Dem ehemaligen FC-Präsidenten wurde vorgeworfen, bei der Bank 51 Millionen Franken veruntreut zu haben. Die üblichen Anklagepunkte standen zur Beurteilung: gewerbsmäßiger Betrug, qualifizierte Veruntreuung und mehrfache Urkundenfälschung. 11 Millionen Franken soll er dem Fußball-Club zugeschanzt haben. Nur 1,4 Millionen Franken soll er in die eigene Tasche gesteckt haben, im Verhältnis eine nahezu gemeinnützige Umverteilung. »Palermo in Wil« titelte ungewohnt flott die *Neue Zürcher Zeitung* auf ihrer Sportseite.[27]

Andreas Hafen war im November 2002 an seinem Arbeitsplatz in St. Gallen festgenommen worden. Zwei Wochen musste er in Untersuchungshaft. Nach seinem umfassenden Geständnis hatten die Untersuchungsrichter ein Nachsehen. Martin Frey, der kantonale Untersuchungsrichter für Wirtschaftsdelikte, qualifizierte seinen Klienten als »global einsichtig und geständig«. Hafen hatte als Kundenbetreuer bei der UBS fiktive Firmenkonten eingerichtet. Über diese bezog er Geld für eigene Bedürfnisse. Später eröffnete er im Namen von Kunden, die ihre Kreditlimite nicht ausgeschöpft hatten, zusätzliche Konten. Als Clubpräsident zeigte er derweil milieufreundliche, mannhafte Managerqualitäten. Eher zimperliche Zeitgenossen empfanden ihn auf der Tribüne als Choleriker. In kürzester Zeit organisierte Hafen den Vorstand des Vereins um, übernahm beflissen die Ressorts Finanzen und Transfers. Über die Konten fiktiver Kunden ließ er dem FC Wil seit 1998 die Millionen zukommen. »Sein« Club durfte den Aufstieg in die Nationalliga feiern.

Um Erklärungen für den Geldsegen war er nicht verlegen. »Eine nicht genannt sein wollende Investorengruppe« sei der Sponsor. Nicht originell, aber immer wieder erfolgreich vorgetragen und gerne geglaubt. Eigentlich habe er keine bösen Absichten gehabt, sondern sich lediglich verkalkuliert. Mit den Investments habe er den Club berühmt machen wollen. Dann hätte er die Spieler gewinnbringend verkauft und damit die heimliche Schuld bei den UBS-Konti wieder abgetragen.[28]

Andreas Hafen wurde in erster und zweiter Instanz wegen gewerbsmäßigen Betruges und der mehrfachen Urkundenfälschung schuldig gesprochen und verurteilt zu einer Freiheitsstrafe von fünf Jahren. Er wurde verpflichtet, der UBS rund 51 Millionen Franken zurückzuzahlen.[29]

Andreas Hafen verfolgte die Beratungen im Gerichtssaal, auf einem einfachen Holzstuhl sitzend, wie ein unbeteiligter Zuschauer: Starr nach vorne gerichtet sein Blick, ungerührt und unbewegt seine Haltung. Über »fiktive Konten« wurde gesprochen, siebzig gefälschte Unterschriften wurden erwähnt, von krimineller Energie war die Rede. Sein Mandant schäme sich »wie ein Hund«, sagte sein Verteidiger. Er wage sich nicht mehr in seine Heimatstadt.

Der Staatsanwalt sprach von einem Doppelleben. Der Antrieb sei »bloße Geltungssucht oder Angeberei« gewesen. Hafen war ein Blender und ließ sich blenden. Zum Verhängnis wurden ihm Großkredite in Höhe von rund 35 Millionen Franken an einen Unternehmer, mit dem er sich anfangs gut verstand, der aber bald seine prekäre Lage skrupellos ausnutzte. Hafen sei sehr fleißig gewesen. »Er wendete einen ansehnlichen Teil seiner täglichen Arbeitsenergie für diese Tathandlungen auf«, resümierte der Ankläger. Dazu habe er sich »den laufend verbesserten Missbrauchsvorkehrungen« seines Bankhauses angepasst. Und er wusste wohl auch, was er tat. Ein psychiatrisches Gutachten des Thurgauer Forensik-Arztes Thomas Knecht verneinte, dass er in einer Art Trance-Zustand gehandelt habe, wie dies von den Verteidigern behauptet wurde.

Dem Anwalt der UBS, die als Nebenklägerin am Verfahren teilnahm, blieb nur noch ein Seufzer: »Verdunstet ist das Geld allemal.« Der wiederum musste Vorwürfe der Verteidiger einstecken, die UBS habe ihre Aufsichtspflicht versäumt und nichts gemerkt. Und das, obwohl Hafen, so der Verteidiger, alles falsch machte, was er falsch machen konnte: »Niemand hat es bemerkt.« Die Controller der Bank hatten es offenbar versäumt, die Kundenadressen konsequent zu prüfen. Innerhalb von elf Jahren wurde Hafen lediglich dreimal von der Innenrevision der UBS überprüft, während er ein Gesamtportfolio von rund 350 Millionen Franken verwaltete.

Täterprofile heute: Gier und Geltung

Der Fall Hafen zeigt ein typisches Profil des modernen Business-Täters. Während früher die Hausdetektive noch in Mitarbeitern, die in einer persönlichen Finanznotlage steckten, ein wichtiges Alarmsignal zu erkennen glaubten, wissen sie heute, dass die modernen Langfinger im Unternehmen eher vom Ego getrieben sind als von der Not. »Aber dieses Täterprofil gilt in der Tat nicht mehr für die großen Multimillionenbetrugsfälle im Management«, sagt der amerikanische Revisionsspezialist John D. O'Gara. Er findet den klassischen Typus nur noch bei Betrügereien in den unteren Rängen der Unternehmen vor.[30] Die Täter sind nicht mehr die Familienväter, die sich Sorgen um die Bezahlung ihrer Kredite und Rechnungen machen müssen.[31]

Gier und Geltung sind die modernen Merkmale. Es sind eher materiell übersättigte Typen, deren Verhältnis zum Geld aus dem Lot geraten ist – oft verbunden mit einer sozialen Umgebung in der Bank, in der dies vorgelebt wird. Sie lieben das Geld und deshalb lieben sie ihre Kunden. Sie reagieren nicht mehr auf klassische soziale Verhaltensnormen, weil diese nur noch bei einer Minderheit ihrer Kunden anzufinden sind. Ihre professionelle Distanz zu den schrägen, aber steinreichen Kunden verschwindet und macht im Extremfall einer Hyperidentifikation Platz. Plötzlich bewegen sie sich in einem Milieu, in dem die Räuber-Mentalität Alltag ist.[32]

Die Partys der Reichen und Möchtegernreichen werden ihr sozialer Orientierungspunkt. Das Jetset-Weekend in St. Tropez oder die Ferrari-Tour an den Genfer See werden zum Standard. Und merkwürdigerweise lieben viele Kunden reiche Banker, oder zumindest solche, die den Anschein des Reichtums ausstrahlen. Miteinander leben und arbeiten sie in der Crime-Melange. So kommt es, dass sich komplette Firmeneinheiten, Arbeitsgruppen oder Abteilungen konstant gesetzeswidrig verhalten. Das Problem sei, dass oft ganze Systeme inklusive Management, etwa eine komplette Filiale im Ausland, korrupt seien, nicht nur Einzelpersonen, sagt der Zürcher Strafrechtsprofessor Daniel Jositsch.[33] Sie lernen voneinander und legitimieren sich gegenseitig. So entsteht eine Subkultur auf der Teppichetage, die auch ihre eigene Sprache entwickelt, deren Bedeutung von außen nicht verstanden wird.

Ist ein Einzeltäter erst einmal aufgeflogen, stoßen herbeigerufene Ermittler dann auf eine durchgängig illegale oder zumindest normverletzende Kultur. Oft wird eine Häufung zweifelhafter Kundengelder entdeckt sowie Klienten, die durch illegale Machenschaften zu ihren Vermögen kamen. Sie entdecken Chefs, die illegale Praktiken vorleben und Leistungsvorgaben machen, die nur durch Tricks erreicht werden können. Sie finden Gratisaktien, teure Einladungen und enthüllen »Kick Backs« – versteckte Zahlungen, die zum Beispiel deren institutionellen Kunden bei Investments abgezweigt werden. Oder bei der Zuteilung von frischen Aktien einer neu lancierten Gesellschaft beim Börsengang (IPO).

Immer öfter finden sich so genannte Retrozessionen, von denen die Kunden nichts erfahren. Gemeint sind Provisionen, die den Vermögensverwaltern bei der Kapitalanlage der Kundenvermögen gewährt werden, die jedoch nur teilweise oder gar nicht an die Kunden weitergegeben werden, obwohl die Kunden ein

Anrecht auf die Rückvergütung haben. Solche »Retros«, wie sie im Schweizer Branchenjargon heißen – in Deutschland werden sie als »Provisionsteilung« bezeichnet –, sind eigentlich ein Relikt aus vergangener Zeit. Ihre Handhabung ist nirgendwo sauber gesetzlich geregelt, allenfalls nach den Grundsätzen des Obligationenrechts, das dem Vermögensverwalter vorschreibt, alles zu erstatten, was ihm bei seiner Tätigkeit im Auftrag des Kunden »aus irgendeinem Grunde zugekommen ist«.[34] Die »Retros« funktionieren wie ein Mengenrabatt, hängen also von der Summe des verwalteten Vermögens ab. Bis 30 Millionen Franken Vermögen werden rund 30 Prozent der Courtagen gezahlt, ab 50 Millionen sind es 50 Prozent. Weil sie für den Vermögensverwalter einen Anreiz schaffen, möglichst viele Geschäfte für den Kunden abzuschließen, können sie zum so genannten Churning verführen, dem »Buttern«. Wie der Rahm, der so lange gerührt wird, bis daraus Butter entsteht, wird das Geld des Kunden sinnlos an der Börse »gedreht«, damit bei jeder Transaktion die entsprechenden Gebühren abkassiert werden können.

Am Bereicherungssystem werden Pensionskassenmanager beteiligt, die gegen eine Gefälligkeit oder ein kräftiges Zubrot die Gelder ihrer Kunden den korrumpierenden Bankern und Fondsverwaltern zuschanzen, die dann in zweifelhaften Investments landen. Die fleißig einzahlenden Kassenmitglieder ahnen nicht, was mit ihrem Geld geschieht. Sie haben keine Chance, jemals zu entdecken, dass ein Verlust durch eine »Fehlinvestition« der Pensionskassenmanager kriminell motiviert war. Einige der Schweizer Pensionskassen-Pleiten und -Krisen der vergangenen Jahre sind nach diesem Schema abgelaufen.

Während die Mitarbeiter im Private Banking oft von der Kundenwelt geprägt werden, verhält es sich bei den Kollegen in den Handelsräumen ihrer Geldhäuser umgekehrt. Die Broker, die Händler der Wertschriften, Devisen und Derivate, leben in einer geschlossenen, homogenen Kultur, sie sind quasi von der Außenwelt abgeschottet. Sie führen eine gefährlich isolierte Existenz. In den Handelszeiten sitzen sie oft zehn oder zwölf Stunden hinter ihren Monitoren, je nach Handelsplätzen und gehandelten Werten tagsüber oder nachts. Vollklimatisiert und ohne natürliches Licht müssen sie ihre volle Konzentration für die große Menge Geld einsetzen, die ihnen zur Verfügung steht. Ihren Stress setzen sie in der Freizeit fort, in ihrer geschlossenen Partywelt. Der ehemalige Salomon-Brothers-Broker Michael Lewis beschrieb den schrägen Berufsethos in einem viel beachteten Erfahrungsbericht: »Die Spielregeln beim Lügen-Poker waren so etwas wie der Kodex von Revolverhelden.« Und »flexible ethische Standards« sind keine Seltenheit.[35]

Von den Kollegen im Private Banking unterscheidet die Broker vor allem das Zeitgefühl. »Den Banker interessieren die Vorhaben seines Kunden im nächsten Jahr. In der Welt der Händler gibt es nur ein Heute und ein Morgen«, erläuterte Andrew Tuckey, der wichtigste Manager der Londoner Barings Bank, den Kontrolleuren der Bank of England den bankinternen Kulturbruch, als diese daran gingen, den größten Bankenbetrugsfall der Geschichte zu analysieren, der von einem einzelnen Mitarbeiter verursacht wurde.[36]

Es ging um den Paradefall des Barings-Händlers Nick Leeson, der am 2. März 1995 am Frankfurter Flughafen mit einem Tom-Clancy-Thriller unterm Arm festgenommen wurde und im darauf folgenden Dezember in Singapur zu sechseinhalb Jahren Gefängnis verurteilt wurde. Sein Schurkenstück wird als Lehrbeispiel in Kriminalisten-Vorlesungen und den Bankanalysten-Kursen für den Abschluss eines Certified Financial Analyst (CFA) durchexerziert.[37]

Leeson war erst zwei Jahre lang Börsenhändler für Barings in Singapur und noch keine 28 Jahre alt, als er mit einem ärmlichen Abschiedsbrief untertauchte: »Meine aufrichtigen Entschuldigungen für die schlimme Lage, in der ich euch zurückgelassen habe«, schrieb er seinen Kollegen, »aber der Druck, dem ich geschäftlich wie privat ausgesetzt war, ist zu stark geworden, als dass ich ihn noch ertragen könnte.«

Der smarte Yuppie hatte seiner Bank einen Handelsverlust

von 827 Millionen Pfund beschert. Das Traditionshaus ging daraufhin nach 233 Jahren unter. Seine letzten Wochen bei Barings hatte er nur unter Magengeschwüren ausgehalten. Immer wieder musste er von seinem Platz im Handelsraum zur Toilette eilen, um sich zu übergeben. Er war körperlich am Ende. Er handelte mit Derivaten, einer sehr risikoreichen Disziplin, bei der auf einen künftigen Termin eines Wertpapiers gewettet wird. Diese Finanzinstrumente werden mit hohen Kreditbelastungen gehandelt, weil sie gewöhnlich zu einem Bruchteil der zugrunde liegenden Papiere gekauft werden, die auf gewöhnlichen Aktien, Obligationen, Devisen, Börsenmarktindizes oder auch Rohstoffen basieren können. Entsprechend gravierend kann eine »Hebelwirkung« zu enormen Kursbewegungen der Derivate führen.

Leeson hatte mit Derivaten gehandelt, die auf japanische Werte setzten. Sein Milliardenspiel kam im Januar 1995 ins Trudeln, als der Nikkei-Börsenindex nach dem schweren Erdbeben von Hanshin zu stürzen begann. Über seinen letzten Börsentag erzählte Leeson in seinen verfilmten Zocker-Memoiren: »Ich hatte mit den Armen gefuchtelt, gebrüllt, gegrinst, Händlerzettel ausgefüllt und sie ins Back-Office geschickt. (...) Ich hatte noch mehr Geld verloren, weiß der Himmel, wie viel. Ich hatte versucht, meine Bestände abzubauen, und am Ende doch um 4000 Kontrakte erhöht. Ich versuchte, klaren Kopf zu behalten: Heute war Donnerstag, und in zwei Tagen hatte ich Geburtstag. Die Singapore International Monetary Exchange (SIMEX) würde morgen einen Nachschuss von mindestens vierzig Millionen US-Dollar auf meine Kontrakte erheben. Das war das Ende. Ich gab den Kampf auf.«[38]

Auch in der Rückschau war ihm die Selbstüberschätzung geblieben: »Ich hatte heute alles gekauft, was der Markt hergab. Der Nikkei-Index war um 330 Punkte gefallen, aber ohne mich wäre er 1000 Punkte abgesackt.« Es war das typische Selbstzeugnis eines Wirtschaftsstraftäters, der nach anderen Schuldigen für seine Geschichte suchte, nach höheren Kräften, die sein Schicksal besiegelt hatten: »Ich war überzeugt, dass unsere Telefone angezapft waren: Es war einfach unfassbar, dass mir die anderen jedes Mal um

Sekundenbruchteile zuvorgekommen waren.«[39] Seit Jahren hatte er seine riskanten Einsätze aufgebläht, die er der Bank verheimlichte, indem er die Verluste einem »Fehlerkonto« zuschrieb, das gewöhnlich für geringfügige Fehlbuchungen vorgesehen ist. Er konnte dafür sorgen, dass das Konto mit der chinesischen Glücksnummer 88888 von der Konzernbuchhaltung elektronisch nicht korrekt erfasst wurde, weil er zugleich für die Abrechnungsarbeiten und die Geschäftsabschlüsse verantwortlich war. Leeson saß somit zugleich am Front-Desk wie auch im Backoffice. Auf dem Papier wurden nur Gewinne verzeichnet, so dass die Bank – auf Grund der falschen Zahlen – gewaltige Boni an die Top-Händler und Manager ausschüttete. Alle profitierten von seinen Luft-Gewinnen. Zum Schluss waren 102 Millionen Pfund für die Prämienzahlungen im Topf. Leeson selbst kassierte im letzten Jahr 450 000 Pfund Bonus.

Sein simples Versteckspiel bescherte ihm intern und auch am Börsenplatz einen Bombenruf. Vorgesetzte und Kollegen bezeichneten ihn als »Wunderheiler« und »Goldjungen«. Ein Barings-Manager erinnerte sich an sein Erstaunen über Leesons Erfolg: »Himmel! Wie macht der das? Wir sollten das restliche Unternehmen schließen.« Gerüchte gingen um, ein geheimnisvoller Großinvestor stecke hinter Leesons Marktmacht. Vom US-Milliardär George Soros war die Rede.

»Nick war wie jeder andere Händler«, erzählt die britische Finanzjournalistin Judith Rawnsley. Sie hatte früher selbst als Analystin für Barings in Asien gearbeitet und publizierte den ersten Insiderreport über den Fall. Die Händler würden durch ihre Arbeitsbedingungen verändert. Sie zitiert einen Londoner Derivatehändler, der die »Subkultur aus aggressiven jungen Männern« beschreibt: »Sie sind einfach Kinder.« Arrogant, von dem Gefühl der Unverwundbarkeit beseelt, durch gewaltige Saläre und Vergünstigungen verwöhnt, ohne Gefühl für das richtige Maß: »Geld zu verlieren und zu gewinnen beeinflusst einen. Man kann zurückhaltend sein, aber wo Geld im Spiel ist, verändert man sich.«[40]

Ihr Werteverlust korrespondiert mit einem maßlosen Wertgewinn auf ihren Salärkonti. Leesons Vorbild bei Barings war die Händlerlegende Christopher Heath, der schon 1986 in London als Britanniens höchstbezahlter Manager Schlagzeilen machte.[41] Er kassierte damals bereits ein Jahreseinkommen von 2,5 Millionen Pfund und zusätzliche Gewinnbeteiligungen in etwa gleicher Höhe, während Peter Barings, der damals amtierende Patron von Londons ältester Handelsbank, mit der U-Bahn zur Arbeit fuhr. Als das Spitzengehalt bekannt wurde, mokierte sich Heath: »Der Neid betrat die Bühne.« Skrupel waren nicht gefragt, seine Leute strebten konsequent danach, eiligst zu den auserwählten Stars zu gehören.

Nur außerhalb der Londoner Fleetstreet wunderte man sich nach dem Zusammenbruch von Barings, als die Manager in den ersten Krisen-Verhandlungen mit der Bank of England darauf pochten, dass die versprochenen Bonuszahlungen von insgesamt rund 100 Millionen Pfund ausgezahlt werden müssten, um eine drohende Kündigungswelle abzuwenden.

Leeson war als schüchterner, junger »Twentysomething« in Singapur eingetroffen. Am Ende hatte er tatsächlich alle Maßstäbe verloren. Im Büro änderte er sein Computerpasswort in »Superman«. Im Kricketclub wurde er wegen rassistischer Angriffe auf das Personal verbannt. In New York blätterte er nach einem Seminar 600 US-Dollar für eine Trink-Wette mit Wodka-Martini auf den Bartisch, als wäre das gar nichts. Und in Singapur landete er nach einer Sauftour in der Gefängniszelle, weil er in einem Restaurant dem Publikum seinen nackten Hintern hinstreckte. Der Job hatte aus ihm eine »multiple Persönlichkeit« gemacht, meinte ein Kollege.

»Was also geschah mit Nick Leeson?«, fragte Biographin Rawnsley. »Ich glaube, sein Wunsch zu gefallen – seinen Kunden, Kollegen und Vorgesetzten –, und seine Angst, ihnen zu missfallen, waren so groß, dass er absurde Schritte unternahm, um das zu erreichen, was er wollte.« Die Autorin resümierte: »Er war kein Erzbösewicht.«[42]

Machiavellistische Intelligenz und die Rede von der Kultur des Vertrauens

So wie sich die Arbeitskulturen auf allen Finanzplätzen der Welt ähneln, so gleichen sich auch die Täterprofile, die von den Finanzermittlern rund um den Globus erstellt werden. New York, Singapur, London, Zürich – auch die Kniffe sind die gleichen.[43] Ein Zürcher Banker, der für eine Auslandsbank arbeitete, erzählte der Presse offenherzig aus der Trickkiste, freilich anonymisiert: »Ein Broker ruft mich an und sagt: ›Ich habe Aktien einer interessanten neuen Firma. Wenn du für deine Kunden einen Block von zwei Millionen Dollar zeichnest, kann ich dir kostenlos IBM-Aktien für 10 000 Dollar organisieren.‹« Das Unrechtsbewusstsein des Anonymus hielt sich in Grenzen: »Bin ich korrupt, weil ich die IBM-Aktien einstecke, wenn doch meine Kunden ihrerseits ein gutes Geschäft machen?« Wie immer wird dabei gerne übersehen, dass bei jedem kriminell verursachten Spekulationsgeschäft an der Börse immer auch ein »Dummer« existieren muss, der die Papiere ahnungslos zum falschen Zeitpunkt kauft.[44]

Solche kriminellen Machenschaften funktionieren oft sehr lange, denn es gibt meist keine unmittelbar Geschädigten, die einen Schaden erkennen können. Und es gibt keine Kläger. Die schräge Praxis fällt erst dann auf, wenn plötzlich andere Untersuchungen das System aufbrechen, zum Beispiel durch einen betrügerischen Konkurs eines Kunden, der Bankenermittlungen auslöst und die Verstrickungen mit dem Kundenbetreuer ans Tageslicht bringt. Oder ganz banal durch den Rosenkrieg mit der geschiedenen Ehefrau.

Kriminalist Edwin Sutherland schaffte es 1939, in seiner Zunft mit dem Stereotyp des Unterschicht-Kriminellen aufzuräumen. Noch war es neu und provokativ, dass »mächtige Geschäftsleute und professionelle Männer« ebenso regelmäßig kriminell wurden. (Frauen waren als White-Collar-Täterinnen noch nicht entdeckt.) Er formulierte Merkmale für die Kriminellen aus der Oberschicht, die auch heute noch gelten: Sie operieren häufig unerkannt, und werden sie erwischt, werden sie oft nicht angeklagt.

Werden sie doch einmal angeklagt, kommen sie meist mit milden Urteilen, zumeist Geldstrafen, davon. Sutherlands empirischer Befund erregte die Fachwelt, als Erster hatte er die endemische Charakteristik des Phänomens beschrieben. Er hatte 547 Verstöße gegen die 70 größten amerikanischen Industrie- und Handelsunternehmen ausgemacht, im Durchschnitt 7,8 Prozent pro Unternehmen und keines war unbetroffen. Von den ermittelten Normverletzungen waren nur neun Prozent von Strafgerichten geahndet worden, obwohl 87 Prozent der Verstöße strafrechtlich bedenklich waren.[45]

Der Hamburger Kriminologe Fritz Sack spricht davon, dass kriminelle und normgerechte ökonomische Aktivitäten weitgehend identisch seien. Das ganze traditionelle Rüstzeug seiner Zunft sei untauglich, weil es eben auf der »Unterscheidbarkeit krimineller und nichtkrimineller Handlungen und Personen insistiert«.[46] Dieser kriminologische Befund deckt sich mit den Erfahrungen des Schweizer Psychiaters Thomas Knecht, Arzt und Forensiker aus Münsterlingen im Thurgau, der viele Business-Kriminelle aus gutachterlichen Untersuchungsgesprächen kennt. Er zählt besondere Fähigkeiten auf, die uns durchaus an manche Lichtgestalt aus Politik und Wirtschaft erinnern, etwa extreme karrieristische Kompetenzen oder eine »machiavellistische Intelligenz«.[47]

Die modernen Kriminologen unserer Tage erkennen ungebrochen die »Unsichtbarkeit« als Wesensmerkmal der Wirtschaftsstraftaten.[48] Bei den Banken dürfte dieses Phänomen besonders ausgeprägt sein, weil die Täter sich besonders gut unter Berufung auf ihr Berufsgeheimnis und die vertrauliche Natur ihres Geschäfts schützen können.

Dies hat auch die Eidgenössische Bankenkommission (EBK) erkannt. Sie setzte sich für verpflichtende Regeln ein, um so genannte »Whistleblower«, also gesetzestreue Mitarbeiter, die ihre kriminellen Kollegen verpfeifen, zu schützen. Damit könnten zweifelhafte Aktivitäten rechtzeitig erkannt und kriminelle Angestellte abgeschreckt werden. Der Schutz der »Whistleblower« ist seit den großen Betrugs- und Bilanzfälschungsskandalen für amerikanische Unternehmen oder an der Wallstreet zugelassene Aktiengesellschaften Pflicht, festgeschrieben im strengen Sarbanes-Oxley-Act, einem Gesetz, das unter dem Eindruck der Skandale verabschiedet wurde. Denn prominente Fälle waren durch standhafte Manager bekannt geworden, die an den krummen Spielen nicht mitwirken wollten.

Die EBK blitzte mit ihrer Initiative aber beim Interessenverband der Banken ab.[49] Die Schweizerische Bankiervereinigung (SBVg), in der kleine und kleinste Privatbanken wie auch die Großen der Branche vertreten sind, stellte sich gegen den EBK-Vorschlag. Ein Gesetz sei nicht nötig. Die Banken hätten längst wirksame Vorkehrungen getroffen. Überdies würde durch solche Regelungen das Arbeitsklima vergiftet.[50] Fragt sich bloß, mit welchem Begriff von gutem Arbeitsklima hier argumentiert wird. Die »Vertrauenskultur« der illegalen Kumpanei oder eine moderne Managementkultur, die klare Regeln gegen die – zumeist vorgesetzten – Verführer im System aufstellt?

»Entweder man ist naiv und sagt, dass es in der Schweiz keine Korruption gibt. Oder man ist Realist und fragt sich, weshalb die Korruptionsfälle kaum je aufgedeckt werden«, meint Strafrechtler Daniel Jositsch. Und Christof Müller, St. Galler Experte der Finanzkriminalität, hat bereits 1997 die Bestechung unter Privaten als »eines der letzten Tabus« im Schweizer Wirtschaftsleben zum Thema gemacht, als er den einzigen Gesetzesartikel auseinander nahm, der die Bestechung im privatwirtschaftlichen Umfeld regeln sollte: den Artikel 4 lit. B des Bundesgesetzes über den unlauteren Wettbewerb (UWG). Müller war dabei auf eine skurrile Merkwürdigkeit gestoßen. Die damit zu ahndende »Bestechung von Angestellten als Mittel des Wettbewerbs« kam vor Gericht nie vor. 50 Jahre lang blieb der Artikel ungenutzt. Strafanträge wurden offenbar nicht gestellt. Es gab einfach keine Urteile und keine Verhandlungen.[51] »Daraus im Umkehrschluss zu schließen, dass solches Verhalten in der Geschäftspraxis nicht vorkommt, wäre aber sicherlich blauäugig«, meinte Kriminalistik-Forscher Müller, der heute als Wirtschaftsanwalt Banken und Unternehmen berät.[52]

Auf nahezu 100 Prozent schätzt Anne Schwöbel, die Schweizer Geschäftsführerin der Antikorruptionsorganisation Transparency International, die Dunkelziffer bei Korruptionsdelikten in ihrer Heimat – und befindet sich damit im Widerspruch zum alljährlich publizierten Korruptionsindex ihrer Organisation, der mit schwachen Analyseinstrumenten versucht, ein weltweites Ranking korrupter und weniger korrupter Staaten zu entwickeln.[53]

Lokalnachrichten vom Finanzplatz: Die Verlustrechnung

Kriminal-News aus der Bankenwelt sind alltägliche Routine geworden. Ein Auszug aus der Hitliste der jüngsten Verfehlungen Schweizer Bankiers ergibt einen Cashflow von den rechtmäßigen Eigentümern zu den Kreativen und Neureichen von 3,48 Milliarden Franken. Diese Summe und die dahinter stehenden Fälle sind jedoch nur die Spitze des Eisbergs, denn Statistiken gibt es nicht, weder in den Kantonen noch für die gesamte Eidgenossenschaft und schon gar nicht international.[54]

- Im August 2003 hat die Bank Crédit Agricole Indosuez in Lugano einen Vizedirektor entlassen und wegen ungetreuer Geschäftsführung angezeigt. Er hatte illegale Transaktionen ausgeführt, um Millionenverluste auf von ihm betreuten Konti zu kaschieren. Deliktssumme: rund 10 Millionen Franken.[55]
- Im Januar 2003 wurde der ehemalige Chefbuchhalter der Bank Adamas in Lugano vom Zürcher Obergericht zu dreieinhalb Jahren Zuchthaus verurteilt. Er hatte das Institut, das heute unter dem Namen Bipielle Bank Suisse firmiert, um Millionen erleichtert und war im August 2001 verhaftet worden. 2003 wurden zwei weitere Mitarbeiter der Bank festgenommen. Sie hatten Kundengelder abgezweigt. Das Delikt: 41 Millionen Franken.[56]
- Bei der Tessiner Raiffeisenbank in Balerna wurden im August 2004 zwei ehemalige Direktoren festgenommen. Einer der beiden hatte sich selbst wegen betrügerischer Devisengeschäfte angezeigt. Deliktssumme: rund 100 Millionen Franken.[57]

- Die kleine Raiffeisenbank Uetendorf-Thun im Berner Oberland entdeckte im Dezember 2002 ein Loch in der Kasse und reichte Strafanzeige gegen zwei ehemalige Bankchefs ein. Deliktssumme: neun Millionen Franken.[58]
- Ein Ex-Direktor der Discount Bank and Trust Company in Lugano wurde im Februar 2002 wegen ungetreuer Geschäftsbesorgung von dem Institut verklagt. Deliktssumme: unbekannt.[59]
- Im Januar 2005 deckte die interne Kontrolle bei der Zürcher Niederlassung der Dresdner Bank (Schweiz) den Betrug eines Teamleiters auf. Deliktssumme: rund 14 Millionen Franken.[60]
- Bei der Waadtländer Kantonalbank (BCV) in Lausanne wurde seit 2003 gegen 13 Personen wegen Bilanzmanipulationen ermittelt, darunter auch Mitglieder der Geschäftsleitung, des Bankrates und der Revisionsorgane. Die Anklagepunkte lauten auf falsche Auskünfte über Unternehmen, ungetreue Geschäftsführung und Urkundenfälschung. Unter anderem sollen sie ein Offshore-Firmennetz für Bonuszahlungen an die Manager eingerichtet haben. Ein Jahr später wurde ein weiterer Veruntreuungsfall aufgedeckt. In einer Auslandsfiliale der Bank wurden zwischen 1996 und 1999 insgesamt 450 000 Franken unrechtmäßig abgehoben. Von der Kantonsregierung ermittelter Gesamtschaden: drei Milliarden Franken.[61]
- Bei der St. Galler Bank Thorbecke wurden so genannte Schubladengeschäfte getätigt. Während gewinnbringende Börsendeals einem engen Kreis bestimmter Kunden nachträglich zugeteilt wurden, gingen Verlustgeschäfte zu Lasten der Bank oder der Kunden, die der Bank einen Verwaltungsauftrag erteilt hatten. Nur die Übernahme durch die St. Galler Kantonalbank bewahrte sie vor der Liquidation. Deliktssumme: rund 1,5 Millionen Franken.
- Im März 2002 wurde ein Ex-Generaldirektor der Genfer Kantonalbank 18 Tage lang in U-Haft gesteckt. Gegen den Manager und weitere Exponenten der Kantonalbank wurde nach der Entdeckung von Milliardenverlusten in den neunziger Jahren ermittelt. Verluste von bis zu vier Milliarden Franken wurden nicht

ausgeschlossen. Ihnen wurde Gehilfenschaft bei der ungetreuen Geschäftsführung und Betrug vorgeworfen. Unter anderem sollen Blankokredite von zehn Millionen Franken für den Kauf von Luxusgütern, Steuerzahlungen und für Sponsorgelder an den Genfer Fußballclub FC Servette genutzt worden sein. Deliktssumme: mindestens 50 Millionen Franken.[62]

- Bankier Enrique Perusquia wurde 2002 von der US-Börsenaufsicht verurteilt, weil er zwischen 1992 und 1998 einen vermögenden Privatkunden betrogen hatte. Als Senior Vice President bei Lehman Brothers in Genf, später beim US-Institut PaineWebber, hatte er das Kundenvermögen, das auf verschiedenen Schweizer Bankkonti deponiert war, ohne Auftrag in spekulative Goldminen-Firmen investiert. Von den Minengesellschaften erhielt er im Gegenzug verdeckte Provisionen (»Kick Back«) und Aktien, die er seinen Briefkastenfirmen auf den Britischen Jungferninseln zukommen ließ. Er hatte dafür Kundenunterschriften gefälscht und falsche Konto-Statements angefertigt. Die amerikanische Börsenaufsicht SEC erklärte vor dem Bezirksgericht für Nordkalifornien in San Francisco: »Die Schweizer Banken haben auf Perusquias Anordnung die Konten-Statements und Korrespondenz nicht an den Klienten, sondern an Lehman und PaineWebber geschickt.« Deliktssumme: rund 88 Millionen Franken.[63]
- Bei der UBS-Filiale in New York flog der Banker Hanspeter Walder auf, nachdem er 20 Jahre lang Kundengelder veruntreut hatte. Der Schweizer wurde am 24. September 2001 verhaftet. Walder hatte sich im New Yorker Vorort Tarrytown ein Schloss gekauft und zu einem Luxushotel mit hundert Angestellten und Zimmerpreisen bis zu 800 US-Dollar umgebaut. Er beherbergte Topmanager seiner Bank, aber auch Politiker wie die Ex-Außenminister Colin Powell und Henry Kissinger. Derzeit ist er im US-Bundesstaat Ohio als Gefangener mit der Nummer 509 13-054 registriert. Dem Schweizer Korrespondenten Peter Hossli erzählte Walder seinen Trick: Er hatte von dem jahrelang nicht angetasteten Konto eines iranischen Kaufmanns regelmä-

ßig Tranchen auf sein Zürcher Konto bei der Schweizerischen Kreditanstalt (SKA), der heutigen Credit Suisse, überwiesen. In New York konnte er von diesem Konto Barbezüge entnehmen. Später beantragte er Kredite für seine vermögenden Kunden ohne deren Wissen. Die Kreditkonti verheimlichte er der Kundschaft, die Unterschrift unter die Darlehensverträge hatte er gefälscht. Etwa fünfzig Mal überwies er die Kreditbeträge auf ein Konto bei der Bank of New York. Es lautete auf den Namen 400 Benedict Corporation. 400 Benedict war die Adresse seines Schlosses in Tarrytown. »HP«, wie Walder intern genannt wurde, machte sich in der bedeutenden Bankfiliale unentbehrlich, seine Anrufe ließ er stets aufs Funktelefon umleiten, auch in Ferienzeiten. Kurz vor seiner Verhaftung wurde er in den »Chairman's Club« aufgenommen, einen exklusiven Kreis von Topbankern der UBS. Das Castle wurde von der Bank beschlagnahmt und verkauft. Deliktssumme: 97 Millionen Franken.[64]

Die UBS hat das Schicksal, häufiger mit Meldungen über veruntreute oder sonst wie verbrannte Gelder in die Medien zu geraten, weil es zur erklärten Strategie der Großbank mit Weltruf gehört, solche Fälle offen zu legen und vor Gericht zu bringen. Zum Beispiel im Februar 2004, als ein Aktienanalyst in Hongkong den Hut nehmen musste, nachdem er von einer Antikorruptionseinheit festgenommen wurde.[65] Oder der Fall des 36-jährigen Basler Kundenbetreuers im Private Banking im Rang eines Vizedirektors. Der Titel klingt gut, hat aber auf einer Banken-Visitenkarte nicht viel zu bedeuten. Der Mann wurde 2001 inhaftiert, nachdem ungewöhnliche Kunstkäufe ruchbar wurden. Für rund 20 Millionen Franken hatte er Bilder gekauft und einem 72-jährigen Kunstliebhaber aus dem Elsass überlassen. 41 Millionen Franken hatte er veruntreut. Vom Basler Strafgericht wurde er im Februar 2007 wegen Betruges zu drei Jahren Gefängnis verurteilt. Die konfiszierten Bilder wurden der geprellten Großbank überreicht, in ihren Besitz gingen Bilder von Renoir, Giacometti, Kirchner, Botero und Hodler über.

Die UBS mit ihren weltweit mehr als 67 000 Mitarbeitern und

2,25 Billionen Franken verwalteten Kundenvermögen hat wohl prozentual ebenso viele schwarze Schafe in den eigenen Reihen wie andere Großbanken und schämt sich nicht, diese publik zu machen.[66] Unangenehmer sind der UBS Altfälle, die heute in zweiter oder dritter Instanz durch die Gerichtssäle getrieben werden. Denn die Regeln und Gebräuche ändern sich schnell im Bankengeschäft. Dieser negative Effekt der forensischen Zeitverschiebung kann Banken und Unternehmen im Ansehen schwer belasten, während die Täter, längst im Rentenalter angekommen, den endlosen Kampf um ihr Recht austragen. Was nach heutigen Regeln noch als gerade eben machbar gilt, könnte schon in einigen Jahren nicht nur zum schlechten Ton gehören, sondern sogar verboten sein. Das Publikum urteilt allerdings nicht nach dem alten, längst vergessenen Normenstandard, es richtet stets nach dem aktuellen Rechtsgefühl. So gesehen können sich die Angeklagten über langwierige Prozesse freuen: Die Bedingungen für Täter sind gut, für den Finanzplatz sind sie schlecht. So wird die Bankengemeinde Opfer einer behäbigen, schwerfälligen und personell unterbesetzten Justiz.

Alles Sensationen? Regt sich darüber jemand auf? Nein, sagen die Profis, in Wirklichkeit erregen sich nur ein paar aufgeblasene Journalisten. Und in der Regel nicht einmal die. Die Vorfälle sind oft nur noch der Lokalpresse einen Zweispalter Wert, den überregionalen Printmedien allenfalls eine Meldung, und den Lokalradios zwei Sätze, gleich nach der Meldung über entlaufene Kleinstadtkater. Das Fernsehen lässt wegen der fehlenden Bilder die Finger vom Sujet: Millionentransfers von Konto A nach B sind visuell nicht attraktiv, und selten laufen die Verdächtigen den Reportern gerade dann vor die Linse, wenn sie sich mit ihren Kameras postiert haben.

Medienmacher denken über eine Story erst nach, wenn sie einen hohen »Nachrichtenwert« erkennen. Es ist eine Art Schwellenwert, der darüber entscheidet, was ins Blatt oder in die Sendung kommt. Bei der Berichterstattung über Wirtschafts- und Finanzkriminalität steigt die Messlatte kontinuierlich. Ein gewöhnlicher Banken- oder Anlagebetrug zum Beispiel ist kaum ein Thema, wenn die

Schadenshöhe unter 100 Millionen Franken liegt, die Opferzahl begrenzt ist und die Tatausführung in den üblichen, zeitgemäßen Bahnen verläuft. Ein Insiderdelikt wird nur dann registriert, wenn bekannte Manager und Unternehmer involviert sind. Die Opfergeschichten der Leidtragenden bleiben ungehört.

Komplexe, globale und hochmoderne Finanzspielereien sind ein Medientabu. Für das Publikum sind sie nicht hinreichend simplifizierbar und verständlich zu »verkaufen«. So blieb auch der größte Bankenskandal aller Zeiten, der Fall der Luxemburger Bank of Credit and Commerce (BCCI), in Europa weitestgehend ein Thema für die Fachwelt, allenfalls verewigt in Fachaufsätzen und Büchern.[67] Hingegen hatte der Fall im Großherzogtum Luxemburg, in Großbritannien und den USA weit reichende Konsequenzen. In Luxemburg, dem zweiten bedeutsamen Sitz der BCCI, war der Skandal Anlass für eine Gesetzes- und Justizreform.[68] In London prozessierten Gläubiger noch bis ins Jahr 2005 gegen die Bank of England. Die Prozesskosten der Nationalbank überstiegen die 100-Millionen-Pfund-Marke, sagte ihr Gouverneur Mervyn King.[69] In den USA war der Fall Gegenstand von parlamentarischen Hearings und Untersuchungsausschüssen mit weit reichenden Konsequenzen. Der Committee-Vorsitzende qualifizierte sich für höhere politische Weihen. Es war der demokratische Senator und spätere Präsidentschaftskandidat John Kerry. Er enthüllte, dass die BCCI vom panamaischen Präsidenten Manuel Noriega für Drogengeldtransfers favorisiert wurde. Der Diktator wurde in den USA zu einer lebenslänglichen Haft verurteilt.[70]

In der Schweiz war der Fall nur eine Randnotiz Wert, obwohl das BCCI-Tochterinstitut ein Joint Venture mit der wichtigen UBS eingegangen war. Deutschland zeigte sich gänzlich unberührt, ebenso Frankreich und Italien.[71] Anders ist es, wenn die Fälle Aufsehen erregend sind wie beim Immobilienpleitier Jürgen Schneider oder den Themenkonjunkturen folgen: Geldwäsche ist sexy, Politiker-Korruption ist hip, Insiderdeals sind modern.

Oder ein echter Promi versucht auf besonders tapsige Weise, ein Milliardengeschäft anzuzetteln.

Stars und Blüten

Wie der Held vom Film auf dem Weg zu seiner ersten Milliarde scheiterte

Don Johnson ist ein weltbekannter Schauspieler mit einem Geldproblem. Seine Banker waren nicht so simpel gestrickt, wie er das vom Film kennt. Der Serienstar war auf einen schlichten Betrügertrick hereingefallen.

Ian Smalley hätte eine gute Figur in einem Miami-Vice-Streifen abgegeben. Ihm war ein grandioses Waffengeschäft mit 8000 Raketen misslungen. Der Senior dachte dennoch nicht ans Aufgeben.

Gäste mit Format verlassen das Zürcher Hotel Baur au Lac mit einem Bentley, einem Jaguar oder dem hoteleigenen Rolls mit Chauffeur. Der Mann aus den Bergen von Colorado stieg an der Hotelauffahrt in einen Mietwagen Marke Audi, der mit dem Maximum an Zylindern und Ventilen ausgestattet war. Sein Begleiter setzte sich ans Lenkrad und brauste Richtung Paradeplatz an der Bahnhofstrasse davon. Vor dem Eingang der historischen Confiserie Sprüngli, einem Ort für den gediegenen Damenplausch bei Kaffee Crème und feinem Gebäck, kam die Karosse abrupt zum Stehen. Der Begleiter eilte in die Konditorei, um etliche Tafeln feine Schokolade zu erstehen. Anschließend rauschte die Limousine davon, nahm die Quaibrücke über die Limmat, um den nächsten publikumswirksamen Halt einzulegen. Der Begleiter verschwand für eine Minute im amerikanischen Café Starbucks, einem beliebten Schülertreff, und stieg mit einem großen Plastikbecher Kaffee in der Hand wieder ein.

Die Fahrt endete nach einer Stunde wieder mit filmreifem Showdown. Allerdings nicht ganz nach Drehbuch. Bei Daimler in Stuttgart wartete bereits ein Autoverkäufer im Präsentationsraum für High Net Worth Individuals, der das Teuerste vom Teuersten feilzubieten hatte, eine Luxuslimousine der Retro-Marke Maybach. Die Reise stoppte am deutschen Zollhaus in Bietingen, wenige Kilometer nördlich von Schaffhausen. Die diensthabenden Beamten fragten die Herren in der protzigen Limousine freundlich, ob sie etwas anzumelden hätten. Ein Wort gab das andere, die Männer vom Zoll nahmen Witterung auf und baten, den Wagen seitwärts zu parkieren. Im tristen Zollgebäude wurde der Ruf nach einem mächtigen US-Anwalt laut. Es half nichts, der Mann aus Colorado musste den Inhalt seiner feinen Aktenmappe präsentieren.

Für die Cops vom Bietinger Zollhaus war es der Fund des Jahres. Die Dokumente schienen ganz heiß. Es war darin von Geldgeschäften in Milliardenhöhe die Rede, so viel verstanden sie auf Anhieb. Ein Papier trug sogar Unterschriften von Schweizer Bankdirektoren und wurde somit dem Reich des Bösen zugeordnet. Und der Traveller entpuppte sich als Wiedergänger des Detektivs Sonny Crockett von Miami Vice, ausgewiesen durch ein in Singapur ausgestelltes, amerikanisches Reisedokument, das auf den Namen Don Wayne Johnson lautete, 53 Jahre alt, geboren in Missouri und mit dem Siegerlächeln auf dem Passbild, wie es Millionen Zuschauer auf der ganzen Welt kennen. Es sind die Geschichten, von denen Zöllner gerne noch ihren Enkeln erzählen. Und auch in Hollywood und anderswo machte der Fall im Frühjahr 2003 die Runde.

Für den Filmstar hatte der erzwungene Zwischenstopp an der Grenze ernsthafte Folgen. Die deutschen Zöllner machten ihren Kollegen in den Staaten über den Fund eine so genannte Kontrollmitteilung, die die unangenehme Neugier eifriger Beamter beim heimischen Steueramt auslösen kann. Zwei Johnson-Konten wurden daraufhin gesperrt und Johnson passierte das Schlimmste, was einem Hollywoodstar widerfahren kann. Er musste in der Talkshow von Larry King eine peinliche Befragung über sich ergehen lassen. Don Johnson schimpfte: »Diese Dokumente gehören mir nicht, und ich habe nichts damit zu tun.« Er habe sich in Zürich mit Financiers getroffen, um neue Filmdeals zu besprechen. Weil aus der Sache nichts geworden sei, habe er alles schon vergessen.

Verständlich, die Schmach der öffentlichen Erinnerungsarbeit muss für Johnson ein Albtraum gewesen sein, denn es ging um den misslungenen Versuch einer ziemlich unüblichen Filmfinanzierung. Als Johnson Mitte Oktober 2002 seine ersten Gehversuche auf dem Finanzplatz an der Limmat machte, strahlte er noch große Unsicherheit aus. Zürich ist eben nicht Miami South Beach. Er stieg im Vier-Sterne-Hotel an der Stampfenbachstrasse ab, eher eine Adresse für gehobene Handelsvertreter. Auch im Umgang mit den Usancen des Finanzgewerbes hatte er seine Mühe. Er bat mehrere Schweizer Geldmanager und Vermögensverwalter hintereinander zum Vorstellungstermin. Das völlig unübliche Treuhänder-Casting löste bei den diskreten Herren einige Verwunderung aus.

Die Aufgabenstellung hingegen war ohne viel Hexerei zu lösen. Johnson bat für sich und seine Partner um rechtliche Hilfe bei einem Filmdeal, der für alle Beteiligten enorme Gewinne abwerfen sollte. Die Zürcher Finanzdienstleister stellten nüchtern ihre üblichen »Strukturen« vor, die sie für derlei Operationen vorrätig halten: Anstalten in Liechtenstein, Trusts auf den Kanalinseln, Stiftungen in Zug – je nach persönlicher Vorliebe angepriesen. Johnson zeigte Interesse für die Präsentation des Trust-Modells auf der Isle of Man.

Zwei Wochen später waren die Unterlagen unterschriftsreif. Johnson kam diesmal mit großem Begleittross: dem Berater George Eddé aus Ohio, einem Filmproduzenten aus Florida und einem Geschäftsmann namens James R. Hodges. Johnson bezog diesmal ganz formgerecht die Hotelsuite im »Baur au Lac« mit Seesicht und anständigem Besprechungszimmer für vertrauliche Geschäfte. Der 1844 im spätklassizistischen Stil erbaute Palast gehört zu den feinsten Unterkünften der Stadt. Ein eigens aus Jersey eingeflogener Treuhänder legte die Urkundenentwürfe vor: »Cyprus Trust« für den Produzenten, »Zurich Hannah Trust« für Investorenvertreter Hodges, »Zurich-01-Antoine-Trust« für Berater Eddé – und für Don Johnson der »Jeda-Jagr-Trust«. An alles war gedacht worden, auch die Hinterbliebenen sollten im Falle des Ablebens der Männer vom Film bedacht werden. Don hatte immerhin fünf Verwandte eintragen lassen.

Eilige Kurierpost aus der Karibik

Nun waren zwar die Vehikel für den heiß ersehnten Profit gefunden, aber zunächst musste Geld in die Kasse. Denn die Produktion erstklassiger Filme ist eine kostspielige Angelegenheit. Johnson dachte offenbar an etwas ganz Großes, zumindest ein Jahrhundert-Epos. Dabei baute er auf James R. Hodges, den Mann mit dem vermeintlich direkten Draht zu potenten Geldgebern. Der hatte das Schlüsseldokument in der Hand, mit dem man an das große Geld heranzukommen glaubte. Per Kurierpost wurde das Zauberpapier den Zürcher Bankiers der UBS zugesandt, die nun an der Bahnhofstrasse auf den Besucher aus L. A. warteten. Beim Meeting lauschten die Bankiers konzentriert, als die Amerikaner ihr Cashflow-Modell vortrugen. Auf dem Konto mit der Nummer 010301349 bei der UBS-Filiale auf den Cayman-Inseln sei eine beträchtliche Summe für einen gewissen James Rowland Hodges Senior reserviert – eine Milliarde US-Dollar. Hodges wurde als »Director for Merchants International Holding Limited« vorgestellt. Das Geld sei dort deponiert, um damit in Zürich einen Kredit in gleicher Höhe abzusichern. So stand es in dem Schreiben, datiert auf den 18. Oktober 2002. Es war an die Kontoinhaber, eine Firma mit Sitz in Houston, Texas, adressiert. Als Vertreter dieser Firma war »Senior Vice President Ian Smalley« verzeichnet. Die schöne Offerte hatte noch einen kleinen Haken, die Gelder seien für einen Zeitraum von 366 Kalendertagen reserviert, beginnend am 21. Oktober 2002.[72] Für die Männer vom Film war die Sache eilig. Die Bankiers nahmen es gelassener und baten um ein wenig Geduld – zur Prüfung. Don und James konnten es kaum abwarten, doch das Ergebnis war nicht nach ihrem Geschmack. Es gab eine freundliche, aber klare Abfuhr.

Der Dokumenten-Check war nicht schwierig, das Papier schnell als plumpe Fälschung identifiziert. Der Briefkopf war mit dem alten Signet des Schweizer Bankvereins, der UBS-Vorgängerin, versehen. Die Unterschriften stammten von Mitarbeitern, die längst nicht mehr auf den Cayman-Inseln arbeiteten, und der Text klang gut, hatte aber nichts mit banküblichen Transaktionen gemein.

Ian Smalley, der angebliche Kontoinhaber, hat eine Biographie, die durchaus in einen »Miami Vice«-Streifen passen könnte – auf der Seite der Bösen. 1982 misslang ihm ein grandioses Waffengeschäft. Der 68-Jährige wollte als »Dr. Doom« in den Wirren des Iran-Contra-Schmuggels 8000 TOW-Raketen an den Iran liefern. Abwehragenten hatten den Deal vereitelt. Auch später hatte Smalley keine glückliche Hand. Ein Fall von Geldwäsche wurde 1994 mit 27 Monaten Gefängnis bedacht. Bei US-Gerichten ist Smalley kein Unbekannter, und auch bei der Verwaltung der Bundesgefängnisse ist er eine Nummer: 33134-054.

Das Zürcher Parkett ist nicht jedermanns Sache. Don Johnsons großer Auftritt war den Bankern an der Limmat nicht mehr als ein Schmunzeln wert, ein wenig Getuschel, ein Witz an der Cafébar, mehr nicht. Er hatte sogar ein wenig Glück. Denn gefälschte Bankendokumente sieht man nicht gern. Nicht selten enden derlei Kundenbesuche im Vernehmungszimmer der Kantonspolizei. Johnsons Anwalt verteidigte den Star vor der Hollywood-Presse: »Der arme Kerl hat nur versucht, Geld für einen Film zu erhalten. Die Dokumente gehörten ihm nicht, sie gehörten den Investoren.«[73]

Der Film-Cop hatte sich auf ein Spiel eingelassen, das seit Jahrzehnten in den finanziellen Randgemeinden der Gesellschaft offeriert wird. Die Masche mit den Bankgarantien erzeugt unter Kriminalisten und Bankendetektiven nur ein müdes Lächeln, sie gehört zu den Alltagsproblemen der Sicherheitsleute. Gerne werden auch Fälschungen so genannter Promissory Notes in Umlauf gebracht. Das sind bankübliche Eigenwechsel, gewöhnlich mit Laufzeiten zwischen drei und acht Jahren. Sie werden jedoch nur Schuldnern mit ausgezeichnetem Leumund und grundsätzlich hoher Bonität im Rahmen einer Finanzierungsvereinbarung gegeben. Die Bank kann die Papiere als Privatplatzierung ihrer institutionellen Kundschaft zur Geldanlage anbieten, wenn sie dazu einen Emissionsprospekt herausgibt.[74]

Stets treffen die Opfer auf vermeintlich besonders clevere Geldmacher, die jemanden zu kennen vorgeben, der noch pfiffiger sei. Dieser bietet – selbstverständlich gegen Entrichtung einer mehr oder weniger nennenswerten Provision – Bankendokumente zum Verkauf, die angeblich bares Geld Wert sind, wenn man sie einlöst. Sie sind oft auf den Briefbögen von großen Geldinstituten gefertigt, tragen mächtige Stempel und sind in Banken-Englisch abgefasst. Dazu werden blumige Geschichten erzählt, warum der anbietende Schlaumeier nicht selbst den grandiosen Reibach mit den Dokumenten macht. Zum Beispiel stünden diese so begehrten Dokumente weltweit nur einem kleinen, exklusiven Personenkreis zur Verfügung, und wer bereits mehrfach an dem Spiel teilgenommen habe, dürfe logischerweise nicht noch einmal zuschlagen. Und das Wichtigste wird zum Schluss mitgeteilt: Alles müsse ganz, ganz schnell gehen, sonst würden die Fristen ablaufen.

Don Johnson war einmal einer der höchstbezahlten Fernsehstars der Welt. Seine subtropische Garderobe mit weißem Blazer, sockenfreien Espadrilles und Dreitagebart galt weltweit als letzter Schrei. Mit 24 heiratete er die 16-jährige Melanie Griffith, die Tochter der Hollywood-Schauspielerin Tippi »The Birds« Hedren. Sechs Monate später waren die beiden geschieden. Johnson »kämpfte mit seinen Dämonen Drinks und Drogen«, schrieb ein Filmjournalist aus Los Angeles.[75] 1989, auf dem Höhepunkt seiner Karriere, heiratete er wieder Melanie Griffith. Die Ehe hielt diesmal bis 1996. Später heiratete er Kelley Phleger, die wohlhabende Erbin eines Bankdirektors von Wells Fargo.

Im August 2004 gab er kund, dass er nicht einmal mehr die Rechnung des Lebensmittelhändlers bezahlen könne. Bei seiner US-Bank stand er mit einer halben Million US-Dollar in der Kreide. Seine weitläufige Ranch in Colorado stand zum Verkauf, und auch von seinem Fuhrpark musste er sich trennen: dem gelben Oldtimer-Cabrio der Marke Plymouth Barracuda, den er in Miami Vice fahren durfte, dem silbernen Ferrari Testarossa, den ihm Enzo Ferrari persönlich geschenkt hatte, und dem 49er Modell des legendären Ford Pick-up, einem Geschenk von Ex-Gattin Melanie Griffith – all das musste er veräußern. »Ich kann tun, was auch immer ich will. Ich bin reich, ich bin berühmt und ich bin größer als du«, sagte Johnson einmal einem bekannten Radiomoderator. Nun war er ein Fall für Richter Erin Fernandez-Ely vom Bezirksgericht in Pitkin County im US-Bundesstaat Colorado, der über den Konkurs des Stars zu befinden hatte.

Sein Landhaus hatte er 1987 für 7,9 Millionen Euro erstanden, nun wollte er nach aufwändiger Renovierung 16,6 Millionen Euro dafür haben. Seiner Bank gab er eine Promissory Note, die er aber nicht rechtzeitig auslösen konnte. In den Akten des Konkursgerichts findet sich ein Dokument, wonach Johnson die Schuld mit Promissory Notes eines Geldinstituts aus dem kolumbianischen

Bogota bezahlen wollte. Seine Bank lehnte ab und erklärte trocken, »dass sie nicht in der Lage sei, sich von der Werthaltigkeit der Papiere zu überzeugen«. Seine Firma »Timber Doodle Glade Quity Venture« meldete Konkurs an.[76] Johnson-Biograph Elliot Mintz versteht die Aufregung nicht. Die ganze Sache sei »nicht mehr und nicht weniger als eine Refinanzierung, eine Restrukturierung seines Geschäftslebens«.

Notorisch ertragsschwache Bargeldkontrollen

Für die deutschen Zöllner ist der Fall längst vergessen. Dokumenten- und Bargeldfunde werden von den Zollämtern, Oberfinanzdirektionen und vom Bundesgrenzschutz zwar fleißig für die Statistik erfasst. Don Johnsons Dokumente hätten gut in die Statistik gepasst und die Zahlen in die Höhe schnellen lassen – wenn es sich nicht um plumpe Fälschungen gehandelt hätte. Im Jahr 2003, als Johnson in die Falle ging, hatten die deutschen Grenzwächter 2626 Bargeldtransporte aufgespürt. Dabei entdeckten sie Zahlungsmittel in Höhe von 219,3 Millionen Euro, also Bargeld, Wertpapiere und Schecks. In den Vorjahren sah die Statistik ähnlich aus.[77] Heruntergerechnet auf jeden einzelnen an der Grenze gestellten Bargeldtransporteur spürten die Zöllner also durchschnittlich 83 500 Euro auf – auf dem Papier.

Das sind beileibe keine Summen, die einen Vermögensverwalter beeindrucken. Wenn ein neuer Kunde aus Deutschland mit diesem Betrag in Zürich ein Konto eröffnen möchte, würde er freundlich empfangen und an die Retail-Abteilung verwiesen, die Sparte für das Massenpublikum. Von einem Portfoliomanager der Private-Banking-Abteilung wird der Kunde gewöhnlich erst umgarnt, wenn er mehr als 500 000 Franken einbringt.

Diese Handhabe wird auch nach Umsetzung einer neuen EU-Verordnung bestehen bleiben, derzufolge ein EU-weites, harmonisiertes Konzept zur Kontrolle von Bargeldbewegungen an den EU-Außengrenzen eingeführt wird, das somit auch alle Schweizer

Grenzen betrifft. Die Verordnung wurde im Juni 2005 vom Europäischen Parlament in Straßburg angenommen. Reisende müssen demnach Bargeldbeträge oder Schecks ab dem Gegenwert von 10 000 Euro anmelden. Die Zöllner sind seitdem in der ganzen EU ermächtigt, das Reisegepäck zu kontrollieren. Sie dürfen die Barmittel einbehalten, falls die Reisenden die Beträge nicht angemeldet haben. Die Informationen über die Grenzfunde werden dann an die nationalen Anti-Geldwäsche-Behörden weitergeleitet und sie können auch international innerhalb der EU ausgetauscht werden, wenn ein Geldwäscheverdacht vorliegt.[78]

In Deutschland fanden im Jahr 2003 – noch nach nationalen Regeln – die meisten Geldkontrollen an den Flughäfen statt, nur 710-mal wurde an der Schweizer Grenze genauer hingeschaut. Erfasst wurden nur Fälle, bei denen Beträge von mehr als 15 000 Euro gefunden wurden oder ein Geldwäscheverdacht bestand, wenn also bei der Kontrolle Zweifel über die legale Herkunft der Moneten auftauchten. Und längst nicht jeder Zweifelsfall entpuppte sich auch als Kriminalfall. In 73 Fällen wurden Geldwäsche-Ermittlungen eingeleitet. Die Hälfte der Verfahren war bald wieder eingestellt und in nur fünf Fällen wurde bis Ende 2003 ein Urteil gesprochen. Zwei davon brachten gewöhnliche schwere Diebstähle zum Vorschein. Eine magere Ausbeute für das eingesetzte Heer der Grenzbeamten.

Die Berliner Bundesregierung betonte, dass es nicht »alleiniges Ziel« der Grenzkontrollen sei, Steuerhinterzieher aufzudecken. Es war allerdings ein Ziel, über das man in der grenzüberschreitenden Diplomatie nicht so gerne redet. Dass es sich bei der groß angelegten Geldschnüffelei um ein weitestgehend untaugliches Instrument handelt, ist ebenfalls ein politisches Tabu. Die Zollstatistik belegt, wie ertragsschwach das Geschäft ist: Neben einem Scheck in Höhe von 27,8 Millionen Euro und Aktien im Wert von 36,1 Millionen Euro waren lediglich 5,4 Millionen Euro in bar sichergestellt worden.[79] Diese Zahlen zeigen vor allem eines: Das ganz große Geld nimmt nicht den Weg über den kleinen Grenzübergang Bietingen bei Schaffhausen.

Paten

Warum der Yakuza-Boss erwischt wurde und der Oligarch nicht

Ilia Pavlov wurde am 7. März 2003 in Sofia durch ein Killerkommando hingerichtet. Der Wende-Star aus Bulgarien hatte ein Milliardenimperium aufgebaut. In der Schweiz hat er einige Bankgeheimnisse hinterlassen.

Suzumu Kajiyama war der König der Kredithaie in Japan. Für sein Mafia-Syndikat Yamaguchi-gumi spielte er mit den illegalen Einkünften in den Casinos von Las Vegas und legte 60 Millionen Franken bei der Credit Suisse an.

Hans Stuber war der Treuhänder von Pavlov. Er blieb gelassen und schien ziemlich ahnungslos. Über Tote spricht er nicht.

Engelbert Schreiber jun. ist Treuhänder in Liechtenstein. Seine verschwiegenen Dienstleistungen werden hin und wieder offen gelegt.

Enrico Carisch ist ein moderner Finanzermittler. Im Auftrag des Uno-Sicherheitsrates fahndete der Schweizer nach der Geldspur blutiger Waffengeschäfte.

Ivo Hoppler ist Staatsanwalt in Zürich. Sein Metier ist die internationale Rechtshilfe und die Geldwäsche. Er bescherte der Kantonskasse einen unerwarteten Millionensegen.

Zürich, am 7. März 2003, ein Freitag. An der Bahnhofstrasse gingen die Lichter in den Büros der Vermögensverwalter aus. In den Repräsentationshäusern der großen Geldhäuser und in den Filialen der Auslandsbanken hielten die Putzkolonnen Einzug. Banker und Buchhalter, Controller und Kreditmanager, Serviceangestellte und Sicherheitsleute waren längst ins Wochenende gefahren, trafen sich mit Freunden in den Restaurants an der Limmat oder in den bodenständigen – auf Schweizerdeutsch »väärschaften« – Wirtshäusern ihrer Gemeinde. Die Kundschaft nahm den letzten Flieger Richtung Heimat, fuhr zum Wellness-Weekend in die Bergkantone oder zum Autosalon in Genf. Die friedliche Abendstimmung wurde nur durch erregte Debatten über eine Nationalratsentscheidung gedämpft, die tags zuvor nach sehr hitziger Diskussion gefällt worden war. Für Autofahrer sollte die Promillegrenze von 0,8 auf 0,5 Prozent gesenkt werden. Die Apéro-Kultur, der Plausch mit einem Gläschen am frühen Abend, gehe kaputt, schimpften die Wirte.

Sofia, gleichentags abends um zehn vor acht. Am Dragan Tzankov Boulevard Nummer 172 hatte Ilia Pavlov gerade das Bürohaus seines Multigroup-Konzerns verlassen, wie so oft mit dem Funktelefon am Ohr. Der Profikiller benötigte nur eine Kugel. Er zielte direkt aufs Herz, Pavlov brach sofort zusammen. Seine Leibwächter hievten ihn in eine Limousine und rasten zur nahe gelegenen Unfallklinik Pirogov. Die Ärzte konnten nur noch den Tod des 42-Jährigen feststellen. Bulgarien stand unter Schock. Wie konnte es sein, dass ein Unternehmer am helllichten Tag auf offener Straße mitten in der Hauptstadt exekutiert worden war? Die Menschen kannten nur noch einen Gesprächsstoff: Pavlov.

Ilia Pavlov war der berühmteste Wirtschaftsführer des Landes, eine Legende: Oligarch, Tycoon, Konzernchef. Innerhalb weniger Jahre hatte er nach der politischen Wende sein Imperium aufgebaut, scheinbar aus dem Nichts. Bereits Mitte der neunziger Jahre gehörten ihm Nobelhotels, Ferienresorts und Spielcasinos vom Schwarzen Meer bis in den Norden Russlands. Pavlov sammelte Unternehmensbeteiligungen wie andere Uhren – allerdings ohne erkennbares Konzept: Kabelgesellschaften und Tankstellennetze, Zuckerfabriken, CD-Brennereien, Minengesellschaften, Weingüter und ein eigenes Bankhaus.[80]

Als die Nachricht von seinem Tod in der Schweiz die Runde machte, erinnerte man sich an der Baarer Strasse im Städtchen Zug, eine halbe Bahnstunde von Zürich entfernt, an einen smarten, sehr sympathischen jungen Unternehmer. Als solcher hatte sich Pavlov im Sommer 1991, damals gerade 31 Jahre alt, in der Anwaltskanzlei von Andreas Renggli vorgestellt. Er habe große Pläne und das Geld, diese auch in die Tat umzusetzen.

Das Know-how saugte der selbstbewusste junge Mann aus Bestsellerliteratur über Managementtechniken. Sein bisheriger Bildungsweg schien ihn nicht für das Erreichen seiner großen Ziele zu prädestinieren. Pavlov hatte Karriere im berüchtigten Wrestling-Club von Sofia und sogar das Ringer-Diplom in der Sporthochschule gemacht, bevor er Journalist wurde. Eher zielführend war die Ehe mit seiner ersten Frau gewesen: Toni Chergelanova, die Tochter des einst mächtigen Geheimdienstchefs.

Pavlov wusste die Verbindung zu nutzen. Sein erster Auslandseinsatz war der Aufbau einer Kunsthandelsfirma namens »Multiart« in Malta, mit der er bereits 1988 antike Schätze und alte Meister unbekannter Herkunft verschob. Schon bald folgte ein Großauftrag für das Verticken von Stahlschrott, das aus U-Booten russischer Provenienz stammte.

Nun packte ihn das Gründerfieber. Im schweizerischen Zug siedelte er 1991 die Multigroup AG, das gemeinsame Dach seiner vielfältigen Aktivitäten, zunächst bei Anwalt Renggli an. Die simple Holdinggesellschaft bestand aus ein paar Buchhaltungs-Unterlagen und einer Mappe in der Hängeregistratur der Zuger Kanzlei. Später wechselte er zu Notar Hans Stuber, dem über allen Verdacht erhabenen Zuger Partner der Sozietät Froriep Renggli. Dort gründete er ebenfalls als Domizilgesellschaften, die in der Schweiz keine Geschäfte treiben dürfen, die Multigroup Holding AG, die BMH Chemical Holding AG und die Minstroy Mining Company.[81] Im Liechtensteiner Treuhänderbüro Schreiber und

Zindel an der Kirchstrasse 39 in Vaduz kamen die MG Finance Anstalt, die PFHC Establishment, die Megawatt Invest Ltd. und die Balkantourist Ltd. hinzu. Keine dieser Gesellschaften unterhielt eine echte Betriebsstätte in der Schweiz oder in Liechtenstein.

Die Treuhänder und Anwälte dürften es schwer gehabt haben, den Überblick über die Geschäfte ihres Mandanten Pavlov zu behalten. Erst auf Nachfrage bestätigten sie die Existenz der vielen verschiedenen Gesellschaften. Immerhin, Hans Stuber aus Zug erinnerte sich, dass Ilia Pavlov die Inhaberaktien der Multigroup AG persönlich abholte und quittierte.

Rätselspiele mit Inhaberaktien

Was er anschließend mit den Urkunden anstellte, wird nie geklärt werden. Denn Inhaberpapiere werden anders als Namenaktien nicht in ein Aktienbuch eingetragen. Eigentümerwechsel werden somit nicht festgehalten. Auf den Gesellschafterversammlungen kann ein beauftragter Anwalt oder Treuhänder erscheinen und die Eigentümerschaft nachweisen, indem er die Inhaberaktien auf dem Konferenztisch ausbreitet. Hinter den Kulissen allerdings können die Papiere im Extremfall vor und nach einer solchen Versammlung wieder den Besitzer wechseln, für Darlehensgeschäfte und allerlei Finanztransaktionen benutzt werden. Auf Inhaberpapieren begründete Aktiengesellschaften sind das Relikt einer liberalen Tradition, die Ende des 19. Jahrhunderts mit dem ersten Gesetz über die »Société Anonyme« entstanden war.[82]

Aufgrund dieser Gepflogenheiten wissen wir heute auch nicht, ob Pavlov tatsächlich der alleinige Eigentümer des Imperiums war, das ihm zugeschrieben wurde. Er galt als Alleinaktionär, erteilte auch als solcher Vollmachten und saß zeitweise selbst im Verwaltungsrat der Multigroup AG. Ob er aber die Papiere weitergereicht oder verkauft hatte, weiß niemand. Jedenfalls wurde in Bulgarien vielfach angezeifelt, dass Pavlov das Imperium alleine kontrollierte.

Ex-Multigroup-Repräsentant Stuber weiß über Pavlovs Rolle immerhin, dass er ebenfalls als Verwaltungsrat der Gesellschaft fungierte und die in Zug betriebenen Handelsgeschäfte bereits 1997 eingestellt wurden. Milliardenvermögen, Beteiligungen an gut 120 Unternehmen? Selbst von Darstellungen des Multigroup-Konzerns, wonach die Zuger Firma Muttergesellschaft der ganzen Gruppe sei, wollte der Anwalt nichts gewusst haben.[83] Pavlov hatte in einem Interview die »moderne Struktur« seines Imperiums hervorgehoben: »Das Head Office der Holdinggesellschaft ist in der Schweiz.« Von dort würden Industrieunternehmen gemanagt und Finanzgesellschaften gelenkt.[84]

Auch der Liechtensteiner Treuhänder Engelbert Schreiber jun. konnte zur Aufklärung nicht viel beitragen und wollte Medienleuten meistens »keine Auskunft« geben. Über sein Mandat im Board of Directors des Multigroup-Konzerns in Sofia, bezeugt durch seine Eintragung im Gericht der bulgarischen Hauptstadt als Chairman, wollte er nicht reden. Anwalt Stuber war dort ebenfalls im Board als Repräsentant einer Liechtensteiner Firma registriert.

Der Advokat hatte sich selbst sogar einmal, zur Prüfung der Seriosität, in der Konzernzentrale in Sofia umgesehen. Stuber war beeindruckt. Ilia Pavlovs schneller Aufstieg zum Paten der jungen und wilden bulgarischen Wirtschaft war tatsächlich atemberaubend. Das Geheimnis seiner ersten Millionen wurde nie gelüftet, doch so viel scheint klar: Pavlov war der Mann der alten kommunistischen Nomenklatur, die sich lange vor dem politischen Umsturz reorganisierte. Es waren die Bosse des Geheimdienstes, die ihn groß machten. Pavlov galt in Sofia als heimlicher König der Finsternis.

Der in Deutschland lebende Bulgarien-Experte Alexander Andreev hat ein Buch über diese »Spionenverschwörung« veröffentlicht und beschrieb »direkte Geldtransfers aus der Staatskasse ins westliche Ausland. Diese ›Aktenkoffergelder‹ wurden in der Regel als schlafendes Kapital von Kriminellen betreut, um später in Bulgarien rückinvestiert zu werden.« So sei ein Teil des bulgarischen

Nationalvermögens »privatisiert« worden.[85] Der ehemalige Spionagechef Grigo Asparuchow gab später zu, dass die Akten über geheime Multimillionentransfers bei den Außenhandelsbehörden verschwunden sind.

Gerne erzählte Pavlov die Geschichte von seiner Tellerwäscherkarriere, wobei die Versionen wechselten. Die schönste von allen: In der kleinen Wohnung habe er mit 500 Dollar Startkapital vom Verkauf seiner geliebten DDR-Limousine Marke Wartburg eine Handelsfirma aufgebaut, seine Gewinne natürlich fleißig reinvestiert. 1997, auf dem Höhepunkt seines Schaffens, präsentierte sich Pavlov als Herr über 25 000 Mitarbeiter mit einem Jahresumsatz von 1,5 Milliarden US-Dollar.

Erst als seine Macht unübersehbar war, regte sich Widerstand. Die 1997 gebildete bürgerliche Regierung blies zum Angriff auf die Multigroup. Von ausländischen Justizbehörden hagelte es Anfragen wegen des Verdachts, dass eine Konzerntochter im großen Stil illegal Musik-CDs brannte. Der Zoll entdeckte 12 500 Tonnen Zucker, die von der Multigroup-Firma Bartex ins Land geschmuggelt worden sein sollten. Doch wie immer verliefen die Ermittlungen im Nichts. Multigroup behauptete, der Zucker sei im Regen vernichtet worden.

Als 1998 die bulgarische Sondereinheit für die Bekämpfung der organisierten Kriminalität zur Razzia in den Multigroup-Büros antrat, mussten die Ermittler nach weniger als einer Stunde wieder aufhören. Ein Staatsanwalt hatte die Aktion kurzerhand abgeblasen. Der Innenminister resignierte: »Die Multigroup befindet sich außerhalb des Rechts.« Der damalige Regierungschef Iwan Kostow fügte hinzu: »60 Prozent des Staates werden von kriminellen Strukturen kontrolliert.«[86]

Doch für Pavlov liefen die Dinge nicht mehr so geschmiert. Nachdem er im Sommer 1997 ein Attentat nur glimpflich überlebt hatte, ordnete er alles neu. Seine Firmen bekamen neue Namen, aus Multigroup wurde MG Corporation. Er wechselte Manager aus, gründete neue Finanzgesellschaften. Die Familie brachte er in Sicherheit. Seine zweite Gattin, die blonde Darina, schickte er mit den Kindern in die USA. Darina Pavlova versuchte, sich dort mit einer Charme-Offensive beliebt zu machen. Bei den Clintons erschien sie zum Wahlkampfdinner mit dem obligatorischen Scheck. Hillary retournierte den Scheck, als eine bürgerliche, bulgarische Lobby protestierte.

Bei der Imagekorrektur war Ilia Pavlov erfolgreicher. Er setzte auf das World Economic Forum (WEF). Auf der weltweit prominentesten Chairmen-Konferenz von Davos, die alljährlich in den Bündner Bergen abgehalten wird, waren die Organisatoren weniger wählerisch und luden Pavlov ein. Beim WEF-Talk traf er Brian M. Jenkins, einen alten Vietnam-Haudegen, der sich als Terrorismusexperte und Special Assistant des Präsidenten der regierungsnahen RAND Corporation in den USA einen Namen gemacht hatte und Consultant beim internationalen Privatermittlerbüro Kroll in New York war. Jenkins gutachtete für Pavlov, dass an all den »Gerüchten« nichts dran sei. Die Vergangenheit sei Sache der Archäologen, fand Jenkins, schließlich sei »der Übergang vom Kommunismus keine Dinnerparty gewesen. Und Ilia war gewiss kein Engel.«[87]

Jenkins sollte als Mitglied des Verwaltungsrates der Gruppe für Reputation sorgen. In das Gremium zog anschließend auch der ehemalige deutsche Bundesinnenminister Gerhard Baum ein. Beide bescheinigten sich gegenseitig ihre Seriosität. Baum verwendete die in solchen Fällen üblichen Formeln: »konsolidieren, ordnungsgemäß aufstellen, in ein ruhiges Fahrwasser bringen«.[88]

In den Wochen und Monaten nach dem Mord an Pavlov ereigneten sich fünf weitere Anschläge gegen Tabakschmuggler, Drogenhändler und ehemalige Geheimdienstagenten. Das vorläufig letzte Opfer war Filip Naidenov. Der Waffenhändler war ein enger Freund Pavlovs. Er wurde am 19. August 2003 um die Mittagszeit in seinem abgedunkelten Mercedes erschossen. Mitten in Sofia.[89]

Zug war Pavlovs einziger Firmenstandort, der selbst die Nachricht vom Mord geräuschlos überstand. In Zug hat Anwalt Stuber fünf Monate nach dem Tod seines Mandanten das Verwaltungsratsmandat bei der Multigroup niedergelegt. Die Firma wurde im

Mai 2005 ohne Liquidator und ohne Domizil von Amtes wegen aufgelöst.[90]

Das verschwiegene Städtchen der Schweiz

Zug ist ein besonderes Mysterium, ein Städtchen voller Geheimnisse. Zug und Zürich sind kommunizierende Röhren im komplexen Finanzgeschäft. Die interkantonale Arbeitsteilung der Geldmanager ist schnell umrissen: Zürichs Banker verwalten, horten und drehen das Geld, die Zuger Anwälte und Treuhänder sorgen für die steuerrechtlich optimale Konstruktion des Firmengeflechts. Das Städtchen und der Kleinkanton sind mit einer halbstündigen Autofahrt von Zürich aus leicht zu erreichen. In elf Tal- und Berggemeinden rund um den kleinen Zuger See und die gotische Altstadt haben feine Anwaltsfirmen, Rohstoffhändler mit Weltruf und diskrete Vermögensverwalterbüros von Milliardärsfamilien ein steuergünstiges Domizil für ihre Büros aufgeschlagen. Neubürger Boris Becker zählt darunter noch eher zu den armen Schluckern. Der südlich gelegene Kanton ist Zürichs Hintergarten für Firmenkonstruktionen, als Holding-Standort für internationale Geschäfte und Finanzgesellschaften. Diskretion ist hier Devise und Erfolgsrezept, es gilt der tiefste Unternehmens-Steuersatz der Schweiz. Die Zuger werden dafür von vielen Eidgenossen beneidet.

Auf 85 000 Einwohner kommen mehr als 120 Anwälte, und es sind die erfolgreichsten der Eidgenossenschaft. Die verschwiegene Zunft verpasst der Stadt ein kollektives Amtsgeheimnis. Ihre Mandanten sind nicht selten Berühmtheiten des ganz großen Geldes oder Konzerne von Weltruf. In Zug merkt man nichts davon. Es gibt keine Edelboulevards, keine Luxusevents, keine Schickimicki-Business-Awards. Aber auch keine Gaffer und Neider.

Berater, Treuhänder und Vermögensverwalter haben hier ein ideales Geschäftsumfeld. Die Treuhänder und Vermögensverwalter sind die Scharniere zwischen den Kunden und ihren Banken.

Sie richten ihren Klienten Stiftungen, Trusts, Establishments und Anstalten ein, sichern ihnen Anonymität und Diskretion zu, gestalten die Anlagepläne und regeln das Tagesgeschäft. Manchmal wollen die Kunden alle diese Dienstleistungen aus einer Hand, manchmal geben sie die Aufträge an mehrere Personen. Einige wenige besonders reiche Zeitgenossen leisten sich einen Schatzmeister der Familie mit eigenem Büro, ein so genanntes Family Office. Wie zum Beispiel die Familien Quandt (BMW), Hoffmann und Oeri (Roche), Bertarelli (Serono), Rausing (Tetra Pak), Landolt (Sandoz), Brenninkmeijer (C&A), Ströher (Wella) und Jacobs (Schokolade, Adecco). Family Offices umsorgen die reichen Clans global und lokal, bei geschäftlichen wie bei privaten Belangen. Sie trommeln die Piloten herbei, wenn der Privatjet bereitgestellt werden soll, sie schicken den Yacht-Kapitän mit Crew und Catering auf die Fahrt, ordern eine neue Limousine, wenn die Herrschaften dies wünschen, und schauen nach der Post, wenn sie in den Ferien weilen. Natürlich wachen sie auch über die Kreditkarten für Klein und Groß im Familienkreis und darüber, dass der studierende Nachwuchs hinreichend ausstaffiert ist. Und sie achten darauf, dass alle, die sich am familiären Vermögenskuchen nähren dürfen, rund um den Erdball ihren regelmäßigen Obolus erhalten. Das alles regeln sie korrekt und je nachdem auch mit der steuergünstigsten Variante.

Vermögensverwalter sollen die großen Familienvermögen fleißig und kontinuierlich mehren. Sie sind die Transmissionsriemen des Finanzplatzes, sie schaufeln das Geld der Kunden in die Depots der Banken. Und nehmen ihnen dabei auch einen Teil der Arbeit ab: die Kundengespräche, die Anlagestrategie, auch den Papierkram bei der Identitätsfeststellung. Sie sind die Türsteher und Animateure der Bankiers.

Der Verband Schweizerischer Vermögensverwalter (VSV) schätzt, dass etwa acht bis zehn Prozent des Gesamtvolumens der auf dem Bankenplatz Schweiz verwalteten Vermögenswerte durch unabhängige Vermögensverwalter verwaltet werden. Das wären mindestens 300 bis 400 Milliarden Franken Kundengelder. Etwa

7000 Vermögensverwalter sind in etwa 2000 bis 2500 Unternehmen tätig.

Ihre berufsethischen Verhaltensregeln können bislang nur aus dem Vertragsrecht hergeleitet werden, ihre Treue-, Sorgfalts- und Verhaltenspflichten sind lediglich im Schweizerischen Zivilrecht geregelt. Daher wünscht sich der Verband »Verfeinerungen und Präzisierungen« der Regeln.[91] Aus gutem Grund. Jedes Jahr fliegen dutzendfach Vermögensverwalter auf, deren Kunstfertigkeit nur aus Bluff besteht.

Die Office-Residenten schätzen an Zug die Abwesenheit von Glanz und Glamour, selbst wenn sie davon leben. Zum Beispiel Arnon Milchan, der Filmtycoon aus Hollywood, Produzent von Blockbusters wie »JFK«, »Pretty Woman«, »Free Willy«, »L. A. Confidential« oder »The Girl Next Door«. Seine Monarchy Enterprises, Kernstück einer steuerlich perfekt gestalteten luxemburgisch-niederländischen Firmenstruktur, hat ihre Büros am Bundesplatz. Der Weltbürger lebt mal in Beverly Hills, mal in Paris. In Zug ist die Schreibstube seiner Finanzmanager.[92]

Oder Milliardär und Regierungschef Silvio Berlusconi, dessen Verlagsholding Mondadori International, ein luxemburgisch-schweizerisches Steuervermeidungskonstrukt, im November 2002 Büros an der Zuger Rigistrasse bezogen hat – mit einem Aktienvermögen von mehr als 393 Millionen Euro.[93] Oder die Mitglieder des wohl reichsten Familienclans im Kanton, der Brenninkmeijers. Die Eigner der Textilkette C&A leben rund um den Aegerisee und steuern erfolgreich ihre Beteiligungsgeschäfte aus einem nüchternen Bürokomplex. Und nicht zu vergessen der legendäre Rohstofftrader Marc Rich, der dem Standort Zug als amerikanischer Steuerflüchtling in den achtziger Jahren eine berüchtigte Note gab, vor fünf Jahren in den USA von Präsident Bill Clinton begnadigt wurde und sein Imperium als Rentner mit abgeschlossener Vermögensbildung lenkt.[94] Das interessiert keinen Zuger.

Zug schafft die perfekte Symbiose zwischen pragmatischem Alt-Bürgertum und superreichen Neubürgern. Aus den Tiefgaragen kommen Luxusschlitten herausgefahren, und am Steuer sitzen scheinbar Nobodys. Catering-Unternehmer haben großartige Aufträge bei diskreten Villenbesitzern, die ihre Gäste vornehmlich zu Hause empfangen. Unscheinbare Buchhaltertypen verschwinden in ebenso unscheinbaren Büros, in denen die Finanzen global agierender Milliardenimperien gesteuert werden. Oder die Vermögen ihrer Besitzer.

Immerhin, von einigen Milliardären und Dreistellen-Millionären weiß man, dass sie im Kanton leben: Lego-Gründer Kjeld Kirk Kristiansen, Metro-Aktionär Otto Beisheim, Flugzeugbauer-Spross Christian Dornier, die Topmanager Daniel Vasella (Novartis) und Henri B. Meier (ehemals Roche). Und neuerdings auch Multimillionär Boris Becker.

Vor zwei Jahrzehnten nannte der linke Autor Niklaus Meienberg Zug eine »Silent City«. Die Einwohner schimpfte er »Schweigevirtuosen, Verschweigungskünstler, Diskretionsfanatiker«. Seine Wahrnehmung war oberflächlich. Das Geheimnis der Geheimniskrämerei ist nicht so leicht zu ergründen. Die Zuger wissen gar nicht, wer und was aus der Welt der ganz Großen sie umgibt. Die einzigen Wissenden sind professionelle Geheimnisträger, die von Gesetzes wegen zum Mundhalten verdammt sind: Anwälte, Treuhänder, Vermögensverwalter, Steuerberater.

Die Geheimnisträger locken noble Kundschaft in Scharen an. Das Handelsregister zählte zur Neujahrsinventur 2007 insgesamt 25 664 Firmen, weit mehr als die Hälfte davon Aktiengesellschaften. Die benachbarte Kantonshauptstadt Zürich zählt nur rund 10 000 Firmen mehr. Der Service im online verfügbaren Zuger Handelsregisteramt ist schnell, reibungslos und teuer. Das Register ist ein florierendes Geschäft, mit Bruttoeinnahmen von rund 4,8 Millionen Franken jährlich. 1348 Firmen zogen allein im Jahr 2006 nach Zug oder wurden dort neu gegründet, neben klassischen Betrieben internationale Holdings, Finanzgesellschaften, Beteiligungsfirmen und Vermögensverwaltungsgesellschaften. Und auch Briefkastenfirmen. 255 Schweizer sowie 257 ausländische Unternehmen unterhalten in Zug eine Zweigniederlassung.[95] Junge Unternehmen kommen aus Übersee, wie die Biogen Idec mit 50 Mitarbeitern.

Prominente Biotechnologie- und Pharmafirmen sind bereits am Platz vertreten: Abbott, Astra Zeneca, Bristol-Myers Squibb, Janssen-Cilag, Johnson & Johnson oder Merck. Die Sportrechtefirma Infront handelt hier mit Fernseh-Übertragungslizenzen von Fußballweltmeisterschaften und anderen Sportereignissen. Hedge-Fonds und Private-Equity-Firmen haben ihre Büros in Zug angesiedelt. Wie das »Family Office« des deutschen Sauerborn Trust, das erklärtermaßen ohne Schwarzgeld auskommt. Der Trust betreut 12 Milliarden Franken von 150 Familien.

Natürlich kommen sie alle wegen der niedrigen Steuern. In einer Standortanalyse der Credit Suisse konnten sie lesen: »Der hohe Wert von Zug ist in erster Linie auf die gesamtschweizerisch tiefste Steuerbelastung natürlicher Personen und auf die nach dem Kanton Schwyz zweittiefste Steuerbelastung von juristischen Personen zurückzuführen.«[96] Der Credit-Suisse-»Standortqualitäts-Indikator« zeigt für Zug den Schweizer Spitzenwert. Die Neuen werden alljährlich zum Neujahrs-Apéro von den Kantonsoberen und vom Steueramts-Vorsteher Hans Oswald begrüßt. Den Zugern geht es gut dabei. Die kantonale Statistik zählte 2006 kaum mehr als 300 Langzeitarbeitslose. Die Staatsrechnung des Kantons Zug 2006 schließt mit einem Ertragsüberschuss von 154 Millionen Franken ab.

Der Fall Pavlov wurde von den Chronisten der Zuger Kantonszeitungen nicht einmal in einer Randnotiz erwähnt. Schließlich liegt Sofia weit hinter den Bergen. Und am Finanzplatz Zürich löste die bulgarische Staatsaffäre nicht einmal ein Räuspern aus. Sicherlich hat der eine oder andere Geldwäsche-Spezialist nach den Agenturmeldungen routinemäßig die Konti des eigenen Hauses geprüft. Aber Untersuchungen der Behörden wurden nie angeregt. Auf die bulgarische Justiz wurden keine großen Hoffnungen gesetzt. Rechtshilfegesuche aus Sofia sind in Bern und Vaduz nie angekommen. Die Mordermittlungen erbrachten kein Ergebnis. Pavlov nahm das Geheimnis seiner Schweizer Milliarden-Deals mit ins Grab. Wo keine Kläger sind, gibt es auch keine Richter.

Der Waffenhändler und der Uno-Fahnder

Anders war es im Fall des Bulgaren Petar Kostadinov Sinapov. Der Waffenhändler hatte den Uno-Ermittler Enrico Carisch auf seine Spur gebracht. Der Schweizer untersuchte seit Frühsommer 2003 als Mitglied eines fünfköpfigen Expertenteams des Sicherheitsrates der Vereinten Nationen, auf welchen Wegen Kriegswaffen in das Bürgerkriegsland Liberia gelangten, obwohl diese Lieferungen auf Grund strenger Uno-Sanktionen weltweit verboten waren.

In Westafrika wütete jahrelang der Krieg, in dem auch Kindersoldaten eingesetzt wurden. Ihre Bluttaten wurden vom damaligen liberianischen Präsidenten Charles Taylor gedeckt. Er benötige den Nachschub zur »Selbstverteidigung«, erklärte der Diktator im August 2003 noch kurz vor seiner Abreise ins nigerianische Exil. Mehr als 200 Tonnen automatische Waffen, Raketenwerfer und Munition gelangten auf verschlungenen Wegen in die Hände seiner Truppen und der gegnerischen Rebellen. Zum Beispiel russische Sturmgewehre des Typs AK-47. Die Kriegswaffen hatten 2002 eine Fabrikhalle der serbischen Rüstungsschmiede Zastava in Novi Sad verlassen. Ihr offizielles Ziel: Nigeria. Aber dort waren die automatischen Gewehre nie angekommen. Wie kam das Rüstungsgerät nach Liberia?

Die Geldspur des Waffenhändlers Sinapov brachte Uno-Fahnder Enrico Carisch und sein Team weiter. Sie entdeckten ein Konto bei der UBS an der Zürcher Bahnhofstrasse. Doch die Geldwäsche-Verantwortlichen der Eidgenossenschaft behandelten die Uno-Fahnder eher abweisend. Mag sein, dass sich die Beamten in Bern noch an die neuen Verhältnisse gewöhnen mussten. Denn erst wenige Monate zuvor, am 10. September 2002, war die Schweiz in New York von der Uno-Vollversammlung als 190. Mitglied aufgenommen worden und somit verpflichtet das zu tun, was sie schon länger auf freiwilliger Basis vollzogen hatte: die Regeln und Beschlüsse des Uno-Sicherheitsrates zu befolgen.

Immerhin hatte das UBS-Konto einen Zeichnungsberechtigten, der das Uno-Team in die Kirchstrasse 39 in der liechtensteinischen

Hauptstadt Vaduz führte – zufällig die Adresse jenes Treuhänderbüros Schreiber und Zindel, dem bereits der Bulgare Ilia Pavlov seine Geschäfte anvertraut hatte. Diesmal aber sollte Treuhänder Engelbert Schreiber jun. Auskunft über die Briefkastenfirma Waxom Anstalt geben, die den Uno-Fahndern in Afrika aufgefallen war. Der 40-jährige Treuhänder war offizieller Repräsentant der Gesellschaft. Er hatte das Konto bei der UBS in Zürich eingerichtet.

So weit war dies das ganz gewöhnliche Geschäft eines Liechtensteiner Treuhänders, wie es täglich dutzendweise erledigt wird: Gründung einer so genannten Domizilgesellschaft, Eintragung im Handelsregister des Fürstentums mit dem Treuhänder als Verwaltungsrat, Einrichtung eines Firmenkontos mit dem Treuhänder als Zeichnungsberechtigten. Der Service kostet den Kunden rund 2500 Franken, und gewöhnlich ist sein Name nur bei der Bank in einem streng vertraulichen Papier, dem Formular A, als »Beneficial Owner« notiert, das ihn als wirtschaftlich Berechtigten an den Vermögenswerten auf dem Konto ausweist.[97]

Doch die Hinweise über den Einsatz für Waffengeschäfte mit Liberia veranlassten die Uno-Experten, etwas genauer hinzuschauen. Ihre Ermittlungsergebnisse offenbarten einen merkwürdigen Umgang mit den Regeln des Gesellschaftsrechts. Obschon als wirtschaftlich Berechtigte für die Waxom andere Personen aus Belgrad eingetragen waren, wurde die Briefkastenfirma tatsächlich von dem Serben Slobodan Tesic benutzt, dem eigentlichen Drahtzieher der Embargobrecher-Gruppe.[98]

Tesic hatte für den Waffendeal am 23. Februar 2002, kurz vor der Gründung der Waxom in Liechtenstein, einen verschlüsselten Vertrag mit Petar Sinapov, dem bulgarischen Waffenhändler, abgeschlossen. In dem Dokument vereinbarten die beiden den Handel mit einigen tausend Stück Lastwagenreifen zum Preis von rund 980 000 Franken. Der 46-jährige Bulgare wurde im November 2002 von Interpol wegen illegaler Irak-Geschäfte auf die Fahndungsliste gesetzt. Interpol notierte als Warnung im Wanted-Merkzettel: »Die Person könnte gefährlich sein.«

Tesic und Sinapov benutzten die Liechtenstein-Firma nach Uno-Erkenntnissen als eine »corporate box«, um ihren Geheimvertrag dort zu verstecken. Tesic hatte die eigentlichen Waxom-Inhaber zur Tarnung seiner Deals missbraucht. Der Liechtensteiner Schreiber jun. war mit Treuhandverträgen und Vollmachten autorisiert, als Handelspartner aufzutreten und Agentenverträge abzuzeichnen. Die entscheidende Bankkorrespondenz, auch die Unterlagen zum UBS-Konto, wurden vom Treuhänder verwaltet.[99]

Für den Uno-Ermittler Enrico Carisch war der Fall ein typisches Beispiel internationaler Finanzkriminalität: »Global operierende Embargobrecher bedienen sich mit hoher krimineller Energie der Instrumente, die an verschiedenen Finanzplätzen angeboten werden, um ihre Geschäfte intransparent zu gestalten. Diese Straftaten können nur aufgeklärt werden, wenn sich die Justizbehörden entsprechend international austauschen.«[100] An dieser so notwendigen Kooperation mangelt es aber noch immer. Serbien ermittelte gegen Tesic. Bulgarien suchte Sinapov. Und in der Schweiz wurde gar nicht ermittelt.

In Liechtenstein, so stellten die Finanzinspektoren der Uno erleichtert fest, wurde immerhin gehandelt. In dem Fürstentum, früher ein Hort behördlichen Schweigens über die Geschäfte der untertänigen Treuhänder, hatte der Staatsanwalt eine Strafuntersuchung in dieser Sache eröffnet und »sämtliche relevanten Dokumente beschlagnahmt«.[101] Die vom international anerkannten Geldwäsche-Experten Michael Lauber aufgebaute Financial Intelligence Unit (FIU) des Fürstentums und der Leitende Staatsanwalt Robert Wallner unterstützten die Uno-Ermittlungen, schließlich ist Liechtenstein Uno-Mitgliedsland Nummer 160 – seit 1990.

Für eine Anklage reichte es dennoch nicht. Die Strafuntersuchungen »gegen unbekannt« wurden bald eingestellt. Der Aufklärung war Genüge getan. Uno-Experte Enrico Carisch musste sich den Finanzströmen seines nächsten Falles zuwenden, den verbotenen Goldhandelsgeschäften im Kongo.

Wenn die große Suchmaschine zu viele Resultate liefert

Es ist schwer nachvollziehbar, warum der eine Fall ohne jegliche Finanzermittlung in aller Stille besiegelt wird und der nächste sogar zum Einsatz eines Ermittlerteams der Vereinten Nationen führt. Oft sind es die Zufälle im System der Justiz oder der Bankenkontrolleure, die zu Ermittlungsergebnissen führen. Schmutziges Geld bringt die Ermittler meist nur dann auf die Spur der Täter, wenn die Tat bereits entdeckt wurde, weil zum Beispiel ein Geldabfluss in der Kasse des rechtmäßigen Eigentümers aufgefallen ist und dies am Tatort auch öffentlich gemacht wurde.

Wenn irgendwo auf der Welt ein großes Strafverfahren bevorsteht und in den Medien Wellen schlägt, dann wird in den Bankhäusern rund um den Paradeplatz, zumindest in den größeren Geldinstituten, die Anti-Geldwäsche-Maschine angeworfen. Dann werden die Geldbewegungen auf den Konti studiert, die Depoteröffnungsformulare aus den Archiven geholt und das vertrauliche Formular A über den »Beneficial Owner« analysiert. Die Transaktionen des Kunden werden nun mit einer Liste verdächtiger Anhaltspunkte verglichen.[102] Die Banken müssen dabei eine ganze Reihe moderner Regeln und Gesetze beachten, darunter das Geldwäscherei-Gesetz (GwG) von 1998,[103] die Strafgesetzbuchartikel 102, 260ter und 260sexies, 305ter, 322ter – 322octies,[104] die Sorgfaltspflichtregeln der Banken (VSB) und die Geldwäscherei-Verordnung der Bankenkommission (GwV EBK).

Die Geldwäsche-Ermittlungen setzen eine »Vortat« voraus. Die verdächtigen Zahlungsflüsse können also nur dann in eine förmliche Strafuntersuchung münden, wenn die Herkunft aus kriminellen Geldquellen und Geschäften offensichtlich ist. Erst dann können die Strafverfolger sich auf den Anfangsverdacht berufen, ohne den keine entsprechende Untersuchung erfolgen darf. Wenn die vorgefundenen Geldtransfers und die Namen in das beschriebene Geldwäsche-Raster passen, dann melden die Banken-Kontrolleure ihren Verdacht der Meldestelle für Geldwäscherei

(MROS) beim Bundesamt für Polizei in Bern. Diese muss dann innerhalb von fünf Tagen anhand ihrer Datenbanken die Namen der beteiligten Kunden überprüfen, unter anderem im Strafregister (VOSTRA), im Personen-Fahndungssystem (RIPOL), in den Akten zur internationalen Rechtshilfe (AUPER), der Datenbank über Organisierte Kriminalität (JANUS) sowie der eigenen Geldwäsche-Datenbank (GEWA), in der alle Verdachtsmeldungen gespeichert sind.[105] Künftig kommt noch das europäische Fahndungssystem der Schengen-Staaten hinzu, weil das Schweizervolk diesem Abkommen in bilateralen Verträgen mit der Europäischen Union zugestimmt hat. Auch ausländische Anti-Geldwäsche-Behörden können angefragt werden. Die wichtigsten Quellen bleiben jedoch die Medienberichte, die aus den Speichern der Pressedatenbanken herausgefischt werden. Und häufig reicht schon eine simple Google-Suche im Internet, um die verdächtigen Hinweise verdichten zu können. Falls die Berner Geldwäsche-Kontrolleure fündig werden, wird der Fall an die Strafverfolgungsbehörden der Kantone weitergeleitet.

Der maschinelle Output des Systems war am Finanzplatz Zürich vor allem nach der Einführung der neuen Geldwäsche-Regeln so gewaltig, dass die Ermittlungsapparate in den Banken und Behörden letztlich auf die Intuition und Erfahrung ihrer Fahnder angewiesen waren. Gleich dem Mahlwerk einer Mühle musste die Maschine so justiert werden, dass nicht zu viele grobkörnige, somit unbrauchbare Resultate erzielt werden.

Im Jahr 2004 gingen bei der Meldestelle für Geldwäscherei (MROS) in Bern 861 Verdachtsmeldungen ein, wovon 617 an die Strafverfolger weitergegeben wurden, die meisten davon an die Bundesanwaltschaft in Bern und an die Zürcher Staatsanwälte. Der zweithäufigste Grund für die Verdachtsmeldungen waren Medienberichte. Verdachtsmeldungen aus Deutschland nahmen um 115 Prozent zu.[106]

Die Einzelabklärungen in den Geldhäusern über Kunden und ihre verdächtigen Geschäfte erreichen nachrichtendienstliche Dimensionen. Allein in der Großbank UBS werden von den In-house-Detektiven in einem abgeschotteten Büro wenige Schritte vom Paradeplatz entfernt pro Jahr rund 1000 intensive Personen-Ermittlungen durchgeführt, deren Resultat jeweils ein umfangreiches Kundendossier ist. Die Spürnasen der Bank wissen danach über Freund und Feind des Kunden Bescheid, sie kennen seine unmittelbare und die buckelige Verwandtschaft, sein Firmen-Netzwerk und seine politischen Beziehungen.

Die Anti-Geldwäsche-Maschinerie des Zürcher Finanzplatzes zählt heute weltweit zu den gewaltigsten, modernsten, effektivsten ihrer Art. Die Anti-Geldwäsche-Experten am Paradeplatz haben Weltruf, als Berater von Regierungen und Banken sind sie international im Einsatz.

Aber was bringen schlussendlich die fetten Datenbanken und die vielen fleißigen Aufpasser an der großen Anti-Geldwäsche-Maschine? Bei dieser Fülle von Informationen ist es klar, dass die Performance der Datenbanken behäbiger wird. Am Ende zählt die Spürnase von Kommissar Zufall. Häufig verdanken die Täter ihr Unglück im bösen Spiel lediglich dem Einsatz eines engagierten Ermittlers, der gerade zum rechten Zeitpunkt am passenden Ort das Richtige tut.

Wie in dem Fall aus dem fernen Japan, der auf dem Pult des Zürcher Staatsanwalts Ivo Hoppler landete – das Dossier Kajiyama.

Wie die Millionen der japanischen Mafia in die Kantonskasse kamen

Suzumu Kajiyama nannte sich »Chairman«, und er galt als ein äußerst schweigsamer Mann. Der 54-jährige Japaner wurde am 11. August 2003 im japanischen Kobe verhaftet, zusammen mit 42 weiteren Mitgliedern seines Syndikats. Auch sie schweigen beharrlich. Aus Furcht um ihre Familien, sagen sie.

Suzumu Kajiyama wurde vorgeworfen, ein Netzwerk von 21 Kredithaien für die Gruppe Goryokai, eine »Filiale« des Mafiagebildes Yakuza, dirigiert zu haben. Man nannte ihn den »König der Kredithaie«.[107] Das Syndikat gehört zu Yamaguchi-gumi, der größten Mafia-Familie der Insel. Etwa 1800 Gruppen mit mindestens 40 000 Mitgliedern werden der Organisation zugerechnet. Sie kontrollieren die Hälfte des Mafiageschäfts in Japan.[108]

Ihr Geschäftsmodell bediente sich skrupelloser Methoden: Die Mitglieder von Goryokai vergaben Kleinstkredite an Privatleute, um nach wenigen Wochen ein Vielfaches des Betrages zu kassieren. Sie pressten aus ihren Schuldnern das Fünfzigfache des erlaubten Zinssatzes heraus. Wer nicht zahlte, wurde brutal terrorisiert, Tag und Nacht, am Arbeitsplatz, in der Familie, bei den Kollegen, selbst im Spital. 70 Prozent der Einnahmen aus dem Leihgeschäft landeten bei der Mafia, schätzte die japanische Polizei, die Kredithaie generierten jährlich mehr als eine Milliarde Franken Profit.

Von dieser Summe zwackte der japanische Pate auch etwas für die politische Landschaftspflege ab. Nach Kajiyamas Verhaftung wurde bekannt, dass ein hochrangiger Politiker der Liberaldemokratischen Partei Japans (LDP) eine Spende des Paten eingesteckt hatte.[109] Zwei Monate nach seiner Festnahme wurden die japanischen Ermittlungen gegen den Unterwelt-König auf Spielcasinos in Las Vegas im US-Bundesstaat Nevada ausgedehnt, darunter das berühmte »Caesars Palace«. Die Casinos unterhielten Konten in Japan, über die so genanntes »front money« in die Spielpaläste floss. Diese Konten erlaubten es Kajiyama, das Geld in der Heimat einzuzahlen, um es dann in Las Vegas für den Spieleinsatz zu beziehen. Mehrere US-Behörden ermittelten, unter anderem die Casino-Polizei von Las Vegas, das Nevada Gaming Control Board.[110]

Berichte über die Inhaftierung des Paten schlugen Wellen in den japanischen Medien und schwappten bald nach Hongkong und bis an die amerikanische Westküste über. Weltweit begannen in den großen Bankinstituten die Geldwäsche-Experten mit ihren Routineprüfungen. Es dauerte nicht lange, bis ein Aufpasser im Backoffice der Credit Suisse First Boston (CSFB) in der Hongkonger Filiale einen Volltreffer landete: Er fand zwei Konti von Suzumu Kajiyama.

Der Mafia-Pate hatte bei dem japanischen Kundenbetreuer

Atsushi Doden von der Credit Suisse Gewinne gewaschen. Die Gelder hatte er mit Hilfe seines Landsmannes von einem Konto der Standard Chartered Bank in Tokio zur CSFB-Niederlassung in Hongkong und von dort weiter nach Zürich transferiert.

Die Geldwäsche-Ermittlergruppe von der Zürcher Staatsanwaltschaft ließ Kajiyamas Konti umgehend sperren. Der Schlag lohnte sich. Der Yakuza-Patron hatte bei der Credit Suisse am Paradeplatz ein Devisenvermögen im Wert von 61 Millionen Franken gebunkert. Staatsanwalt Ivo Hoppler leitete eine Strafuntersuchung ein. Fürs Protokoll der lokalen Medienvertreter gab er bekannt: »Wir haben das Konto eingefroren und nach den Regeln des Rechtshilfegesetzes über die so genannte unaufgeforderte Übermittlung verschiedene Beweismittel aus unserem Strafverfahren an die japanische Justiz weitergegeben.«[111]

Hopplers trockener Hinweis klang nach alltäglichem Behördenhandeln. Aber seine wohl überlegte Aktion war ein Beispiel für ein besonders nachhaltiges Agieren der Justiz. Das stattliche Depot bei der Credit Suisse bescherte dem Kanton Zürich einen unverhofften Geldsegen. So machte der engagierte 46-jährige Staatsanwalt, ein international ausgewiesener Fachmann für komplexe Geldwäscherei-Untersuchungen und Rechtshilfeverfahren, aus seiner tristen Behördenstube ein erfolgreiches Profitcenter und setzte damit eine neue Zielmarke für die Ermittler. Das Gesetzbuch bietet ihnen zwar schon länger die Chance zum Einzug der kriminellen Gelder, doch sehr oft scheitern diese Bemühungen am fehlenden ausgebildeten Justizpersonal, das benötigt wird, um die Geldquellen und Zahlungsflüsse der Täter exakt zu analysieren.

Atsushi Doden, der japanische Kundenbetreuer von Kajiyama, musste umgehend seinen Job bei der Credit Suisse in Hongkong quittieren. Wenige Tage später wurde er von der japanischen Polizei bei der Einreise festgenommen, als er sich entschlossen hatte, sich in der Heimat zu stellen. Suzumu Kajiyama wurde im Februar 2005 zu sieben Jahren Gefängnis verurteilt. Zudem wurden bei ihm 38 Millionen Euro beschlagnahmt und 1,4 Millionen Euro seines Privatvermögens konfisziert.[112]

Japan ist auch nicht mehr das, was es einmal war. Nachdem sich dramatische Berichte von Opfern häuften, die unter dem Druck der Kreditgangster in den Selbstmord getrieben wurden, verschärfte die japanische Regierung die Gesetze. Seit 2003 müssen sich Bankkunden in Japan legitimieren, zumindest mit einem Führerschein. Schulden müssen nun nur noch bis zu einem Jahreszins von 109,5 Prozent bezahlt werden.

Dennoch bleibt der Mafia-Einfluss auf die japanische Bankenwelt bedeutsam. Raisuke Miyawaki, Rechtsprofessor an der Tokyo University Law School und ehemaliger Sprecher von Premierminister Yasuhiro Nakasone, rechnet damit, dass rund die Hälfte der faulen Kredite im Bankensystem unmöglich bedient werden können, weil sie mit der organisierten Kriminalität und korrupten Politikern verknüpft sind.[113] Für einen japanischen Kriminalisten ist dies eine sehr mutige Analyse. Denn selbst Reports über die offen agierenden Gangstermilieus enden für japanische Autoren tödlich. So wurde der Journalist Satoru Someya aus der Bucht von Tokio herausgefischt. Sein Leichnam war mit Eisenketten und Bleigürteln beschwert. Someya hatte im Sommer 2003 unter Pseudonym ein Buch über die Bandenkriminalität im Rotlichtviertel publiziert. Vier Milliarden Euro, schätzte der Autor in seinem Werk, würden allein im Sexmilieu umgesetzt. Auf 50 Milliarden US-Dollar berechnen amerikanische Kriminalistikexperten die Yakuza-Gelder, die bereits in die US-Finanzmärkte hineingepumpt wurden.[114]

Auch bei der Bekämpfung der Finanzkriminalität ist das Land noch nicht ganz auf der Höhe der Zeit. Die Einziehung krimineller Gelder ist im japanischen Strafrecht nicht vorgesehen, zwischen der Schweiz und Japan gibt es auch kein entsprechendes Übereinkommen. Deshalb konnte Staatsanwalt Ivo Hoppler problemlos entscheiden: Die konfiszierten 61 Millionen Franken landen in der Staatskasse – des Kantons Zürich.[115]

Die Geldanleger aus den Private-Banking-Abteilungen werden den Kundenverlust verschmerzen können. Japan bleibt für sie ein Expansionsziel. Dort ist die Jagd auf rund zehn Billionen Euro Vermögenswerte eröffnet, die reiche Japaner angehäuft haben. Nur zwei Prozent dieser Vermögen sind bislang außerhalb der Insel, also offshore, angelegt. Es ist der größte Vermögensverwaltungsmarkt Asiens. Das Geschäft mit rund zwei Millionen vermögenden Asiaten hat die Profitmargen der Schweizer Vermögensverwalter um 15 bis 46 Prozent wachsen lassen.[116]

Ilia Pavlov aus Sofia und Suzumu Kajiyama aus Tokio waren sehr unterschiedliche Protagonisten beim Spiel ums schmutzige Geld. Ihre Gegenspieler, die Justizvertreter in ihren Heimatländern, ähneln sich hingegen sehr – beim Versagen in der internationalen Analyse und Kooperation. Diese Leerstelle wird vorerst bestehen bleiben. Nur dort, wo die nationalen Justizsysteme gänzlich ausfallen, füllen global operierende Aufklärungsteams der Vereinten Nationen die Lücke. Sie können zumindest dann wirksam agieren, wenn sie von Behörden und Banken bei ihrer Arbeit in den untersuchten Ländern unterstützt werden – und so ein Modell für eine globale, von der Völkergemeinschaft legitimierte Strafverfolgung bei internationaler Finanzkriminalität werden. Aber das ist nicht mehr als eine schöne Zukunftsvision der Kriminalisten. Die Politiker, egal ob demokratisch-liberal oder archaisch-autoritär, teilen diese Vision in der Regel nicht.

Hedgefonds-Künstler

Wie dem Finanzjongleur 900 Millionen Franken verloren gingen

Dieter Behring schaffte es in wenigen Jahren vom Pleitier zum bejubelten Hedge-Fonds-Manager mit eigenem Bankenimperium in Liechtenstein, Deutschland und der Schweiz. Auf dem Höhepunkt seiner Karriere verwaltete er 890 Millionen Franken. Dann erklärte er der Zürcher Kantonspolizei, das Geld sei weg. Nach einem halben Jahr U-Haft wurde er auf freien Fuß gesetzt.

Valentin Roschacher war oberster Ankläger der Schweiz ohne große Fortune. Das Publikum erwartete von ihm, dass seine Bundesstaatsanwälte zumindest beim Mammutdossier Behring keine Fehler machen. Aber wieder ging etwas schief.

Peter Weibel ist ein pfiffiger Wirtschaftsanwalt und war Behrings juristischer Ratgeber. Der Basler taucht verschiedentlich in Kriminaldossiers auf – als unschuldiger Zeuge. Für seine Rolle im Fall Behring gilt die Unschuldsvermutung.

Raymond Pousaz hat eine glücklose Bankerkarriere in Genf hinter sich und zog überschuldet auf die Bahamas. Er wurde Behrings Statthalter auf der Karibikinsel und kennt sich auch mit Internetcasinos aus.

Peter Michael Zimmermann war ein Liebhaber von Luxusautos und richtete eine Vermögensverwaltungsfirma an der Zürcher Bahnhofstrasse ein, deren Kundendepots binnen weniger Monate von null auf 1,4 Milliarden Franken wuchsen – auf dem Papier. Er verkaufte die Firma an Dieter Behring und erschoss sich im Keller seiner Villa am Starnberger See.

Der hünenhafte Präsentationskünstler erschien im Sitzungszimmer der Zürcher Kantonspolizei am so genannten Kasernenareal, zwei Tramstationen vom Paradeplatz entfernt. Er war ein ganzer Kerl. Nicht nur an Körpergröße überragte er alle, auch in der Fülle schlug er das Normalmaß. Und wie immer erschien er ganz in Schwarz gekleidet, das Hemd sportlich über den Gürtel tragend. Dieter Behring habe eine wichtige Aussage zu machen, hatten seine Verteidiger angekündigt. Man sollte sich gleich einen Tag dafür reservieren. Dann eröffnete das 49-jährige Finanzgenie die Einvernahmesitzung mit einer nüchternen Feststellung. Sein Handelssystem habe so ungefähr 890 Millionen Franken eingenommen, und jetzt sei alles weg.[117]

Wo sind die Investorengelder?, fragten die verdutzten Ermittler. Der Basler Hedge-Fonds-Meister, Hoffnung von mehr als 1000 Investoren, wusste von nichts. Die Leib gewordene Unschuldsvermutung schaute betrübt in die Augen der Kantonspolizisten. Von seiner Seite her, beteuerte er, »sei alles sauber gelaufen«.

Das war am 1. Oktober 2004. Behring wurde zunächst wieder nach Hause geschickt und die Damen und Herren von der Zürcher Justiz wussten: Ein Mammut-Dossier kommt auf den Tisch, ein Fall für die neue Bundesanwaltschaft in Bern. Die Geldvernichtung war annähernd so groß wie bei der Pleite des Finanzjongleurs Werner K. Rey, der mit Gläubiger-Forderungen von rund zwei Milliarden Franken immer noch den Spitzenplatz in der Schweizer Wirtschaftsgeschichte einnimmt.[118] Am 19. Oktober nahmen die Staatsanwälte Dieter Behring in Untersuchungshaft.

Jahrelang hatte sich Dieter Behring als erfolgreicher Fondsverwalter feiern lassen, zuletzt im Frühjahr auf einer Werbeveranstaltung in London, die unter dem Motto »Meet the Manager« stand[119] Ihm wurden die Millionen schubkarrenweise anvertraut. Er hatte die Gelder der Investoren entgegengenommen und deren Verträge unterschrieben. Er hatte aus dem System ein dreistelliges Vermögen herausgelöst, damit teuerste Immobilien und Banken gekauft. Wie konnte ein Basler Nobody das erreichen?, fragte sich die Zürcher Banker-Gemeinde.

Auch echte Börsenstars haben ein Vorleben, im Selbstbild natürlich ein makelloses: »Behring ist seit 27 Jahren Spezialist in der Systementwicklung von Tradingmodellen für alternative Anlage- und Hedge-Strategien«, heißt es in seinem PR-Text.[120] Diese vollmundige Selbstdeklaration verlangt einen schonungslosen Rückblick in die Entwicklungsphase des gerade ausgewachsenen Klein-Dieter aus Trimbach im Kanton Solothurn, sagen wir mit 18, im Jahr 1973. Da wollte er zum ersten Mal mit dem Börsenhandel auf die Nase gefallen sein, als er seine Brötchen noch eher mühsam als Laborant beim Basler Chemiekonzern Ciba-Geigy verdienen musste. Der Verlust betrug »weit über 500 000 Franken«, erzählte Behring. Plus oder Minus, die Zahlen waren bei Behring immer schon groß: keine Success-Story ohne gewaltige Niederlage.

In den Folgejahren muss der Twen eher im Stillen gewirkt haben. 1986 begann seine Unternehmerkarriere. Für die deutsche Versicherungsgesellschaft Union-Leben baute er eine Generalagentur auf. Doch auch die Sache mit den Policen fand ein jähes Ende. Vier Jahre später wurde über den »Gemeinschuldner« und Inhaber Behring im Handelsregister-Amtsblatt der Konkurs ausgerufen. Die Gläubiger durften sich an Möbeln und Einrichtungsgegenständen schadlos halten. Der Konkurs war noch nicht abgeschlossen, da brach bei Behring wieder das Gründerfieber aus. Er baute die QED Consulting zusammen mit seiner Ehefrau Ruth in Arlesheim auf.[121] QED stand für Quod erat demonstrandum. Der aufstrebende Behring wollte es der Welt zeigen.

Später folgten eine Firma zum Betrieb eines Italo-Restaurants und eine für Medien-Consulting. QED überlebte, allerdings nach einigen Namens- und Ortswechseln. Die 1991 gegründete Firma wurde am 22. August 1998 gelöscht – »infolge Geschäftsaufgabe«. Drei Wochen später nahm eine neu gegründete QED Consulting in Riehen bei Basel die Geschäfte auf. Sie sollte zum Schluss unter dem Namen Schönkind-Holding das Zentrum des Behring-Imperiums bilden. Dichtmachen und neu gründen, das war seine Firmenwelt.

Mitten im Konkurs-Ärger sammelte Behring Investoren für

sein »QED-Partnerschaftskonto«. Jürgen Fichtner aus Dresden erinnert sich, wie er – gerade von börsenfreier Ostzonen-Tristesse befreit – im Oktober 1991 darauf begeistert 10 000 US-Dollar anlegte. Wenig später, am 2. Dezember, erlebte er die Kälte des Kapitals. Behring schrieb einen Sammelbrief an seine Investoren, vorangestellt sein Motto: »Erfolg fordert keine Gründe – Misserfolg duldet keine Entschuldigung.« Behring beichtete in kreativen Kundenbriefen die Handelsverluste: »Ein Computervirus hat sich in den Datenbanken und Programmen eingenistet und zerstört, überschreibt und kopiert wahllos Daten.« Wohl auch die des sächsischen Debütanten. Dessen Saldo stand plötzlich bei 2477 US-Dollar. Behring wünschte »trotzdem ein gesegnetes Weihnachtsfest«.[122]

Vom Wissen und Wissenwollen

Über den Fall wurde in der größten Schweizer Wirtschaftszeitung berichtet und konnte seitdem unter dem Suchwort »Dieter Behring« in der Schweizer Mediendatenbank (SMD) nachgeschlagen werden. Doch die Finanzbranche baut eher auf Vertrauen – frei zugängliche Wissensdatenbanken sind ihre Sache nicht.[123]

Nach dieser Pleite heuerte der schlagfertige Jung-Consultant bald beim Zürcher Büro der Refco Futures aus Chicago an. Seine Tätigkeit für das Weltunternehmen währte nur 45 Tage. Für das Brokerhaus veranstaltete Star-Redner Behring als »Trading Manager« und »Entwickler des QED-Indikators« ein Seminar für »erfolgreiche Kapitalanlagen« an den US-Terminbörsen. Sein Präsentationstalent war entdeckt, die Realperformance hinkte allerdings hinterher. Die Brokerfirma musste einem aufgebrachten Anleger erklären, »dass alle im QED-Konto ausgewiesenen Verluste auf Herrn Behrings Handelstätigkeiten beruhen«.[124]

Die ersten warnenden Investorenerfahrungen wurden nicht publik, obwohl die Alarmsignale bereits bei einer eidgenössischen Behörde in Bern, dem Bundesamt für Sozialversicherungen, aufblinkten. Die Sammelstiftung Provitas, um die es im Herbst 2001 sehr schlecht stand, konnte Behrings Künste aus der Nähe studieren. 150 Kleinunternehmer mit rund 1600 Versicherten aus der Ostschweiz und dem Mittelland hatten der 1994 gegründeten Einrichtung ihre Gelder für die berufliche Vorsorge anvertraut, so wie es in der betrieblichen Altersversorgung in der Schweiz geregelt ist. Da wurde, in der Stunde der Not, die Kunde vom bombensicheren Geldvermehrer aus Basel an den Stiftungsrat herangetragen. Dieter Behring, das Wunder von Basel, hieß die letzte Hoffnung der Sammelstiftung. Die drei Stiftungsräte fackelten nicht lange und brachen im November 2001 zum Präsentationstermin bei Behring in Riehen bei Basel auf. Es gab, wie immer bei diesen Veranstaltungen des ultimativen Börsenstrategen, ein Feuerwerk an Kurs-Kurven, Tabellen und »buys and sells«. Und am Ende stand über allem nur noch ein Wort: Performance, Performance, Performance.

Die drei von der Sammelstiftung waren überzeugt. So etwas hatten sie noch nie gesehen. Dieter Behring war als Retter der Vorsorgekasse ausgemacht. Sie machten den Basler zum Aktienverwalter eines Wertschriftendepots. Behring wusste auch, welche Bank dafür besonders geeignet sei: die Zürcher Privatbank Maerki Baumann & Co. in Zürich – wegen der günstigen Konditionen und der modernen Lösungen beim Onlinebanking.[125] Auch der Papierkram war schnell erledigt. Eine Verwaltungsvereinbarung über das Konto wurde am 23. November 2001 unterschrieben und eine Firma mit dem Namen »Moore Park Investments, Guernsey (in Gründung)« mit der Verwaltung des Kontos beauftragt. Vertreten wurde die sich in Gründung befindende Firma auf den Kanalinseln von Behring, der für seine damalige Softwarefirma QED Consulting zeichnete, und von Willy Wüthrich, seinem Star-Verkäufer aus Kleinandelfingen.

Nun wurde das Hoffnungsdepot mit mehr als 15 Millionen Franken gefüllt, einem erheblichen Teil des Stiftungsvermögens, und Behring konnte mit seinem vermeintlich krisenfesten Handelssystem loslegen. Allerdings entwickelten sich die Kursbewegungen anders, als die Stiftungsräte es aus der Präsentation in

Erinnerung hatten. Es ging nicht kontinuierlich nach oben, auch nicht seitwärts, sondern steil nach unten. Tag für Tag.

Als mehr als 40 Prozent des Vermögens auf diese Weise verpulvert waren, gab es sorgenvolle Mienen unter den Kleinunternehmern. Eine Informationsveranstaltung Anfang August 2002 sollte Klarheit schaffen. Als Star des Krisen-Events war Dieter Behring persönlich aufgeboten. Die Kleinunternehmer erlebten die fast zwei Meter messende Körper- und Machtfülle, wie immer ganz in Schwarz gekleidet, diesmal etwas verlegen. Doch der Mann wusste sich zu helfen. Wenn der Verlust-Saldo innerhalb zweier Jahre noch vorhanden sei, würde er das Konto ausgleichen. Einfach so. Der Stiftungsratspräsident wollte es gerne glauben und bat per E-Mail vorsichtshalber um eine schriftliche Bestätigung. dieter.behring@qedAG.ch antwortete: »Das ist korrekt und absolut OK. Freundliche Grüße und einen schönen Abend wünscht Ihnen Dieter Behring.«

Am Ende hatte das Depot, verwaltet mit angeblich 27 Jahren Trader-Erfahrung, mehr als 50 Prozent Verlust erlitten. Rund sieben Millionen Franken waren verloren. Im April 2003 musste die Sammelstiftung Provitas aufgeben. Vom Schweizer Bundesamt für Sozialversicherung bestellte Liquidatoren begannen, die Vorgänge um das Depotkonto aufzuklären. Eine Prüfgesellschaft nahm Behrings Handelstätigkeit für die Provitas unter die Lupe. Stille Buchhalterarbeit, die viel Zeit kostet. Derweil steckten andere Anleger ihr Geld weiterhin in Behrings Anlagevehikel.[126]

Ein weiteres Engagement von Behrings Star-Verkäufer Willy Wüthrich aus Kleinandelfingen wurde im Sommer 2003 im Städtchen Winterthur nördlich von Zürich aktenkundig. Dort wurden Strafuntersuchungen gegen vier Geschäftsleitungsmitglieder der Krankenkasse KBV aufgenommen. Sie standen in dringendem Betrugsverdacht, mit gefälschten Versicherungsdokumenten die Ausgleichskasse um 28 Millionen Franken geschädigt, die KBV mit gefälschten Abrechnungen geprellt und 9,6 Millionen Franken in die eigene Tasche abgezweigt zu haben. Ein Teil des Geldes wurde auf den Bahamas entdeckt, es sollte dort mit Behrings Tradingsystem gemehrt werden. Fondsmanager auf den Bahamas war Willy Wüthrich.[127] Zugleich war er auch Delegierter der KBV-Krankenkasse. Der Ex-Swissair-Mann machte nebenher in Immobilien und brachte Behrings »Hedge-Fonds«, wo er nur konnte, unters Volk.

Der Winterthurer Bezirksanwalt Silvio Stierli hatte das Bahamas-Vermögen der KBV sichergestellt und auch eine Strafuntersuchung wegen des Verdachts der Geldwäsche eingeleitet, weil die Beträge mutmaßlich aus deliktischer Herkunft stammten. Wüthrich wurde kurzfristig in Untersuchungshaft genommen, was schnelle Wirkung zeigte: Das Geld wurde von den Bahamas zurück in die Schweiz transferiert und Wüthrich durfte sich wieder ungeniert der Behring-Kundschaft widmen. Winterthur liegt eine halbe Autostunde von Zürich und eine Stunde von Basel entfernt – offenbar weit genug von den Schreibtischen der Staatsanwälte aus den beiden Kantonshauptstädten.[128]

Dieter Behring tanzte weiter auf dem Vulkan. In der britischen Hauptstadt ließ er es Ende April 2004 so richtig krachen, als er unter anderem mit seinem jungen Londoner Salesmann Stephan Keiser, der für ihn im Homeoffice die Firma Rodia Investments eingerichtet hatte, ein Restaurant besuchte. 45 Minuten lang werkelten die Kellner des Nobelrestaurants »Petrus« im Londoner Stadtteil Knightsbridge an der Kreditkartenstation, dann war der komplette Rechnungsbetrag abgebucht: 42 000 britische Pfund – für Essen und Trinken inklusive edler Mitbringsel aus dem Weinkeller. Eine Flasche 47er Château Pétrus Pomerol kostet in dem Lokal immerhin 12 300 Pfund. Behring versprach dem Personal, beim nächsten Mal Bargeld mitzubringen.

Der Abdruck des Kassenzettels Ende April 2004 in der Londoner *Sunday Times* schlug ein wie Donnerhall.[129] Behring hatte im Restaurant »Pétrus« beinahe den Rekord geschlagen. Drei Jahre zuvor hatten dort britische Investmentbanker einen großen Anleihen-Coup gefeiert – für 44 000 Pfund. Das Resultat: Fünf der sechs Investmentbanker waren danach ihren Job los. Behring jedoch wurde als Mäzen und Großinvestor hochgejubelt. Die *Basler Zeitung* lobte seinen »einzigartigen Leistungsausweis«. Er kaufte eine Bank in Vaduz, übernahm von der Schweizer Rentenanstalt die stillgelegte Internetbank Redsafe. Sein krisensicheres, hypererfolgreiches Tradingsystem für den Börsenhandel mit Rohstoffen, Wertpapieren, Devisen und Derivaten sollte Milliarden Franken zielgenau durch die Ups and Downs der Weltbörsen lenken. Dabei sollte der größte Teil der Investorengelder in sicheren, risikolosen Anlagen investiert sein, auf den Börsenmärkten sollte nur mit wenigen Prozentanteilen gehandelt werden.

Die Aura und die Fakten

Behring hatte nicht nur ein Trendfolgesystem, wie viele mathematisch orientierte Futures-Händler. Nein, er hatte das bombensichere »Trendvorhersagesystem«. Er schaffte die Traumrenditen, die sonst niemand offerierte: 12 Prozent Gewinn garantiert, ein Jahr im Voraus versprochen. Und zum Beweis seines unglaublichen Erfolges zeigte er stolz seinen Steuerausweis über die Wertschriftenbewertung seiner Holdingfirma vor: Mehr als 400 Millionen Franken Firmenvermögen berechne ihm die Steuerverwaltung Basel-Stadt. 88,7 Millionen Franken Ertrag wurden binnen zweier Jahre registriert.[130] Wie macht der das bloß?, raunte die Branche.

Während in Basel die Mär vom erfolgreichen Milliardenhändler umging, wussten die Revisoren von Deloitte Touche auf der Karibik-Insel Bahamas längst, wie es tatsächlich um die Investments stand. Sie hatten den vermeintlichen Erfolgs-Fonds ein denkbar ungünstiges Testat erteilt. Gemessen an der moderaten Formulierungspraxis der Revisoren muss der Deloitte-Prüfbericht für die Realto (Bahamas) Ltd. als Katastrophenzeugnis bewertet werden: Der Fonds würde in »ungesicherte, kurzfristige Schuldscheine« investieren. Daher waren diese Anlagen gar nicht prüfbar: »Wir hatten keinen Zugang zu Informationen, die uns erlaubten, zufrieden stellend über deren Werthaltigkeit zu urteilen. Im Ergebnis kann der Verkehrswert dieser Assets erheblich von deren Nennwert abweichen.« Deloitte kam zu einem selten deutlichen Abschluss:

»Wir werden keine Stellungnahme zum Rechenschaftsbericht abgeben.« Die Anlegergelder würden in hoch riskante, nicht bewertbare Schuldscheine einer Privatfirma gesteckt. Verkehrswert und Nennwert der Papiere könnten sich signifikant unterscheiden.

In der üblicherweise vorsichtigen Revisorensprache war dies ein vernichtendes Urteil. Als die Zürcher Wirtschaftszeitung *Cash* den Prüfbericht im Juni 2004 publizierte und resümierte, dass die Anleger einen Totalverlust einkalkulieren müssten, herrschte helle Aufregung in den Backoffices der Geldhäuser rund um den Paradeplatz. Investment-Controller und Compliance-Manager, die für die Gesetzestreue verantwortlich sind, suchten nach genaueren Informationen über die Fonds, verlangten Auskünfte von ihren Kundenbetreuern, die mit den Investmentmodellen zu tun hatten. Doch Behring verweigerte die Herausgabe der Revisorenberichte von den Anlagevehikeln in der Karibik.[131] Bald setzte bei den Anlegern, die bislang reibungslos Dividenden erhielten, eine Kündigungswelle ein. Schnellstmöglich wollten sie ihren Einsatz zurückgezahlt haben.[132]

Behring spielte nun den versierten Krisenmanager. Erstklassige Anwaltskanzleien wurden eingeschaltet, unter anderem, um Medienhäuser und Journalisten mit Millionenklagen zu attackieren. Die neidischen Großbanken und die Medien wollten ihm nur übel, verteidigten unbelehrbare Anleger ihr Investment. Behring ließ nun verbieten, weiterhin Hedge-Fonds-Manager genannt zu werden. Er ging auf Distanz zu den Vertriebsfirmen und Fonds. Er sei lediglich Lieferant einer Tradingsoftware, mit der die Fondsgesellschaften auf den Bahamas operieren würden. Niemand sei zu Schaden gekommen. Behring erklärte: »Es sind bis heute keine Investoren bekannt, die durch die Anlage in Produkte, die mit dem Tradingsystem der Swisspulse verwaltet werden, zu Schaden gekommen sind.«[133] Über seine Basler Softwarefirma ließ er verkünden: »Sie bietet weder Investmentvehikel an noch verwaltet sie Fonds, noch wirbt sie Anleger.«[134]

Banken und Investoren wussten es besser. Ein Blick in die Investmentunterlagen hätte genügt, um Behrings Unterschrift unter

Vermögensverwaltungsaufträgen und Darlehensverträgen zu entdecken. Die Revisorenberichte zeigten, dass er als Aktionär eingetragen war und Fonds »kontrollierte«. Der publizierte Fall der Sammelstiftung Provitas bewies zudem, dass Kunden geschädigt worden waren.

Doch Behrings Aura war stärker als die Fakten. Das geheimnisumwitterte Zauberwort, das Übermenschliches zu bewirken schien und die Masse der kleinen Sparfüchse vor Ehrfurcht erstarren ließ, hieß Hedge-Fonds. Es stand für Traumrenditen, geheimnisvolle Techniken, ein Privileg der Superreichen. Stoff für Träume von Kleinanlegern. Hedge-Fonds galten als das Nonplusultra der Anlagestrategie, waren immer noch das exklusive, lukrative und hochriskante Vorrecht schwerreicher Investoren, und ihre Investitionsentscheidungen blieben im Verhältnis zu klassischen Aktienfonds weitestgehend im Dunkeln. Nach wie vor ist Intransparenz gleichermaßen Markenzeichen und Marketinginstrument der Hedge-Fonds.

Der Dreh- und Angelpunkt des Erfolges waren seine legendären Präsentationsveranstaltungen. Ingenieure, Ärzte, Lehrer, Architekten – alle kamen sie, getrieben von Mundpropaganda und Vermittler-Tipps, um Behring zu lauschen und zu staunen. Er machte es möglich, dass sie endlich in Hedge-Fonds investieren durften. Auch Bankiers, Pensionskassenmanager und Vermögensverwalter informierten sich. Für diese institutionellen Kunden bot er so genannte »Managed Accounts« an, auf denen mit seinem Computerhandelssystem automatisiert gehandelt werden sollte. Seine Software verarbeite Kurse und Preise verschiedenster Märkte und gleiche diese mit historischen Daten ab: Preiszyklen, Trends, saisonalen Entwicklungskurven, mathematischen Chartanalysen. Das System liefere als Ergebnis ein so genanntes Signal an den Manager des Kontos, der dann seinem Broker einen Kauf- oder Verkaufsauftrag erteile.

Klingt phantastisch, war es aber nicht. Programme dieser Art kann sich auch Lieschen Müller über das Internet kaufen, ebenso die Daten. Tradingprofis wissen, dass die Systeme im Testlauf nahezu treffsichere Resultate liefern. Aber im zeitnahen Börseneinsatz ist die Perfektion dahin. Schließlich bewegen sich die Märkte immer wieder spontan, irrational, unvorhersehbar.

Behring durfte die angebotenen Produkte in der Schweiz und in Deutschland gar nicht öffentlich feilbieten, denn sie waren nicht zugelassen. Öffentliche Angebote dieser Investmentvehikel müssen nämlich von der Eidegenössischen Bankenkommission bewilligt werden. Die Transfers der anzulegenden Mittel liefen üblicherweise so: Das Geld der Anleger sollte zum Beispiel vom heimischen Konto auf ein Bankdepot in Guernsey wandern, einer Firma auf den Britischen Jungferninseln gutgeschrieben und von der Moore Park Investments, einer Fondsverwaltungsgesellschaft auf den Bahamas, betreut werden. Der Einsatz sollte dann beim großen Londoner Brokerhaus Man Financial in Hochrisiko-Produkten gehandelt werden – mit den Systemdaten von Behring. Theoretisch.

Praktisch hatte das Anlagevehikel Melbury Invest Ltd. auf den Britischen Jungferninseln gar keine Zulassung als Fondsgesellschaft. Melbury war eine schlichte Privatfirma, die als Domizilgesellschaft nach lokalem Recht auf den Karibikinseln als Independent Business Company eingetragen war und dort gar keine Geschäfte tätigen durfte. Die Investition in dieses Vehikel wäre somit eine reine Privatbeteiligung gewesen.[135]

Weitere »Fonds« wie die Firmen »Realto Invest Fund« und »RS Fixed Fund« waren in Nassau, der Hauptstadt der Bahamas, angesiedelt. Das war weit weg. Sehr weit. Von Zürich rund dreizehn Flugstunden. Dort fand man im Büro-Apartment Nummer 401 im British Colonial Center of Commerce die Firma Moore Park Investments Inc., und in deren Hedge-Fonds vermuteten Investoren aus der Schweiz und Deutschland, aber auch aus Südamerika ihr Geld.[136]

Im so genannten Offering Memorandum, einem Angebotsprospekt, erklärte der RS Fixed Fund, was mit dem Geld der Anleger geschehen sollte. Das Vermögen würde in Schuldtitel einer weiteren Firma, der Realto (Bahamas) Ltd., investiert. Die Zinseinnahmen aus den Schuldtiteln würden dann »treuhänderisch« von einer Moore Park Investments Inc. (MPI) auf den Bahamas verwaltet. Der Prospekt erklärte jedoch nicht, wem die Firmen gehören, was sie treiben und wie werthaltig sie sind: »Realto (Bahamas) Ltd. ist eine Privatfirma und legt deshalb keine Details über ihr MPI-Portefeuille offen.«[137] Stattdessen wurden allerhand Risiken aufgezählt: Hebelwirkungen, Illiquidität, Währungs- und Kreditrisiken. Das »Hauptinvestitionsrisiko« bestehe darin, »dass MPI ihren Verpflichtungen nicht nachkommen kann«. Damit wurden die Anleger offen aufgeklärt, dass der treuhänderische Verwalter ihrer jährlichen Zinseinkünfte auf wackeligen Beinen stehe. Sie mussten wissen, was sie taten.

An der Moore-Park-Gruppe mit Firmen in Bahamas, auf den British Virgin Islands und in London war Behring kurzzeitig beteiligt. Zum Schluss wurde sie von dem Schweizer Fondsverwalter Raymond Pousaz geführt. Der Genfer blickt auf eine wechselvolle Karriere zurück. Nach eigenen Angaben versuchte er sein Glück anfangs in der Bankenwelt, dann erlitt er geschäftlichen Schiffbruch. Er erlebte die Härte der Banken als Kreditgeber: »Ich habe Millionen verloren und kam mit 1,5 Millionen Franken Schulden heraus.« Es hagelte Konkurse, Pfändungen und amtliche Zahlungsaufforderungen. Die Schulden will er abgezahlt haben. Das »traumatische Erlebnis« sei der Grund, warum er 1996 die Schweiz ganz verlassen habe. Pousaz behauptete, als noch alles glatt lief, voller Stolz: »Ich bin der alleinige Eigentümer der Moore-Park-Gruppe.«[138]

Pousaz hatte Behrings Anteile an der Moore Park nach eigenen Angaben übernommen, weil sonst die Bahamas-Firmen Schweizer Recht unterworfen würden. Er verschickte von seinem Firmensitz auf den Bahamas im Dezember 2003 Kundenbriefe mit der Mitteilung, dass die Moore Park Investments Inc. (Bahamas), »auf Grund einer Reorganisation« aufgelöst würde. Die »Reinvestitionen« sollten künftig in der Moore Park Investments Inc. auf den Britischen Jungferninseln getätigt werden. Neue Firma, neue Schuldscheine, neues Glück. So wurde den eidgenössischen Aufsichtsbehörden offenbar der Einblick in die illustren Geldbewegungen und Eigentumsverhältnisse erspart. Und weil die Gesellschaften in den Karibik-Jurisdiktionen wiederum nur als Domizilgesellschaften ohne örtliche Geschäftstätigkeit am jeweiligen Firmensitz registriert waren, fühlten sich weder die Aufsichtsbehörden auf den Bahamas noch jene auf den Britischen Jungferninseln zuständig.

Ein Blick ins Lehrbuch für Anlageschwindler

Die Masche ist uralt und funktioniert immer noch bestens. Sie wurde in den sechziger Jahren von Bernie Cornfeld und Robert Vesco, den ersten Weltstars des Anlagebetruges, berühmt gemacht.[139] Cornfeld hatte nach dem Zweiten Weltkrieg die Investor Overseas Services (IOS) gegründet, um die Ersparnisse der in Europa stationierten amerikanischen Soldaten anzuzapfen. Mit seiner IOS galt er als einer der Väter der Fonds-Idee, mit seinem IOS-Investmentfonds hatte er von Genf aus ein Milliardenimperium mit einem Heer von 16 000 Verkäufern aufgebaut.[140] Neben der IOS gründete er den ersten Fund of Funds. Cornfeld wurde zum Mythos und versprach den »weltweiten Volkskapitalismus«.[141] Die Bankiers waren begeistert. In Zürich engagierte sich ein großes Schweizer Bankhaus.

Cornfeld hatte das Geld der Investoren über Offshore-Firmen in Panama, auf den Bahamas und in Genf bewegt. Dabei wurden für die Kunden die IOS-Aktien mit Darlehen finanziert, die durch Sicherheiten in der Offshore-Jurisdiktion gedeckt waren. Die Anleger konnten somit ihrem heimischen Steueramt einen steuermindernden Kreditvertrag vorzeigen, während sie ihre Vermögen verheimlichten. Dieses »back-to-back loan«-Schema gilt als Klassiker unter den gängigen Geldwäsche-Praktiken. Cornfelds Geldwäschetechniken wurden später durch die kolumbianischen Drogenkartelle nachgeahmt.

Als IOS-Verkäufer im Jahre 1966 in Brasilien verhaftet wurden, schmuggelte Cornfeld die Gelder in die Schweiz. Im Februar 1967 brachte der Nationalrat Raymond Déonna das Thema ins Schweizer Parlament: »Es scheint, dass hierbei mit dem Namen Genfs und der Schweiz Missbrauch getrieben wird.« Die Eidgenössische Bankenkommission wurde auf die IOS aufmerksam, die Schweizerische Bankiervereinigung warnte Cornfeld, der prompt mit Wohlverhalten reagierte. Er verlegte 1970 den Verwaltungssitz für seine 1300 Köpfe zählende Belegschaft in das kleine französische Dorf Ferney-Voltaire, fünf Kilometer von Genf entfernt.

Ein Jahr später, als das Kartenhaus zusammenzubrechen drohte, verkaufte er seine Geschäfte an den unglücklichen Robert Vesco, den er bald beschuldigte, die Pleite verursacht zu haben. Nach dem Zusammenbruch der Geldmaschine hinterließ Cornfeld den ersten Boom von Fondsgründungen und eine Bank in Genf, eine in Luxemburg und eine auf den Bahamas.

Cornfeld kam nahezu ungeschoren davon. Die Genfer Justiz ließ ihn nach elf Monaten U-Haft gegen Bezahlung einer Kaution von fünf Millionen Franken frei. 1979, sieben Jahre später, erreichten seine Verteidiger einen Freispruch. Cornfeld genoss das Leben auf mehreren Schlössern und umgab sich mit Schönheiten wie der Schauspielerin Victoria Principal und dem amerikanischen Fotomodell Lorraine Armbruster. So wurde der glückliche Cornfeld Vorbild für Generationen von Anlageschwindlern.

Aus der Trickkiste des großen Meisters hat Dieter Behrings Team das Modell Bahamas-Schweiz wieder aufleben lassen. Behring perfektionierte das Spiel durch ein Bäumchen-wechsle-dich-Verfahren. Das geht so: Bevor die örtlichen Revisionsgesellschaften in der Lage sind, einen zweiten Geschäftsbericht zu testieren, wird das Domizil in einen anderen Offshore-Staat verlegt oder der Firmenname geändert oder beides. Beliebt sind auch Domizilwechsel unter neuem Namen und gleichzeitiger Neugründung einer Firma gleichen Namens am alten Ort. Die Revision trifft dann auf eine völlig neue Gesellschaft, die formal mit der alten lediglich den Namen teilt. Die Kundschaft hat keine Chance, das Wechselspiel zu durchschauen. Und in keinem Land fühlt sich eine Finanzmarktaufsichtsbehörde zuständig: Die eine nicht, weil es in ihrem

Territorium keinen Vertrieb gibt, die andere nicht, weil sich die Domizilfirmen als operativ nicht tätige Gesellschaften außerhalb ihres Überwachungsradars befinden, und die dritte nicht, weil sie keine Kenntnis von den Geschäften einer Gesellschaft hat, die zwar in ihrem Land operiert, aber dort nicht angemeldet ist.

Formal wandert das Ersparte der Anleger somit über vier Jurisdiktionen: Schweiz – Guernsey – Britische Jungferninseln – Bahamas. Zahlreiche Investoren zahlten über eine weitere Station in Liechtenstein ein, womit noch ein viertes Justizsystem im Spiel war. Rückzahlungen und Geldtransfers, die über ein Bankhaus in Litauen abgewickelt wurden, fügten einen weiteren souveränen Rechtsstaat hinzu.

Diese Konstruktion aus den Pioniertagen Cornfelds ist eine gesicherte Festung gegen die Angriffe der Strafverfolger. Denn die Untersuchungsrichter dürften Jahre benötigen, um die Geldspur bis zum Ende zu verfolgen. Und sie werden auf dem Weg der internationalen Rechtshilfe über diese fünf Jurisdiktionen hinweg nicht in der Lage sein, sämtliche Investoren-Millionen zu sichern. Es dauert Monate, oft Jahre, bis die Staatsanwälte ein Rechtshilfegesuch letztinstanzlich durchgepaukt haben. Das reicht allemal, um versteckte Gelddepots aufzulösen und die Vermögen auf weitere, wieder neue Offshore-Plätze zu transferieren.

Was hat sich in dreißig Jahren geändert?

Aus dem Reisekatalog für komfortable Offshore-Geldverstecke gibt es mittlerweile eine große, wachsende Auswahl von Destinationen rund um den Globus: Da wären die Inselstaaten Antigua, Anguilla, Bahamas, die Britischen Jungferninseln, Cayman Islands, Curacao, Grenada, Nauru, Niue, Panama, St. Vincent, St. Lucia, St. Martins, St. Kitts and Nevis, die britischen Kanalinseln Guernsey und Jersey, die neuen Offshore-Domizile in den Golfstaaten wie Dubai und Bahrain, Mauritius in der Südsee oder Uruguay in Lateinamerika, Hongkong, Singapur und bald Schanghai in Asien.

Aber auch Gesellschaften in den US-Bundesstaaten Nevada und Delaware erfreuen sich ungebrochen hoher Beliebtheit.

Alle diese Standorte bieten eine schnelle, preiswerte und steuerfreie Gründung einer Domizilgesellschaft an. Viele Regierungen solcher Offshore-Plätze wurden in den vergangenen Jahren von der Financial Action Task Force on Money Laundering (FATF), die zur Organisation für wirtschaftliche Zusammenarbeit und Entwicklung (OECD) gehört, auf ihre Bereitwilligkeit befragt, internationale Mindeststandards anzuerkennen. Seitdem dürfen die Anti-Geldwäsche-Experten bei internationalen Konferenzen bunte Powerpoint-Bilder bestaunen, mit denen die Abgesandten dieser Länder von ihren neuen Finanzmarktaufsichtsbehörden, Anti-Geldwäsche-Ämtern und Bankenkontrollorganen berichten. Doch im Ernstfall sind die Verantwortlichen der neu gegründeten Vorzeigebehörden unwillig oder unfähig, auf Anfragen aus dem Ausland zu reagieren. Nach wie vor verzichten daher europäische Justizbehörden in vielen Fällen darauf, überhaupt Rechtshilfeersuchen an die karibischen Offshore-Länder zu richten.[142]

Das Cornfeld-Modell erlaubte es auch Behring, weitgehend unerkannt in der Schweiz zu operieren. So sollten Jahre vergehen, bis die Eidgenössische Bankenkommission (EBK) als oberste Finanzmarktaufsicht auf ihn aufmerksam wurde. Sie registrierten Behring erst, als er sich anschickte, eine Zürcher Bank zu kaufen. Der Basler Finanzkünstler erwarb im Januar 2003 die brachliegende Internetbank Redsafe. Zudem übernahm er eine Mini-Bank in Liechtenstein, verlieh ihr seinen Namen und kaufte sich die Mehrheitsanteile an der Frankfurter Broker-Bank Hornblower Fischer, die der damals inhaftierte deutsche Boom-Bankier Alexander Falk hielt.

Die deutsche Bundesanstalt für Finanzdienstleistungsaufsicht (Bafin) in Frankfurt hatte keine Einwände gegen den neuen Bankeneigentümer aus Basel – zumindest keine, die der Kundschaft hätten auffallen können. Die EBK verfolgte dieses Spiel allerdings aufmerksamer und prüfte gründlich. Denn bei Kauf und Gründung einer Bank kennen die Oberaufseher in Bern keine Nachsicht.

Doch auch sie kontrollieren absolut verschwiegen, weshalb die Schweizer Kundschaft keine Notiz von den Aktivitäten im Hintergrund nehmen konnte. Beim Klicken auf die Internetseite der EBK fanden die Kunden die von Behring gekaufte Redsafe-Bank, obwohl ihre Bewilligung ausgesetzt war, in einer Liste der offiziell registrierten Institute.[143] Hinter den Kulissen bat die EBK Behring monatelang um immer neue Unterlagen. Sie sah die Anforderungen nicht erfüllt, um die Bewilligung zu erteilen. Anderthalb Jahre lief das Genehmigungsspiel im nichtöffentlichen Sektor. Kein Behring-Kunde konnte ahnen, dass etwas nicht stimmt: Stille Aufsicht bleibt nutzlose Beobachtung.[144]

Unterdessen drehte Behring auch beim Firmenkauf Lernkurven. Die Zürcher G & S Vermögensverwaltung schien ihm in sein Imperium zu passen. Die Basler Baklin Finanz, an der er beteiligt war, sollte sich bei der Finanzboutique einkaufen. Alles sah nach einer Erfolgsgeschichte aus. Die G & S hatte ihr Domizil sehr repräsentativ im »Haus zur Trülle«, einer der schönsten Jugendstilbauten an der Zürcher Bahnhofstrasse, bezogen. Binnen Monaten stieg das Kundenvermögen der jungen Vermögensverwaltungsfirma von 340 Millionen Franken auf 650 Millionen und Wochen später auf 1,4 Milliarden – in den Pressemitteilungen. Auf den Konten suchten bald die Staatsanwälte in Zürich und München nach den vermeintlichen Millionen, vergebens. Zwei Geschäftsführer mussten zeitweise in Untersuchungshaft, die deutschen Kaufleute Michael Gastauer aus Adelsdorf und Peter Michael Zimmermann aus Bernried am Starnberger See.

Zimmermann hatte als Geschäftspartner des echten deutschen Hedge-Fonds-Stars Florian Homm auf den Börsenboom gesetzt, er kam allerdings ein wenig zu spät. Er gründete so genannte Mediendachfonds mit der »Starnberger-5-Seen-Land-Vermögensbetreuungs AG«. Die Firma war bald pleite. Die Staatsanwaltschaft München II ermittelte wegen Betrugs in Höhe von mindestens 20 Millionen Franken und nahm den 39-Jährigen im Frühjahr

2004 für kurze Zeit in Untersuchungshaft. Im November sprach der stets freundliche Jungbörsianer eine letzte Botschaft auf seinen Anrufbeantworter: »Hallo, lieber Anrufer. Ich bin leider im Moment nicht zu erreichen.« Wenig später wählte Zimmermann den preußischen Ehrenabschied. Er erschoss sich Ende November 2004 im Keller seiner Villa am Starnberger See.

Für Behring war der finanzielle Verlust kein Drama. Als Zimmermanns Schwindel ruchbar wurde, erklärte er, dass er über ein Vermögen von 300 Millionen Franken verfüge. Er besaß eine imposante Sammlung von historischen Patek-Philippe-Uhren, residierte in denkmalgeschützten Gebäuden der Basler Altstadt, die ihm sein Haus-Architekt mit Hightech aufgerüstet hatte, investierte in große Kulturprojekte, zelebrierte sich als Sponsor und Mäzen. Behrings Problem war grundlegender Natur. Er musste eine rettende Strategie zum Ausstieg aus der Geldmaschine entwickeln, die von außen betrachtet noch rund lief, für ihn aber erkennbar bereits mit großer Unwucht drehte.

Wie einst Bernie Cornfeld einen Robert Vesco für die letzte Runde seines Pokerspiels fand, so schien auch Behring Anfang September 2004 einen glücklichen Investor gefunden zu haben. Doch Behring agierte nicht sehr kunstfertig. Hinzu kam, dass seine Investmentvehikel vor dem Abgang durch unerwünschte Medienrecherchen durchleuchtet wurden. So verlief auch sein »Rettungsplan« nicht ganz glatt.[145] Noch halbwegs gelungen präsentierte er sich im Spätsommer 2004 den Zürcher Journalisten als Medienopfer. Die Nachricht wurde von den Medien, die sich nicht als Täter beschimpft fühlten, gerne kolportiert. Jene Medien, die er als Verursacher seines Desasters bezeichnete, begannen allerdings seine Geschäfte und Person aufs Neue zu zerpflücken. »Niemand glaubt mir mehr«, beklagte er sich. Über seinen PR-Berater ließ er verkünden: Herr Behring wünscht nicht weiter mit Fragen belästigt zu werden. Anschließend wurde den Investoren von Behrings Mitarbeitern mitgeteilt, sie sollten sich nun an Geldmanager auf den Bahamas wenden. Oder auf den Britischen Jungferninseln.

Behring hatte seine Firmen- und Bankengruppe mit rund 70 Mitarbeitern eiligst dem damals 39-jährigen Kostas Liapis aus Athen übereignet. Der Käufer würde durch Fusion der britischen Firma London (UK) Ltd. und einer amerikanischen Firma eine neue Holdinggesellschaft mit dem Namen LFG International bilden, wurde auf einer als Spektakel zelebrierten Medienkonferenz verlautbart.

Der Zürcher PR-Berater Klaus Stoehlker übernahm für Liapis das Kommunikationsgeschäft.[146] Stoehlker, ein deutschstämmiger PR-Berater, der sich der Zürcher Gesellschaft gerne mit galant formulierten Allerweltsansichten und oberlehrerhafter Talk-Show-Lebenshilfe andient, schwärmte in höchsten Tönen von seinem neuen Kunden. Der mutmaßliche Großinvestor firmierte als Chef der Liapis Corporation, einer Firma mit Sitz im amerikanischen Delaware und Büros in Athen und am berühmten Santa Monica Boulevard in Beverly Hills.

Doch wenige Tage nach der Vorstellung des illustren Nachfolgers musste Stoehlker einiges dementieren: Nein, der Investor habe »keine familiären Kontakte« zu griechischen Regierungsmitgliedern. Überprüfbare Daten über sein vollmundig angekündigtes Solarenergieprojekt müssten noch recherchiert werden. Auch Angaben über eine angeblich renommierte Liapis-Firma mit dem Namen Lion Energy lägen noch nicht vor. Dann folgte die Kapitulation: Aus »familiären Gründen« ziehe sich Liapis zurück. »Zwei angesehene internationale Finanzgruppen« würden an seine Stelle treten.

Die Käuferfirmen in London und in den USA hatten weder eine Zulassung für Finanzgeschäfte noch je solche im großen Stil getätigt. Die Firma The London Finance Group Ltd. (LFG) und die in den USA gemeldete Gesellschaft Can Am Autosales sollten fusioniert werden und dann Behrings Bankhäuser übernehmen. Die britische LFG war nichts weiter als eine Briefkastenfirma mit ungeklärten Eigentümern auf den Britischen Jungferninseln. Sie hatte eine Aktie im Wert von einem Pfund Stammkapital, frei nach dem Prinzip »One share, one pound«. Als Ein-Pfund-Aktionär war wiederum die Firma »London (UK) Ltd.« eingetragen, mit Sitz an der gleichen Londoner Büroservice-Adresse wie die LFG. Diese »London (UK) Ltd.« wiederum gehörte einer Briefkastenfirma auf den Britischen Jungferninseln.[147]

Die London (UK) Ltd. wurde Aktionär der amerikanischen Firma Can Am Autosales. Diese war im US-Bundesstaat Nevada als Kleinfirma eingetragen und handelte ihre Aktien als Privatplatzierungen am unregulierten OTC-Markt, eine so genannte Penny Stock Company. Beim Börsengang zählte die Firma 33 Aktionäre, die über einen Fuhrpark von neun Gebrauchtwagen verfügten. Auf Teilzeitposten gab es einen CEO, einen CFO und zwei Direktoren, die in ihrem 23 Quadratmeter großen Büro im kanadischen Vancouver eine wenig aufregende Geschäftsidee verfolgten. Sie wollten Gebrauchtwagen übers Internet verkaufen. Zur Anschubfinanzierung brachte der Präsident laut Geschäftsbericht sogar ein paar hundert Dollar aus der eigenen Tasche auf. Die Website suchte man vergeblich, aber der Börsengang gelang und kostete schlappe 21 000 US-Dollar.[148] So wurde sie unter dem neuen Namen LFG International Eigentümerin des Behring-Reiches.

Um die Can-Am-Aktien war es dann lange still; sie waren im Cent-Bereich gehandelt worden. Doch seit der Ankündigung, dass Liapis als neuer CEO der Can Am fungiere und die Londoner LFG mitsamt Behrings Bankenimperium gekauft habe, wurden plötzlich einige tausend Papiere gehandelt. Die Aktien, immerhin 300 Millionen Stück, stiegen auf sieben Dollar. Das ergab für die Autohändlerbude einen Marktwert von sagenhaften 2,1 Milliarden US-Dollar. Theoretisch.

Diese Praktik erinnert an eine»Pump-up«-Aktion, wie die amerikanischen Börsianer solche Spekulationstechniken bezeichnen: Dabei werden die Börsenwerte künstlich aufgeblasen. Behrings Aktion scheiterte jedenfalls kläglich, wie die später publizierte Firmenbilanz aufklärte: »Das Management hat alle Aktien an die LFG zurückgegeben und sucht nach anderen geschäftlichen Möglichkeiten.«[149]

Kostas Liapis spielte also den Pausenclown. Eine Woche später präsentierten Behrings Berater die neuen Kaufinteressenten für die Banken, eine »angesehene Finanzgruppe«. Der US-Börsenaufsicht wurde mitggeteilt: Eine Thurn und Taxis Asset Management AG aus München und die Northamerican Sureties (Europe), kurz NAS, aus Zürich hätten die entsprechende Absichtserklärung unterschrieben. Thurn und Taxis sei die bekannte Adelsfamilie in Deutschland, deren historische Wurzeln bis ins zwölfte Jahrhundert zurückreichten. Die Thurn und Taxis verwalte namhafte Vermögen.[150]

Behring beschied in seiner »persönlichen Einschätzung« gegenüber Banken, Vermögensverwaltern und Investoren der neuen US-Holding eine mehr als rosige Zukunft und empfahl, die Papiere dieser LFG International bis zum Kurs von acht US-Dollar zu kaufen. Als Zielvorstellung gab er in Jahresfrist bis zu 26 US-Dollar an. Bei mehr als 300 Millionen ausstehenden Aktien hätte dies einen Marktwert von rund acht Milliarden US-Dollar ergeben: »Freuen wir uns auf erfolgreiche Zeiten«, schloss Behring.

Die nicht erbetene Prüfung der Kaufinteressenten durch recherchierende Medien sorgte allerdings für eine prompte Reaktion. Deren Rückzug erfolgte mit der Begründung, Behrings Kaufempfehlung habe die Übernahmegespräche verunmöglicht. Die Kandidaten waren auch enttäuscht. Der kleine Bluff flog schnell auf. Prinz Karl war nicht, wie behauptet wurde, ein »Cousin« der Fürstin Gloria von Thurn und Taxis, einer geborenen Gräfin Schönburg-Glauchau. Sein Verwandtschaftsgrad konnte nur mühsam in den Annalen des Stammhauses Jahrhunderte zurück recherchiert werden. Vor neun Fürsten-Generationen wurde man fündig. Karl Prinz wurde ermahnt, nicht länger mit dem Namen des Stammhauses zu operieren.[151]

Bei der Northamerican Sureties (NAS) sollte es sich laut Ankündigungen um eine angesehene Finanzgruppe handeln. Die NAS-Muttergesellschaft mit Domizil bei einer Büroservicefirma im US-Bundesstaat Nevada (»Firmengründung online in Minuten«) handelte mit Bürgschaften und Garantien. Sie war bereits als Joint-Venture-Partner eines heißen Investments des Leumi-Bankers Ernst Imfeld aufgefallen.[152] Als Sureties-Händler, also als Broker für Bürgschaften, hatte sie in keinem US-Bundesstaat eine Zulassung.[153] Sie präsentierte verschiedenen Geschäftspartnern Bilanzen, die neun Milliarden Vermögen verzeichnen. Die Firma hatte hingegen laut Registerdaten nur ein Aktienkapital von 25 000 US-Dollar.[154]

Immobilienkaufmann Martin Schläpfer, damals einer der Zürcher Statthalter der NAS, kamen im Mediengespräch allerdings Zweifel, ob seine Vita den strengen Bedingungen der Bankenaufsicht genüge. Anfang der neunziger Jahre gab es nämlich ein kleines Problem in seiner Laufbahn: »Ich wurde wegen Gehilfenschaft zu einer bedingten Gefängnisstrafe verurteilt.«[155]

Die Offenbarung des NAS-Managers warf erstmals ein zweifelhaftes Licht auf das persönliche Umfeld Behrings während der zarten Anfänge seines Wirkens in Basel. Schläpfers Fall spielte im Milieu eines illustren Basler Bauunternehmers, der zu drei Jahren Gefängnis verurteilt worden war. Als dessen Sanierer trat Anfang der neunziger Jahre Kostas Liapis auf, Behrings griechischer Pausenclown. Und als Geschäftspartner des Basler Immo-Unternehmers trat der umtriebige Rechtsanwalt Peter Weibel in Erscheinung, der damals mit dem Verurteilten verschwägert war und als Zeuge im Basler Strafgericht bei einem Gerichtsreporter einen »mulmigen Eindruck« hinterließ.[156] Weibel war stetiger juristischer Begleiter Behrings und Mitgründer von dessen Fonds.[157]

Dieter Behring war von einem Club sehr vertrauter Freunde umgeben. Aber wer spielte welche Rolle? Die Kernmannschaft hatte bereits die Schulbank zusammen gedrückt. Martin Schläpfer, der Manager der Sureties-Company ohne Sureties-Lizenz, Peter Weibel, der Basler Jurist, und Peter M., der Zürcher Treuhänder des Behring-Imperiums, waren Internatskameraden im berühmten Kloster Einsiedel im Kanton Schwyz. Das verbindet fürs Leben. Rechtlichen Rat suchte Behring stets bei seinem Freund Peter Weibel, dem geschäftigsten Mann aus dem Einsiedler-Trio. So tauchte der Name Weibel bei zahlreichen Dokumenten auf, die in der Finanzwelt und bei den Investoren zur Präsentation der Behring-Fonds vorgelegt wurden. Zum Beispiel in einer Dokumentation der Moore Park Investments, als deren Mitgründer Weibel sich vorstellte. Das Dokument sollte Investoren das sichere Gefühl vermitteln, mit ihrem Ersparten bei der Moore Park gut aufgehoben zu sein. Mit 100 Fragen und Antworten untermauerte er seine Seriosität, angeblich erstellt »auf der Grundlage der Sorgfaltspflicht-Fragebögen mehrerer Banken und Hedge-Fonds-Anlageberater«.

Zum Führungsteam der Moore Park zählte auch der Amerikaner Jon M. Knight. Die Fachkraft aus dem US-Sonnenstaat Florida, die bei Moore Park als Fondsmanager und Direktor diente, musste sich wegen seiner Beteiligung am größten Kapitalanlagebetrug in der Geschichte Floridas verantworten. Er fungierte als Investmentberater für die Evergreen Security auf den Bahamas, eine Fondsgesellschaft, die eigentlich gar keine war. Mehr als 1800 Investoren glaubten an die wunderbare Geldvermehrungsmaschine in der Karibik und legten dort mehr als 200 Millionen US-Dollar an. 10 bis 12 Prozent fixen Zins versprachen die Manager, »garantiert«. Das ging zehn Jahre lang gut, bis Januar 2001. Da meldete die Firma plötzlich den Bankrott an. »Vom ersten Tag an«, so stellte der Liquidator fest, war Evergreen ein Schneeballsystem. Mit dem Geld der Investoren und den Zuflüssen der Neukunden wurden die garantierten Zinsen gezahlt. Der Rest landete in den Taschen der Manager.

So wie bei Jon Knight, der nach Angaben des Bezirksstaatsanwaltes Robert Morgenthau zusammen mit einem Mitangeklagten 6,5 Millionen Dollar aus der Fondskasse »gestohlen hat«. Das Geld ließ er sich als »Darlehen« auszahlen, bediente sich freizügig und finanzierte damit unter anderem einen Privatjet. Jon Knight fand das ganz normal. So wie sechs seiner Evergreen-Kollegen, die in den USA langjährige Haftstrafen absitzen oder noch auf das Strafurteil warten. Der Konkursverwalter der Evergreen Security zählte im Juni 2004 insgesamt 167 laufende oder abgeschlossene gerichtliche Verfahren.[158] Im Gerichtssaal kommentierte der amerikanische Gutachter Steven Schwartz den Fall mit einem Zitat der Sängerlegende Woody Guthrie: »Manchmal rauben sie dich mit einem Füllfederhalter aus.«[159]

Hedge-Fonds-Gutachterprofis im Belastungstest

Als im Fall von Jon Knight die ersten Bankrott-Erklärungen der Evergreen Security in der Fachwelt bekannt wurden, empfing Behring Spitzen-Consultants aus Schweden, von denen gesagt wird, dass sie die besten in der Hedge-Fonds-Branche seien.[160] Die Stockholmer Bankenberater kamen von der angesehenen Consultingfirma RPM Risk & Portfolio Management, die mit 25 Mitarbeitern nobelste Kunden aus der Bankenwelt und Pensionsfonds berät, etwa die Credit Suisse, die Fondsgesellschaft Robeco, die HypoVereinsbank und die Japanese Pension Funds. Die Schweden sind für das Risikomanagement der institutionellen Investoren verantwortlich.

Die Stockholmer Gutachter trafen im Februar und September 2001 bei der »Moore Park in Basel« ein, wie sie in ihrem Report notierten. Ein Blick ins örtliche Handelsregister hätte bereits das erste Stirnrunzeln aufgeworfen, aber von hoch bezahlten Risiko-Analytikern der Hedge-Fonds-Industrie kann man das offensichtlich nicht erwarten: Dort gab es nie eine Firma mit diesem Namen. Ihr Rapport enthält auch keinen Hinweis auf Fonds-Berater Jon Knight, den die echte Moore Park auf den Bahamas in ihren Dokumenten damals noch als ausgewiesenen Anlageexperten erwähnte.

So war das RPM-Dossier nicht gerade ein Glanzstück kritischer Prüfleistung, doch immerhin sahen sie, dass Behring kein Vollprofi war. Sie stuften ihn als Neuling ein, nannten ihn einen »Emerging Manager« ohne überprüfbaren Karriereweg. Ihr Urteil über Behrings Software: »Die benutzten Systeme und Methoden sind nicht revolutionär.« Sie bemängelten, dass seine Rechner in Basel nicht mit den notwendigen Notstromsystemen ausgerüstet waren. Aber von dem großen Bluff steht in ihrem Bericht nichts.[161]

Was haben die Risiko-Berater geprüft? Jedenfalls haben sie Behrings biographische Geschichten in ihrem Report wiedergegeben, ohne sie ernsthaft in Frage zu stellen. Aber die existentiellen Checks sind offenbar nicht konsequent durchgeführt worden: Bilanzen, Geschäftsberichte, Bewilligungen der Finanzmarktaufsicht, Trading-Journale. Die Risiko-Expertise reichte den Banken, um Behring als Geschäftspartner zu akzeptieren. Er galt nun als überprüft. Später traf ein weiterer Hedge-Fonds-Spezialist bei Behring ein. Der Amerikaner war wenig angetan, auch sein Urteil war nicht berauschend.[162] Doch Behring verwies gerne auf den Besuch des berühmten Branchenstars. Das sollte den Profis genügen – und es reichte ihnen auch. Von den Profis aus dem Prüfgeschäft hatte niemand treffsicher die Problemkinder der Hedge-Fonds-Branche herausgepickt und an den Pranger gestellt.

Die Eidgenössische Bankenkommission (EBK) untersuchte seine Geschäfte monatelang still und fleißig. Behrings Kundschaft erfuhr davon aber herzlich wenig – und wiegte sich entsprechend in Sicherheit. Offen kommuniziert wurde aus Prinzip nicht. Die EBK stellte das Amtsgeheimnis über den Kundenschutz. So schreibt es das Gesetz vor. »Naming and Shaming«, das Prinzip des öffentlichen Anprangerns von unzuverlässigen Marktteilnehmern, wie es die angelsächsischen Behörden praktizieren, kennt die EBK nur in schwerwiegenden Fällen, wenn zum Beispiel eine Bank oder eine Brokerfirma von Amts wegen dichtgemacht wird.

So konnte Behring ungeniert am Finanzplatz agieren. Bankinstitute boten seiner Moore Park bis zum bitteren Ende ihre Dienste an. Wie die Bank Sarasin & Cie in Zürich, die ihr Haupthaus in Basel hat. Sie vertröstete Behring-Kunden bis kurz vor dem Zusammenbruch und ließ sich ihrerseits vertrösten, »Interim-Reports« der Anlagefirmen auf den Bahamas und den Britischen Jungferninseln würden erstellt – statt die notwendigerweise existierenden Geschäftsberichte der Firmen anzufordern. Über die Bank Sarasin waren nahezu 54 Millionen Franken investiert worden. Die EBK urteilte später: Sie habe zwar nicht gegen die Bestimmungen des Anlagefondsgesetzes verstoßen, auch habe sie für keine Finanzprodukte aus dem Behring-Umfeld illegale Fondsleitungstätigkeiten ausgeübt und keine entsprechenden Anlageprodukte empfohlen. Jedoch habe die Sarasin-Bank ihre Reputationsrisiken im Zusammenhang mit der Abwicklung von Wertpapieren der Behring-Firma Moore Park Investments (MPI) unterschätzt. Weil das Geldhaus inzwischen die Überwachung des Reputationsrisikos angepasst hatte, ordnete die EBK keine weiteren Maßnahmen an. Für die Praxis der EBK war dies eine deutliche Ermahnung, die Medien nahmen das Untersuchungsresultat als Entlastung auf.[163]

Die Bankiers konnten Wochen vor dem Crash sogar in Interviews mit Behring nachlesen, wie er seinen Zehnten kassierte, und nachrechnen, dass dabei die Kundschaft übers Ohr gehauen werden musste. Sie hätten nur seine Aussagen studieren und den Taschenrechner zur Hand nehmen müssen. In der *Weltwoche* redete er über die Lizenzeinnahmen, die er mit seinem Handelssystem erziele. Er kalkulierte: »Wenn wir einen Einbruch von 30 Prozent bei den Lizenzgebühren haben, ist dies für uns ein Verlust von 25 bis 28 Millionen Franken jährlich.« Hochgerechnet nahm er demnach also jährlich 83 bis 93 Millionen ein. Dem Zürcher Börsianer-Blatt *Finanz und Wirtschaft* erläuterte er wiederum, ein Einbruch beim Kundenvermögen um die Hälfte würde seine Einnahmen um »30 bis 50 Millionen Franken« schmälern. Bei einem Kundenvermögen von 900 Millionen Franken bedeutete dies für die Kundschaft, dass von ihrem Vermögen mindestens neun Prozent Lizenzgebühren für Behrings Basler Firma ausgezahlt würden. Jährlich. Neben happigen Management- und Performancegebühren für die Fondsverwalter sowie kräftigen Vermittlerprovisionen für die Vertriebsleute. Das konnte nur durch exorbitante Börsengewinne wettgemacht werden, die im besten Fall nicht dauerhaft zu erzielen waren. Aber Behring versprach jährliche Renditen von 12 Prozent. Er hatte damit selbst öffentlich den Beweis angetreten, dass sein System faul war.

Karibische Fahndung: Vermitteln oder ermitteln?

Nach dem 30. September 2004 war es an der Petersgasse in der Basler Altstadt, Behrings denkmalgeschütztem Wohn- und Geschäftssitz, ungemütlich geworden. Seit Tagen spielten sich dort dramatische Szenen ab. Investoren baten verzweifelt um Einlass. Sie schellten vergebens. Der Briefträger brachte unfreundliche Anwaltspost. Und drinnen standen die Telefone nicht mehr still, weil Anleger entnervt fragten, wann der Zins fürs letzte Quartal eintreffe oder wann endlich die per 30. September gekündigten Einlagen ausgezahlt würden.

Die schönen Tage an der Petersgasse waren gezählt, das wusste auch Dieter Behring. Keine Privatinvestoren würden mehr vorbeischauen, um ihr Erspartes dem Hausherrn abzuliefern. Keine Banker, um das Wunder von Basel mit eigenen Augen zu bestaunen. Und auch die Vermögensverwalter würden sich nicht mehr die Klinke in die Hand geben, weil sie beim Rotieren der zauberhaften Geldmaschine des Hausherrn mitverdienen wollen.

Am 19. Oktober 2004 war es auch für die letzten Gläubigen amtlich. An diesem Dienstagmorgen um sieben Uhr in der Früh standen Kriminalbeamte in großer Zahl vor der Tür und baten sehr bestimmt um Einlass, mit einem Durchsuchungs- und Beschlagnahmebeschluss in der Hand. Sie räumten die Regale leer und nahmen die Computer mit. Behring musste mit aufs Amt. Wenig später wurde die Haftentscheidung getroffen. Den ersten Zugriff hatten die Staatsanwälte aus Basel und Zürich noch organisiert, aber schon nach wenigen Tagen war klar: Das war ein Fall für Valentin Roschacher. Der ehemals oberste Ankläger der Eidgenossenschaft war Chef der Bundesanwaltschaft in Bern und dort für große Wirtschaftsstraffälle mit internationaler Dimension zuständig. Seine noch junge Behörde bekam, nach glücklosen Ermittlungen mit Geldwäsche-Fällen und gescheiterten Terrorfahndungen, den ersten großen Fisch aus dem Wirtschaftsleben als Untersuchungsobjekt. Die Fahnder stellten sich auf langwierige

FÜRSTENTUM LIECHTENSTEIN
FÜRSTLICHES
LANDGERICHT

Aktenzeichen bitte immer anführen
11 UR.2004.357
ON 59

HERAUSGABEAUFFORDERUNG / BESCHLAGNAHME

Das Fürstliche Landgericht in Vaduz fasst in der Untersuchung gegen Dieter BEHRING, [redacted] Raymond POUSAZ, [redacted] und Dr. Josef WEIBEL, [redacted], wegen des Verdachtes des gewerbsmässigen schweren Betruges nach den §§ 146, 147 Abs 2, 148 StGB sowie wegen des Verdachtes der Geldwäscherei nach § 165 Abs 1 – 3 StGB den

Beschluss:

An die [redacted] ergeht gemäss §§ 92, 96 Abs 2, 98a StPO die Aufforderung, unverzüglich, längstens aber binnen 2 Wochen

1 die entsprechenden Bankverbindungen offenzulegen, insbesondere bekannt zu geben, wer wirtschaftlich Berechtigter, zeichnungsberechtigt oder bevollmächtigt ist sowie wie die Zustelladresse lautet, und

2 sämtliche Unterlagen (insbesondere Konto- und Depoteröffnungsunterlagen, Unterschriftenkarten, Unterlagen bezüglich des Internet-Banking-Zugriffs, Konto- und Depotauszüge, Kopien der vorgelegten Personalausweise, Safe- und Schliessfachvermietungsverträge samt Vollmachten und Besucherkontrollaufzeichnungen, Bankbelege betreffend Kontobewegungen und/oder Einzahlungs- oder Auszahlungsvorgänge sowie Überweisungen, Unterlagen betreffend Vermögensveranlagung und Vermögensberatung, Kreditakten, Kredithandakten, Korrespondenz, Aktenvermerke u.a.) in Form eines elektronischen Datenträgers in einem allgemein gebräuchlichen Dateiformat, falls dies nicht möglich ist, in Form gut lesbarer Kopien, herauszugeben, und zwar

AEULESTRASSE 70 · 9490 VADUZ · TELEFON +423 - 236 61 11 · TELEFAX +423 - 236 65 39

Zeugnis einer gewöhnlichen Geldwäsche-Untersuchung: Im Fall Behring wurde eine liechtensteinische Bank aufgefordert, die Hintermänner von Briefkastenfirmen, deren Konti und Geldbewegungen offen zu legen.

Recherchen ein. Erfahrene Strafverteidiger kalkulierten mit einer langen Laufzeit. »Vielleicht sehen wir in sieben Jahren einen Richter«, meinte ein Beteiligter.

Der Vorhang zum nächsten Akt der Tragödie war geöffnet. Thema: die internationale Zusammenarbeit der Ermittlungs- und Aufsichtsbehörden, von der seit Jahrzehnten geredet wird. Der Spielort diesmal: Nassau, Bahamas. Dort ist Premierminister Perry Christie mit den Aufsichtsbehörden seines Landes sehr zufrieden. Die Bahamas seien ein »sauberer und ehrlicher Platz fürs Geschäft«, sagt er. Seine Bankenaufseher schickt er rund um den Globus, damit sie an internationalen Konferenzen zum Thema Geldwäsche Wohlverhalten propagieren. Sie projizieren dann Powerpoint-Bilder an die Wand mit Organigrammen und Leistungsbilanzen ihrer Geldwäsche-Kontrollbehörde, der Financial Intelligence Unit (FIU), und der Finanzmarktaufsicht, Securities Commission genannt.[164] Es sind wunderbare Sonntagsreden.

Die Praxis zeichnet ein anderes Bild. Im Fall Behring wurden bereits im Juni 2004 Medienanfragen an die Aufsichtsbehörden des Commonwealth-Staates gerichtet. Sie konfrontierten die Supervisoren mit detaillierten Hinweisen auf Unregelmäßigkeiten über die Anlagevehikel des inzwischen inhaftierten Basler Financiers, die auf den Bahamas angesiedelt waren. Insgesamt sieben schriftliche Anfragen wurden den Behördenspitzen übermittelt. Kein Schreiben wurde beantwortet. Telefonische Anfragen führten allenfalls zur Aufforderung neuerlicher schriftlicher Eingaben. Zuständige Beamte saßen angeblich wochenlang nicht am Pult. Kafka auf Karibisch.[165] Ein karibischer Wirtschaftsanwalt erzählt: »Die bahamaischen Behörden sind für ihr schludriges Verhalten in solchen Fällen berüchtigt.«

Schon allein die Frage der Zuständigkeit, weltweit die beliebteste Erstbeschäftigung aller Aufsichtsbeamten, wirft Probleme auf. Waren Behrings Firmen Investmentfunds nach dem geltenden Recht der Bahamas, so wäre die Securities Commission verantwortlich, die direkt dem Finanzminister untersteht.[166] Aber waren Behrings »Funds« wirklich Fondsgesellschaften, und waren sie überhaupt auf den Bahamas registriert? Oder wären nicht die Behörden der Britischen Jungferninseln zuständig, wo die Gesellschaften zum Schluss ihren Sitz hatten?

Waren Behrings Firmen als »sonstige finanzielle Institutionen« zu betrachten, dann wäre die Compliance Commission der Bahamas mit dem »Inspector« Stephen Thompson zuständig, der gleichzeitig Finanzminister des Landes ist. Und wenn Behrings Aktivitäten als Banken- und Treuhändergeschäfte zu betrachten sind, müsste sich die Zentralbank des Landes um den Fall kümmern. Für strafrechtliche Untersuchungen und Geldwäsche-Abklärungen wären wiederum die Financial Intelligence Unit (FIU) und die Staatsanwaltschaft verantwortlich, die dem Generalstaatsanwalt und Bildungsminister unterstellt sind. Die Geschäfte der lizensierten Internet-Casinos müssten vom »Gaming Board« des Tourismusministers überwacht werden und Fragen der korrekten Firmenregistrierung von Fondsgesellschaften wären vom »Registrar General« zu analysieren, der einem Minister für Finanzdienstleistungen und Investments untersteht. Die Frage der Sicherstellung von Vermögen bei Geldwäsche-Fällen ist wiederum Sache einer Abteilung des Ministers für Nationale Sicherheit. Somit müssten sich fünf Minister, also nahezu die gesamte Regierung des Inselstaates, in die Ermittlungen einschalten.

Tatsächlich passierte so gut wie nichts. Die Securities Commission handelte erst neun Wochen nach der Festnahme des selbst ernannten Fondskünstlers. Das amtliche Communiqué: »Die Commission untersucht die Entwicklungen in diesem Fall und bewertet alle möglichen Beziehungen, die Herr Behring mit Lizenznehmern und Registrierungsagenten haben könnte.«[167] Das war es. Seitdem herrscht wieder Funkstille. Die Securities Commission müsste eigentlich Raymond Pousaz, Behrings Mann auf der Insel, befragen. Aber er war noch im Juli 2005 von ebendieser Behörde als lizensierter Broker registriert, und zwar für die bereits liquidierte Moore Park Asset Management Ltd.[168]

Die Securities Commission müsste die anderen Behörden und Minister einschalten, um die Vermögenswerte zu sichern und um

Regelverletzungen der beteiligten Banker, Anwälte, Treuhänder, Broker, Buchhalter und Revisionsgesellschaften zu prüfen. Doch unter den betroffenen Schweizer Ermittlern, den Liquidatoren und Gläubigeranwälten rechnete niemand damit, dass dies passiert. Trübe Aussichten für die Untersuchungen.

Belanglose Fundstücke aus der rechtsfreien Zone

Riga, London, Nassau, Tortula, Mauritius, San Marino, Vaduz, Basel, Zürich – Stationen eines gewöhnlichen Anlagebetrugsmanövers. Die Geldflüsse zurückzuverfolgen ist immer noch so schwierig wie zu den Ganoventagen von Bernie Cornfeld. Sicher ist nur, dass riesige Millionenbeträge für immer verschwunden sind. Der Zürcher Anwalt und Geschädigtenvertreter Lucius Blattner, einer der wenigen US-zertifizierten Betrugsermittler in der Schweiz (»Certified Fraud Examiner«) mit Untersuchungserfahrungen als ehemaliger Staatsanwalt, kennt das Aufspüren von veruntreuten Vermögenswerten – in der Fachwelt »Asset Recovery« genannt – aus großen Betrugs- und Korruptionsfällen. Er kann seinen Mandanten wenig Hoffnungen machen: »Mit letzter Bestimmtheit können wir allenfalls nach Jahren einen Teil der Geldflüsse klären. Das ist eine sehr teure Sache. Aber oft jagt man nur einem Phantom nach, weil die Gelder gut versteckt oder längst verbraucht sind: durch Zinszahlungen, gewisse Repräsentationsspesen der Herren Täter, luxuriösen Lebenswandel und enorme Kosten von Vermittlern, Direktoren, Gehilfen. Diese Systeme verbrennen immens viel Geld.«

Erste ernüchternde Einblicke lieferte den Geschädigten William Tacon, der Liquidator der karibischen Moore-Park-Gesellschaften. Im März 2005 lud er die Gläubiger von Behrings karibischer Fondsgesellschaft Moore Park zur Zusammenkunft ins »Mercure« im elsässischen Sausheim bei Mülhausen, eine halbe Autostunde von Basel entfernt. Wann dieses Hotel seine besseren Tage erlebte, lässt sich nicht mehr feststellen. Dem Gast wird über Mittag eine

Schale Kartoffelchips serviert. Zum Trost. Gekocht wird nur auf Bestellung.

Liquidator Tacon, ein Top-Anwalt vom Büro der Prüfgesellschaft Ernst & Young auf den Bahamas, würde hier gewöhnlich nicht absteigen. Er ist ein feiner Herr mit besten Manieren. Die Lokalität muss ihm als passender Ort für die Versammlung der Gläubiger erschienen sein. Denn hier ist Matthäi am Letzten.

So kam es, dass die dort erschienenen rund 20 Großgläubiger nicht einmal mehr tief durchatmen mussten, als Tacon verkündete, was von ihrem Einsatz übrig geblieben war. Drei Millionen fand er auf einigen Konti, und er versprach, sparsam damit umzugehen. Die Verbindlichkeiten bezifferte er auf 798 643 567,09 Franken. Tacon wurde vom Konkursamt der Britischen Jungferninseln mit der notwendigsten Wahrheitssuche beauftragt. Die Sache gestaltete sich für ihn überschaubar. Den Aktenbestand über Behrings Hedge-Fonds-Geschäfte konnte er locker in einem Pilotenkoffer verstauen: »Wir haben nur drei Dokumentenboxen gefunden.«[169]

Nüchtern zählte Tacon den Gläubigern auf, was er alles nicht gefunden hat. Die Firma war auf den Britischen Jungferninseln registriert, aber sie war »keine Investmentfirma«. Daher bestand für die von dieser Firma »offen gelegten Geschäftsaktivitäten auf den Britischen Jungferninseln keine Kontrollpflicht«. Tacon versuchte die »komplexe Struktur« der Behring-Geldmaschine so zu erklären: Investoren zahlten über Vermittler in Fonds auf den Bahamas ein. Ihr Geld wurde dann über zwei weitere Gesellschaften an die Moore Park Investments Inc. weitergeleitet. Und dann? »Wir gehen davon aus, dass die Gelder während der ganzen Zeit in die Schweiz zurückflossen. Wir haben keine Anhaltspunkte dafür, etwas anderes anzunehmen«, sagt der Liquidator. Einmal Karibik und zurück, dies war das Prinzip.

Behring durfte nach einem halben Jahr U-Haft wieder aufatmen. Am 25. April 2005 wurde er gegen eine Millionenkaution auf freien Fuß gesetzt. Seine Holdingfirmen, zu denen unter anderem wertvolle Liegenschaften gehörten, wurden Anfang August 2005 in Konkurs geschickt. Somit waren zumindest einige visualisierbare

Vermögenswerte für die Ansprüche der Gläubiger gesichert. Ihm blieb, wie er an einer Medienkonferenz verkündete, sein »Kopf – ein kluger Kopf«.[170]

Seitdem läuft die Zeit für ihn. Schließlich muss vor einem Schweizer Gericht, anders als zum Beispiel in Deutschland, das Tatbestandsmerkmal der arglistigen Täuschung bei Serienbetrügereien für jeden Einzelfall überprüfbar sein, soweit kein durchgängiges Muster erkennbar ist. So entschied das Bundesgericht.[171] Die Ankläger müssen dann besondere, betrügerische Machenschaften nachweisen, so genannte manœuvres frauduleuses: Urkundenfälschungen, fingierte Kontobelege, gezinkte Performance-Daten, die Konstruktion eines komplexen Lügengebäudes, das Kunden nicht durchschauen konnten. Dafür werden die Bundesstaatsanwälte, wenn sie ihr jetziges Tempo fortsetzen, sicherlich drei oder vier Jahre benötigen, bevor sie das Dossier an die eidgenössischen Untersuchungsrichter weiterreichen können. Dann werden wieder die Verteidiger gehört und wieder werden die Fristen laufen. Einsprachen und Beschwerden, zum Beispiel gegen die Rechtshilfeersuchen, Beschlagnahmebeschlüsse und Kontensperren müssen durch alle Instanzen hindurch bis zum Bundesstrafgericht in Bellinzona oder zum Bundesgericht in Lausanne verhandelt werden. Spätestens im Jahr 2009 dürften die Beteiligten aus dem Justizapparat nervös werden, weil die Verjährungsfrist abzulaufen droht.[172]

Off-Offshore

Reiseführer durch die schöne, regulierte Finanzwelt

Eric Resteiner erschien als Sonderbotschafter der karibischen Republik Grenada in Zürich und mietete sich im teuersten Ferienchâlet der Schweiz ein. Sein Auftritt in St. Moritz bleibt unvergessen, ein Jahr lang war er Stadtgespräch. Sein Geheimnis wurde in einem amerikanischen Gerichtssaal gelüftet. Er war ein begnadeter Schwindler.

Keith Mitchell ist Premierminister von Grenada. In der Schweiz soll er von Resteiner ein Louis-Vuitton-Köfferchen erhalten haben, prall gefüllt mit 100-Dollar-Noten. Der Regierungschef hätte niemals gedacht, dass er dabei gefilmt würde.

Martin Salander verlor zweimal hintereinander sein ganzes Erspartes an einen Betrüger, der sein Geld über die Konten einer »Atlantischen Uferbank« in Übersee verschwinden ließ. Um die internationale Kooperation der Strafverfolgungsbehörden stand es in seinem Fall nicht zum Besten.

Zur Landung mit seinem Privatjet sollte auf dem Oberengadiner Flugplatz Samedan eine Ford-Limousine der Luxusklasse Lincoln Navigator bereitgestellt werden. Nach seiner Ankunft im Winter 1998 konnte ganz St. Moritz zuschauen, wie der Fuhrpark des Eric Edward Resteiner wuchs: ein Subaru-Allrad, ein Porsche Carrera, ein Rolls-Royce, zwei Land Rover und zwei für die engen Bergstraßen gänzlich ungeeignete überbreite, abgedunkelte Offroader Marke Hummer, einer davon in der zehn Meter langen Stretch-Version mit eingebautem Heimkino.

Bald zog er als Mieter mit Frau (blond), zwei Kindern (verwöhnt), Bodyguard (Ex-US-Marine) und Hund (Rottweiler) in die berühmte Schah-Villa am Suvretta-Hügel ein, für einen Millionenbetrag. Ein Jahr später verschwand er wieder auf rätselhafte Weise aus dem Leben der Gemeinde. Rund 50 Speditionsmitarbeiter mussten in einer Nacht-und-Nebel-Aktion den gewaltigen Hausstand auf Sattelschlepper packen. Die örtlichen Gewerbler erzählen sich noch immer abendfüllende Geschichten über den Jahresaufenthalter.

Ein paar Jahre später, am 18. Juni 2004 begann ein neuer Lebensabschnitt für den damals 45-Jährigen. Resteiner musste im US-Bundesstaat Massachusetts ins Gefängnis einrücken. Wie alle Inhaftierten füllte er ein Formular über seine Vermögensverhältnisse aus. Bei den Fragen nach Salär, Barschaften, Konti und Immobilien machte er jeweils ein Kreuz beim Kästchen »No«. Beim Berufsstand gab er an: »arbeitslos«.[173] Das Rätsel um Eric Resteiner wurde nun in US-Gerichtsakten aufgearbeitet. Die Strafermittlungen wurden vorm Bezirksgericht von Massachusetts geführt.[174]

Es ging um schweren Betrug und Geldwäsche. Resteiner wurde vorgeworfen, 50 Investoren binnen kürzester Zeit um rund 39 Millionen Franken betrogen zu haben. Davon sollen sechs Millionen über sein Konto bei der Credit Suisse in St. Moritz verschwunden sein.

Resteiners Masche war nicht ohne Pfiff, wie die Investoren dem Staatsanwalt erzählten. Er suchte seine Opfer gezielt im Kreis der Christian Science Church. Aus den Gläubigen machte Resteiner im

Eiltempo Gläubiger. Auch beim Marketing ging er mit der Zeit. Er versprach Anlagen in Hedge-Fonds, allerdings ohne die üblichen Risiken. Denn er sei als Ex-Agent des US-Geheimdienstes CIA zur Kompensation für den erlittenen Schaden bei gefährlichen Spionageeinsätzen mit einer supergeheimen Handelslizenz ausgestattet worden. So einer ist natürlich mit einstigen CIA-Präsidenten per Du und kennt die geheimen Investmentzirkel der Mächtigen aus dem Effeff.

Resteiner verriet seinen Anlegern auch das große Geheimnis des Geheimdienstes. Der würde sich nämlich weitestgehend mit klandestinen Investments über Wasser halten. Und weil die Agenten kluge Menschen seien, würden sie ihr Geld erst gar nicht antasten. Das diene nur als Sicherheit. So hätten es auch Donald Trump und Bill Gates gemacht.

Der Staatsanwalt bezweifelte allerdings die von Resteiner behaupteten Fonds-Investments. In St. Moritz präsentierte sich Resteiner als Botschafter der Karibik-Republik Grenada. Die amerikanischen Einvernahmeprotokolle haben auch bestätigt, dass dies nicht geschwindelt war. Der angeblich deutschstämmige Resteiner, heute staatenlos, hatte 1998 seinen US-Pass zu Gunsten einer Staatsbürgerschaft der Seychellen abgegeben. Als sich bald in der speziellen Finanzszene herumsprach, dass die Republik Grenada Staatsbürgerschaften verkauft, entschied sich Resteiner für eine neue Staatszugehörigkeit und wurde Sonderbotschafter der Karibikinsel.[175]

Sein Ex-Leibwächter Timothy Lee Brass bezeugte, dass er bei der Berufung ein wenig nachgeholfen hatte. Demnach soll der Bodyguard am 25. Juni 2000 Keith Mitchell, den Premierminister von Grenada, in die Schah-Villa nach St. Moritz chauffiert haben. Dort soll ihm Resteiner ein Louis-Vuitton-Köfferchen überreicht haben, prall gefüllt mit 100-Dollar-Noten. Gesamtwert laut Zeugenaussage des Bodyguards: 500 000 US-Dollar. Der Regierungschef hatte, als die Sache später aufflog, eine abweichende Erklärung parat. Es seien nur 15 000 US-Dollar gewesen – als Spesengabe Resteiners für eine Grenada-Promotion-Tour durch die Schweiz und Liechtenstein. Mitchell schimpfte in der Inselpresse auf den »German trickster«.[176]

Was der Premier nicht wissen konnte: Sein künftiger Sonderbotschafter und dessen Beschützer hatten die Übergabe mit versteckter Kamera aufgezeichnet. Laut Einvernahmeprotokoll jubelte Eric Resteiner nach der Geheimoperation: »Wenn Mitchell mich jemals verarschen will, dann habe ich ihn an den Eiern.«[177] Das Schicksal wollte es anders. Mitchell ist immer noch im Amt.

Der Offshore-Businessplan: Souveränität und Kapital

Keith Mitchell bevorzugt seit seiner Inthronisierung im Jahr 1995 die liberale Gestaltung seines Finanzplatzes. Es wurden Offshore-Firmen im Schnelldurchgang installiert und im Handumdrehen mehr als 40 Offshore-Banken lizensiert. Kaum eine davon hatte reales Eigenkapital, die allermeisten waren in kriminelle Investments rund um den Globus verwickelt. Zusammen hatten sie Investoren um hunderte Millionen US-Dollar betrogen. Fast alle dieser Banken kollabierten.[178] Der Inselname wurde ein Synonym für White-Collar-Crime. Die Korruptions- und Betrugsfälle explodierten, nachdem unter Mitchell mit dem Verkauf von Reisepässen der Republik Grenada begonnen worden war. Für ein »Investment« von rund 50 000 US-Dollar konnte man die Identitätspapiere kaufen. Nach dem blutigen Dienstag vom 11. September 2001 bekam Mitchell mit dieser Praxis den Druck der US-Regierung zu spüren, doch er blieb standhaft: Seine Regierung habe das Passvergabe-Programm untersucht. Sie seien sicher, dass keine Terroristen Pässe erhalten hätten, erklärte der Premier.

Kritiker erfuhren Mitchells harte Hand. Journalisten, die über die Resteiner-Geschichte berichteten, wurden kurzerhand ins Gefängnis gesteckt.[179] Reporter Leroy Noel erhielt einen Drohanruf. Wenn er die Berichte fortsetze, sei er »ein toter Mann«. Auf der Insel wurde der BBC World Service-Kanal kurzfristig abgeschaltet.

Die Anchorwoman des lokalen TV-Kanals Grenada Broadcasting Network (GBN) trat zurück.

Es gibt viele Grenadas. St. Vincent zum Beispiel, ein Teil der kleinen Antillen, hatte ein ähnliches Pass-Programm wie Grenada, das inzwischen eingestellt wurde. Die Dominikanische Republik praktizierte den Pass-Verkauf weiterhin.[180]

60 bis 90 Offshore-Zentren werden auf der Welt gezählt. Rund drei Millionen Briefkastenfirmen sind dort verwaltet, eingerichtet von Anwälten, Treuhändern und Vermögensverwaltern an den großen Finanzplätzen.[181] Mehr als 30 000 Domizilgesellschaften sind in der Schweiz eingetragen, 80 000 sind im Fürstentum Liechtenstein registriert, »Zürichs attraktiver Außenstelle«.[182] Niemand weiß, wie viele Sitzgesellschaften an der Bahnhofstrasse verwaltet und betreut werden, die irgendwo auf der Welt domiziliert sind. Statistiken existieren nicht, weil sie am Ort der Register erhoben werden müssten. Das Geschäft mit den Gesellschaften ist für viele kleine souveräne oder halbsouveräne Flecken auf der Welt zum lebenswichtigen Geschäft geworden, die ihre Steuerungszentralen an den großen Weltfinanzzentren haben.

In London existiert seit den siebziger Jahren ein starker Offshore-Sektor, der anfangs in US-Dollar statt in Pfund Sterling investierte.[183] Die Giganten der Weltfinanzbranche haben sich inzwischen in den Londoner Docklands breit gemacht, darunter die größte Bank HSBC, die größte Anwaltsfirma Clifford Chance und der japanische Gigant Nomura. Mit ihnen kamen die Investmentbanken, deren Geschäfte am Ende des Jahrhunderts tausenden Finanzmanagern märchenhaften Reichtum bescherten. Nebenbei erhöhte sich auch deren »Gier-Faktor« und die ethischen Standards verringerten sich, wie der verstorbene Autor Anthony Sampson in seiner letzten Version der »Britischen Anatomie« bemerkte.[184] »London sieht zunehmend wie ein Offshore-Zentrum aus, das vielen dubiosen Financiers dient, während es gleichzeitig so tut, als würde es eine Regulierung haben, die es an die Spitze der Onshore-Jurisdiktionen der Welt stellt«, schreibt der britische Finanzexperte Nick Kochan.[185]

Wie Zürich hat das Bankenzentrum in der City of London seine Außenstellen gleich in der Nähe, auf den kleinen Kanalinseln Guernsey und Jersey. Die Inseln sind der britischen Krone unterstellte Selbstverwaltungsgebiete, so genannte Bailiwicks, die eigenständig über ihre Steuerangelegenheiten und Gerichtsbarkeit entscheiden. Rund 30 000 Mitarbeiter zählt der Finanzsektor beider Inseln, rund 150 Banken sind dort lizensiert, die Kundeneinlagen in Höhe von insgesamt etwa 190 Milliarden Britischen Pfund verwalten. Dem internationalen Druck haben sie ein wenig nachgegeben. Guernsey will eine neue Unternehmensbesteuerung einführen, die unter dem Kürzel »zero-10« diskutiert wird: von null bis 10 Prozent hält sich der Steuertarif nach wie vor in einem sehr moderaten Rahmen.[186]

Alle diese Offshore-Plätze schlagen aus ihrer Souveränität Kapital. Ihr wichtigstes Gut ist oft das Firmenregister. Das Wissen über die Herkunft der Eigentümer der Firmen, die Zielländer der Investments und die Art der Geschäfte hüten sie wie ein Staatsgeheimnis.

Die Regierungen reden Umfang und Bedeutung ihrer Offshore-Firmen gerne klein, möchten es am liebsten auch selbst gar nicht so genau wissen, wozu die Gesellschaften benutzt werden. Paolo Bernasconi aus Lugano kennt das Geschäft von vielen Seiten. Er wurde als engagierter Staatsanwalt im Tessin berühmt, der dagegen kämpfte, dass der Finanzplatz mit Mafia-Geldern kontaminiert wurde. Als kritischer Rechtsprofessor an den Hochschulen von St. Gallen und Como wirkte er an zahlreichen Gesetzesentwicklungen der Eidgenossenschaft mit. Und heute erlebt er als angesehener Wirtschaftsanwalt in seiner Kanzlei die Opfergeschichten von Unternehmen, Banken und Privatinvestoren, die durch Operationen mit diesen Domizilgesellschaften um gewaltige Summen betrogen werden. Süffisant sprach er das kleine Tabu an: »Wir wollen ja die Offshore-Sitzgesellschaften nicht dämonisieren, aber ein gewisser Prozentsatz von ihnen dient der Steuerhinterziehung. Ja, ich sage die Zahl trotzdem, es sind vielleicht 90 Prozent. Und es sind sicherlich auch brave Schweizer Steuerbürger darunter.«[187]

Bernasconi kritisiert, dass seit der Einführung der Zinsbesteuerungsabkommen mit der Europäischen Union »plötzlich tausende Gesellschaften entstanden sind, um die Quellensteuerabgaben zu vereiteln«. Damit nutzen die ausländischen Kontoinhaber eine Lücke im Abkommen, das die »institutionellen Anleger« von der Pflicht befreit, in der Schweiz eine Quellensteuer auf ihre Zinserträge abzuführen, die anonym an den Fiskus der Herkunftsländer abgeführt werden müssen. Sie transferieren ihr Vermögen kurzerhand auf das Konto einer neu gegründeten Stiftung und sind damit wieder »steuerfrei«.

Offshore mitten in Europa: Das Fürstentum Liechtenstein

Auch Liechtenstein ist ein klassischer Offshore-Firmenplatz. Die »Sitzunternehmungen« sind im Fürstentum lediglich im Steuergesetz definiert. Ihr entscheidendes Merkmal ist, dass sie im Inland »keinen tatsächlichen Geschäftsbetrieb« haben: »Im Öffentlichkeitsregister eingetragene juristische Personen, die in Liechtenstein nur ihren Sitz mit oder ohne Haltung eines Büros haben und hier keine geschäftliche oder kommerzielle Tätigkeit ausüben, sind von einer Vermögens-, Erwerbs- oder Ertragssteuer befreit. Sie haben lediglich eine Kapitalsteuer von 1 ‰ vom einbezahlten Kapital bzw. in Unternehmen investierten Vermögen und von den Reserven zu entrichten.«[188]

Die Gesellschaften entrichten im Fürstentum über ihre Treuhänder gewöhnlich eine Mindestabgabe, die jährlich eintausend Franken beträgt. Die Steuerverwaltung kontrolliert die Höhe des verwalteten Vermögens in der Regel nicht.

Im Öffentlichkeitsregister des Fürstentums sind alle Gesellschaften mit den Namen ihrer Verwaltungs- und Stiftungsräte elektronisch erfasst. Aber anders als der Name des Registers vermuten lässt, ist längst nicht alles öffentlich. Über die Urkunden und Daten von Stiftungen erhalten die anfragenden Bürger keine

Informationen. Über andere Gesellschaften wird nur informiert, wenn der Auskunftsersuchende persönlich erscheint, sein Interesse schriftlich begründet und den exakten Namen der Firma benennen kann. Es ist für die Öffentlichkeit nicht erlaubt, wie in der Schweiz über Register-Datenbanken den Namen eines Verwaltungsrates oder Stiftungsrates sowie sämtliche Gesellschaften zu erfragen, in denen er einsitzt. Über so genannte »hinterlegte Stiftungen«, deren Urkunden beim Treuhänder aufbewahrt werden, können nur die »Hinterleger« oder deren Beauftragte Auskünfte erhalten.

Anlässlich der Diskussion eines modernisierten Registergesetzes im Jahr 2002 hatte die mächtige Treuhändervereinigung des Landes ihre Wünsche formuliert. Zunächst sollten die Eintragungskosten und Gebühren im bisherigen Rahmen bleiben. Der Regierungsbericht protokollierte, dass die Treuhänder »entschieden gegen eine mögliche Veröffentlichung von Eintragungen im Internet« seien. Sie wollten sogar den Zugang weiter einschränken: »Hinsichtlich der Veröffentlichungen bei Sitzunternehmungen regt die Treuhändervereinigung an, im Verordnungswege nach einer Möglichkeit zu suchen, Sitzunternehmungen von der Publikationspflicht zu befreien.«[189] So weit ist es nicht gekommen, aber das Register ist alles andere als publik.

Das Land nimmt damit bewusst in Kauf, dass ein Geschäftspartner im nahen oder fernen Ausland die Angaben und die Kreditwürdigkeit des Vertreters einer liechtensteinischen Gesellschaft nicht schnell und reibungslos überprüfen kann, wie dies im globalen kaufmännischen Austausch üblich ist. Jede liechtensteinische Gesellschaft befindet sich damit im Halbschatten. Das ist das weltweit bei allen Offshore-Registern übliche Modell.

Liechtenstein hatte diese Geschäftsidee in den zwanziger Jahren des vergangenen Jahrhunderts entwickelt. Seit 1921 konnte die Regierung des Fürstentums mit Sitzunternehmen Steuerverträge abschließen, die den Abgabensatz bis zu dreißig Jahre lang fixierten. Ein Jahr später baten die Liechtensteiner den Basler Ökonomen Julius Landmann um Ausarbeitung eines neuen Steuersystems, das sich am Modell des Schweizer Kantons Glarus in der westlichen Nachbarschaft orientieren sollte. Dort gab es schon seit 1903 die ersten Privilegien für Briefkastenfirmen. 1926 und 1928 entstand dann das heute noch gültige Personen- und Gesellschaftsrecht (PGR) des Fürstentums, das erst seit wenigen Jahren stärker reformiert wird. Maßgeblicher Autor des Gesetzeswerkes war der Bankier und Anwalt Wilhelm Beck, der in Zürich studiert hatte. Er vertrat selbst 113 von 329 Sitzgesellschaften, die im Jahr 1928 im so genannten Öffentlichkeitsregister des Fürstentums registriert waren, wie der Historiker Christoph Maria Merki am Liechtenstein-Institut herausgefunden hat.[190]

Seit den dreißiger Jahren wuchs das Geschäft kontinuierlich. Und immer dann, wenn die Regierungen der Nachbarstaaten an der Steuerschraube drehten oder restriktive Fiskalregeln einführten, schnellte die Zahl der Neugründungen nach oben. So erlebte Liechtenstein in den dreißiger Jahren einen Boom nach der Einführung von Devisenkontrollen in Deutschland oder in den siebziger Jahren, als Italien die Grundstückssteuer erhöhte. So kommt es, dass hunderte Villen in der Toscana oder an den norditalienischen Seen liechtensteinische Gesellschaften als Eigentümer eingetragen haben.

1990 stammten 36 Prozent aller Landeseinnahmen des Fürstentums direkt oder indirekt aus dem Gesellschaftswesen, hatte der Steuerverwalter für einen vertraulichen Bericht an die Regierung errechnet, den Historiker Merki enthüllte.[191] Liechtenstein mag »klein und machtlos« erscheinen, sagt Merki, »aber es ist ein Staat und somit souverän. Aus dieser Souveränität Kapital zu schlagen – darin besteht der clevere Gedanke, der den größten Teil des liechtensteinischen Wohlstandes erklärt.«

Die aktuelle Zahl gibt die Landesregierung dem Volk nicht bekannt. Nur einem Observationsteam des Internationalen Währungsfonds (IWF) konnte sie die Fakten nicht vorenthalten. In einem IWF-Report wird daher über mehr als 80 000 Gesellschaften berichtet. Darunter befinden sich rund 50 000 Stiftungen, deren Urkunden beim Registergericht nur »hinterlegt« sind, aber nicht eingesehen werden dürfen.[192] Sie sind nicht vergleichbar mit den gemeinnützigen Stiftungen, wie sie zum Beispiel das deutsche und Schweizer Recht kennt. Ihre Wohltätigkeit beschränkt sich in der Regel auf das wohlfeile Mehren der persönlichen oder familiären Vermögen ihrer Halter. In den klassischen Reglementen ist in der Regel zunächst der Gründer als »Erstbegünstigter« mit den Ausschüttungen bedacht, der dann wie in einem Testament als Zweit-, Dritt- und Viertbegünstigte je nach dem Grad der persönlichen Zuneigung Ehegatten, Kinder, Mätressen oder heimliche Liebschaften für den Fall des Hinschieds bedenkt. Es kommt auch vor, dass dem Reitpferd eine glückliche und pflegliche Zukunft gesichert wird. Bald werden in Liechtenstein auch neue Firmierungen möglich sein, die an die deutschen Bezeichnungen angeglichen sind: die Offene Handelsgesellschaft (OHG), Kommanditgesellschaft (KG) oder eingetragene Genossenschaft (eG).[193]

Die Steuerstatistik für das Jahr 2004 verzeichnet 83 Millionen Franken Abgaben von Holding- und Sitzgesellschaften. Allein an Mehrwertsteuer berappten die Treuhänder und Anwälte 29,5 Millionen. Hinzu kommen beträchtliche Anteile der Vermögens-, der Einkommens- und Kapitalertragssteuer sowie Gebühren vom Öffentlichkeitsregister. Kurzum, das Gesellschafts-Business ist das Rückgrat des Fürstentums, auch wenn nur ein kleiner Teil der Vermögenswerte auf Konten im Fürstentum bleibt.

Über den Kapitalfluss zwischen den Liechtenstein-Gesellschaften und den Schweizer Banken gibt es keine amtlichen Daten. Die Schweizerische Nationalbank erfasst zwar auch die Liechtensteiner Bankenwelt, weil sie zum Franken-Währungsraum gehört. Sie liefert aber keine Zahlen über die Finanzflüsse zwischen Liechtenstein und der Schweiz. Solche Angaben gibt es von der Nationalbank nur für Offshore-Plätze wie St. Kitts und Nevis oder Mauritius. Der Kapitalverkehr mit dem wichtigsten Offshore-Verbündeten bleibt ein Staatsgeheimnis.

Die letzten Geächteten: Myanmar, Nauru und Nigeria

Seit Jahren versucht die Organisation für wirtschaftliche Zusammenarbeit und Entwicklung (OECD) in Paris den politischen Druck auf die Offshore-Finanzplätze zu erhöhen, auch auf die Schweiz. 1989 wurde von den G-7-Staaten in Paris die FATF gegründet, die Financial Action Task Force on Money Laundering, eine multinationale Organisation zur Koordinierung der Aktivitäten gegen die Geldwäsche und die Terrorismusfinanzierung. Sie wird mittlerweile von 31 Staaten, einschließlich der Schweiz, getragen. Bislang hat die FATF vierzig Empfehlungen als Mindeststandards sowie neun Sonderempfehlungen zur Bekämpfung der Terrorismusfinanzierung verabschiedet. Das Regelwerk gilt als weltweiter Standard, es wird von mehr als 130 Staaten anerkannt, auch von der Weltbank und dem Internationalen Währungsfonds (IWF).

Eines der Druckmittel der FATF ist die Veröffentlichung einer Liste der so genannten NCCT-Länder, der »non-cooperative countries and territories«. Die Sanktionsliste brandmarkt Länder, die sich bei der Anpassung ihrer Gesetzgebung und ihrer Geldwäschemaßnahmen unkooperativ zeigen und den internationalen, von der FATF festgesetzten Standard noch nicht akzeptieren. Banken müssen daher Geldtransaktionen mit diesen Ländern besonders überwachen.

Einst war Liechtenstein von diesen Sanktionen bedroht, wie auch alle bekannten Offshore-Plätze in der Karibik oder in der Südsee. Liechtenstein spurte, Österreich hat die anonymen Sparhefte abgeschafft und die anderen haben die Lektion auch gelernt. Von Aruba bis Zypern, alle haben die Botschaft verstanden. Brav wurden neue Gesetze geschrieben und Anti-Geldwäsche-Behörden gegründet. Die FATF-Weltkarte ist bis auf drei Flecken makellos – und kommt so als globaler Persilschein daher. Im Februar 2005 wurden die Cook-Inseln, Island, Indonesien und die Philippinen als kooperative Staaten belobigt. Im Oktober 2005 wurde auch Nauru freigesprochen, im Juli 2006 folgte Nigeria. Zuletzt wurde Myanmar im Oktober 2006 von der schwarzen Liste der als unkooperativ bezeichneten Länder gestrichen.[194]

Seitdem gibt es rund um den Globus wunderbare Regeln. Und jetzt? Können die FATF-Diplomaten nun Paris Adieu sagen und in ihre Heimatländer heimkehren? Wohl kaum. Ihre Liste war ein Warnruf, mehr nicht. Das Katz-und-Maus-Spiel geht weiter, und es verläuft nach den Regeln der Diplomatie. Heraus kommt das, was den mächtigsten Ländervertretern nützt, und die haben eben auch ihre Finanzplätze zu verteidigen. Die Amerikaner ihre Wallstreet und die Bundesstaaten im Hinterland mit ihren steuergünstigen Firmenregistern; die Holländer ihre Niederländischen Antillen; die Briten mit der Londoner City ihre Offshore-Hinterhöfe auf den Kanalinseln; und die Franzosen haben ihr Fürstentum Monaco. Dies sind die souveränen, dunklen Flecken auf der Weltkarte. Ihr rechtsstaatliches Territorium »endet zu oft am Flughafen«, sagt der Geldwäsche-Experte Jeffrey Robinson.[195]

Daher wollen die in der OECD zusammengeschlossenen Geldwäsche-Diplomaten schon lange gegen die anonyme Nutzung von Briefkastenfirmen bei Kriminaldelikten vorgehen. Dazu haben sie ihre Empfehlung Nummer 33 herausgegeben, die auch von der Eidgenossenschaft zu befolgen ist:

»Die Länder müssen für eine angemessene, genaue und rechtzeitige Information über die wirtschaftlich Berechtigten und die Kontrolle juristischer Personen Sorge tragen, auf die von kompetenten Behörden rasch zugegriffen werden kann. Insbesondere sollen Länder mit juristischen Personen, die Inhaberaktien zeichnen können, angemessene Maßnahmen ergreifen, um sicherzustellen, dass sie nicht zur Geldwäscherei missbraucht werden, und in der Lage sein, die Eignung dieser Maßnahmen unter Beweis zu stellen.«

Mit der Ende Juni 2003 verabschiedeten Forderung wird ein jahrhundertealtes Rechtsgut des Schweizer Wirtschaftslebens über Bord geworfen: die Anonymität der Inhaberaktionäre. Ein wichtiger Grundpfeiler der Verschwiegenheit am Finanzplatz wird erschüttert. Die FATF will, dass sich Inhaberaktionäre gegenüber den Geldwäschereibehörden outen müssen, wenn sie ein Unternehmen beherrschen. In der Schweiz sind davon einer Umfrage des Finanzdepartements zufolge rund 30 000 Aktiengesellschaften betroffen.[196] Die FATF fordert, dass die Schweizer Behörden unmittelbaren Zugriff auf die Namen der Inhaberaktionäre garantieren, damit die wirtschaftlich beherrschenden Aktionäre einer Aktiengesellschaft (AG) jederzeit abrufbar sind.

30 000 Aktiengesellschaften im Glashaus? Jedenfalls sind davon einige tausend Anwälte, Treuhänder und Vermögensverwalter in Lugano wie in Genf, in Zug wie in Zürich betroffen. Bislang sind nur Verwaltungsräte der Geldwäschekontrolle unterstellt, falls sie Finanzgeschäfte tätigen. Zum Beispiel, wenn sie treuhänderisch Konten führen oder als Vermögensverwalter tätig sind.

Die FATF-Regel zielt auf eine schweizerische Spezialität, die seit Jahren bei Justizbehörden rund um den Globus für Argwohn sorgt: die Briefkastenfirmen – im Juristendeutsch Sitz- oder Domizilgesellschaften genannt. Um in den Genuss eines steuerlichen Privilegs zu kommen, dürfen sie lediglich eine Postadresse in der Schweiz unterhalten und ihre Geschäfte ausschließlich im Ausland tätigen. Für diese Konstruktionen bedeuten die FATF-Forderungen eindeutig das Ende der Intransparenz.

Diese Firmen gehen Finanzermittlern immer wieder als »Front Companies« ins Netz, über die zum Beispiel Beraterrechnungen geschrieben, Handels- und Kaufverträge geschlossen oder Scheingutachten abgewickelt werden – um Gelder krimineller Herkunft in die Taschen der Täter zu lenken. Dabei kommen oft Schweizer Aktiengesellschaften zum Einsatz, deren Briefkopf in Buchhaltungen ausländischer Konzerne weniger Aufsehen erregt als eine liechtensteinische Adresse oder eine auf Aruba. Die Täter lassen alles von ihrem Verwaltungsrat unterschreiben, sie selbst kontrollieren die AG im Hintergrund über anonyme Inhaberaktien und bleiben somit im Dunkeln. Oft werden die Aktien von weiteren Domizilgesellschaften verwaltet, die ihren Sitz wiederum in einer anderen Jurisdiktion haben, wie zum Beispiel Trusts auf den britischen Inseln im Ärmelkanal oder bei »International Business Corporations« in der Karibik.

Wird den Mickymaus-Firmen der Garaus gemacht?

Solche Sitzgesellschaften fehlen bei keinem großen Kriminalfall: Gaddafi nutzte sie für die Beschaffung seiner Giftgasfabrik in Rabta, Ex-Agenten aus dem Osten verschoben über sie Staatsmilliarden, deutsche Müllmanager verteilten so ihre Bestechungsmillionen. Im französischen Korruptionsfall des Ölkonzerns Elf Aquitaine wurden systematisch Gelder über Genfer Sitzgesellschaften abgezweigt. Der neapolitanische Getreidekönig Franco Ambrosio hat 800 Millionen Franken über Briefkästen in Lugano, Genf, Zug und Zürich geschleust, bevor sein Konzern Italgrani in Konkurs ging. Im schwäbischen Betrugsfall »Flowtex« flossen die Leasing-Millionen über Bankkonten von Domizilgesellschaften in Chur.

Die Sitzgesellschaften bringen immer wieder den Finanzplatz in Verruf. Der Brite John Wilkinson, Chef der Gruppe für Betrugsermittlungen bei PricewaterhouseCoopers in Zürich, hatte beim »Flowtex«-Fall im Gläubiger-Auftrag die verschwundenen Millionen gesucht: »Meine Mitarbeiter haben in diesem Fall dem Insolvenzverwalter geholfen, einen Teil des Vermögens zu retten. Bis jetzt sind es weit mehr als 500 Millionen Franken. Das Geld lag unter anderem auf Schweizer Konten. Besitzer waren in der Regel Briefkastenfirmen.«

Natürlich kennt Wilkinson diese Praxis nicht nur aus seiner Wahlheimat: »Die Schweiz bietet zwar einen starken Geheimnisschutz. Aber es gibt viele Länder mit diesen Möglichkeiten. Kunden aus dem deutschsprachigen Raum gehen oftmals nach Liechtenstein oder in die Schweiz. Die Amerikaner benutzen Steueroasen in der Karibik.« In fast jedem Fall stoße er auf Briefkastenfirmen, sagt Wilkinson. »Überall auf der Welt«, präzisiert der Betrugsermittler. »Sie werden benutzt, wenn Gelder legaler oder illegaler Herkunft verborgen werden sollen. Bei allen Korruptionsdelikten tauchen sie auf: Unterschlagung, Veruntreuung, alle Arten von Betrug.«

»Die Täter arbeiten ausschließlich mit diesen Mickymaus-Firmen«, schimpft ein deutscher Zollamtsleiter, der seit mehr als fünfzehn Jahren gegen Zigaretten-Schmugglerbanden vorgeht. »Im Fall des Tabakschmuggels der so genannten Montenegro-Connection haben wir wieder 130 solche Firmen gefunden«, sagt der Fahnder, »und immer versteckt sich dahinter irgendein Treuhänder in Lugano, in Zug oder in Liechtenstein.«

Nachdem das Pariser Geldwäschekomitee die neue Liste mit vierzig Empfehlungen verabschiedet hatte, fiel in Bern die offizielle Stellungnahme geradezu devot aus: »Der Bundesrat begrüßt das Verhandlungsergebnis als guten Kompromiss, der für die Schweiz insgesamt positiv ausfällt.« Dabei hätten sich viele am liebsten dem Außendruck entzogen und das Traditionsgut der Inhaberaktie im Schweizerischen Obligationenrecht unter Heimatschutz gestellt. Doch für Hanspeter Kläy vom Bundesamt für Justiz gab es keine Tabus: »Heute muss man ganz vorurteilsfrei bei der Inhaberaktie die Sinnfrage stellen.«

Zur Umsetzung der FATF-Empfehlungen legte im Januar 2005 der Bundesrat in Bern einen Gesetzentwurf vor, der den Artikel 702a des Schweizer Zivilgesetzbuches unter dem Titel »Meldepflicht bei Inhaberaktien« revidieren soll:

»Ein Inhaberaktionär, der selber oder durch einen Vertreter an der Generalversammlung teilnehmen will und direkt, indirekt oder in gemeinsamer Absprache mit Dritten mindestens 10 Prozent aller Stimmrechte kontrolliert, muss der Gesellschaft spätestens anlässlich der Teilnahme an der Generalversammlung schriftlich folgende Angaben machen:

1. seinen Namen und seine Adresse;

2. die Anzahl der insgesamt kontrollierten Stimmrechte aus Inhaberaktien und Namenaktien;

3. die Art der Absprache sowie die Namen und Adressen der an ihr beteiligten Personen;

4. den Namen und die Adresse des Vertreters an der Generalversammlung.

(2) Der meldepflichtige Inhaberaktionär oder sein Vertreter haben sich an der Generalversammlung durch einen amtlichen Ausweis auszuweisen.

(3) Der Verwaltungsrat bewahrt die gemeldeten Angaben während zehn Jahren am Sitz der Gesellschaft auf.« [197]

Die Verletzung dieser Regeln soll unter Strafe gestellt werden und ins Strafgesetzbuch aufgenommen werden.[198] Gegen diesen Entwurf kann jedoch ein Referendum eingelegt werden, wenn 50 000 Stimmbürger oder acht Kantone dies wünschen. So wie es aussieht, wäre es das faktische Ende der mehr als hundert Jahre alten »Société Anonyme« – wenn das Schweizervolk zustimmt, sich also kein Referendum durchsetzt. Die Verwaltungsräte der Firmen müssten dann ein »Namenbuch« der Aktionäre führen, so wie es bei den Haltern von Namensaktien seit Jahr und Tag vorgesehen ist. Von der historischen Unterscheidung zwischen Inhaber- und Namensaktionären bliebe dann im Kern nichts mehr übrig.

Folgerichtig will der Bundesrat daher die Umwandlung der Inhaberaktien in Namenaktien erleichtern und fördern.[199] Denn was würde die anonyme Form des Firmeneigentums noch bedeuten, wenn eine Behörde am Ende doch ein Aktienbuch der Inhaber einsehen kann? »Da können sie die Inhaberaktie gleich abschaffen«, sagt Markus Spiess, der das Handelsregisteramt in Zug leitet. In seinem Kanton sind schätzungsweise 7000 Inhaber-Gesellschaften eingetragen. Die genaue Zahl kennt auch er nicht, denn im Register wird nicht zwischen Publikumsgesellschaften, tätigen Firmen und Sitzgesellschaften unterschieden. Die kantonalen Registerbeamten legen nämlich bislang bei der AG auch keine Liste der Gesellschafter an, wie dies in anderen Ländern üblich ist. Von den Firmengründern werden nur die Statuten, die Gründungsurkunde und ein Protokollauszug der ersten Generalversammlung mit den gewählten Verwaltungsräten sowie der Name und der Sitz der Gesellschaft eingetragen. Dabei ist in der Regel kein Aktionär identifizierbar. Nur die Tatsache, dass alle Aktien vertreten sind und die Anteile korrekt eingezahlt sind, muss gemeldet werden. Mehr nicht.

Ein Trost bleibt der Schweiz: Auch Inhaberaktionäre in Liechtenstein müssen gemeldet werden. Und eine analoge Empfehlung hat die FATF den Briten ins Stammbuch geschrieben. Sie müssen nun auch die Begünstigten der Trusts erfassen.

Schon vor fünf Jahren hätte das Problem ohne internationalen Druck gelöst werden können. Damals forderte Niklaus Huber, der erste Leiter der Schweizer Geldwäscherei-Kontrollstelle, dass auch die Sitzgesellschaften von ihr zu kontrollieren seien. Vergebens. Sein Appell verhallte in der Finanzverwaltung des Bundes. Er nahm seinen Hut.

Doch gemach, den ganz Cleveren unter den Inhaberaktionären bleibt ein Hintertürchen, um den Geldwäsche-Kontrolleuren die Arbeit nicht allzu einfach zu gestalten: Sie verkaufen ihre Anteilscheine an eine Domizilgesellschaft in einer fernen Jurisdiktion, die vielleicht gut reguliert sein mag, aber ein paar Jahre länger benötigt, um Rechtshilfeersuchen zu beantworten. Diese Gesellschaft, eine »juristische Person«, wird dann als Aktionär gemeldet. Es reicht, wenn »die Firma und die Sitzadresse angegeben werden«. So haben es sich die Experten in Bern ausgedacht.[200]

Die Gläubiger können in der Regel nur aus der Ferne zuschauen, wie ihr Falldossier in den Behörden der Offshore-Finanzplätze irgendeines Inselstaates verstaubt. Ihre Opfergeschichten bleiben immer die gleichen. Wie die des gutgläubigen Schweizer Investors Martin Salander, der sein Geld dereinst an eine »Atlantische Uferbank« in Brasilien verloren hatte. Über das letzte Gespräch mit seinem Anwalt wurde erzählt:

»Leider war nicht viel zu beraten, da der Stand der Sache immer der alte geblieben. In Rio lag sie fast ganz eingepökelt. Die verantwortlichen Personen der Atlantischen Uferbank wurden eine Zeitlang verfolgt; allein sie drückten sich immer rechtzeitig von Staat zu Staat und hielten sich nur an solchen Orten auf, wo nicht nur an niemand ausgeliefert, sondern wo auch von keinem Verfolgten das auf ihm gefundene Vermögen verwahrt, überhaupt kein Recht gehalten wurde. Ein- oder zweimal ward einer verhört und über das nichtsnutzige Ergebnis ein Protokoll eingesandt, der Betreffende hingegen samt seinem Gelde, das offenbar aus der Kasse der Uferbank herrührte, freigegeben, und das war sogar auf

englischem Grund und Boden geschehen und hatte soviel gekostet, dass Salander sich scheute, dem Teufel noch den Weihkessel nachzuwerfen, wie er sagte.«

Der Bericht stammt aus dem Jahr 1886. Der Schreiber war ein berühmter Sohn der Stadt Zürich. Er hieß Gottfried Keller.[201] Kellers Spätroman sollte ein Lehrstück sein, wie er dem Zeitgenossen Julius Rodenberg anvertraute. Er sollte »die Corruption des modernen Lebens darstellen und zeigen, dass auch eine republikanische Staatsform nicht davor schützt«.[202]

Teil 2

Besuche im Hinterzimmer: Inside Corporate Crime

Meine Genossen mußten längst gemerkt haben, daß es mit meinem Gelde nicht mit rechten Dingen zugehe; aber sie hüteten sich sorgfältig, einen Verdacht zu äußern oder die leiseste Frage an mich zu tun; vielmehr stellten sie sich, als ob sich alles von selbst verstünde, waren mir stillschweigend behilflich, die auffälligen blanken Silberstücke umzuwechseln, ohne in Erörterungen einzugehen, und als die Herrlichkeit ein Ende nahm, wandten sie sich ganz trocken und unbeteiligt von mir, ganz wie erwachsene brave Geschäftsleute, welche in aller Seelenruhe auch den Gewinn der Unredlichen an sich bringen, ohne über den Ursprung desselben Forschungen anzustellen.

Gottfried Keller:
»Der grüne Heinrich«, 1880

Schwedische Kassen

Die speziellen Zahlungssysteme des Telekomkonzerns Ericsson

Richard Cedric Ritter ist ein Handelsreisender des Rechts. Seine Märkte sind die so genannten »Emerging Markets«, die jungen, sich entwickelnden Märkte in Osteuropa, Asien, Lateinamerika, im Maghreb und am Golf. Sein Beruf ist Rechtsanwalt, seine Stammkanzlei befindet sich an der Zürcher Bahnhofstrasse. Ein zweites Anwaltsbüro unterhält er in Dubai, ein drittes in Singapur. Die Flughafen-Lounges rund um den Globus sind seine zweite Heimat geworden. Ritter trägt Hemden mit aufgenähten Namensinitialen (R.C.R.) und Designer-Manschettenknöpfen. Der 43-jährige Ritter wirkt grundsätzlich gestresst, raucht pausenlos Barclays City Red, und er ist ein Genussmensch mit schalkhaften Zügen.

Lage Carlström ist ein Jurist mit eingeschränkter Reisefreiheit. Er ist Staatsanwalt in der Stockholmer Einheit für Wirtschaftsstrafsachen, ein angesehener Ermittler mit erwiesen guter Spürnase. Jedes Mal, wenn er sein Land verlassen will, wird daraus eine Staatsaktion. Er benötigt nicht nur Reisegenehmigungen und Spesenerklärungen. Er muss die Justizbehörden am Reiseziel formgerecht um Einwilligung bitten, mit ausführlichen Schreiben über seinen Anfangsverdacht und exakten Angaben über seine Wünsche. So erfordert es das internationale Übereinkommen über die Rechtshilfe.

Der 64-jährige Lage Carlström wirkt spröde, nüchtern und knochentrocken – ein Ermittlertyp wie in den weltberühmten Kriminalromanen des schwedischen Autors Henning Mankell. Kontrolliert und stets höflich geht er vor. Und auch Carlström fallen die Lösungen seiner Fälle nicht in den Schoß, aber er verfolgt seinen Weg schnurgerade.

Ende März 2003 kreuzten sich die Wege von Richard C. Ritter, dem Zürcher Anwalt, und Carlström. Der Staatsanwalt hatte nach drei Jahren Ermittlungsarbeit endlich die Papiere zusammen, um Ritters Büro an der Zürcher Bahnhofstrasse aufzusuchen. Carlströms einziger taktischer Vorteil war dabei, dass er unangemeldet eintreten durfte.

Sein großer Fall sollte die Konzernspitze des mächtigen Telefonkonzerns Ericsson bis ins Mark treffen. Es ging um Dunkelmänner, deren Spuren Carlström bis in den Orient nach Beirut und Abu Dhabi verfolgt hat. Und es ging um sehr viel Geld, dessen Fließrichtung er nun am Zürcher Paradeplatz nachging.

Carlström wollte an diesem 21. März in der Früh dabei sein, als die Beamten der Zürcher Staatsanwaltschaft[1] zur Durchsuchungsaktion schritten. Er hatte die Zürcher um Rechtshilfe gebeten und galt daher in dieser Operation als Bittsteller und Gast.[2] Die Früchte seiner Arbeit sollte unter der Leitung von Staatsanwalt Ivo Hoppler eingefahren werden, dem Fachmann für internationale Geldwäsche-Ermittlungen. Hoppler ist für viele ausländische Ermittler, deren Spuren an den Bankenplatz Zürich führen, die erste Adresse. Seine Abteilung ist das Departement der Internationalisten.

Immer dann, wenn irgendwo auf der Welt nennenswerte Vermögensdelikte oder Korruptionsfälle untersucht werden, deren Geldspuren nach Zürich führen, landet die Akte eines Tages auf den überdimensionalen Schreibpulten dieser Rechtshilfe-Staatsanwälte, deren Arbeitszimmer den spröden Charme der Finanzkriminalisten ausstrahlen. Aktenberge auf den Tischen, Regale voller Beweismittelordner und an den Wänden großformatige Geldfluss-Organigramme neben den Souvenirs internationaler Ermittler, wie man sie von Sydney bis Moskau sieht: Geschenk-Porzellan mit kyrillischer Gravur, Dankesabzeichen mit amerikanischem Adler, Trainings-Zertifikate, hier und da eine persönliche Trophäe. Hinter Hopplers Bürostuhl hängt ein dreieckiges Straßenschild in Originalgröße, das nordische Warnschild vor dem Elch. Hoppler spricht Schwedisch. Er war der richtige Mann für Carlströms Fall.

So kam es, dass Hoppler und Carlström in den Morgenstunden dieses 21. März mit einem Durchsuchungsbeschluss in der Hand in das Mädler-Haus am Paradeplatz eintraten, um die Kanzlei von Richard Cedric Ritter aufzusuchen. Der prachtvolle historistische Jahrhundertwendebau ist nach dem Traditionsgeschäft für edle Lederwaren benannt, einer beliebten Adresse für Geldtouristen. Der Lift, ein betagtes Nachkriegsmodell, beförderte die beiden Staatsanwälte, begleitet von Beamten der Zürcher Kriminalpolizei, in die dritte Etage.

Die freundliche, kurze Vorstellungsansprache gehörte zu ihrer Routine: »Dürfen wir hereinkommen?« Wie auch die ersten Reaktionen: eine überwältigte Sekretärin, ein geschockter Junganwalt, erst seit wenigen Wochen im Büro, durchlitt seine Feuertaufe.

Nach kurzem Studium des Beschlagnahmebeschlusses gingen die Herren ans Werk. Korrespondenzen, Kontoauszüge, Notizen, Geschäftspapiere und Verträge wurden konfisziert. Zeitgleich stellten Kriminalbeamte die umfangreiche Dokumentensammlung eines Ericsson-Managers in Schaffhausen sicher und ließen sich wenige Gehminuten entfernt von den Rechtsgelehrten der UBS alle Transaktionsbelege und Dokumente zu den entsprechenden Konti aushändigen. Ein Routinevorgang, wie er sich in Zürich alljährlich hundertfach ereignet. Oft werden Dokumente per Telefax übermittelt oder im Briefumschlag vom Boten überbracht.

Nummern, Namen und das Formular A

Kernstück ihrer Beschaffungsaktion war das so genannte Formular A. Es ist das Schlüsseldokument des Bankgeheimnisses wie auch das entscheidende Beweismittel der Justiz und liegt weggesperrt in Hochsicherheitstrakten, die nur wenigen Personen zugänglich sind. Das Blatt, DIN-A4-groß, entscheidet über alles. Kopien tragen den Stempel »Nach Einsichtnahme sofort vernichten«. Normal sterbliche Bankkunden haben noch nie Notiz von diesem Dokument genommen. Denn sie führen zum Beispiel ihr Lohnkonto unter eigenem Namen, kennen allenfalls noch eine zweite Unterschriftsberechtigung für ihren Lebenspartner oder Ehegatten.

Im Private Banking und im professionellen Geldverkehr gelten andere Regeln. Hier ist der Zeichnungsberechtigte für ein Konto oft nicht mehr als eine professionelle Schreibhilfe oder eine monetäre Servicekraft, angeheuert für den Geldverwaltungsjob. In der Regel ein Prokurist, ein Anwalt, Treuhänder, Vermögensverwalter oder persönlicher Vertrauter. Das »Formular A« identifiziert hingegen den »wirtschaftlich berechtigten« Eigentümer über die Vermögen, die das Konto hortet, in der modernen Bankensprache »Beneficial Owner« genannt. Auf dem Dokument wird verzeichnet, wer sich tatsächlich hinter der Kontonummer verbirgt.

Die Zeichnungsberechtigten, die das Konto eröffnet haben, bleiben jedoch Vertragspartner der Bank, sie treten gegenüber anderen Banken und Geschäftspartnern als Vertreter der Interessen des Kontoinhabers auf, der sich auf diese Weise bedeckt hält. Sie lösen über das Konto alle Geldbewegungen im Auftrag des »beneficial owner« aus. Mit ihrer Unterschrift werden alle Transaktionen initiiert, alle Bargeld-, Wertpapier- und Darlehensgeschäfte getätigt. Ihre Order erhalten sie vom »beneficial owner«, mitunter nach einem Regelwerk für die Vermögensverwaltung, das in vertraulich hinterlegten Dokumenten fixiert wird. Zur Sicherung der Vertraulichkeit wählen die so geschützten Inhaber der Vermögenswerte gerne Rechtsanwälte oder andere Personen, die gesetzlich eine Schweigepflicht erfüllen müssen. Auch im Streitfall bleibt der Kontoinhaber Vertragspartner der Bank, auch wenn dem »beneficial owner« die Vermögen zustehen: Der Kontoninhaber hat »allein einen direkten Anspruch auf die Vermögenswerte bei der Bank und nur er oder ein von ihm ernannter Bevollmächtigter können über die Vermögenswerte verfügen«.[3]

All dies regelt das »Formular A«. Wer dieses Dokument in Händen hält, hat die Macht über das Bankgeheimnis. Die Kenntnis dieses simplen Blattes kann Kundenschicksale bestimmen, gewaltige Erbschaften auslösen und aus den Helden des Wirtschaftslebens gewöhnliche Halunken machen.

Dass er so weit kam, verdankte Carlström den Geldwäsche-Kontrolleuren der UBS. Diese waren durch den schwedischen Journalisten Christian Holmen auf die Spur gelockt worden. Und der Reporter müsste einem italienischen Berater des Ericsson-Konzerns dankbar sein, der ihm den Stoff für einen fulminanten Enthüllungsreport lieferte. Der Bericht handelte von dem italienischen Kaufmann Federico Marcellusi, dessen Familie in Carrara mit Marmorgeschäften Verbindungen in die ganze Welt aufgebaut hatte. Marcellusi war damals mit Richard Cedric Ritter sehr vertraut. Die beiden genossen ihre Aufenthalte in Dubai, machten gemeinsame Bootstouren und erkundeten die gastronomischen Künste an dem aufstrebenden arabischen Finanzplatz.

Doch Marcellusi und Ritter entzweiten sich eines Tages. Plötzlich standen allerhand bunte Geschichten über die Gehilfen des Ericsson-Konzerns in der Stockholmer Presse, die ahnen ließen, dass hier nichts Gutes auf den Konzern zukam. Die Berichte wurden vom Medien-Monitoring der UBS registriert, die weltweit eine vorbildliche Überwachungsstruktur aufgebaut hat. Routinemäßig wurde geprüft, ob die Personen- und Firmennamen aus den schwedischen Artikeln in den Kundendatenbanken der Bank auftauchen. Die Abfrage ergab ein mehrfach positives Resultat. Es folgte eine Tiefenanalyse der Geschäfte durch die Bankenkriminalisten, die nun die Alarmglocken läuten ließen. Eine umfangreiche Verdachtsmeldung wegen Geldwäsche war fällig.

Diese landete auf dem Tisch von Ivo Hoppler. Der Staatsanwalt eröffnete ein Geldwäscheverfahren. Dabei folgte er dem Schema, das in diesen Fällen gesetzlich vorgeschrieben ist: Er wies die Bank an, alle weiteren Verfügungen auf den betroffenen Konti für die folgenden fünf Tage zu blockieren. Die Betroffenen, Kontoinhaber und wirtschaftlich Berechtigte, durften nicht informiert werden.

Gleichzeitig schickte er den schwedischen Behörden eine so genannte 67a-Meldung wegen Geldwäscherei-Verdacht, wie es im internationalen Rechsthilfe-Übereinkommen geregelt ist.[4] Er bestätigte, dass »Geldströme in sensitive geographische Gebiete geflossen« waren. Ebenso seien »Gelder in den Verfügungsbereich von Ericsson-Mitarbeitern gelangt«. Die Schweden hatten nun fünf Tage Zeit, um mit einem Rechtshilfeersuchen zu antworten. Ihre Reaktion kam prompt.

Nun hatte Hoppler die Aufgabe, das kriminalistische Sightseeing-Programm nach den Wünschen seines schwedischen Kollegen vorzubereiten: Termine für die »Aktenedition« genannte Herausgabe der Bankunterlagen bei der UBS, Beschlagnahme und Durchsuchungstermine bei den beteiligten Anwälten, Verwaltungsräten und Managern. Carlström bekam ein dicht gefülltes Besuchsprogramm offeriert. Er befragte Ritter als Zeugen und konnte einige Bundesordner Beweismaterial mitnehmen: Rechnungen, Korrespondenz, Bankbelege.

Für die Auswertung der Dokumente benötigte Carlströms Team weitere zwei Jahre, ein guter Schnitt bei Fällen internationaler Wirtschaftskriminalität. Anfang 2005 reichte er die erste Anklage beim Bezirksgericht von Stockholm ein und legte den Beteiligten die Ermittlungsakten vor. Zunächst klagte Carlström gegen neun Manager. Weitere Klagen sollten folgen. Fünf mussten sich wegen Behinderung der Steuerbehörden verantworten, darunter ein ehemaliger Strategiemanager, ein Finanzchef, ein Controller, ein Marktchef für Lateinamerika und ein externer Revisor.

»Sozialbeiträge« für die Marketingmanager

Carlström war zum Schluss gekommen, dass der Bahnhofstrassen-Anwalt den Konzernmanagern seit 1998 ein spezielles Zahlungssystem für besondere Fälle aufgebaut hatte. Die Ericsson-Männer, damals in mehr als 140 Ländern engagiert, wollten sehr flexibel handeln können. Carlström mutmaßte, dass damit auch

Schmiergelder verteilt wurden, um den Zuschlag für Telekommunikationsaufträge und den Aufbau von staatlichen Funknetzen zu erkaufen. Erste Hinweise hatten ergeben, dass Millionenbeträge bei amtlichen Entscheidungsträgern im libyschen Tripolis oder in Osteuropa gelandet waren – also Bestechungsgelder für Großaufträge und Lizenzen? Dies war seit dem Jahr 2000 in allen EU-Ländern strafbar. Auch in der Schweiz steht seit dem 1. Mai 2000 die »Bestechung fremder Amtsträger« unter Strafe. Der neue Strafrechtsartikel sieht Haftstrafen bis zu fünf Jahren vor.[5]

Carlström verfolgte zudem eine Straftat, die häufig als Begleiterscheinung dieser Korruptionstaten auftaucht: die Veruntreuung von Firmengeldern durch sich bereichernde beteiligte Manager. Denn auf dem weiten Weg von der Konzernkasse bis in die Taschen von Lobbyisten, die den Job haben, die Entscheidungsfreudigkeit bei Politikern und Beamten zu fördern, geht mitunter ein beträchtlicher Teil des Schmiergeld-Einsatzes verloren. Schließlich denken die Beteiligten hin und wieder darüber nach, wie sich ihr Salär den Anstrengungen beim harten Einsatz in den »Emerging Markets« anpassen lässt. »Kick Back« nennen die Kriminalisten derlei illegale Incentives, »Sozialbeitrag« nennen es die Manager. Zuweilen erlebten Ermittler, dass Bestechungsgeldzahlungen den Managern nur den Vorwand lieferten, um sich über Jahre, manchmal Jahrezehnte hinweg ihr Salär aufzubessern. Weil bei diesem Spiel die Namen der angeblich bestochenen Beamten und Politiker geheim bleiben und in den Akten nur die Zahlungen an Domizilgesellschaften in Offshore-Plätzen erscheinen, können die Manager die Gelder über ihre eigenen Briefkastenfirmen auf die Privatkonti lenken. Sie müssen ihren Buchhaltern lediglich erklären, dass hinter der Tarnfirma der angebliche Endempfänger steht. Ein tausendfach erprobtes Verfahren.

Im Ericsson-Fall hatten die Manager zunächst direkt aus der Konzernkasse Gelder auf ein Schweizer Konto transferiert. Mit bar abgehobenen Beträgen konnten dann die Ingenieure und Verkaufsagenten in ihre Zielländer reisen, um dort ihre nützlichen Helfer zu »honorieren«. Dieses System wurde eifrig genutzt und ließ sich allmählich nicht mehr in der heimischen Buchhaltung reibungslos darstellen. Dann schickten die Schweden ihren »Marketingmanager« Liss-Olof Nenzell in die Schweiz, um den Geldstrom über viele Zwischenstationen in zahlreichen Jurisdiktionen zu den Empfängern zu lenken. Für diese Aufgabe ließ Nenzell sich mit seiner »Ericsson Marketing & Kommunikation AG« ganz unauffällig in Schaffhausen nahe der deutschen Grenze nieder. Nenzell selbst bezog ein schmuckes Domizil in der Villenstraße. Der Ericsson-Mann wusste, wie man sich standesgemäß an die örtliche Wirtschaftsprominenz assimiliert. Als Sponsor eines feinen Benefiz-Golfturniers zeigte er sich für die Belange der Greenkeeper erkenntlich.

Um das Finanznetzwerk aufzubauen, engagierte Nenzell zunächst Richard C. Ritter, später baute er weitere Zahlungsnetzwerke auf. Der junge Anwalt blickte auf Berufserfahrung in der Berner Bundesverwaltung zurück und hatte sein essayistisches Debüt mit der Herausgeberschaft eines Buches über die Schweiz als »Sonderfall« abgegeben. Ritter verteidigt darin eine »offene Marktwirtschaft« und macht sich kritisch Gedanken über den Filz in der Schweizer Wirtschaft, zu dem er sich beim Niederschreiben dieser Zeilen wohl noch nicht zählte.

In den Augen der Ermittler war das Finanznetzwerk nichts anderes als ein komplexes Gebilde, ein »Cluster«, zur Verschleierung von Transaktionen. Bilanzen und Steuererklärungen seien falsch, die Schmiergeldzahlungen seien mit Scheinrechnungen getarnt worden. Ritter hatte weltweit verschiedene Firmen gewonnen, die das Geld aus der Konzernkasse entgegennehmen würden. Man nannte sie Servicegesellschaften, und ihre Aufgabe war, Rechnungen über verschiedene Dienstleistungen auszustellen. Zum Beispiel die Longco Investment in Hongkong, die AFC-Consultoria in Sao Paulo, die C.S. Project Services auf den Britischen Jungferninseln, die Pan-Atlantic und die Seedienst in Bern. Diese Firmen richteten jeweils ein Konto bei der UBS ein, über das Anwalt Ritter und Ericsson-Manager Nenzell verfügen konnten. Als »Beneficial owner« dieser Konti war allerdings jeweils Ericsson

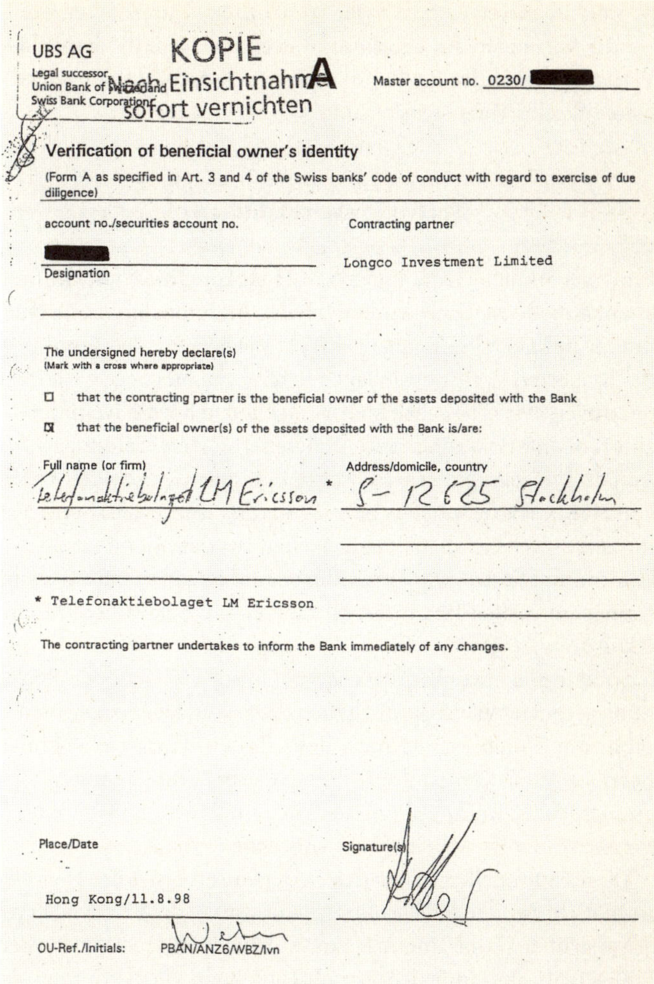

KOPIE
Nach Einsichtnahme sofort vernichten
A

UBS AG
Legal successor
Union Bank of Switzerland
Swiss Bank Corporation

Master account no. 0230/[redacted]

Verification of beneficial owner's identity

(Form A as specified in Art. 3 and 4 of the Swiss banks' code of conduct with regard to exercise of due diligence)

account no./securities account no.

[redacted]

Designation

Contracting partner

Longco Investment Limited

The undersigned hereby declare(s)
(Mark with a cross where appropriate)

☐ that the contracting partner is the beneficial owner of the assets deposited with the Bank

☒ that the beneficial owner(s) of the assets deposited with the Bank is/are:

Full name (or firm): Telefonaktiebolaget LM Ericsson *

Address/domicile, country: S- 12 625 Stockholm

* Telefonaktiebolaget LM Ericsson

The contracting partner undertakes to inform the Bank immediately of any changes.

Place/Date: Hong Kong/11.8.98

Signature(s)

OU-Ref./Initials: PBAN/ANZ6/WBZ/lvn

Das geheimste aller geheimen Bankdokumente: Schwedische Ermittler enthüllten das Formular A einer so genannten Servicegesellschaft, über die Millionen des Telekomkonzerns Ericsson in unbekannte Kanäle transferiert wurden. Das Dokument offenbarte den „wirtschaftlich Berechtigten" („Beneficial Owner"), dem die Werte des Kontos zustehen. Es war der Ericsson-Konzern selbst.

in Stockholm verzeichnet.[6] Der Weltkonzern war also der Besitzer der Vermögen auf den Konti, Ritter und Nenzell blieben die Vertragspartner der Bank, mit denen die Geschäfte abgewickelt wurden.[7] Eine Vertrauensstellung.

Wertvolle »Marktstudien«

Ein Vermerk der Firma Longco in Hongkong hielt fest, worauf es ankam: »Je weniger Leute involviert sind, umso besser.« Nun musste nur noch Briefpapier gedruckt werden. Für die Gestaltung der fingierten Rechnungen lagen bereits entsprechende »Textalternativen« vor. Die schriftstellerische Stütze für die Rechnungsautoren: »Marktstudien und Analysen«, »Dienstleistungen zum Aufbau internationaler Geschäftsbeziehungen«, »Unterstützung von Handelsbeziehungen« oder »Beratung und Evaluationshilfe für zukünftige Geschäftsmöglichkeiten auf dem Gebiet der Telekommunikation«.[8] Die Schweden waren da ganz phantasievoll. Immerhin heißen Phantasierechnungen auf Schwedisch »Luftfakturor«.

So wurde die Konzernkasse systematisch mit schönen Rechnungen dieser Servicegesellschaften angezapft. Die Firmen waren meist nur Durchlaufstationen, denn das Geld landete anschließend auf Pool-Konten. Im Fall des »Clusters Ritter« waren dies auf dem UBS-Konto 513597 insgesamt mehr als 188 Millionen Franken.[9]

Dieses Sümmchen schien den Bedürfnissen Liss-Olof Nenzells noch nicht zu genügen. Für weitere Aktivitäten des Ericsson-Konzerns richtete sie die Nummernkonti 733 889 sowie 301 004 in der UBS-Filiale am Flughafen Zürich-Kloten ein. Dort konnten, so die Idee, Ericsson-Ingenieure und Manager auf dem Weg in die »Emerging Markets« zwischenlanden und Bares auftanken.

Tatsächlich verzeichneten die Nummernkonti regelmäßige Bar-Bezüge, meist fünf- bis sechsstellige Beträge. 14,8 Millionen gingen am UBS-Flughafenschalter cash über den Tresen. Wer das Geld entgegengenommen hat und was damit geschah, das werden Carlström und Hoppler wohl kaum noch lückenlos klären können. Über drei Firmengruppen flossen rund 552 Millionen Franken in unbekannte oder zweifelhafte Kanäle. Eine eng beschriebene Liste der Zahlungen über die UBS-Konti ist 14 Seiten lang:

- So landeten 26,3 Millionen Franken auf dem Konto einer Gold- und Münzhandelsfirma Mectafinance. Der Endempfänger dieser Zahlung war unbekannt.
- 20,6 Millionen flossen auf das Luganeser Konto einer unbekannten Green Business Co.
- 17,7 Millionen erhielt Alice C. für einen unbekannten Job.
- 4 Millionen an die Liechtenstein-Stiftung des libyschen Politikers Mohammed Moussa sowie rund eine Million an dessen Landsmann Mustafa Mohamed Huda, 82, den Tourismusminister des Landes.
- Gintautas Panagonis, 43, Direktor der größten litauischen Telekom-Gesellschaft erhielt rund 648 000 Franken.
- 2,189 Millionen gingen an die Harradine Golf International, die im Bau von Golfplätzen engagiert ist.
- Weitere Millionenzahlungen gingen an so genannte »Cambista« – also Geldwechsler in den Zielgebieten.
- 113 000 Franken erhielt Nenzells Ehefrau.
- Die Tochter des serbischen Vizepremiers wurde mit ein wenig Studiengeld unterstützt.
- Zahlreiche Zahlungen gingen wiederum auf Nummernkonti ausländischer Banken oder wurden Stiftungen und Briefkastengesellschaften gutgeschrieben. Über Nenzells Geld-Drehkreuz wurden auch gönnerhaft Sponsorengelder verteilt, zum Beispiel für Pferdesport-Events. Auch eine Reihe von Ericsson-Managern wurde bedacht.

Und so weiter und so weiter …

Als die ersten Journalistenanfragen im Jahr 2003 in der Ericsson-Konzernzentrale eingingen, hatte die 49-jährige Leiterin der Kommunikationsabteilung, eine erfahrene Wirtschaftsjournalistin, noch Mühe, ihrer Devise treu zu bleiben: »Klarheit inmitten der Konfusion zu entwickeln und ein transparentes Bild davon zu vermitteln, was das Unternehmen tut.« Pressesprecherin Pia Gideon wählte nach den ersten Enthüllungen die Verniedlichungsstrategie: »Ein normales Verfahren, ein uralter Vorgang.«[10] Sie wiegelte ab, die von Nenzell eingerichtete Firma Ericsson Marketing und Kommunikation (EMK) in Schaffhausen würde gar nicht zum Konzern gehören.

Ihr Pech war nur, dass ihre Kollegen von der Corporate-Identity-Abteilung wirklich ganze Arbeit geleistet hatten. Auf den Fluren und im gediegenen Treppenhaus des Büros lagen strapazierbare Teppiche. Sie waren im hellen Ericsson-Blau gehalten, und unverkennbar war das Firmenlogo eingewebt. Die EMK war eine Ericsson-Gründung.

Der Konzernchef entdeckt »Missverständnisse«

Der Erklärungsnotstand währte lange in Stockholm. Erst zwei Jahre später meldete sich der neue Konzernchef Carl-Henric Svanberg wegen der »Missverständnisse« zu Wort. Er legte im April 2005 einen umfassenden Bericht über den Fall vor. Darin gesteht er immerhin ein, das Zahlungssystem sei »weit entfernt von perfekt«. Ökonomische Schäden hätte es gegeben, auch das Image könnte gelitten haben.[11]

Nun wurde nicht mehr bestritten, dass Ericsson die Kontrolle über die »liquiden Mittel« auf den Treuhandkonti verloren hatte: »Das System wurde auf nicht beabsichtigte Art und Weise genutzt. Hohe Summen wurden zwischen den Servicegesellschaften transferiert und zudem wurden Transfers an Empfänger getätigt, die Ericsson unbekannt sind, oder an Empfänger, die Ericsson bekannt sind, aber nicht als Zahlungsempfänger berechtigt waren.« Protokolle über Firmen-Meetings wurden gefälscht, offenbar um »die Geschichte neu zu schreiben und Fakten zu verdunkeln«.

Insgesamt 33 Zahlstellen hatten die Ericsson-Manager eingerichtet, aufgeteilt auf vier Gruppen: Das »Cluster« Nenzell-Ritter, die Gruppe des Italieners Marcellusi in den Vereinigten Arabischen Emiraten, eine libanesische Connection und eine vierte »Gruppe von Servicegesellschaften, die direkt oder indirekt von einem Schweizer Geschäftsmann kontrolliert wurde«. Über die ersten drei Gruppen flossen laut Ericsson allein im 18-monatigen Untersuchungszeitraum der Steuerbehörden 353 Millionen Euro ab. Von Nenzell, der in der schwedischen Presse den Beinamen »schwarzer Bankier« erhielt, hat sich der Ericsson-Konzern getrennt und gegen ihn eine Strafklage wegen des Verdachts der Veruntreuung oder Unterschlagung eingereicht.[12]

Die hausinternen Ermittler konnten sich erst anderthalb Jahre nach den ersten Enthüllungen ein halbwegs umfassendes Bild machen, nachdem sie Akteneinsicht in Carlströms Beweismittelbände erhielten. Erst zu diesem Zeitpunkt entdeckten sie, welches gewaltige Rad tatsächlich in der Schweiz gedreht wurde. Die konzerninternen Untersuchungen konzentrierten sich auf den Schweizer Kaufmann, der die vierte Gruppe betreute. Ericsson verklagte den Mann auf Rückzahlung der empfangenen Gelder. Der standhafte Schweizer drohte mit einer zivilrechtlichen Gegenklage.

Die Rede ist von Erich Schulthess aus Schaffhausen, der sich im Airline- und im Immobiliengeschäft tummelt. An seine »Gruppe« waren 95 Millionen Franken geflossen. Wofür, das ist in Stockholm weitgehend unbekannt. Jedenfalls verlangt Ericsson die Rückzahlung der gesamten Summe. Schulthess hat sein Domizil in die Golfregion verlegt. Medienanfragen beantwortet er nicht.[13]

Patrons

Wie Medienmogul Leo Kirch sein Filmlager leerte

Leo Kirch hat über Jahrzehnte ein Medienimperium aufgebaut, das er wie seinen Familienbetrieb führte. Nachdem Kirch für seinen geplanten Börsengang Konzernbilanzen publizieren musste, gab es eine Überraschung mit den Zahlen. Auch gab es Fragen zu einem Zürcher Konto der Ehegattin. Kirch fiel trotzdem ein cleverer Schachzug ein.

Hans-Dieter Cleven lenkte als Manager den Handelskonzern Metro aus der Schweiz und wurde dabei steinreich. Er half Leo Kirch beim Verschieben eines Filmpaketes und musste als Erster gehen.

Erwin Valentin Conradi lenkte wie Cleven als Manager den Handelskonzern Metro aus der Schweiz und wurde dabei steinreich. Auch er half Leo Kirch und musste als Zweiter gehen.

Medien-Mogul Leo Kirch stand schon oft ganz nah am Abgrund, doch im Februar 2002 wurde es wirklich brenzlig. Seine Kirch-Gruppe in München, Arbeitgeber für 5600 Medienschaffende in Filmhandel und TV-Geschäft (SAT 1, Pro Sieben, Kabel 1), war überschuldet. Rolf Breuer, damals Chef der Deutschen Bank, hatte mit einem denkwürdigen Ausspruch den finanziellen Zustand des Medienkonzerns öffentlich gemacht: »Die Finanzbranche ist unter den gegebenen Umständen nicht bereit, Kirch weitere Mittel zur Verfügung zu stellen.«

Überall brannte es in seinem Imperium, das der damals 75-jährige Patriarch in 47 Jahren aufgebaut hatte. In seiner Münchener Firmenzentrale gaben sich die Krisenmanager der Banken die Klinke in die Hand. Das war zwar nichts Neues für Kirch, aber diesmal, das war klar, sollte es um seine letzte große Schlacht gehen. Es traf den alten Mann in schlechter privater und physischer Verfassung. Sohn Thomas, dem er nicht Platz machen wollte, sorgte für negative Schlagzeilen: Management-Desaster, Luxusscheidung und dann noch eine Polizeirazzia in der Wohnung des 44-Jährigen, bei dem 136,9 Gramm Haschisch entdeckt worden waren. Leo Kirch musste um sein Lebenswerk fürchten.

Atembeklemmende Rückzahlungen und Rechnungstermine standen bevor: 460 Millionen Euro an die Dresdner Bank; 767 Millionen an den Axel-Springer-Verlag, weil Kirch seinen Anteil an der ProSiebenSat.1 Media AG vertraglich zurückkaufen musste; 1,75 Milliarden an den Medien-Tycoon Rupert Murdoch für eine Kirch-Beteiligung, die der Australier ebenfalls retournieren wollte; 460 Millionen an die Münchener HypoVereinsbank; 700 Millionen an die Deutsche Bank; 1,9 Milliarden an die Bayerische Landesbank; 68 Millionen an den Weltfußballverband Fifa für Übertragungsrechte; 350 Millionen für Fußball-Bundesliga-Rechte. Zudem musste Kirch große Gewinneinbrüche verkraften. Expansionswahn und Pleiten beim Pay-TV erhöhten den Schuldenberg täglich.

Wie immer, wenn ein Konzern dieser Größenordnung zusammenbricht, schlug auch bei Kirch die Stunde der professionellen

Wirtschaftsermittler. Sie forschten nach verwertbaren Aktiva und versteckten Finanzlöchern. Monatelang wurden im Auftrag von Gläubigern und Investoren Kirchs Geldflüsse und Beteiligungsverhältnisse untersucht. Kreditprüfer, staatliche Bankenaufseher und Bücher-Experten schienen zu verzweifeln. Wo liegen Filmrechte? Welcher Bank wurde was und wie viel verpfändet? Welche Lizenzverträge wurden an wen weitergereicht? Welche Beteiligungen wurden ausgegliedert? Wie hoch sind die Schulden? Ein Insider berichtete über das Rätselraten an Münchner Krisensitzungen: »Ich habe mit fünf Personen aus dem inneren Kreis gesprochen. Jetzt habe ich fünf Versionen. Keiner weiß etwas Genaues.«

Plötzlich tauchten Informationen über Nebenabreden und Privatverträge Kirchs auf, von denen die Gläubigerbanken nichts wussten. So entdeckten die Bankenspezialisten, dass Leo Kirch mit ihrem guten Geld eine besondere Art von Cashflow im Konzern gepflegt hatte. Im Jahr 2001 soll Kirch Darlehen in Höhe von mindestens 100 Millionen Euro – so genau wusste man es noch nicht – an ein Unternehmen seines Sohns Thomas weitergeleitet haben. Die Hinweise auf das heimliche Private Banking im Hause Kirch dürften dazu beigetragen haben, dass die Gläubigerbanken die Reißleine zogen und die Kirch Media in die Insolvenz schickten.

Wie konnte es so weit kommen? Als der Geldbedarf sich Anfang des Jahres 2002 zugespitzt hatte, kam das Kirch-Management auf eine nicht ganz neue Idee, die man aus vielen Megapleiten kennt: Die Tochtergesellschaften sollten ihre liquiden Mittel einem Cash-Pool zur Verfügung stellen.

Kirch und seine Berater waren in den Boomjahren an den Aktienmärkten auf die Idee verfallen, den Konzern an die Börse zu führen. Das klang verheißungsvoll, denn die Börsengänge schienen den märchenhaften Esel zu verheißen, der unermüdlich Golddukaten von sich gibt. Alles verlief zunächst reibungslos. Die Strategen verpassten den Konzerngesellschaften neue, marktfähige Namen und sie strukturierten um, so gut es ging. Die Finanzanalysten waren begeistert, auch die Journalisten berichteten über die Pläne.

Das Wagnis bei dieser Aktion bestand allerdings in der Auflage, ins ganze Imperium kontrollierende Aufsichtsräte zu berufen und der Öffentlichkeit eine Bilanz zu präsentieren, die über Soll und Haben im Hause Kirch aufklären sollte. Kirch schluckte die Berufung der Aufsichtsräte und legte in seinem ersten publizierten Jahresabschluss tatsächlich die Zahlenwerke des Unternehmens vor. Wer lesen wollte, konnte in den Fußnoten sogar studieren, dass es unberechenbare Risiken zu kalkulieren galt. Und auch auf der Haben-Seite gab es Zahlen, die in der Branche Erstaunen auslösten. Kirch hatte für sein Filmvermögen 3,175 Milliarden Euro in die Bilanz geschrieben. Ein Medien-Consultant aus dem Dunstkreis des Bertelsmann-Konzerns feixte: »Hollywood lacht sich tot.« Einen großen Teil seiner Filmrechte hat später sein langjähriger Manager Jan Mojto, der »kleine Kirch« genannt, für rund 70 Millionen Euro erworben.

An seinen neuen Aufsichtsrat konnte sich der Konzernlenker allerdings nicht recht gewöhnen. In dem Gremium nahm nämlich ein Vertreter des Minderheitsgesellschafters Rupert Murdoch Platz. Der australische Medien-Tycoon hatte ein wachsames Auge auf die Bewegungen im Hause Kirch geworfen und fürchtete, dass Vermögenswerte verschoben würden. Seine Leute hatten die Schweizer Kirch-Gesellschaften ganz besonders im Visier. Schließlich hatte Murdoch viel Geld in das Kirch-Imperium gesteckt. Seine Verkaufsoption über 1,75 Milliarden Euro musste er abschreiben, weil sie durch das Insolvenzverfahren nahezu wertlos geworden war.[14] So war Murdoch weder unterrichtet noch um Zustimmung gefragt worden, als er seine Manager die WM-Rechte unter das Dach der Schweizer Tochtergesellschaft KirchSport AG in Zug verschieben ließ.

Am Gründonnerstag 2002 erschien der Kirch-Vize Dieter Hahn auf dem Zürichberg zum Meeting mit Fifa-Präsident Sepp Blatter, um über die Rettung der TV-Übertragungsrechte an den Fußball-Weltmeisterschaftsspielen 2002 und 2006 zu verhandeln. Die lukrativen WM-Rechte wurden aus der Konkursmasse herausgelöst. Im Fall der Insolvenz ihres Vertragspartners hätte die Fifa als

Lizenzgeber die Rückgabe der Rechte verlangen können, die Kirch für 1,3 Milliarden Franken erworben hatte. Sepp Blatter ließ vorsichtshalber verkünden: »Die Aktion war legal.«

Der von Kirch als Insolvenzverwalter eingesetzte Wolfgang van Betteray hatte tatsächlich zugestimmt. Die Schweizer Tochter KirchSport AG und deren deutsche und Schweizer Beteiligungen seien nicht von der Insolvenz betroffen. Und Kirchs Financiers von der freistaatlich kontrollierten Bayerischen Landesbank holten die Zustimmung der anderen Gläubigerbanken ein.

Anfang August 2002 war Leo Kirch eigentlich am Ende. In seinem Konzern hatten die Insolvenzverwalter das Heft vollends in die Hand genommen. Die Vertreter der Großbanken standen Schlange, um eiligst ihre Gläubigeransprüche anzumelden. Eine fehlte: die Zürcher Credit Suisse.

Datumskorrekturen und kleine Fehler am Faxgerät

Die Insolvenzverwalter konnten sich zunächst keinen Reim darauf machen. Sie waren immer noch auf Leo Kirch angewiesen, um sich im komplizierten Geflecht von Darlehen, Forderungen und Gegenforderungen zwischen den Firmen in seinem undurchschaubaren Konzerngebilde zurechtzufinden. Sein Wissen über die verwickelten Strukturen war der letzte Trumpf, den der legendäre Patriarch in der Hand hielt. In diesen Tagen der Not kam der erfinderische 77-Jährige zusammen mit seinem Vize Dieter Hahn auf die Idee, den vielen Kreditdokumenten noch ein weiteres hinzuzufügen. Mit einer Erklärung zu Gunsten der Zürcher Credit Suisse, die für ein Formel-1-Geschäft ein Darlehen über 120 Millionen US-Dollar gewährt hatte, sollte die Kirch Media ihrerseits auf eine Sicherheit verzichten, die von Rechts wegen zugestanden hätte. Damit wäre weiterhin im Dunkeln geblieben, dass die Credit Suisse längst eine komfortable Sicherheit in Liechtenstein hatte. Kirch und Hahn baten ihren Ex-Finanzchef Herbert Schroder, einen leeren Briefbogen der Kirch Media zu besorgen. Schroder durfte wie Hahn und Kirch in der insolventen Firma zwar keine Geschäfte mehr führen, aber er hatte als Berater der Insolvenzverwalter noch Zugang zu den Firmenräumen. Nun wurde die Verzichtserklärung fabriziert, von Kirch unterschrieben und, weil er nicht mehr vertretungsberechtigt war, auf den 14. September 2001 rückdatiert. Anschließend legte Schroder das Dokument in einem Ordner der Konzernbuchhaltung ab.

Die Sache hätte einen undramatischen Lauf genommen, Kirch wäre von einem seiner Finanzprobleme befreit gewesen und die Credit Suisse nicht mit unangenehmen Fragen behelligt worden. Wäre dem Trio dabei nicht ein kleiner Fehler unterlaufen. Sie hatten übersehen, dass im Briefkopf eine aktuelle Fax-Kennung enthalten war.

Die Insolvenzverwalter wurden misstrauisch ob des genügsamen Verhaltens der Zürcher Kreditgeber und fragten nach. Ihnen wurde mitgeteilt, dass der Großkredit bereits abgezahlt sei. Das erste Erstaunen wich dem Wunsch nach Erkenntnis. Am 11. Dezember 2002 erhielt die Credit Suisse dann eine Presseanfrage zu den Hintergründen eines Firmendarlehens an die Münchner Kirch-Gruppe, das kurz zuvor dort von den Insolvenzverwaltern entdeckt worden war. Es ging um rund 122 Millionen Dollar an die Kirch-Tochter Formel Eins Beteiligungsgesellschaft in München. Viel Geld für das damals selbst äußerst kritisch dastehende Bankhaus. Das Institut wollte zum Fall nichts sagen: Bankgeheimnis.[15] Hinter den Kulissen wurde unterdessen eiligst Krisenmanagement betrieben. Zwei Tage später, am 13. Dezember, war das Darlehen auf dem Konto von Kirchs Formel Eins Beteiligungsgesellschaft zurückbezahlt. Einer Gutschriftsanzeige der Credit Suisse zufolge wurden an diesem Tag auf das Konto der Kirch-Tochter 121 946 427 US-Dollar eingezahlt. Erstaunlich dabei war, wer die Summe überwiesen hatte: eine Faller-Stiftung in Vaduz. Diese Stiftung wurde von einem Treuhänder in St. Moritz verwaltet, einem Ex-Banker der Schweizerischen Kreditanstalt, der Credit-Suisse-Vorgängerin.[16]

Die Ermittler und die Insolvenzverwalter hegten den Verdacht, dass Kirch eine schwarze Kasse unterhielt. Gleichzeitig hätten die Beschuldigten der Bank »einen ihr nicht zustehenden Vermögensvorteil in Höhe von über 120 Millionen US-Dollar verschaffen wollen«.[17] Denn im Konkursfall darf nicht eine Bank besondere Vorteile erheischen, indem sie unbemerkt ihre Forderungen befriedigt, während alle anderen Gläubigerbanken sich brav in die Reihe stellen und warten müssen, bis die Gelder aus der Konkursmasse gerecht verteilt werden.

Wegen des Verdachts auf Urkundenfälschung und versuchten Betrugs hatten die Staatsanwälte daher am 15. Januar 2003 ein Rechtshilfegesuch in Zürich eingereicht. Sie wollten auf den Konten der Credit Suisse die Geldbewegungen klären und die Inhaber identifizieren. Die Credit Suisse war um eine freundliche Erklärung nicht verlegen. Anfang 2003 versicherte sie, im Fall Kirch »mit den zuständigen Behörden konstruktiv zusammenzuarbeiten«.[18] Die Ermittler erlebten es anders.[19]

Als die Münchner Staatsanwälte nach einer Durchsuchungsaktion in Zürich und St. Moritz die beschlagnahmten Dokumente einsehen wollten, verlangte die Bank eine Versiegelung der Akten. Damit sind die Akten im Rechtshilfeverfahren erst einmal blockiert. Die ersuchende ausländische Justizbehörde erhält keine Einsicht in die Dokumente, bis die Schweizer Gerichte in Kanton und Bund über den Versand der Beweismittel ins Ausland entschieden haben. So wurde auch in diesem Fall durch alle Instanzen langwierig rekurriert – bis zum Bundesgericht in Lausanne, das am 10. März 2004 endlich entschied, dass die Akten nach Deutschland gehen sollten.[20]

Die Fälschung der Verzichtserklärung zu Gunsten der Credit Suisse war bei den Zürcher Untersuchungen aufgeflogen – oder auf Juristendeutsch: »Die Unechtheit der Urkunde wurde erkannt.« Die Übermittlung der Akten nach Deutschland hätte von den Münchner Staatsanwälten, die nach der Entdeckung des fingierten Dokumentes auf den Plan gerufen worden waren, als schöner Ermittlungserfolg gefeiert werden können. Wäre ihnen dabei nicht doch Leo Kirch in die Quere gekommen, der einmal mehr allen anderen eine Nasenlänge voraus war.

Als die Justizroutine ihren Lauf nahm, standen die Karten für Leo Kirch zunächst äußerst schlecht. Nach dem Eingang des Rechtshilfeersuchens der Münchner Ermittler hatte Staatsanwalt Dieter Jann Durchsuchungen bei der Credit-Suisse-Zentrale in Zürich und der Niederlassung in St. Moritz angeordnet. Kirch musste sich darauf einstellen, dass dabei Privates zum Vorschein kommen konnte. Die »Betroffenen«, so hieß es offiziell, setzten zunächst alle erdenklichen Rechtsmittel ein. Allerdings wusste in der Öffentlichkeit noch niemand, wer diese Betroffenen waren. In Zürich ergriff Spitzenanwalt Lorenz Erni, ein Virtuose des Strafrechts, die klassische Strategie, die der Verteidigung in diesem Verfahrensstadium bleibt: versiegeln, blockieren, Zeit gewinnen. Das dauerte 14 Monate und verschaffte seinem Klienten Luft. Strafverteidiger Erni hatte in seinen Schriftsätzen noch ein besonderes Anliegen. Er verlangte für seine öffentlich noch unbekannte Beschwerdeführerin vom Bundesgericht, dass es in diesem Fall auf die sonst übliche Veröffentlichung des Urteilstextes verzichte. Sonst werden die Entscheidungen des höchsten Schweizer Gerichts publiziert – in aller Regel allerdings mit anonymisierten Namen der Verfahrensbeteiligten. Sachkundige Leser, zum Beispiel Medienvertreter, könnten beim Studium der Urteile die Zusammenhänge erkennen, monierte Erni. Wer den »Sachverhalt auch nur in den Grundzügen kenne«, könnte »den Fall eindeutig identifizieren«. Weil zu erwarten sei, dass das Bundesgericht im Urteil Dinge aus dem »Geheimbereich der Beschwerdeführerin« erörtern würde, bat der Anwalt »deshalb ausnahmsweise von einer Veröffentlichung des Urteils abzusehen«. Zumindest sollte der Urteilstext so anonymisiert werden, »dass keine Rückschlüsse auf die Beschwerdeführerin« als Inhaberin des betreffenden Kontos möglich seien. Vorsichtshalber sollte das Gericht »gewisse Passagen« abdecken. Es sollte auch nicht von »Beschwerdeführerin« gesprochen werden, sondern von der »beschwerdeführenden Partei«.

Der Wunsch wurde gehört, aber nicht befolgt. Das dreiköpfige Richterkollegium hielt an einem guten demokratischen Prinzip fest: »Das Bundesgericht will dem Vorwurf, es enthalte der Öffentlichkeit einen Teil seiner Urteile vor, jede Grundlage entziehen. Dem Gebot der Transparenz kommt erhebliche Bedeutung zu.« Es ging zwar um viel Geld, aber das beeindruckte die Richter in Lausanne am Genfer See nicht. Das erleben sie häufiger. Die Spruchpraxis des Gerichts wurde für die »Beschwerdeführerin« nicht geändert. Basta.

Auch die vorgebrachte Befürchtung, bei Herausgabe der Unterlagen sei ein Steuerverfahren für die Beschwerdeführerin unausweichlich, konnte entkräftet werden. Die Zürcher Staatsanwaltschaft hatte nämlich bereits einen so genannten Spezialitätenvorbehalt verfügt. Damit werden die Unterlagen nur mit der einschränkenden Bedingung an die ausländische Justiz herausgegeben, dass die beschlagnahmten Dokumente nicht für die Steuerfahndung verwendet werden. Das Bundesgericht hielt fest, dass »die direkte oder indirekte Verwendung der erhaltenen Unterlagen und der darin enthaltenen Angaben für ein fiskalisches Straf- oder Verwaltungsverfahren in keinem Fall gestattet ist. Die deutschen Behörden dürfen damit die übermittelten Unterlagen zur Verfolgung einer allfälligen Steuerhinterziehung nicht verwenden. Die Einhaltung des Spezialitätsgrundsatzes durch Staaten, die – wie Deutschland – mit der Schweiz durch einen Rechtshilfevertrag verbunden sind, wird nach dem völkerrechtlichen Vertrauensprinzip als selbstverständlich vorausgesetzt, ohne dass die Einholung einer ausdrücklichen Zusicherung notwendig wäre.« Eine bittere Pille für Strafverteidiger Erni – denn er wusste, dass dies in der Praxis nicht immer so glatt läuft. Mit zwischenstaatlichen Vertrauensverletzungen haben die Zürcher Anwälte des Öfteren zu kämpfen.

So wurde tatsächlich bekannt, wer die »Beschwerdeführerin« war: Ruth Kirch, Ehefrau von Leo Kirch. Eine kleine Überraschung, aber für die Ermittler grundsätzlich nicht fremd. Sie trat nur selten an der Seite des Medienmoguls auf, geschäftlich war sie nicht präsent. Die Bundesgerichtsurteile gaben die Umstände preis, wie der 120-Millionen-Dollar-Kredit bei der Credit Suisse zurückgezahlt worden war: Über ein Nummernkonto von Kirchs Gattin war bei der Credit Suisse direkt und indirekt ein großer Teil der Beträge der Faller-Stiftung zur Verfügung gestellt worden, um dann die Forderung aus dem Darlehen auszugleichen. Die Richter folgerten, »das Handlungsziel« habe letztlich darin bestanden, »der Ehefrau von Leo Kirch und damit – mittelbar – diesem selbst einen Vermögensvorteil zu verschaffen«. Die Richter befürworteten die Herausgabe der Akten an die Münchner Staatsanwälte und folgten auch deren Verdachtsbegründung: »Personen in finanziellen Schwierigkeiten lassen nicht selten ihnen nahe stehenden Personen Vermögenswerte zukommen in der Absicht, diese dem Zugriff der Gläubiger zu entziehen.«

Nun glaubten die Ermittler Kirchs lange gesuchte »schwarze Kasse« entdeckt zu haben. Aber es war noch längst nicht klar, wie das private Gelddepot gefüllt wurde. Die Münchner Staatsanwälte erinnerten sich, dass sie schon einmal Spuren von Kirch in die Schweiz und nach Liechtenstein verfolgt hatten. Sie mussten aber 1998 ihre Ermittlungen wegen Steuerstraftaten einstellen, weil sie an der Festung Liechtenstein scheiterten. Denn damals fahndeten sie in erster Linie wegen des Verdachts der Steuerhinterziehung und es schien aussichtslos, dass das Fürstentum Rechtshilfe gewährt. Diesen taktischen Ermittlungsfehler wollten sie nicht wiederholen.

Die Hürden in der internationalen Rechtshilfe haben bei den Anklägern aber eine neue strategische Mode bewirkt. Zu oft waren die Staatsanwälte bei ihren Kollegen an den Finanzplätzen aufgelaufen. Um den reibungslosen Informationsaustausch mit den ausländischen Behörden zu gewährleisten, verzichteten sie nun häufig darauf, den Anfangsverdacht der Steuerhinterziehung zu erheben und suchten nach »rechtshilfefähigen« Taten: Betrug, Untreue, Urkundenfälschung. Oder sie forschten zumindest so lange, bis sie den Vorwurf des schweren Steuerbetruges erheben konnten, der mit raffinierten Täuschungsmanövern oder Fälschungen einhergeht. Mitunter haben die Deutschen dabei auch die Spielregeln geflissentlich auf ihre Weise interpretiert. Denn hin und wieder wurden Entscheidungen des Lausanner Bundesgerichts ignoriert, das Rechtshilfeersuchen nur unter der Bedingung zugestimmt hatte, dass die Unterlagen nicht für ein späteres Steuerverfahren benutzt werden dürften.[21]

Im Fall Kirch waren die Münchner Staatsanwälte zuversichtlich, den Delinquenten vor den Kadi zu bekommen. Immerhin handelte es sich nicht um reine Fiskaldelikte, sondern um Urkundenfälschung. Allerdings war klar, dass die Wahrheitssuche nur innerhalb festgelegter Verjährungsfristen möglich war – und diese sind bei Urkundendelikten knapper bemessen als bei Fiskal-Verbrechen, bei denen die Ankläger zehn Jahre Anspruch auf die Unterlagen haben.

Die alte Akte Kirch aus dem Archiv der eingestellten Fälle

Das war die zweite Hürde: Das alte Dossier Kirch, um das sich alles drehte, hatte beträchtlich Patina angesetzt.[22] Es ging darum, wie der Medienpatron in einem legendären Deal ein milliardenschweres Filmpaket über die Schweiz nach Liechtenstein verschoben hatte. Kirch hatte im Dezember 1989 Fernseh-Rechte eines riesigen Spielfilmpaketes an die Firma MH Medien-Handels AG mit Sitz in Zug verkauft. Aktionär der MH war zunächst der in Zug residierende, eingebürgerte deutschstämmige Milliardär Otto Beisheim, der in Deutschland den Handelskonzern Metro aufgebaut hatte. Beisheims einstige Metro-Manager Erwin Conradi und Hans-Dieter Cleven, die ebenfalls in der Schweiz residieren, wurden beteiligt. Beide haben auf dem Reichen-Ranking des Schweizer Wirtschaftsmagazins »Bilanz« prominente Plätze erklommen.

Conradi logiert über dem Zuger See und kümmerte sich um Beisheims Vermögen, unter anderem den Prestigebau des Beisheim-

Centers am Potsdamer Platz in Berlin. Der Kanton Zug verdankt dem unermüdlichen Engagement des superreichen Deutschen die Abschaffung eines alten, transparenten Bürgerrechts. Auf sein Betreiben wurde dort mit der Tradition Schluss gemacht, dass jedermann im Steuerregister der Gemeinde die versteuerten Einkünfte und Vermögen eines Bürgers einsehen konnte. Andere Kantone folgten dem Zuger Beispiel.

Cleven erwarb sich Verdienste um die Ansiedlung eines Neubürgers aus seiner alten Heimat, der vom deutschen Steuervogt heftig malträtiert wurde. Er betreute den Tennisstar Boris Becker bei seinen ersten geschäftlichen Gehversuchen im Kanton Zug und steht ihm als Seniorberater zur Seite. Cleven investierte in das Sportunternehmen Völkl und in eines der besten Hotels der Schweiz, das »Giardino« in Ascona.

Das Teutonenteam hatte die TV-Lizenzen bald an die deutschen Fernsehsender SAT 1 und Pro 7 weiterverkauft – mit deftigem Preisaufschlag. Später wurden Aktien der MH und Teile des Filmpaketes an eine Rocks AG in Vaduz übertragen. Eigentümer: unbekannt. Obwohl über das Geschäft viel publiziert worden ist, sind die Hintergründe nur rudimentär bekannt. Die Staatsanwälte vermuteten anfangs ein Scheingeschäft, weil die Filmrollen weiterhin in Kirchs Münchner Lagerhaus aufbewahrt worden waren. Ihre Ermittlungen mündeten in jene Verfahren, die 1998 eingestellt werden mussten – mangels hinreichenden Tatverdachts.

Dabei waren die Ermittler schon weit vorangeschritten. Sie kannten Schriftstücke aus Zug und aus Vaduz, in denen sämtliche Verhandlungsschritte der Dealmaker mit Akribie festgehalten waren. Denn die Beteiligten schrieben gerne Vermerke und Briefe, auch intern. Zum Aktenkonvolut gehörten Besprechungsvermerke, Planungspapiere und eine Vielzahl von Verträgen: Lizenz-, Lager-, Options-, Darlehens-, Verpfändungs- und Treuhandvereinbarungen. Die Dokumente machten schnell klar: Es war alles andere als ein Scheingeschäft.

Die ersten Planungen hatten im Frühjahr 1989 begonnen. Am 24. April hielt Hans-Dieter Cleven in einer Aktennotiz Kirchs Ziele fest. Dem Filmhändler gehe es um die Beschaffung neuer Liquidität, aber auch um »Steueroptimierung«. Später wurde über Kirchs Problem gesprochen, in Deutschland »die stillen Reserven seines Filmlagers« aufzudecken.

Kirchs Leibanwalt, der Bremer Advokat Joachim Theye, war eingeschaltet worden, um das Vertragliche zügig abzuwickeln. Theye drängte, das Geschäft sollte »bis Ende Mai abgewickelt« sein. Doch so schnell war die Sache nicht zu machen, es wurden neue Arbeitspapiere verfasst. Am 30. Oktober 1989 notierte Erwin Conradi nach einem Treffen mit dem Münchner Filmhändler: »Kirch verlagert 7500 Programmstunden (Serien) und 2500 Filme in die Schweiz.« Das ganze Paket ergebe laut Kirch, »bewertet zu den heutigen Verkaufspreisen je Sendeminute«, einen Wert von 2,4 Milliarden Mark. Die Lizenzen wolle Kirch »bei der Transaktion in die Schweiz« zum sehr erstaunlichen Schnäppchentarif »von DM 800 Mio.« abgeben. Conradi rechnete in einem Memo vor: »Der überschießende Betrag (Profit) wäre also DM 1,6 Mrd.«, und fügte hinzu: »Kirch geht davon aus, dass die Gesamtsumme, also 2,4 Mrd., innerhalb von fünf Jahren eingespielt wird.«

Nun leuchtet ein, dass dies nach kaufmännischen Grundsätzen ein äußerst merkwürdiger Deal gewesen wäre, wenn es nicht einige Nebenabreden zu Gunsten Kirchs gegeben hätte. Conradi hielt fest: »Nach der Konstruktion, die jetzt vorgesehen ist, gäbe es zwei Gesellschaften: eine in Zug und eine Gesellschaft in Liechtenstein.« An der Zuger Gesellschaft sollte Milliardär Beisheim mit 50 Prozent beteiligt werden – als »steuerliche Voraussetzung, damit das ganze Modell überhaupt funktioniert«. Conradi rechnete: »Es würden also Kirch über Liechtenstein direkt zufließen DM 800 Mio., aus der Gesellschaft in Zug 400 Mio., wovon er DM 100 Mio. Provision an uns zahlen müsste.« Beisheim »würde aus dem 50-Prozent-Anteil 400 Mio. einnehmen, die irgendwie wieder zu Kirch zurückmüssen«.

Demnach war also geplant, dass Kirch an den »verlagerten« Lizenzen letztlich wieder beteiligt wird und Einnahmen aus geplanten Lizenzverkäufen erzielt. Das Modell wurde mehrfach ge-

- 4 -

80 % seines Ursprungswertes weiterhin behält und daß daraus noch gigantische Lizenzerlöse erzielt werden können.

Durch die Tatsache, daß OB mit Kirch in dieser Gesellschaft wäre, würde er nicht nur innerhalb der ersten 5 Jahre bei einem Kapitaleinsatz von 150 Mio. ca. DM 400 Mio. Profit erzielen können; er wäre ja auf Dauer mit 25 % beteiligt und damit an den Zweit- und Drittverwertungen des Filmstocks.

Wenn die Kalkulation von Kirch aufgeht, wonach bereits nach 3 - 4 Jahren die genannten 2,4 Mrd. eingespielt sein werden, würde dieses Partizipieren an den Folgeverwertungen ebenfalls schon früher einsetzen. Wie diese Folgeverwertungen wirtschaftlich tatsächlich anzusetzen sind, ist zweifellos schwer einschätzbar. Sicher scheint zu sein, daß mit fortlaufender Dauer die Attraktivität des Filmstocks abnimmt, so daß im Endeffekt nur noch die wirklichen Klassiker einen Wert darstellen, das heißt also die etwa 1.000 Filme, die als 1-A-Filme bezeichnet werden.

Aus heutiger Sicht scheint es im Bereich der Wahrscheinlichkeit zu liegen, daß man mit einem Einsatz von 150 Mio. innerhalb von 5 - 7 Jahren 600 Mio. Gewinn erzielen kann.

Selbstverständlich sind dies alles nur sehr grobe Zahlen, die noch verfeinert werden müssen. Aber das grundsätzliche Potential scheint vorhanden zu sein. Und wenn nicht durch längeres Nachdenken oder neue Informationen andere Erkenntnisse gewonnen werden, müßte man Herrn Beisheim empfehlen, sofort zuzugreifen.

Die Angelegenheit ist wegen der eingangs geschilderten Gründe jetzt absolut eilbedürftig.

- E. Conradi -

Planungspapier für den großen Film-Coup mit Leo Kirch: Erwin Conradi, Schweizer Manager der Vermögensverwaltungsfirmen des Milliardärs Otto Beisheim (OB), rechnete seinen Kollegen vor, wie schnell sie mit der Übernahme von Kirchs Filmpaket einige Milliönchen machen könnten.

ändert. Statt einer Provision gab es eine direkte Gewinnbeteiligung für Kirchs Schweizer Geschäftspartner. Sie konnten nun mit einer äußerst lukrativen Marge kalkulieren, freuten sich über das »außergewöhnlich günstige Angebot« und hofften auf »gigantische Lizenzerlöse«. Conradi empfahl Otto Beisheim, »sofort zuzugreifen«. Die Angelegenheit sei nun »absolut eilbedürftig«. Es folgten im November 1989 Besprechungen mit der Eidgenössischen Steuerverwaltung. Am 30. Dezember unterzeichnete Kirch endlich den Lizenzvertrag mit der MH Medien-Handels AG in Zug. Nur das Zahlenwerk änderte sich ein wenig.

Die beschlagnahmten Unterlagen zeigten, dass der Kaufpreis nach den letzten Verhandlungen zwischen den Beisheim-Managern und Kirch bei 550 Millionen Mark lag. Anlage: eine Dutzende Seiten umfassende Liste der Filmlizenzen von Martin Scorseses »After Hours« bis hin zu Sydney Pollacks »Yakuza«. Später, als die ersten Strafuntersuchungen im Jahr 2004 eingestellt waren, erklärten Kirchs Münchner Anwälte in einem Brief gegenüber der Staatsanwaltschaft: »Das Gesamtentgelt betrug 1,005 Milliarden Mark und wurde von unserem Mandanten und seiner Unternehmensgruppe ordnungsgemäß versteuert. In Höhe von mehreren hundert Millionen Mark wurde der Kaufpreis als entnommene Privatvermögen des Herrn Dr. Kirch behandelt.«[23]

Wie auch immer, im Verhältnis zur Kirchs eigener Kalkulation, so wie sie in den MH-Dokumenten festgehalten wurde, wurde sein Konzernvermögen unter Wert verkauft. Und die Papiere offenbaren, dass der Patriarch nach dem Verkauf wieder beteiligt werden sollte.

Wie aber wurde der Plan tatsächlich in die Tat umgesetzt? Einige Bruchstücke der Abläufe sind immerhin dokumentiert: In Bern wurde die Steuerverwaltung über eine »Option auf Übernahme der Filmrechte zum Restbuchwert« unterrichtet.[24] Diese Option wurde von der Vertragspartei »Taurus/Rocks« wahrgenommen – ein verräterischer Protagonist. Die Rocks AG war eine Briefkastengesellschaft in Vaduz, gegründet wenige Tage vor Abschluss des Lizenzvertrages und mit unbekanntem Inhaber. Taurus war aber ganz klar der damalige Name des Münchner Kirch-Konzerns.

Tatsächlich hat die Vaduzer Firma laut Optionsverträgen, die im Dezember 1989 und im Oktober 1991 abgeschlossen wurden, Senderechte übernommen, während die MH weiterhin in deren Auftrag für den Lizenzvertrieb an die TV-Sender zu sorgen hatte. Abnehmer waren wiederum SAT 1 und Pro 7 – beides Gesellschaften, an denen Kirch maßgeblich beteiligt war. Über die wahren Beteiligungsverhältnisse bei der MH hielten die Manager für die Steuerverwalter fest, dass diese zunächst zu hundert Prozent einer Privatgesellschaft von Beisheim gehörte, der Overpart AG. Aber auch bei der MH wurde eine Hintertür offen gehalten. Im Juli 1990 übte die Vertragspartei Taurus/Rocks ihre Option auf 50 Prozent der MH-Aktien aus.

Formelle und tatsächliche Aktionäre

Der Aktionärswechsel sollte allerdings nicht publik werden. »Formell blieb Overpart als Treuhänderin nach außen weiterhin Alleinaktionärin«, vermerkte man für die Steuerverwalter, nämlich »50 Prozent für Treugeber mit Wohnsitz im Ausland«. Bereits 1991 hatte die Zuger MH das »gesamte seinerzeit übernommene Geschäftsvolumen gewinnmäßig realisiert« und Lizenzerträge von 835 Millionen Franken eingefahren. Schon im Sommer 1991 konnten die Gesellschafter eine Dividendenausschüttung von 300 Millionen beschließen, auf Grund einer »hochgerechneten Bilanz per 31. 12. 1991«. Davon landeten 97,5 Millionen Franken auf dem Konto der Vaduzer Rocks AG. Jahr für Jahr flossen die Lizenzeinnahmen weiter.

Als die Ermittlungen in die Schweiz führten, wurde ein neuer Name aus dem Hut gezaubert: Günter Kiss. Der deutsche Milliardär hat sich mit seinem Müllverbrennungs-Unternehmen Thermoselect im Tessin niedergelassen. Er sollte nun plötzlich der große Unbekannte sein, der hinter der Rocks AG stand. Komisch ist nur, dass die Ermittler seinen Namen weder in den akribisch geführten Memos der MH noch in Steuervermerken und Verträgen entdeckten. Der genannte »Treugeber mit Wohnsitz im Ausland« konnte er wohl kaum sein. Denn laut Wohnsitzbescheinigung der Gemeinde Minusio im Tessin ist er dort seit dem 29. Dezember 1989 gemeldet. Günter Kiss bittet um Verständnis. Er »möchte sich dazu heute nicht mehr äußern«.[25] Der Müllmogul hält sich seitdem aus der Sache heraus.

Leo Kirch, der große Filmhändler, hat wegen der Geschichte mit der Faller-Stiftung schweigend eine Strafe entgegengenommen, mit der er wohl leben kann. Das beschuldigte Trio kam mit Strafbefehlen davon: Kirch musste wegen Urkundenfälschung 90 000 Euro zahlen, sein Topmanager Dieter Hahn 50 000 und sein Finanzchef Herbert Schroder 36 000 Euro. Die Münchner Staatsanwälte fanden keine Beweise für Untreue-Vorwürfe gegen sein früheres Management. Sie stellten ihre seit 2002 laufenden Ermittlungen im Februar 2005 ein. Anhaltspunkte dafür, dass sich einer der drei durch Straftaten zum Nachteil des Kirch-Konzerns oder dessen Gläubigern zu Unrecht bereichert habe, bestünden nicht, teilte der leitende Oberstaatsanwalt in München mit.[26]

Die Fahnder mussten Frust wegstecken. Ihrem Beschuldigten war offenbar ein besonderer Schachzug bei der Abwicklung der steuerlichen Probleme gelungen. Das Nachrichtenmagazin *Spiegel* veröffentlichte im Oktober 2004 eine Meldung, dass Kirch die von der Schröder-Regierung beschlossene Steueramnestie genutzt habe, um reinen Tisch zu machen.[27] Das war die Ironie der Ermittlergeschichte: Weil die Staatsanwälte nur wegen Untreue und Urkundenfälschung ermittelten, war kein Steuerstrafverfahren eröffnet. Ihm stand also frei, nach dem neuen »Gesetz zur Förderung der Steuerehrlichkeit«[28] Schwarzgelder zu deklarieren und die Schuld abzutragen. Straflos. Das war das Fahnder-Pech: Mit dem Trick, die Täter als Steuerhinterzieher zu überführen, gab es keine Rechtshilfe und somit keine Beweise. Mit dem umgekehrten Schlachtplan funktionierte zwar die Rechsthilfe, aber das Steuerverfahren misslang.

Kirchs Geschäftspartner aus Zug überstanden die Affäre glimpflich. Hans-Dieter Cleven kündigte seinen Rücktritt von allen Jobs im Beisheim-Imperium an. In einer offiziellen Erklärung hieß es damals, Cleven sei »im Mai 2003 aus persönlichen Gründen zu seinem 60. Geburtstag aus allen Mandaten« ausgeschieden, »die er im weitesten Sinne für den Interessenbereich von Prof. Dr. Otto Beisheim zurzeit wahrnimmt«. Dazu gehörten seine Posten bei der Metro Holding AG, der Beisheim Holding AG, der Beisheim Investment Group und der honorigen Prof. Otto Beisheim-Stiftung in Baar. Er legte Wert auf die Feststellung, dass seine Rücktrittsankündigung nichts mit den Vorwürfen im Zusammenhang mit dem Filmdeal zu tun hatte. Auch er reagierte bei einer Nachfrage mit einem knappen »no comment«. Auch die MH Medien-Handels AG sah keinen Anlass, »auf diese längst erledigte Angelegenheit zurückzukommen«.

Dieter Jann, der Zürcher Staatsanwalt mit einem Jahrzehnt Rechtshilfegeschichte in Sachen Film, wechselte die Seiten. Er wurde in eine bekannte Zürcher Anwaltsfirma aufgenommen, die viele prominente Rechtshilfefälle zu bearbeiten hat. Einer seiner letzten Jobs als Staatsanwalt war eine Ermittlungsaktion bei einem Zürcher Neubürger, die sich inzwischen mangels Tatverdachts erledigt hat. Es handelte sich um den im Dezember 2006 verstorbenen Joachim Theye, Kirchs Leibanwalt, den es aus dem hohen deutschen Norden auf den Zürichberg gezogen hat.

Garbage Dump

Wie sich die Metro-Manager auf ihr Kerngeschäft konzentrierten

Hannjörg Hereth ist ein Kosmopolit mit altmodischen Vorstellungen über korrektes Wirtschaften. Der Schweizer mit deutschen Wurzeln hatte als führender Manager den Metro-Konzern verlassen, weil seine Vorstellungen kein Gehör fanden. Jahre später nahm er den Kampf wieder auf.

Joachim Theye war ein berühmter Anwalt in der Hansestadt Bremen, bevor er nach Zürich umzog. Er hat namhafte Aufsichtsratsmandate in deutschen Konzernen, den ehemaligen Außenminister Hans-Dietrich Genscher als Bürokollegen und Leo Kirch als Mandanten.

Siegfried Kaske ist der unbekannteste Konzernchef Deutschlands. Er wurde über Nacht Herr über 34 000 Mitarbeiter und weltweit 2000 Standorte. Sein Engagement bezeichnete er als Management Buy-out und es kostete ihn nicht viel. Seitdem wissen die Metro-Aktionäre nicht mehr so recht, was ihnen – nicht mehr – gehört.

Joachim Theye hatte sich den Neubeginn wohl friedlicher vorgestellt. Er war gerade dabei, sich in Zürich anständig einzurichten, als er im Oktober 2003 schlechte Nachrichten von seinem Geschäftspartner Leo Kirch erhielt. Es steckten wieder die Staatsanwälte aus München dahinter, und wieder ging es um Zürcher Finanztransaktionen.

In München wurde Leo Kirchs früherer Finanzchef Herbert Schroder kurzzeitig in Untersuchungshaft genommen. Bei den Ermittlungen waren gleichzeitig 13 Büros und Wohnungen in Deutschland und der Schweiz durchsucht worden. Es ging um rechtswidrige Darlehen und Beraterverträge im Wert von acht Millionen Euro.[29]

Für den mächtigen Anwalt mögen diese Summen Peanuts gewesen sein. Theye präsidierte den Aufsichtsrat des Versicherungskonzerns Gerling, an dem er selbst sechs Prozent der Aktien besaß. Der damals 63-jährige Advokat saß in den Räten von Springer, Babcock und Metro, diente dem Milliardär Friedrich Karl Flick und führte Kirchs Vermögensverwaltung. Beim TV-Sender SAT 1 war er Minderheitsaktionär. Ein Privatjet gehörte zu seinem Inventar.

Die Fahnder aus München, gewöhnliche Beamte mit Bezügen weit unterhalb der 5000-Euro-Marke, kalkulierten kleinlicher. Sie hatten im Durchsuchungsbeschluss sogar Theyes neues Zürichberg-Domizil aufgeführt, obwohl dort noch die Handwerker regierten. Der Palast wurde gerade saniert. Weitere Anlaufpunkte der Razzia waren Ferienwohnungen von Theye und Kirch in Silvaplana nahe St. Moritz im Engadin. Dort hatten die beiden ihr Urlaubsdomizil im luxuriösen Appartmenthaus »Chesa Guardaval« unterm gleichen Dach. Verschont blieb nur Theyes Zürcher Büro. Die ganze Aktion sollte Kirchs sonderbares Alimentierungssystem beleuchten. Der Filmhändler hatte allerhand Prominente auf dem Gehaltszettel, darunter Ex-Kanzler Helmut Kohl und FDP-Mann Jürgen W. Möllemann, der im Juni 2003 bei einem Fallschirmunfall tödlich verunglückt war. Kaum einer verstand, was die Politiker für die Honorare geleistet hatten.

Möllemanns Vertrag hatte die Theye-Kanzlei eingefädelt. Deren Liaison mit der FDP hat Geschichte, denn zu den Stammvätern der Kanzlei gehört Hans-Dietrich Genscher. Der Ex-Außenminister ließ sich 1989 vom Türschild der Sozietät Büsing Müffelmann & Theye streichen, als ruchbar wurde, dass seine Kollegen Lieferanten der Giftgasfabrik für Libyen verteidigten. Heute ist Genscher wieder offiziell dabei.

Theye war der Rechtsberater, der 1989 Kirchs Verträge mit Hans-Dieter Cleven und Erwin Conradi, den Ex-Managern aus der Holdingzentrale des Metro-Konzerns im Kanton Zug, ausgehandelt hatte – als Kirchs »bestes Material in die Schweiz« ging. Er half Kirch in den Siebzigern beim heimlichen Einstieg in den Springer-Verlag. Damals wurden über eine stattliche Reihe von »Treuhändern und Untertreuhändern« verdeckt Aktienpakete gehalten, unter anderem über den Gerling-Konzern.

Besonderes Augenmerk richteten die Ermittler auf Akten, die sie bei den Duisburger Wirtschaftsprüfern Fasselt & Partner beschlagnahmt hatten. Über sie sollten die Berater-Millionen geflossen sein. Die Revisionsgesellschaft steht seit vierzig Jahren in den Diensten des Milliardärs Otto Beisheim und des von ihm gegründeten Handelskonzerns Metro AG aus Düsseldorf mit internationalem Holdingsitz im Kanton Zug. Fasselt-Partner Horst Hermann hat seit 1993 siebenmal die Metro-Abschlüsse testiert – ein Jahr zu viel. Denn das deutsche Handelsrecht verbietet mehr als sechs Testate innerhalb einer Dekade aus einer Hand.

Das wäre nicht weiter schlimm gewesen. Niemand hätte etwas bemerkt. Kein Analyst, kein Investmentbanker, kein Journalist. Sogar eine Aktionärschützer-Vereinigung war im Metro-Aufsichtsrat vertreten und hatte es durchgewunken. Auch kein Aktionär protestierte. Bis auf einen: Hannjörg Hereth aus Zug in der Schweiz.

Ausgerechnet Hereth, der ehemalige Weggefährte des Metro-Patriarchen Otto Beisheim, gleich aus der Nachbarschaft. Der deutsch-schweizerische Unternehmer Hannjörg Hereth mit Residenz am Zuger See sorgte sich um seine Aktien des deutschen Handelskonzerns Metro AG in Düsseldorf. Beisheim hat den Konzern aufgebaut, Hereth hat ihn dabei 24 Jahre lang in der Rolle des Chefjustitiars begleitet. Der Jurist stieg 1994 bei der Metro unter Protest aus, nachdem sich die Auseinandersetzungen über wirtschaftsethische und moralische Fragen häuften. Heute kümmert sich der umtriebige Mittsechziger um eine Kaffeeplantage in Brasilien, eine lateinamerikanische Minengesellschaft und ein anspruchsvolles Immobilien-Großinvestment mit mehr als 300 Arbeitsplätzen am Flughafen Zürich. Seine wahre Leidenschaft jedoch ist nicht das Business, sondern die Welt der Musik. Er hat eine einzigartige, in der Klassikszene hoch geschätzte Violinensammlung zusammengetragen, die er jungen Nachwuchskünstlern zur Verfügung stellt.

Die Geschicke des Konzerns, dessen Rechtshändel er einst orchestriert hatte, verfolgt Hereth heute als gewöhnlicher Aktionär und ist dabei so schlau wie jeder andere. Er liest Zeitungen, studiert Kurse und analysiert Geschäftsberichte. Er weiß aber um die Bedeutung des Imperiums, die sich angesichts des bescheidenen Bürokomplexes der Metro-Holding im Kanton Zug und der unscheinbaren Konzernverwaltung in der Düsseldorfer Vorstadt kaum ermessen lässt: Der fünftgrößte Handelskonzern der Welt ist rund um den Globus vertreten, von Marokko bis China. Er liefert alles, vom Schuhwerk bis hin zum Kopfhörer. Ganze Handelsketten gehören dazu, darunter Kaufhof, Real, Praktiker, Media Markt, Saturn, Extra und Allkauf. Der Jahresumsatz betrug im Jahr 2004 rund 56,4 Milliarden Euro. Weltweit steuert Metro 1000 Tochterunternehmen, die globale Lohnliste hat Großstadtdimension und umfasst 235 000 Mitarbeiter.

Im Mai 2003 schickte Hereth dem Metro-Aufsichtsrat einen siebenseitigen Bericht, wonach er für die kommende Metro-Aktionärsversammlung eine Sonderprüfung verlangte. Außerdem beantragte er, den Vorstandsmitgliedern die Entlastung zu versagen und verlangte lückenlose Aufklärung über zweifelhafte Großdeals, weil die Aktionäre »unzutreffend und unzureichend unterrichtet« worden seien. Das Unternehmen solle des Weiteren Schadenersatz von den »originären Gesellschaftern« einfordern und an die Firmenkasse zurückliefern. Damit waren drei Großaktionäre gemeint: der rheinische Haniel-Familienclan, die in der Schweiz residierenden Gebrüder Schmidt-Ruthenbeck und nicht zuletzt sein alter Patron Otto Beisheim.

Hereth war der Schritt nicht leicht gefallen. Zunächst hatte er es mit Eingaben beim Konzernpatriarchen versucht – »aus Respekt vor Herrn Beisheim als Gründer der Metro«. Erfolglos. Auch Anfragen an den Vorstand fruchteten nicht. Bereits bei der Hauptversammlung im Jahr 2002 hatte der Ex-Justitiar das Wort ergriffen: »Es wird nie alles gesagt, und was gesagt wird, ist nie ganz richtig.«

250 Unternehmen verschwinden aus der Konzernbilanz

Sein Misstrauen galt einer gewaltigen Transaktion im Konzern, die in der Tat schwer durchschaubar ist. 1998 verschrieb sich das Management einer Konzentration aufs Kerngeschäft und leitete eine Verkaufsaktion für ungeliebte Konzernteile ein: 250 Unternehmen mit Geschäftsaktivitäten von 7,7 Milliarden Euro wurden in eine Verwertungsgesellschaft ausgegliedert und sollten nach drei Jahren meistbietend verkauft werden. Diese »bad company« heißt »Divaco Beteiligungs-AG und Co. KG« mit Sitz in Frankfurt und hat eine schwer nachvollziehbare Besitzstruktur über diverse Gesellschaften, die zum Teil bei einem Basler Notar eingerichtet wurden. Ungeliebte Handelsketten, Firmenbeteiligungen und Liegenschaften wurden in das Auffangbecken abgeschoben, darunter die Unternehmen Vobis und Maxdata, Modemärkte, wertvolle Grundstücke in Zürich und auch die Mobilfunkgesellschaft Debitel. 34 000 Mitarbeiter an weltweit 2000 Standorten hatten plötzlich einen neuen Herrn, der jedoch im Verborgenen agierte.

Die Metro blieb mit einem 49-Prozent-Anteil an der Divaco-Gruppe knapp unter der Veröffentlichungsschwelle, weshalb sie in den Konzernbeteiligungslisten nicht auftauchte. Als »Finanzinvestoren« wurden die Deutsche Bank und die Gerling-Versicherung beteiligt. »Garbage dump«, wortgemäß »Müll abladen«, benennen Bilanzexperten den Sinn solcher beteiligungsrechtlicher Schutthalden frotzelnd – und rümpfen die Nase, wenn diese Beteiligungen plötzlich aus den Jahresabschlüssen verschwinden. So war es auch bei der Metro. Während die Deutsche Bank ihren Minderheitsanteil im Geschäftsbericht notierte, vermissten die Metro-Aktionäre werthaltige Informationen. Zunächst hieß es lapidar, die Übertragung »erfolgte erfolgsneutral«. Sogar »positive Ergebnisse« wurden angekündigt. Der Verwertungserlös würde »unter Abzug einer erfolgsabhängigen Ergebnisbeteiligung an die Metro AG« fallen.

Die Divaco war eine denkwürdige Gründung. Die zwei Ex-Metro-Manager Siegfried Kaske und Gustav Fritsche erschienen zur außerordentlichen Hauptversammlung einer »Divaco Beteiligungs AG«,[30] die ganze drei Minuten dauerte. Der Notar protokollierte die Teilnehmer: »Von den Mitgliedern des Aufsichtsrates: niemand«; »Von den Aktionären der Gesellschaft: den alleinigen Aktionär, Herrn Siegfried Kaske«. Der Alleinaktionär übernahm den Vorsitz, sozusagen über sich selbst, und bestimmte, »dass die Abstimmung durch Handaufheben erfolgt«. Er verzeichnete »keine Wortmeldungen«. Die Abstimmung gestaltete sich sehr überschaubar, der Alleinaktionär stimmte stets mit Ja. Das Ergebnis bleibt aufklärungsbedürftig: Eine Vermögensverwaltungsfirma wurde an eine gewisse »KasCom« übertragen. Ihr Alleingesellschafter: Siegfried Kaske. Mehr war von der Metro über die Transaktion öffentlich nicht zu erfahren.

Jahrelang blieben die Berichte dürftig. Erst nach Hereths Protesten anlässlich der Hauptversammlung 2002 gelobte der Vorstand laut Wortprotokoll: »Etwaige Verluste auf der Wegstrecke hat die Gesellschaft selber zu tragen.« Und: »Zum Jahresende wird es eine Endabrechnung geben.«[31] Darauf warten Hereth und die Aktionäre immer noch. Nur so viel wurde klar: Die Wegstrecke sollte länger und kostspieliger werden. Im Jahr 2003 verzeichnete der Geschäftsbericht einen kräftigen Zuschuss für die »bad company«. Der Bericht versprach, »die Divaco zu restrukturieren und mit einer transparenten Struktur neu auszurichten«. Handelsgeschäfte würden »in eine neue Verwertungsgesellschaft mit dem Namen ›Divaco-Neu‹ eingebracht«. Diese sucht man zwar vergeblich im Handelsregister, findet aber eine neue »Divaco AG & Co. Handelsbeteiligungen KG«. Ob alt oder neu, die Divaco-Gesellschaften werden auch im neuen Konzernabschluss nicht konsolidiert.[32] Stattdessen verkündete Konzernchef Hans-Joachim Körber an der Hauptversammlung im Mai 2003 ganz lapidar neuen monetären Nachschussbedarf: »Für die Restrukturierung und Abwicklung von Randaktivitäten wurden der Divaco 60 Millionen Euro zur Verfügung gestellt.«

Besonders auf den Magen drückte dem Aktionär Hereth der Verkauf der Metro-Beteiligung an das Mobilfunkunternehmen Debitel. Diese wurde 1999 via Divaco an den Schweizer Telefonriesen Swisscom verkauft. Buchwert beim Auslagern an Divaco: knapp 15 Millionen Franken. Maßgeblicher Debitel-Mitgesellschafter war über die Metro-Vermögensverwaltungs-Gesellschaft Otto Beisheim, der beim Verkauf somit auf direktem Weg profitierte. Kurz vorm Börsengang hielt die Divaco noch 10,05 Prozent an der Debitel. Wenige Wochen später, beim Verkauf an die Swisscom, waren es nur noch 7,85 Prozent. Was geschah mit den restlichen 2,2 Prozent – dem unwesentlichen Sümmchen von knapp 100 Millionen Franken? Ein Metro-Sprecher wollte sich »zu einzelnen Aspekten des Divaco-Geschäfts nicht äußern«.[33] Beisheim verwies damals auf die zuständige Metro AG und verzichtete »deshalb auf eine Beantwortung«. Im Mai 2004 musste die Schweizer Mobilfunkgesellschaft ihre Debitel-Tochter wieder abstoßen. Das Debitel-Engagement brachte der Swisscom einen Verlust von rund drei Milliarden Franken. 1999 für 4,3 Milliarden Franken gekauft, brachte das Unternehmen beim Verkauf an die britische Permira nur noch rund eine Milliarde Franken ein.

Aktionär Hannjörg Hereth gab nicht auf. Nach der Hauptversammlung im Jahr 2003, die so unerquicklich verlaufen war, reichte er bei der 11. Kammer für Handelssachen am Landgericht Düsseldorf eine Zivilklage gegen die Verantwortlichen bei der Metro ein. Bald interessierten sich auch die Staatsanwälte aus der Düsseldorfer Ermittlungsgruppe für Wirtschaftskriminalität. Nach Lektüre der Zivilklage des Schweizers kamen die Fahnder Ende 2003 zum Entschluss, ein Strafermittlungsverfahren gegen Verantwortliche der Metro AG einzuleiten, um zu klären, »ob über die Metro-Tochter Divaco falsche wirtschaftliche Angaben in der Hauptversammlung gemacht worden sind«.[34] Doch nach vertiefter Durchsicht der Unterlagen war für jeden Ermittler leicht erkennbar, dass der Fall nicht mit ein paar Federstrichen aufzuklären war.

Die Düsseldorfer, mit zahlreichen Wirtschaftsstraffällen wie dem Mannesmann-Verfahren ohnehin schwer überlastet, wählten den betriebsökonomisch einfachsten Weg und verwiesen die Sache erst einmal an die Kollegen Zivilrichter. Bis die Handelskammer das Verfahren – letztinstanzlich – entschieden hätte, wäre der Fall erst einmal vom Tisch. Zwar nur vorläufig, aber immerhin für Jahre. Binnen Jahresfrist läuft bei den Handelsrichtern nämlich kaum etwas.

Hereth hat monatelang um Auskunft über das Verkaufskonstrukt gebeten. Doch die Divaco blieb für ihn eine Blackbox. Hereth hatte Körber an den öffentlichen Hauptversammlungen mit Fragen nach der Divaco gelöchert: Wer war wann wie beteiligt? Wer haftet? Wie hoch ist der Verkehrswert? Der Buchwert? Wie sehen die Gesellschaftsverträge aus? Warum Millionenkredite an Privatpersonen? Körbers Antworten befriedigten ihn nicht. Hereth reichte seine Anfechtungsklage beim Gericht ein. Der Vorstand habe sich für die »Auskunftsverweigerung« und »Falschinformation« zu verantworten. Besonders scharf schoss er auf die Duisburger Wirtschaftsprüfergesellschaft Fasselt & Partner. Sie habe »fehlerhaft bewertet« und »unrichtige Testate« erteilt.

Die Prüfer beraten Großaktionär Beisheim seit 1964 und testieren seit zehn Jahren Konzern- und Jahresabschlüsse der Metro. Allein die Unterschrift des Chefprüfers Horst Hermann ist zwischen 1993 und 2002 sieben Mal unter den Metro-Bilanzen zu finden. Weil das nach deutschem Recht einmal zu viel ist, sollte das Landgericht Düsseldorf prüfen, ob der Abschluss 2003 für »nichtig« erklärt werden müsste. Damit stand die Konzernbilanz des fünftgrößten Handelskonzerns der Welt auf dem Prüfstand. Still wurde in einer Schreibstube der 11. Kammer für Handelssachen am Landgericht Düsseldorf darüber gebrütet.

Spätes Urteil und Business as usual

Im September 2005, zwei Hauptversammlungsperioden später, fällte endlich das Düsseldorfer Landgericht ein erstes Urteil. Die Vorwürfe reichten zwar nicht aus, um die Entlastung der Vorstände zu revidieren, fanden die Handelsrichter, aber die Bestellung der Wirtschaftsprüfer sei nicht rechtens gewesen. Das Gericht sah einen Verstoß gegen den Grundsatz, dass die Revisoren innerhalb von zehn Jahren nur sechsmal den Abschluss eines Unternehmens testieren dürfen. Die Kammer, der als ehrenamtlicher Handelsrichter ein Wirtschaftsprüfer angehörte, nannte die Argumente des Klägers »beachtlich«. Sie würden der Kammer »möglicherweise ausreichen, um die Bestellung von Sonderprüfern zur Untersuchung des Divaco-Komplexes anzuordnen«, falls die Hauptversammlung der Metro einen Antrag des Klägers zur Bestellung eines solchen Prüfers ablehnen würde.

Besonders bedenklich erschien den Richtern, dass die Metro »der Divaco-Gruppe im Geschäftsjahr 2002 unstreitig verlorene Zuschüsse von 60 Millionen Euro sowie von weiteren 120 Millionen Euro zur Verfügung gestellt hat«, wohingegen die Divaco-Mitgesellschafter Deutsche Bank und Gerling solche Zuschüsse nicht geleistet haben. Die Richter vermissten für die »immensen« Zahlungen »eine überzeugende Begründung«.

Auf Grund dieses Vorgangs vermuteten die Handelsrichter, dass die Metro »faktisch« auf die Geschäfts- und Finanzpolitik der Divaco »den maßgeblichen Einfluss besitzt, sie (...) das alleinige wirtschaftliche Risiko dieser Gruppe trägt und die immensen Stützungszahlungen an die Divaco-Gruppe Ausdruck und Ergebnis ihrer beherrschenden Stellung sind«.[35]

Es währte lange, aber dies war ein erstaunliches Urteil. Denn das Gericht kannte den tatsächlichen Umfang des Geldabflusses in Richtung Divaco noch gar nicht: Zuschüsse von 279 Millionen Euro gingen dabei 2003 verloren, Garantien von 410 Millionen Euro wurden geleistet und »Vorauszahlungen« – also Darlehen – von nochmals 105 Millionen Euro wurden gewährt.

Für den klagenden Aktionär Hereth war der Gerichtsspruch ein erster Teilerfolg. Noch während des laufenden Rechtsstreits hatte die Metro auch bereits bei der Hauptversammlung 2005 neben Fasselt & Partner die Prüfgesellschaft KPMG bestellt. Fasselt und KPMG sollten den Jahresabschluss 2005 gemeinsam prüfen.[36] Aber in den Bilanzen des Konzerns werden die Aktionäre über die Divaco-Gesellschaften nichts Erhellendes mehr entdecken können.

Im März 2003 hatte der Aufsichtsrat Körbers Vertrag um weitere fünf Jahre bis 2009 verlängert.[37] Analysten, Journalisten und Fondsmanager beglückwünschten unterdessen die Konzernverantwortlichen für die Konzentration auf das Kerngeschäft.

Auf ähnliche Weise wie im geschilderten Fall wurde der Metro-Immobilienbesitz in eine Verwertungsgesellschaft ausgegliedert, die AIB Immobilien. Im Konzernabschluss für das Berichtsjahr 2004 wurde für die »Finanzierung der Asset Immobilienbeteiligungen GmbH & Co. KG und deren Tochterunternehmen (AIB-Gruppe)« ein »Mittelabfluss von insgesamt 1026 Millionen Euro« ausgewiesen. Im Vorjahr waren es sogar 1820 Millionen Euro. Der Aktionär lernt dabei, dass Immobilienverkäufe eine teure Angelegenheit sein können.

Im Januar 2004 informierte die Metro die Öffentlichkeit über einen radikalen Schnitt. Ihre Anteile an den Divaco-Gesellschaften würden »im Wege eines Management-Buy-out zum Kaufpreis von 1,00 EUR« verkauft. Aber welches Management? Wer war Käufer? Das Rätsel war schnell gelöst: Der Mann hieß Siegfried Kaske. One Euro, one Man. Seitdem gehört der ganze Klump dem Mann, der im deutschen Wirtschaftsleben kaum wahrzunehmen ist.

Die Sache mit dem Pro-Forma-Kaufpreis von einem müden Euro konnte man freilich so nicht stehen lassen: Die Metro verzichtete auf ihre Forderungen gegenüber der Divaco in Höhe von 250 Millionen Euro. Kaske wollte die Adler-Modemärkte nicht in der Erbschaft haben, denn die Kette war mit unschönen Bankverbindlichkeiten von rund 280 Millionen Euro belastet. Daher wollte die Metro »die Verwertung der Adler Modemärkte selbst übernehmen«. Das kostete den Konzern nochmals 60 Millionen Euro. Die Beteiligung wurde dann als zum Verkauf bestimmtes Vermögen (»Asset Held For Trading«) wieder in die Metro-Konzernbilanz gestellt.[38] Über das Divaco-Drama war dort nichts Negatives mehr zu lesen. Der Kapitalmarkt nahm die Nachricht vom Verkauf der Bad Company »positiv auf«. So stand es im Geschäftsbericht für das Jahr 2004. Das Werk kann als 3,7 Megabyte umfassende Datei von jedermann von der Webseite der Metro heruntergeladen werden. 164 fein gestaltete Seiten im Stil der neuen Unternehmenstransparenz.

Otto Beisheim, der 81-jährige Multimilliardär, schaut aus großer Distanz auf die Dinge. Stets hat er sich mit nur wenigen Vertrauten umgeben, die sein Imperium lenkten. Jahrelang führte er den Handelskonzern wie eine Geheimorganisation. Moderne Aktionärsdemokratie, das ist nicht seine Welt. Nur wenige haben Zugang zu Beisheim, einem Mann mit vielen Adressen. Amtliche, inoffizielle, ein Winter-, ein Sommerdomizil und solche für die Hausmeister-Behausung. Zum Beispiel die Villa in Lugano, die großzügig bemessene Besitzung im bayerischen Rottach-Egern, das Nobelquartier im eigenen Beisheim-Tower am Potsdamer Platz in Berlin, die Penthouse-Wohnung an der Collins Avenue in Bal Harbour in Florida und der Bürgerwohnsitz in Baar bei Zug. Der deutschstämmige Handelstycoon mit Schweizer Pass besitzt 18,8 Prozent des Konzerns. In Berlin hat er sich mit dem Beisheim-Center ein Denkmal gesetzt – das mit 720 Millionen Franken größte Privatinvestment in der Hauptstadt. Seine Zuger Beisheim-Holding hält Beteiligungen an 70 Unternehmen mit 5000 Beschäftigten.

Hannjörg Hereth kämpfte noch immer um Informationen über das Geschehen. Er wunderte sich nur, wie und warum die Divaco plötzlich an Kaske »verschenkt« wurde. Ein öffentliches Bieterverfahren gab es nicht, bemängelt der Aktionär. Seine Bilanz: Anlagevermögen von rund 2,5 Milliarden Euro seien von der Metro weggegeben worden, Leistungen von mehr als 500 Millionen Euro an die Divaco-Gruppe erbracht worden. Hereth resignierte: »Kein gewöhnlicher Aktionär weiß, wo diese Werte geblieben sind.«

Nachwuchskräfte

Wie ein Rewe-Manager in fünf Monaten Millionär wurde

Dieter Berninghaus lernte das Geschäft beim Metro-Konzern. Er war die große Managerhoffnung im Rewe-Handelskonzern und bei der Zürcher Bank Vontobel schätzte man den »jungen Wilden«. Nach fünf Monaten musste er abtreten und zurückzahlen.

Ralf Bender blieb beim Metro-Konzern als Manager der Immobilien-Vermögen. Für seinen Freund Berninghaus schrieb er ein rekordverdächtiges Gutachten. Danach musste auch er gehen.

Mario Ritter war jünger und noch schneller als Berninghaus. Er stieg im zarten Alter von 22 ins Wirtschaftsleben, gründete kurzerhand eine Fluggesellschaft und entschwand nach Dubai. Er weiß, wie man das Aktienkapital erhöht.

Noch im Mai 2004 war der Jungmanager Dieter Berninghaus die große Hoffnung im Kölner Rewe-Konzern. Im Oktober 2004 war alles vorbei, besiegelt durch einen Aufhebungsvertrag, den der völlig entkräftete Chef in einem Zürcher Hotelzimmer unterzeichnete.

Mit 39 Jahren hatte Berninghaus im Februar 2004 mit einer Putschaktion Rewe-CEO Hans Reischl vom Chefsessel verjagt und den Platz selbst eingenommen. Er wurde Herr über Deutschlands zweitgrößte Handelsgruppe mit mehr als 40 Milliarden Euro Umsatz und lenkte somit auch die Geschicke der Schweizer Lebensmittel-Handelsgruppe Bon-appétit mit der PickPay-Kette. Mit den Worten »Qualität setzt sich durch« gratulierte Hans-Joachim Körber von der Konkurrenz, der Metro-Gruppe.

Der Metro-Chef muss es wissen, dachte die Branche, und die Analysten waren angetan. Denn Körber war der frühere Arbeitgeber von Berninghaus. Der junge Mann hatte die Kunst des Managements im Führungsstab der Metro-Holdingzentrale im Kanton Zug erlernt. Sein Mentor und Meister war Erwin Conradi, der deutschstämmige Wahlschweizer, dessen Ausstieg aus dem aktiven Managerleben sich ebenfalls abrupt vollzog. Conradi gab im Jahr 2004 völlig unerwartet die Schlüssel für Chefbüro und Firmenjet ab. Ein Privatermittlerteam vom Prüfkonzern KPMG hatte zuvor gewisse Unregelmäßigkeiten entdeckt, und der Herr der Herren über die Metro, Gründervater Otto Beisheim, sprach das letzte Wort über seinen langjährigen Weggefährten.

Von Conradi konnte Berninghaus lernen, wie man es im Leben auch als Angestellter zu etwas bringt, geadelt durch die Aufnahme in der Liste der 300 reichsten Schweizer vom Wirtschaftsmagazin *Bilanz*. Der väterliche Vormann brauchte dafür drei Jahrzehnte als Angestellter. Lehrling Berninghaus war schneller. Er schaffte es nach fünf Monaten CEO-Dasein auf mehr als 41 Millionen Franken. Nur ließ es Berninghaus an der notwendigen Nachhaltigkeit missen, um die Erträge dauerhaft sein Eigen nennen zu dürfen. Denn das Rewe-Handelshaus wollte bald das Geld wieder zurück.[39] Die Kölner Konzernanwälte forderten Schadensersatz, ein rheinischer Staatsanwalt ermittelte und reichte im November 2005 dem Kölner Landgericht eine Anklageschrift wegen des Vorwurfs der besonders schweren Untreue ein.[40]

Dieter Berninghaus hatte noch zu Zeiten, als er beim Metro-Konzern arbeitete, nebenbei einen Aufsichtsratsposten bei der Kölner Nexum. Das Start-up-Unternehmen machte in Sachen Internetauftritte und erhielt auch Aufträge der Metro. Die Nexum-Gründer wollten ihre Firma – wie damals jede Internetbude – an die Börse bringen.

Im September 1999 war Berninghaus zu Rewe gewechselt, zunächst als Mitglied der Geschäftsleitung, zuständig für »Internet Media« – schließlich kannte er sich als Aufsichtsrat bei Nexum mit der Materie aus. Im Dezember wurde in der Schweiz die ruhende Firma Parabola reaktiviert, die im Dornröschen-Zustand im Hängeregister einer Anwaltskanzlei schlummerte. Verwaltungsrat war der Zürcher Anwalt Aurelio Ferrari. Im Februar 2000 übernahm die Parabola im Rahmen einer Kapitalerhöhung die Aktienmehrheit an der Nexum. Bei den Gründern des Start-ups wurde der Parabola-Einstieg als Einsatz einer begeisterten Investorengruppe kommuniziert. Im April 2000 kaufte die Rewe-Internet-Media unter Führung von Berninghaus rund 76 Prozent der Parabola-Anteile für rund 26 Millionen Euro.

Bereits im Februar 2001 mussten in der Rewe-Bilanz hohe Abschreibungen auf die Nexum-Beteiligung vorgenommen werden. Ein Jahr später wurde sie komplett abgeschrieben. Bevor der flotte Deal abgewickelt wurde, erfuhr der Buchwert der Nexum durch Aktientransaktionen eine wundersame Steigerung. Das war die New-Economy-Zeit, verteidigen sich die Dealmaker. Rewe-Anwälte halten dagegen, dass die Internetblase damals längst geplatzt war, der Börsenkurs der Vergleichsgruppe in den Keller gesaust war.

Warum hatte also Dieter Berninghaus dieses Unternehmen gekauft? Unbestritten war, dass er dabei mitverdient hat. Nur über den Umfang herrschte im Sommer 2005 noch keine Einigkeit. Berninghaus kassierte eine »Provision« von rund zehn Millionen

Franken, steuerneutral in seine Schweizer Bankdepots gelenkt. Unbestritten war auch, dass er einen Weggefährten mitverdienen ließ. Ralf Bender, sein ehemaliger Managerkollege von der Metro, hatte kurz vor dem Kauf ein freundliches Gutachten erstellt, das den gewaltigen Wert der Nexum bestätigte. Dafür erhielt Bender mehr als neun Millionen Franken. Die heimlichen »Provisionen« ergaben somit nahezu die Hälfte des Kaufpreises der Nexum.

Gutachter Bender hatte das Missverhältnis zwischen dem Wert seiner Expertise und dem zu bewertenden Gegenstand vor dem Staatsanwalt zu verantworten. Bei der Metro wurde er entlassen. Er zeichnete dort für den milliardenschweren Immobilienbesitz des Handelshauses verantwortlich, der in der Konzerntochter AIB Immobilien zusammengefasst war. Als Geschäftsführer der Liegenschaftengesellschaft wachte er über Besitzungen, die über ein Outsourcing ziemlich intransparent aus der Konzernbilanz verschwanden und wieder einmal die Analysten zum Jubeln bewegt hatten: »Konzentration auf das Kerngeschäft.«[41]

Strittig war am Nexum-Deal, ob Berninghaus auch der geheimnisvolle Investor war, der sich hinter der Parabola versteckt hatte, wie der Staatsanwalt mutmaßte. Die Beschuldigten jedoch dementierten. Um dies zu klären, schickte der Kölner Strafermittler ein Rechtshilfeersuchen nach Zürich. Gegen den Parabola-Verwaltungsrat und Anwalt Aurelio Ferrari ermittelte er daher ebenfalls. Ferraris Kanzlei erklärte: »Wir möchten uns ausdrücklich von Herrn Berninghaus distanzieren. Wir sind in dieser Sache nie für ihn tätig gewesen.« Die Parabola gehöre nicht Berninghaus. Der Staatsanwalt beantragte in seiner Anklageschrift, das Strafverfahren gegen den Anwalt gegen Zahlung einer Geldstrafe in sechsstelliger Höhe einzustellen. Auch das Verfahren gegen Gutachter Bender wollte er mit einer entsprechenden Geldstrafe einstellen.

Wer war der Unbekannte? Aurelio Ferrari ließ ausrichten: »Ein Schweizer Bürger, der unserer Kanzlei seit vielen Jahren bekannt ist.« Die Parabola habe Berninghaus auch nie etwas gezahlt. Das Anwaltsbüro erklärte, dass es sich um korrekte Transaktionen gehandelt habe. Ein Schaden sei nicht entstanden.[42]

Der Fall demonstriert, dass für die Advokaten am Finanzplatz Zürich härtere Zeiten angebrochen sind. Treuhänderische Verwaltungsratsmandate werden von der Justiz nicht mehr als selbstverständliche Dienstleistung hingenommen, wenn sie in Straffällen auftauchen – ein weltweites Phänomen.[43]

Dieter Berninghaus, der »junge Wilde«, wie er in seinen besten Tagen genannt wurde, hatte es in Zürich bis in den Olymp des Establishments geschafft. Im Frühjahr 2003 war er in die Verwaltungsräte der Vontobel Holding und der Bank Vontobel eingezogen. Der Jungstar war von einem namhaften Headhunter empfohlen worden – als »Frischzellentherapie«. Der zeitlich überschaubare Verwaltungsratsposten war mit 90 000 Franken Grundsalär dotiert. Er hatte somit die Oberaufsicht über das Geldhaus mitzuverantworten, »namentlich im Hinblick auf die Befolgung der Gesetze, Statuten, Reglemente und Weisungen«. So steht es im Bundesgesetz.[44] Im Oktober 2004 erfolgte sein Rückzug – »per sofort aus gesundheitlichen Gründen«.[45] Er wurde zu einer Bewährungsstrafe von zwei Jahren verurteilt. Anwalt Ferrari kam mit einer Geldbuße davon.[46]

Der schnelle Mario und sein Generalbevollmächtigter

Berninghaus war schnell, wohl etwas zu schnell. Aber er war nicht allein. Mario Ritter war jünger und noch schneller. Der Liechtensteiner Unternehmer war zwar erst 22 Jahre jung, aber er wusste, dass in der Welt des Big Business nichts ohne Pressesprecher und PR-Berater geht. Er hatte gleich drei davon, und sie durften Großartiges verkünden, als er das Zürcher Parkett betrat. Geheimnisvolle Investoren hätten Kredite von 300 Millionen Franken zugesichert, »ausschließlich von Blue Chips«. Die Vorbereitungen seien »im finalen Stadium«. Und selbst als das Desaster offenkundig war, wurde mit bekannten Managervokabeln konzentriert, redimensioniert und neu orientiert.

Mario Ritters Auftritt auf der Bühne der Großen währte nur einige Wochen. Als im Sommer 2003 alles vorbei war, fragten sich 220 ehemalige Mitarbeiter plötzlich, was mit ihnen getrieben wurde. Einige bemühten die Justiz, reichten gegen den Management-Junior eine Strafklage wegen Betruges, Untreue und Misswirtschaft ein.

Mario, das bubenhaft frisierte Pionierwunder mit wachem Blick, machte erstmalig im März 2002 in der Airline-Branche von sich reden, als er nach dem Zusammenbruch der Swissair wie viele andere daran ging, eine neue Schweizer Fluggesellschaft zu gründen. Air Switzerland sollte sie heißen. Der Name war schon fast die halbe Miete, dachten die Marken-Experten. Seitdem wurde über den jungen Mann gestaunt und gerätselt. Plötzlich schienen seine Pläne konkret zu werden. Mit Stelleninseraten zur Massenrekrutierung von Piloten und Flugbegleitern machte er auf sich aufmerksam. Eine Pressedokumentation war bald getextet und schon galt der Jüngling »in der Fachwelt als profunder Kenner der Reisebranche«.

Ein Berater aus dem fernen Scottsdale im US-Bundesstaat Arizona wurde präsentiert, er zählte immerhin Klienten wie die Air Tahiti Nui oder die Zambia Air in seiner Referenzliste auf. Die »MarioRitterGroup« bekam eine Dachgesellschaft, als MRG Holding AG in Vaduz eingetragen. Zur Revision und Rechtsberatung der Geschäfte beauftragte er im Fürstentum die große Kanzlei Marxer & Partner. Von Bär und Karrer, einer der feinsten Schweizer Anwaltsadressen, ließ er die Air Switzerland ins Handelsregister eintragen. Ritters frisch gekürte Manager, allesamt erfahrene Tourismus- und Airline-Leute, waren begeistert, als sie in der Zuger Kanzlei der noblen Anwaltsfirma zur Unterschrift schritten, um ihren Sitz im Verwaltungsrat zu beurkunden. Die »VIP-Lounge-Masche« funktionierte. Kriminalisten kennen die Masche. Ambiente und Aura zählen immer noch mehr als Zahlen und Fakten.

Stets im Hintergrund blieb ein Mann, mit dessen Reichtum an kaufmännischer Erfahrung sich Mario Ritter nicht messen konnte: Rolf H. aus dem Kanton Aargau. Er war »Generalbevollmächtigter« der MRG-Holding mit Einzelzeichnungsberechtigung. Zwei Jahre zuvor war seine Firma Creative Investment in Biel wegen unerlaubter Effektenhandelstätigkeit von der Eidgenössischen Bankenkommission aufgelöst worden. Der Kaufmann hatte in den Tagen des Internetbooms einen schwunghaften Beratungsservice für den Börsengang junger Firmen aufgezogen. Seinen Erfolg konnten Freunde in der Garage bewundern, in der er mehrere Ferraris stehen hatte.[47]

Die Tinte unter den Arbeitsverträgen war noch nicht trocken, da machten sich die neuen Manager der Air Switzerland an die Arbeit. Sie waren erfahrene Airliner voller Tatendrang. Bei 150 Stewards und Stewardessen wurde Maß genommen für schicke Uniformen, in dezentem Blau gehalten. Stoffe, Knöpfe und Epauletten wurden geordert. Piloten wurden für die neuen Maschinen trainiert. Ein Bordmagazin musste entworfen werden. Mit Reiseveranstaltern wurde über Kontingente verhandelt: Singapur, Bangkok, Kapstadt. »Alle haben gerackert wie die Irren«, erzählte ein frustrierter Exmitarbeiter.

Doch um die Flugzeuge in die Luft zu bringen, war noch ein wenig Papierkram zu erledigen. Das Schweizer Bundesamt für Zivilluftfahrt (Bazl) in Bern verlangte den Nachweis ausreichender Finanzmittel, um den Flugbetrieb zu garantieren. Nach dem ersten erfolglosen Gesuch beim Bazl zeigte sich, dass hier ein schwer wiegendes Problem auftauchte.

Mario, der Schnelle, wusste Rat. Eine flotte Kapitalerhöhung würde Abhilfe schaffen. Sein Chefbuchhalter Daniel S. musste eine Bilanz erstellen, ein Blatt reichte dafür. Der wichtigste Posten stand ganz oben, unter »Aktiven«: Das Konto 225.107.40 G bei der UBS mit dem Haben-Saldo von 37 Millionen Franken. Der frisch gebackene Finanzchef, ein ehemaliger Swissair-Controller, sollte das Dokument fix unterschreiben. Gleichentags lieferte ein Revisor den notwendigen Prüfvermerk. Das reichte für den Notar, um eine Aktienkapitalerhöhung über 10 Millionen Franken zu protokollieren, die allerdings nicht mit Barmitteln erfolgte. Ritters Einlage sollte mit einer Darlehensschuld verrechnet werden.

Das mit dem Chefbuchhalter S. verbundene Revisorenbüro DMT D. Meyer Treuhand aus der Zürcher Seegemeinde Thalwil lieferte für den Verwaltungsrat die erforderliche Bestätigung: »Gemäß unserer Beurteilung sind die uns vorliegenden Angaben und Aussagen korrekt.« Mario Ritter stünde ein »verrechenbares Aktionärsdarlehen in der Höhe von insgesamt 13 200 000 Franken gegen die Gesellschaft zu, wovon 9 900 000 Franken zur Leistung der von ihm versprochenen Einlagen verrechnet werden.«

Doch die 37 Millionen aus Vaduz waren nie eingetroffen. Das Aktienkapital war nicht gedeckt. Der Finanzchef musste sich nun ans Tagewerk machen. Mit seinen Mitarbeitern gab er tagelang Zahlungsanweisungen online ein. Anschließend sollte Ritter die Buchungen, ebenfalls online, mit seiner Zweitunterschrift bestätigen und auslösen. Doch Wochen später trafen Mahnungen über bereits gebuchte Beträge ein. Ritter, um Ausreden nicht verlegen, erklärte, das EDV-System der Bank sei schuld.

Plötzlich überschlugen sich die Ankündigungen über immer neue Geldquellen. Zum Beispiel ein Darlehensvertrag der MRG Holding, unterschrieben von Rolf H., mit dem Iraner Abbas M. in Düsseldorf. Der sollte 9,8 Millionen US-Dollar zahlen – ohne Sicherheiten, Rückzahlung »schnellstmöglich«. Ein Fax der iranischen Bank Melli bestätigte den angeblich bevorstehenden Geldfluss. Doch wenig später gab es auch hier »banktechnische Verzögerungen«. Der Iraner entschuldigte sich: »Höhere Macht« war im Spiel. Schließlich zauberte Mario Ritter ein neues Darlehensversprechen aus dem Hut, 100 Millionen US-Dollar von der deutschen Landesbank West LB in Düsseldorf. Die Unterzeichner der Kreditzusage, angebliche Kreditbearbeiter, kannte man in dem Bankinstitut allerdings nicht.

Den Managern seiner neuen Air Switzerland riss der Geduldsfaden erst, als die Gehälter wiederholt nicht eintrafen. Mario Ritter war plötzlich nicht mehr erreichbar. Es hieß, er weile in Dubai, um neue Investoren zu gewinnen. Auch sein Partner Rolf H. war nicht mehr zu sprechen. Dann wurden Telefone abgeschaltet. Die Zeche hatte nun die Gemeinschaft zu zahlen. Auf der öffentlichen Arbeitslosenversicherung lasteten Millionenforderungen der gekündigten Mitarbeiter, die nun von dort alimentiert werden mussten.[48]

Kofferträgergeschichten aus dem Morgenland

Schon bald trafen neue Lebenszeichen von Mario Ritter in Zürich ein. Eil-Meldungen aus dem Justizapparat kündigten ein neues Ritter-Geschäft an, das nicht minder heikel war. Geldprobleme der besonderen Art steckten hinter Ritters neuen Aktivitäten. Am 17. Januar 2003 soll Ritter bei der Hypo Investment Bank in Vaduz erschienen sein, um ein Konto zu eröffnen. Er reichte 5738 Scheine Bahrain-Dinar in Zwanziger-Noten ein und erbat den Umtausch. Die 114 760 Dinar ergaben einen Tauschwert von rund 420 000 Franken. Die Bankiers baten freundlich um einige plausible Dokumente zu der Transaktion, wegen der Geldwäsche-Regeln. Doch Ritter konnte den Wunsch der Kundenbetreuer nicht befriedigen.

Ritter geriet in die Überwachungsmaschine. Als die Bank die Noten auf ihre Echtheit prüfen ließ, bestätigte ein Wiener Institut den Verdacht, dass die Scheine gefälscht waren. Noch peinlicher: Die Zwanziger-Noten aus dem Golfstaat waren ohnehin wertlos, weil sie bereits 1999 aus dem Verkehr gezogen worden waren. Jungunternehmer Ritter, der häufig in die Golfregion jettete, gab als Erklärung der misslichen Lage eine wundersame Geschichte aus dem Morgenland zum Besten: Er habe über einen Ex-Geschäftspartner Ali S. kennen gelernt, einen Pakistaner mit Schweizer Pass. Ali S. kannte Mohammed, einen Teppichhändler aus Rawalpindi, der wiederum drei saudische Geschäftsleute kannte. Man unterhielt sich über die missliche Finanzlage von Ritter und fand eine vermeintlich verlockende Lösung. Ritters Freunde sollten dabei vorgeschlagen haben, dass der Jungstar Bahrain-Dinar in dreistelliger Millionenhöhe umtauscht und dafür eine Vermittlungsgebühr von fünf Prozent erhält. Die erste Charge von 114 760 Dinar nahm Ritter im Aktenkoffer auf dem Parkplatz des Zürcher »Hilton Airport«-Hotels entgegen.

Der schnelle Mario wollte damit sofort zum Bankhaus nach Vaduz eilen. Doch zunächst musste eine Provision an Ali, den Pakistaner, bezahlt werden. Immerhin 46 000 US-Dollar, und zwar in echten Noten. Da der Jungkaufmann so viel nicht griffbereit hatte, lieh er sich noch gleichentags das Geld bei einem ehemaligen Geschäftspartner. Ein restlicher Schatz von 400 000 Bahrain-Dinar war in einem 22 Kilo schweren Geldkoffer im Frachthaus West am Flughafen Kloten deponiert.

Der schwarze Koffer wurde im Juli 2003 von der Zürcher Kantonspolizei sichergestellt – auf Ersuchen der Liechtensteinischen Justiz. Die Vaduzer Behörden ermittelten gegen Ritter wegen des Verdachts des versuchten schweren Betrugs, der Geldfälschung sowie der Weitergabe verfälschten Geldes.

Mario Ritter hatte Glück. Die Ermittler konnten ihm nicht nachweisen, dass er wissentlich gefälschtes Geld unters Volk bringen wollte. Er war in diesem Fall Opfer eines Verbrechens.[49]

Der Fall seiner Airline-Gründung verlief nicht ganz so glimpflich. Papa Alois Ritter, in Liechtenstein ein angesehener Elektrotechnik-Unternehmer, musste das Unternehmen Air Switzerland übernehmen. Zunächst war ein Strafverfolger in Dielsdorf bei Zürich für den Fall zuständig. Staatsanwalt Peter Fumasoli hatte das Dossier längere Zeit im Pult verstaut. Dann wurden die Strafverfolger reorganisiert und Fumasolis Akten wanderten zum Bezirk Winterthur und Zürcher Unterland. Dort musste das Dossier in einen größeren Aktenstapel eingereiht werden. Etwa 2000 weitere Fälle warteten auf Erledigung. Staatsanwältin Eva Laufer hatte nun den Akt und leitete erstmalig ein polizeiliches Ermittlungsverfahren ein.

Mario Ritter lässt ausrichten, dass er jederzeit zur Vernehmung erscheinen würde. Er ist über eine Postfachadresse in »1111 Dubai, Vereinigte Arabische Emirate« erreichbar.[50]

Moderate Steuerprüfer

Wie deutsche Politiker das Schweizer Bankgeheimnis nutzen

Eckhard Rohkamm war Konzernleitungsmitglied beim Düsseldorfer Industriekonzern Thyssen. Dann kam er, zusammen mit fünf anderen Thyssen-Managern, wegen arabischer Rüstungsdealer, Liechtensteiner Treuhänder, Schweizer Anwälte und unbekannter Empfänger von Millionenzahlungen in Verruf.

Jürgen W. Möllemann winkte in seinen ersten Tagen als Bundeswirtschaftsminister in Bonn ein Geschäft durch, das selbst versierten Rüstungshändlern die Sprache verschlug. Diese Irritation konnte ihn jedoch nicht erschüttern. Gelassen kommentierte er: »Kriegszeiten sind eben Goldgräberzeiten.«

Ludwig-Holger Pfahls war einmal Staatsanwalt für Wirtschaftsstrafsachen. Später wurde er Geheimdienstchef und Staatssekretär. Warum er fünf Jahre lang als meistgesuchter Deutscher auf der Flucht war, wollte er dem Richter nicht so ganz genau erzählen.

Georgio Pelossi war als Treuhänder im Tessin in bayerische Geschäftsgeheimnisse eingeweiht. Er hat den amerikanischen Behörden schon einmal zu ungeahnten Fahndungserfolgen verholfen und zeigte sich auch gegenüber Augsburger Staatsanwälten erkenntlich.

Karlheinz Schreiber hatte als Waffenhändler und Lobbyist seine Unternehmerkarriere im Windschatten des geschäftstüchtigen Ministerpräsidenten Franz-Josef Strauß aufgebaut. Er beglückte Politiker mit Geldköfferchen und löste eine Skandalwelle aus.

Der Stoff, aus dem der Serienskandal entstand, ist ein Geschäft an der Schnittstelle zwischen Politik und Wirtschaft. Alles fing mit einem speziellen Kundenwunsch aus Saudi-Arabien an. Die saudische Regierung hatte es im Sommer 1990 sehr eilig damit, vom Rüstungskonzern Thyssen 36 Panzer geliefert zu bekommen, darunter moderne Spürpanzer »Fuchs« zum Erkunden chemischer Kampfstoffe. Wie akut der Bedarf tatsächlich war, zeigte sich, als Saddam Hussein mit seinen Truppen am 2. August 1990 in Kuwait einmarschierte und den 2. Golfkrieg auslöste. Doch in Deutschland weigerten sich die zuständigen Ämter, die Exportbewilligung zu erteilen. Im September 1990 lehnte das deutsche Wirtschaftsministerium den Export ab. Saudi-Arabien war als Krisenregion für die Lieferung schweren militärischen Geräts tabu. Eigentlich.

Als Jürgen W. Möllemann im Januar 1991 zum Bundeswirtschaftsminister ernannt wurde, kam auf einmal Schwung in die Sache. Die Saudis schlossen mit Thyssen einen Liefervertrag über 36 Panzer ab, während die Alliierten unter US-Führung den Irak angriffen. Im Februar stimmte der frisch gewählte Wirtschaftsminister Möllemann dem Deal zu. Im hochgeheimen Bundessicherheitsrat votierte er als federführender Minister für den Export. Alle waren sich einig, den Deal durchzuwinken: Bundeskanzler Helmut Kohl, der zuvor schon vom amerikanischen Außenminister auf das Begehr der Saudis hingewiesen worden war; Verteidigungsminister Gerhard Stoltenberg, dessen Staatssekretär Holger Pfahls den Großauftrag ebenfalls begrüßte und Außenminister Hans-Dietrich Genscher, der monatelang schriftliche Bedenken in die Akten seines Amtes einfließen ließ. Denn die Ministerakten können schließlich in Untersuchungsausschüssen von kritischen Parlamentariern und von Staatsanwälten studiert werden.

In die Gesamtrechnung für den Deal hatte Thyssen erstaunliche Kosten einkalkuliert. Schon wenige Monate später flossen Beratungshonorare an Firmen mit merkwürdigen Namen, die offiziell ihren Sitz in Panama hatten, die aber an der Zürcher Bahnhofstrasse verwurzelt waren: ATG Investment, Linsur, Ovessim und Great Aziz.

Jahre später kam es vor dem Fürstlichen Landgericht zu Vaduz zu einem außergewöhnlichen Rechtsstreit um die Provisionen für den eingefädelten Megadeal. Georgio Pelossi, ein gewiefter Treuhänder aus Lugano, trat gegen seinen ehemaligen Geschäftspartner Karlheinz Schreiber an. Der bayerische Waffenhändler und Lobbyist, der seine Unternehmerkarriere im Windschatten des geschäftstüchtigen Minsterpräsidenten Franz-Josef Strauß aufgebaut hatte, sei ihm seinen Teil der Provision schuldig geblieben.

Wie der verstorbene Strauß war Schreiber ein Freund der Schweizer Bankenwelt. Die Schweiz war fast schon seine zweite Heimat geworden. Seine Ferien genoss er in Pontresina im Engadin, und regelmäßig führten ihn die Geschäfte an die Zürcher Bahnhofstrasse. Pelossi war sein Buchprüfer und begleitete ihn einige Jahre bei diesen Angelegenheiten, die es vertraulich zu behandeln galt. Zeitweise liefen die Geschäfte schlecht und Pelossi musste Verzicht leisten. Seit Anfang der Neunziger schien es jedoch mit den Schreiber'schen Unternehmungen aufwärts zu gehen. Er mischte als Vermittler beim Verkauf von Airbus-Flugzeugen nach Thailand mit, ein Geschäft, das er vom alten Strauß »geerbt« hatte, der im Aufsichtsrat der deutsch-französischen Flugzeugfabrik saß. Beim Düsseldorfer Thyssen-Konzern und dessen Tochtergesellschaft Thyssen-Henschel im nordhessischen Kassel wurde er als Verkaufsagent und Polit-Kontakter für allerhand Projekte eingesetzt. Sogar der Bau einer kompletten Panzerfabrik in Kanada stand auf seiner Planungsliste.

Pelossi machte allerdings Mitte der neunziger Jahre geltend, dass Schreiber ihre gemeinsame Geschäftsbeziehung ignoriert habe, sobald die Projekte in die erfolgreiche Abschlussphase gekommen seien. Und das, obwohl er in den intensiven und sehr langwierigen Diskussions- und Planungsphasen, die oft Jahre gewährt hätten, noch als Partner gefragt gewesen sei. Und er meinte sich an ein Gespräch mit seinem bayerischen Kunden während eines langen, gemeinsamen Rückfluges aus Kanada nach Europa zu erinnern. Da habe Schreiber seinem Treuhänder auf einem kleinen Zettel notiert, dass er ihn fürstlich beteiligen wolle, wenn denn einmal die Geschäfte zu laufen begännen.

Pelossi erinnerte Schreiber eindringlich, aber vergeblich an das schöne Versprechen. Als es ihm zu bunt wurde, zog er den Streit vors Landgericht in Vaduz. Denn dort waren die Provisions-Firmen beheimatet, um deren Erträge es sich drehte. Schreiber erkannte, dass die Sache publik zu werden drohte und wendete sich im Februar 1995 mit dem Hinweis auf seine enge Bekanntschaft zum langjährigen Ministerpräsidenten an die Steuerfahndungsstelle in Augsburg. Dort erklärte er, ein Tessiner Treuhänder namens Pelossi habe ihn übers Ohr gehauen und wolle ihn auch noch mit allerlei Unwahrheiten über Liechtensteiner Briefkastenfirmen anschwärzen.

Die Fahnder hörten aufmerksam zu und gingen, mehr als Schreiber lieb gewesen sein dürfte, ihrem Job nach. Das erste Treffen mit Georgio Pelossi fand im Juli 1995 im österreichischen Bregenz statt. Zweieinhalb Stunden erzählte Pelossi. Und es waren Geschichten, die zweifellos für die Steuerfahnder interessant waren. Im Oktober lieferte Pelossi eine formgerechte Strafanzeige.[51] Das Ermittlungsverfahren gegen Karlheinz Schreiber war eröffnet.

Die Aufklärung des Falles sollte die Augsburger ein ganzes Jahrzehnt kosten und jede Menge Folgeskandale zutage fördern. Bereits die ersten Ermittlungen lösten eine politische Lawine aus, in die sich zahlreiche Unions-Politiker verstrickt sahen. Zunächst versuchten die eingeschalteten Augsburger Staatsanwälte, Licht ins Dunkel eines geheimnisvollen Schmiergeldpaketes zu bringen, das ähnlich einer russischen Babuschka-Puppe immer neue merkwürdige Pakete hervorbrachte. Die Ermittlungen lösten die Ausreise Schreibers aus, der zunächst in Pontresina untertauchte und dann ins kanadische Exil ging. Auch der ehemalige Verteidigungs-Staatssekretär und frühere Geheimdienst-Chef Holger Pfahls setzte sich ins Ausland ab, als ihm die Sache zu heiß wurde. Und dann gab es noch das spektakuläre Strafverfahren gegen den Ministerpräsidenten-Sohn Max Strauß und mehrere hochrangige

Manager des Thyssen-Konzerns. Sie wiederum führten zu parlamentarischen Untersuchungsausschüssen im Bayerischen Landtag und im Deutschen Bundestag.

Ein derart folgenschweres Ermittlungsverfahren ist selbst für einen krisenfesten Staatsanwalt kaum durchzuhalten. Der ermittelnde Augsburger Staatsanwalt Winfried Maier hatte es aber besonders schwer. Die Beweislage war schwierig und der politische Druck wurde von Woche zu Woche massiver. Haftbefehle und Durchsuchungsbeschlüsse wurden ihm von den Behördenleitern untersagt oder erst mit großer Verzögerung bewilligt. Dadurch konnten Beschuldigte entkommen oder Beweise verschwinden lassen. Und dann fuhr auch noch sein unmittelbarer Vorgesetzter plötzlich auf der Landstraße in den Tod. Ein Fremdverschulden wurde zwar nicht ermittelt, aber Staatsanwalt Maier dürfte es mulmig geworden sein.

So lässt sich durchaus nachvollziehen, dass den Ermittlern der Blick für das große Bild des Falles verloren ging und sich alles immer mehr um die bayerischen Honoratioren drehte. Denn beim Entwirren der komplexen Angelegenheit vernachlässigten die Augsburger jahrelang die allergrößten Schmiergeldpakete: eine Spur, die es in Düsseldorf weiterzuverfolgen galt – bei der Konzernzentrale von Thyssen. Das lag aber erstens nicht im Revier der Augsburger und machte zweitens den Fall noch komplizierter, als er ohnehin schon war. Also blieben die entsprechenden Aktenbündel erst einmal weitgehend unbeachtet, bis sie nach Medien-Enthüllungen im Januar 2000 endlich an die Düsseldorfer Staatsanwälte weitergereicht wurden. Die bedankten sich kollegial und ahnten zugleich, dass ihnen damit ein sehr undankbares Dossier ins Haus flatterte: Zum einen drohten die Taten bereits zu verjähren, zum anderen galten Ermittlungen im mächtigen Düsseldorfer Thyssen-Konzern in Nordrhein-Westfalen auch nicht gerade als politisch gewollt. Schließlich war in der Staatsanwaltschaft bekannt, dass der damalige sozialdemokratische Landesfinanzminister Heinz Schleußer im Aufsichtsrat von Thyssen saß.[52]

Wie die große Schmiere in die Konzernbücher kam

Das Justizdrama hatte skurrile politische Folgen. Augsburger Staatsanwälte lenkten die Blicke des Publikums und der Medien jahrelang nach München, während die eigentlichen Dealmaker des großen Rüstungsgeschäftes in Kassel, Düsseldorf und Bonn, am damaligen Regierungssitz, zu suchen waren. Der Schlüssel zur Erklärung des Geschäfts mit dem Projektnamen »MODA« lag in den Verkaufsakten von Thyssen, die von den Augsburgern beschlagnahmt worden waren. Mehrere Dutzend dicke Ordner mit Verträgen, Besprechungsnotizen, Korrespondenzen und ausführlichen Aufzeichnungen über die verkaufte Ware. Der Auftragswert für das Panzerpaket, wie er den Saudis berechnet wurde, betrug rund 445 Millionen Mark. Darin enthalten war ein Schmiergeld-Anteil von 217 333 000 Mark. Nahezu die Hälfte der Kaufsumme wurde also an hilfreiche Strippenzieher verteilt. Das war selbst für eingefleischte Rüstungshändler ein Rekordfall. Aber es war noch nicht einmal die ganze Wahrheit.

Die Dokumente offenbarten, mit welchen Tricks die große Schmiere in die Bücher des Konzerns gekommen war.[53] »Strictly confidential« und getarnt als Beraterverträge »über Marketing in der Golf-Region« wurden vier Domizilgesellschaften mit Sitz in Panama als Empfänger der Millionen bedacht. Vereinbarter Gerichtsstand war Zürich. Zum vertraulichen Gegenzeichnen reiste unter anderem ein Anwalt aus Lausanne nach Paris. Die »Beratungshonorare« wurden als Betriebsausgaben verbucht und bei den Steuerämtern präsentiert, was dem Konzern eine Steuerersparnis von 150 Millionen Mark bescheren sollte. Unbekümmert gaben die Konzernjuristen als Wohnort der Begünstigten Panama City an.

Die Düsseldorfer Staatsanwälte gingen nicht davon aus, dass mit dem Geldsegen tatsächlich mittelamerikanische Marketingspezialisten bedacht worden waren. Den Weg bis zu den liechtensteinischen und Zürcher Konti hatten sie schnell verfolgt. Den Rest der Strecke versprachen sie sich per Rechtshilfe in Bern aufzuklären, und das sollte der schwierige Part der Angelegenheit werden. Immerhin gab es einige handfeste Hinweise. Die »Beratungshonorare« gingen an Briefkastenfirmen wie ATG und Linsur. Offizielles Domizil: Panama. Gerichtsstand: Zürich.

Die ATG Investment hatte ein Konto mit der Nummer 47252 bei der UBS-Vorgängerin Schweizerische Bankgesellschaft, auf das sich auch die Augsburger Staatsanwälte kaprizierten. Auf dem Konto hatten sie eine Zahlung von 24,4 Millionen Mark entdeckt. Die ATG konnte bald dem Waffenhändler Schreiber zugeordnet werden, aber der größte Teil des Geldes war an Unterkonten weitergeleitet worden, deren Besitzer unbekannt waren. Sein Pech war aber, dass sein Terminkalender bei einer Durchsuchung entdeckt wurde. Die Ermittler konnten darin verschlüsselte Namenseinträge mit den Kontobewegungen der ATG abgleichen und glaubten, Erstaunliches zu entdecken. Sie verdankten ihr Ermittlerglück in diesem Fall einem Bündner Untersuchungsrichteramt, das die Rechtshilfeanfrage postwendend beantwortete. Zahlreiche Unterkonti tauchten auf, und plötzlich bekamen Schreibers »Berater« Namen. Die gewagten, aber spontan nachvollziehbaren Schlussfolgerungen schienen sich durch publikumswirksame und tatverdächtige Aktionen der so identifizierten Verdächtigten zu bestätigen. Holger Pfahls, der Ex-Staatssekretär aus dem Verteidigungsministerium, im Kalender als »Holgert« entdeckt, flüchtete und löste eine der größten Personenfahndungsaktionen in der Geschichte der Bundesrepublik Deutschland aus. In erster Instanz verurteilten die Augsburger Richter einen Thyssen-Manager zu fünf Jahren Gefängnis und auch im Fall Max Strauß glaubten die Ankläger, auf gutem Wege zu sein.

Aus dem sicheren kanadischen Exil heraus nannte Schreiber die Namen der Politiker, die er mit illegalen Spenden bedacht hatte, und riss damit reihenweise Unionspolitiker ins Verderben. Ein Parteikassierer beging Selbstmord. Die Schatzmeisterin Brigitte Baumeister und der ehemalige Partei-General Wolfgang Schäuble stritten sich öffentlich über ein 100 000-Mark-Geschenk aus Schreibers Zürcher Schatulle. Plötzlich tauchten schwarze Kassen

Zur Person:

Ich heiße
Dr. Uwe Lüthje
bin 68 Jahre alt,
wohnhaft in [redacted]

Mit den Beschuldigten bin ich nicht verwandt oder verschwägert.

Zur Sache:

Ich war von 1971 bis Oktober 1992 Generalbevollmächtigter des Bundesschatzmeisters der CDU-Bundespartei.

In der Zeit des früheren CDU-Schatzmeisters Kurt Schmücker, d.h. vor 1971, hat es bereits ein Konto für den CDU-Bundesschatzmeister gegeben. Über dieses Konto sind Gelder der Staatsbürgerlichen Vereinigung und deren liechtensteinischen Etablissements abgewickelt worden. Auf wen dieses Konto geführt wurde, kann ich heute nicht mehr sagen. Ich vermute, dass das Konto [redacted] lauteten. Meiner Erinnerung nach wurde das Konto beim Schweizerischen Bankverein in Zürich geführt. Von diesem Konto hatte Herr Dr. Kohl keine Kenntnis.

Das vorgenannte Konto wurde von Herrn Kiep und mir nach Amtsübernahme zunächst für einige Zeit als Zwischenkonto für die Abwicklung der SV-Gelder benutzt: Die SV-Gelder gingen dann auf dem von Herrn Kiep und mir im Sommer 1972 neu bei der Schweizerischen Bankgesellschaft (SBG) errichteten Konto ein und wurden von dort in unterschiedlichen Tranchen auf das Konto beim Schweizerischen

Deutsche Politiker und Zürcher Konti – eine jahrzehntelange Tradition: Wie Uwe Lüthje, der ehemalige Generalbevollmächtigte des CDU-Bundesschatzmeisters, unterhielten viele Politiker eine Schweizer Bankverbindung. Lüthje offenbarte in einer Zeugenaussage ein Depot bei der Schweizerischen Bankgesellschaft (SBG), das er zusammen mit Ex-Schatzmeister Walter Leisler Kiep errichtet hatte.

der CDU in Liechtenstein auf, die den ehemaligen Bundesinnenminister Manfred Kanther schwer belasteten – ausgerechnet den »Law-and-Order«-Hardliner, der das deutsche Geldwäsche-Gesetz durchgepaukt hatte. Und Altkanzler Helmut Kohl weigert sich noch bis heute, seine Spender preiszugeben.

Das war der erste Teil des Stückes. Schreibers »Zahlstelle« (Thyssen-O-Ton) kassierte nur etwa zehn Prozent des Kuchens. Im Teil zwei des Krimis, der in Düsseldorf aufgeführt wurde, spielten die Briefkastenfirmen Linsur und Ovessim die Hauptrolle. 184 Millionen Mark flossen auf die Konti der Panama-Gesellschaften mit den Nummern 260704 und 269214 bei der Banque Commercial de France in Genf. Die Ermittler entdeckten in den Thyssen-Akten Hinweise, dass ein Milliardär hinter den Firmen stecke, der zwischen Genf und Monaco pendelte. Doch den Ermittlern fehlte jeder nachvollziehbare Hinweis über die Rolle des Krösus bei dem Panzerdeal. Den Konzernprüfern wurden nur ein paar dürre Beleg-Zettel über die Empfänger präsentiert.

Daher vermuteten die Staatsanwälte, dass ein Teil der Thyssen-Millionen nach Deutschland zurückgeflossen ist.[54] Ein besonderes Augenmerk hatten die Düsseldorfer Fahnder auf die vierte Briefkastenfirma geworfen, die Great Aziz Corporation in der Pflugstrasse 20 in Vaduz, die angeblich Steuerhürden in Riad aus dem Weg räumte – eine ganz offensichtliche Falschdarstellung, denn auf staatliche Rüstungsgeschäfte sind bei den Saudis keine Steuern fällig. Der Great Aziz waren 8,93 Millionen Mark auf das Konto 3477517 bei der Bank in Liechtenstein eingezahlt worden, die sich heute LGT nennt.

Erhellender Blick ins panamaische Handelsregister

Jahrelang hatten die Augsburger Kollegen den gründlichen Blick ins panamaische Handelsregister versäumt. Erst nachdem das Hamburger Nachrichtenmagazin *Stern* die Auszüge der Great Aziz präsentierte, kam Jürgen W. Möllemann ins Spiel. Auf dem Registerauszug war nämlich eine Generalvollmacht des Deutschen Rolf Wegener eingetragen. Der Rüstungs- und Ölhändler mit »steuerneutralem« Wohnsitz Monaco ist Brancheninsidern seit Jahrzehnten als Schattenmann des FDP-Politikers bekannt. Wegener gilt als Fachmann für die Bearbeitung schwieriger Märkte, zum Beispiel Nigeria oder Iran. Seine Dienste weiß man bei Konzernen wie Siemens oder Dynamit Nobel zu schätzen. Im Doppelpack mit dem Politikerfreund schien der Händler bei kniffligen Aufträgen unschlagbar. Bei Thyssen-Henschel erhielt Wegener laut Aussagen eines Ex-Managers »aufgrund bestehender, langjähriger Beraterverträge stets zwei Prozent der Auftragssumme, wenn er in Vertragsverhandlungen eingeschaltet wurde«. Seine Provision sei daher von Anfang an in die Berechnungen einkalkuliert worden.[55] Ein Ex-Geschäftspartner beschreibt, wie das Berater-Duo funktionierte: »Möllemann lobbyiert, Wegener kassiert.«[56] Ende der Siebziger hatte Wegener bereits seine ersten Millionen gemacht und die Steuerflucht nach Monaco angetreten. Nach Immobiliengeschäften in Algerien verlagerte sich Wegener aufs Geschäft mit Rohöl. In Liechtenstein sammelte er seine ersten Erfahrungen mit einer Briefkastenfirma, der Hawerk AG. Seine Vaduzer Treuhänderin Brigitte Feger legte ihre schützende Hand über die Domizilgesellschaft. Eine bombensichere Festung, sollte man meinen.

Thyssen-Konzernlenker Eckhard Rohkamm hatte die »Beratungshonorare« für die »Great Aziz« unterzeichnet.[57] Der Mann hatte bereits Übung. Ende der achtziger Jahre war Rohkamm, damals als Vorstandsvorsitzender der Schifftswerft Blohm + Voss, aufgefallen, weil er einem Beamten des Bundesinnenministeriums einen Millionenbetrag anbot, der bei einem Exportgeschäft mit Patrouillenbooten nach Saudi-Arabien half. Die zum Thyssen-Konzern gehörende Werft zahlte dem Beamten eine halbe Million Mark auf ein Schweizer Nummernkonto. Rohkamm hatte die Auszahlungen persönlich abgezeichnet. Die gleiche Summe transferierte ein weiteres beteiligtes Unternehmen. Rohkamm kam straffrei aus dem Fall heraus, weil der Bestechungsvorwurf zum Ermittlungsbeginn verjährt war.[58]

So machten sich die Düsseldorfer Staatsanwälte spät, sehr spät, daran, den Fall komplett aufzurollen. Seit der Tat waren sieben Jahre vergangen. Doch noch immer fehlten für den schwer wiegenden Verdacht der Bestechlichkeit eines Ministers die Beweise, und das mutmaßliche Verbrechen drohte zu verjähren.

In ihrer Not wählten die Ermittler den Al-Capone-Weg und konzentrierten sich auf den Steuerbetrug, der erst nach zehn Jahren verjährt. Sie ermittelten gegen sechs Manager des Thyssen-Konzerns wegen der Hinterziehung von Körperschaftsteuern, die durch die Deklarierung der »Beratungsgelder« als Betriebsausgaben erreicht worden war. Der Schlüssel zum Erfolg der Ermittlungen lag nun also in Bern, weil nur mit Hilfe der Schweizer Bundesbehörden geklärt werden konnte, wer die Hintermänner der bedachten Panama-Firmen waren und wohin das Schmiergeld geflossen war. Die Düsseldorfer schickten ihr erstes Rechtshilfeersuchen am 20. November 2000 ans Bundesamt für Justiz der Eidgenossenschaft. Im Dossier mit dem Aktenzeichen »B100 220/14 GOP/AS« trägt das Schreiben den Eingangsstempel vom 17. Januar 2001 – ein Hinweis darauf, dass auf dem Postweg über das Landesjustizministerium in Nordrhein-Westfalen auch der eine oder andere Beamte den Akt erst gründlich hatte studieren müssen.

Das Berner Bundesamt für Justiz leitete das Dossier zur Prüfung an die Steuerexperten der Eidgenössischen Steuerverwaltung (EStV) an der Berner Eigerstrasse weiter, denn es ging um ein Fiskaldelikt. In den Amtsstuben der Steuerkommissäre des Bundes wurde sogleich der Fall zur Chefsache erklärt. Verantwortlich für den Fall war bei der EStV Professor Robert Waldburger, der Abteilungsleiter für »Internationales Steuerrecht«. Pikanterweise war Waldburger zugleich auch Verhandlungsführer bei den bilateralen Beratungen mit der EU-Kommission über die Zinsbesteuerung. Er war somit der Mann für den immerwährenden Schutz des Schweizer Bankgeheimnisses.

Waldburger hatte offenbar seine Mühe mit dem Fall. Acht Monate nach dem Eingang des Rechtshilfegesuchs legte er den deutschen Ermittlern einen umfangreichen Fragenkatalog vor. Im März 2002 trafen die ergänzenden Hinweise der Düsseldorfer in Waldburgers EStV-Abteilung ein. Es ging insbesondere um die weit reichende Frage, ob ein schlichter Fall der Steuerhinterziehung vorlag, bei dem sich die Schweizer Justizbehörden bekanntermaßen taub stellen, oder ob ein Fall des Abgabenbetrugs vorlag. Dazu sind zum Beispiel Hinweise auf gefälschte Urkunden notwendig. Die Düsseldorfer Staatsanwälte zeigten sich verwundert über die lange Verfahrensdauer. Sie saßen schließlich auf einem Berg von fingierten Rechnungen und Verträgen, kunstvoll ersonnen von fleißigen Konzernjuristen.[59]

Schweizer Fragen nach dem Stand der deutschen Geschäfts- und Rechtsethik

Waldburgers Gutachten lieferte für die Rechtshilfe suchenden Düsseldorfer Staatsanwälte nicht das erwünschte Resultat. Es war eine Anklageschrift gegen die deutschen Steuerbeamten und die zuständigen deutschen Finanzpolitiker. Er fasste den Sachverhalt wie folgt zusammen:

»Insbesondere wird klar, dass allen mit dem Geschäft zwingend befassten Stellen und Kreisen bekannt sein musste, dass der Vertragspreis im Pojekt MODA zwar auf rund 445 Millionen Mark festgelegt worden war, der Warenwert aber bestenfalls 40 bis 50 Millionen Mark betrug, was gleichzeitig dem zu erwartenden (und schließlich wohl auch erzielten) Gewinn der beauftragten Unternehmung entsprach. Geliefert wurden nämlich nicht neue Panzer, sondern infolge des Zeitdrucks solche aus den Beständen der Bundeswehr. Diese bereits gebrauchten Panzer mussten überholt und zum Teil angepasst werden.«

Süffisant zitierte Steuerrechtler Waldburger aus einem stenographischen Prokokoll des Bundestags-Untersuchungsausschusses, der am 12. Oktober 2000 den ehemaligen Leiter des Thyssen-Rechtsdienstes zu dem Fall befragt hatte:

»Daraus lässt sich der Schluss ziehen, dass der in diesem Geschäft erzielte Gewinn in einem deutlichen Missverhältnis zum wahren Wert der gelieferten Fahrzeuge stand, was allerdings nur den befragenden Bundestagsabgeordneten, nicht aber den Befragten zu befremden schien.«

Die »Provisionszahlungen«, auch als »nützliche Aufwendungen« bezeichnet, waren in den Konzernbüchern demnach offen ausgewiesen. Auch die für den Thyssen-Konzern zuständigen Betriebsprüfer der Finanzämter in Düsseldorf und Duisburg-Hamborn kannten den »ungewöhnlichen« Umfang »von Anfang an« – rund 47 Prozent der Auftragssumme. Dennoch ließen sie die Schmiergelder »schon im Voraus zum Abzug zu«, notierte der eidgenössische Steuerbeamte und monierte, dass die beiden verantwortlichen Betriebsprüfer »selbst rückblickend keinen Anlass« sahen, »sich über die Höhe der ausgerichteten Schmiergeldzahlungen aufzuhalten, solange Aussicht auf einen in Deutschland zur Besteuerung gelangenden beachtlichen Gewinn bestand«.

Im Klartext: Die Beamten vom Finanzamt drückten alle Augen zu. Der Staat verdiente bei dem korrupten Geschäft durch die anfallenden Steuern kräftig mit. Sie kannten die Verträge über das »Marketing in der Golf-Region« im Wortlaut und waren sich, wie Waldburger festhält, »erklärtermaßen bewusst, dass der darin festgehaltene Vertragsinhalt nicht der Wirklichkeit entsprach«. Sie verzichteten auch auf eine schriftliche Erklärung des Konzerns über die Identität der Personen, die hinter den Briefkastenfirmen standen, obwohl dies längst vom Gesetz vorgeschrieben war.[60]

So reichte Waldburger den Düsseldorfer Staatsanwälten die Akte zurück. »Offen ausgewiesene Provisionszahlungen an Dritte, aber auch an leitende Mitarbeiter« würden von den Schweizer Behörden als »geschäftsmäßig begründeter Aufwand« betrachtet. Der Fall lasse doch eher eine Schädigung des Konzernvermögens vermuten, die jedoch als Veruntreuung nach dem gewöhnlichen Strafrecht zu behandeln sei und nicht als Steuerstraftat. Die These der privaten Verwendung der in die Offshore-Gesellschaften geflossenen Mittel erschien denn auch Waldburger als »plausibel«.

THYSSEN INDUSTRIE AG
Rechtsabteilung

[redacted]

03.07.1991/[redacted]

Marketing in der Golf-Region

Für Marketing-Leistungen in der Golf-Region wurden und werden noch aufgrund entsprechender Verträge folgende Zahlungen in Mio. DM fällig:

Vertragspartner

Termine	O	L	GA	KHS	~~NN~~	total
20.06.91	35.00	55.00	5.00	2.40		97.40
ca. 10.07.91					~~24.40~~	24.40
01.10.91	15.00	50.00	1.00			66.00
01.12.91	5.00	5.00	1.50			11.50
01.12.92	7.50	2.50	1.00			11.00
01.12.93	5.00	4.00	0.43			9.43
	67.50	116.50	8.93	2.40	24.40	219.73

Bis auf die Zahlung an KHS (dort Henschel) ist die Thyssen Industrie AG zahlungspflichtig.

Vermerke für die Finanzämter: Getarnt als Beratungsleistungen für „Marketing in der Golf-Region", verteilte der Thyssen-Konzern 220 Millionen Mark Schmiergelder an panamaische Briefkastenfirmen. 8,9 Millionen gingen an die Briefkastenfirma Great Aziz (GA), die von Rolf Wegener benutzt wurde, einem Geschäftspartner des verstorbenen FDP-Politikers Jürgen W. Möllemann.

Der Steuerexperte aus Bern hatte Recht. Nur war der Vorwurf der Veruntreuung bereits verjährt. Der Al-Capone-Weg war somit gescheitert. Der höchste Schweizer Experte für internationales Steuerrecht nutzte sein Gutachten für eine spitze Bemerkung über »die Umstände und die Art des Zusammenwirkens der Parteien und betroffenen Stellen«. Beim Lesen seien bei ihm »Fragen nach dem Stand der allgemeinen Rechts- und Geschäftsethik« aufgeworfen worden.

Das Berner Bundesamt für Justiz schloss sich dem Gutachten an. Pascal Gossin von der Rechtshilfe-Sektion des Amtes schrieb im Dezember nach Düsseldorf, dass die deutschen Finanzämter die 47 Prozent Schmiergeld »ohne nähere Prüfung« anerkannt hatten. Über die so genannten Marketing-Verträge sei der Vorsteher des Duisburger Finanzamtes infomiert worden. Die in Bern vorgelegten Ermittlungsakten und Vernehmungsprotokolle ergaben für Gossin ein klares Bild: »Die zuständigen Steuerbehörden waren somit bestens über den Grund der erwähnten Zahlungen und über deren ungewöhnliche Höhe informiert.« Und die Konzernbetriebsprüfer vom Finanzamt hätten gewusst, dass die Briefkastenfirmen nicht »die tatsächlichen Endempfänger der Provisionszahlungen« waren. Sie begnügten sich, so hielt Gossin fest, mit »nicht näher belegten Angaben« der Konzern-Manager, obwohl schon allein die Höhe der Beträge eine »nähere Überprüfung zwingend nahegelegt hätte«. Die Steuerbehörden seien also nicht arglistig getäuscht worden, womit ein Grundpfeiler des Betrugsvorwurfs im Schweizerischen Strafrecht fehle.[61]

Einfühlsamer Persilschein vom Finanzminister

Aber warum wurden die Abnicker vom rheinischen Finanzamt, deren Landesfinanzminister Heinz Schleußer im Thyssen-Aufsichtsrat saß, nicht zur Rechenschaft gezogen? Schließlich handelten sie wider geltendes Recht. Denn laut Bundesfinanzhof müssen bei der Einschaltung von Domizilgesellschaften die tatsächlichen

THYSSEN

THYSSEN INDUSTRIE AG

Landeszentralbank
Postfach 10 24 44

W-4300 Essen 1

Abteilung KJ-Recht

Telefon: 0201/106-3270
Telefax: 0201/106-3273

Az:

Essen, 04.03.1993/[redacted]

Meldungen im Außenwirtschaftsverkehr
(Meldevorschriften gemäß §§ 59 bis 61 Außenwirtschaftsverordnung)
Ihr Zeichen: Bau/Dz

Sehr geehrte Damen und Herren,

wir nehmen Bezug auf Ihre Anfrage vom 24.02.1993.

Der Wohnort des Begünstigten ist Panama I, Republican de Panama.

Bei der Aufteilung der Vergütung wollen Sie etwa folgende Prozentsätze zugrunde legen:

- Marktbeobachtung und Marktforschung 40 %
- Verkaufsförderung 40 %
- Technische Beratung (einschließlich Verkehrsfragen und Umweltschutz) 20 %.

Wir hoffen, Ihnen mit diesen Angaben gedient zu haben.

Mit freundlichen Grüßen
THYSSEN INDUSTRIE AG

Thyssen Industrie Aktiengesellschaft · Postfach 10 37 45 · Am Thyssenhaus 1 · 4300 Essen 1
Telefon: (02 01) 106-0 · Telegramm: [illegible] essen · Telex: 857757-0 [illegible] · Telefax: (02 01) 236475 u. (02 01) 263[illegible]
Sitz der Gesellschaft: Essen · Registergericht: Essen HR B 400
Vorsitzender des Aufsichtsrates: Dr. [illegible] · Vorstand: Dr.-Ing. Eckhard Rohkamm (Vorsitzender), Dr.-Ing. Peter Beer, Dipl.-[illegible], Ulrich Berntzen, Dr. Rainer Cisela, Dipl.-Volksw. Werner Hastert, Dipl.-Volksw. Lutz Hartwig, Dr. Ernst Höffken, Friedhelm Hoppe

Amtlich bewilligte Schmiere für den Panzerdeal: Unbekannte Schmiergeldempfänger kassierten fast 220 Millionen Mark über panamaische Briefkastenfirmen für einen Panzerkauf zum Kaufpreis von 445 Millionen. Die Thyssen-Juristen erklärten über die Begünstigten: „Der Wohnort ist Panama I, Republik Panama.“

Empfänger mit vollem Namen und kompletter Adresse offengelegt werden. Zwar ließen sich die höheren Steuerbeamten die Adresse von der Thyssen-Rechtsabteilung nachreichen. Die Konzernjuristen lieferten allerdings nur eineinhalb Zeilen, die wohl kaum den gesetzlichen Anforderungen genügte: »Der Wohnort des Begünstigten ist Panama I, Republican de Panama.«[62]

Der Fall wurde sehr einfühlsam von Peer Steinbrück geprüft, dem heutigen Bundesfinanzminister. Steinbrück sollte den Fall als Nachfolger Heinz Schleußers im Düsseldorfer Finanzministerium beurteilen, nachdem die ersten Ungereimtheiten über die Konzernbetriebsprüfung enthüllt wurden und Landtagsabgeordnete Aufklärung forderten. Es sei korrekt gelaufen, befand der Sozialdemokrat. Er konnte »keine materiell-rechtlichen Fehler bei der Durchführung der Besteuerungsverfahren der betroffenen Unternehmen feststellen«, erklärte Steinbrück. Bei der »Anwendung der Abgabenordnung«, die eine klare Benennung von Gläubigern und Zahlungsempfängern vorschreibt, habe die Oberfinanzdirektion Düsseldorf »keine Fehler festgestellt«. Die »notwendigen Prüfungen« seien von der Steuerverwaltung durchgeführt worden. Mehr wollte Steinbrück nicht offenbaren. Das untersage ihm das Steuergeheimnis.[63]

Nun wussten die Staatsanwälte, dass sie auf verlorenem Posten kämpften. Was sie zu ermitteln hatten, war eine staatlich gebilligte Geldwaschaktion: Die Saudis hatten 220 Millionen Mark in die Schmiergeldkasse gezahlt, die mit Wissen und Billigung von Steuerbeamten und Finanzpolitikern vom Thyssen-Konzern als Betriebsausgabe steuermindernd abgesetzt werden sollten. Das Ermittlungsverfahren war chancenlos und wurde daher später auch eingestellt.

Nicht so gut lief es dagegen für den nordrhein-westfälischen Spitzenpolitiker Jürgen W. Möllemann. Denn ihm passierte ein peinliches Missgeschick. Sein Pech war ein Buchungsfehler, der den Ermittlern auffiel. Für den Versand eines Wahlkampf-Flyers buchte die Post die Gebühr von 840 000 Euro statt vom Parteikonto vom Konto seiner privaten Düsseldorfer Firma WebTec ab.

Das kleine Beratungsunternehmen hatte Möllemann 1993 nach seinem Ausscheiden aus der Bundesregierung gegründet, um deutschen Unternehmern den Einstieg in die arabische Geschäftswelt zu erleichtern. Seine Firma zählte »in Fragen des Wirtschafts-, Handels- und Exportrechts« auf einen prominenten Rechtsbeistand, die Bremer Anwaltskanzlei Büsing, Müffelmann und Theye. Es war die Sozietät des ehemaligen deutschen Außenministers, deren einflussreicher Advokat Joachim Theye mehrfach in Zürich von sich reden machte.

Im Clinch mit seiner Parteiführung hatte Möllemann in die eigene Tasche gegriffen, um den Massenversand eines umstrittenen, antisemitisch anmutenden Flugblatts zu finanzieren. Dieses ungewöhnliche Vorgehen alarmierte die Prüfer des Steueramtes. Und sie entdeckten Beratungsrechnungen des Öl-Consultants Möllemann aus den Jahren 1995 bis 1999 sowie Zahlungen aus Liechtenstein über 3,9 Millionen Franken vom Konto der Briefkastenfirma »Curl AG« in Vaduz. Die Firma war domiziliert bei der Treuhänderin Brigitte Feger. Fast 3,9 Millionen Franken flossen vom Curl-Konto zur WebTec nach Düsseldorf. Wie die Geschäfte funktionierten, erklärte der iranische Öl-Manager Kaveh Moussavi: »Möllemann fädelte mit seinen politischen Beziehungen die notwendigen Regierungskontakte ein, Wegener organisierte die Deals aus Genf.« Moussavi ließ ein Pipeline-Geschäft mit den beiden platzen, als klar wurde, dass sie ihre Gewinne über eine Firma in Panama lenken wollten.[64]

Die steuerlichen Betriebsprüfungen lösten den nächsten Politskandal aus. Zunächst ging es nur um die opulente Wahlkampf-Finanzierung der Düsseldorfer Freidemokraten, die Möllemann angeführt hatte. Erneut ermittelten Staatsanwälte wegen illegaler Parteienfinanzierung und Steuerhinterziehung. In Luxemburg hatte eine Geldwäsche-Verdachtsmeldung ein Rechtshilfegesuch der Deutschen ausgelöst. Wieder wurde die Justiz-Maschine angekurbelt. Möllemanns Rechtsberater dürften geahnt haben, dass eine große Durchsuchungsaktion bevorstand.

Jürgen W. Möllemann vor dem ökonomischen Absturz

Am 5. Juni 2003 war es so weit. Schon in der Früh standen Fotoreporter und Fernsehleute vor Möllemanns Wohnhaus in Münster. In Berlin war durchgesickert, dass im Bundestag in einer Morgensitzung der Ältestenrat die Immunität des Bundestagsabgeordneten auflösen würde. Die Razzia sollte sofort nach der Abstimmung beginnen. Polizisten und Staatsanwälte standen in Münster, Düsseldorf, Luxemburg und Vaduz bereit und warteten auf das Okay aus Berlin. Möllemann packte sein Fallschirmspringer-Geschirr in den Kofferraum und fuhr aufs Flugfeld zu seinen Springerkameraden. Es war seine letzte Reise.

Jürgen Möllemann war ein fulminanter Spieler auf der politischen Bühne, und er ließ kaum einen Auftritt aus. Der gelernte Lehrer wurde als Jungstar Staatssekretär im Außenministerium und war Hoffnungsträger seiner Partei, der FDP. Er stieg auf zum Bundeswirtschaftsminister und Vizekanzler. Und aus jeder Niederlage ging er als Stehaufmännchen hervor. Doch am 5. Juni wollte Möllemann nicht mehr mitspielen. »Heute fliege ich einen Einzelstern«, erklärte er den Fallschirmspringerkollegen, kurz bevor er in seine Schweizer Sportmaschine Pilatus Porter PC-6 einstieg, um bei 4200 Höhenmetern abzuspringen. Er klinkte den Schirm aus und raste mit 200 Stundenkilometern in den Tod.

Währenddessen durchsuchten die Ermittler Aktenordner bei Banken und Treuhandbüros in Düsseldorf, Münster, Luxemburg und Vaduz. Im Großherzogtum entdeckten sie die Unterlagen zu einem Konto bei der BNP Paribas, das bereits seit 1985 existierte – also auch während seiner Zeit als Bundeswirtschaftsminister und Staatssekretär im Außenministerium.

In den letzten Wochen seines Lebens musste sich Möllemann mit Dingen beschäftigen, die ihn jahrelang wenig bekümmert hatten: Steuerforderungen, Bilanzen, Rechenschaftsberichte. Den einstigen Politstar ereilte das Schicksal, das viele Steuerstrafverteidiger von Mandanten in ähnlicher Lage kennen. Die Experten wussten: Ihm drohte der totale ökonomische Absturz. Denn die deutsche Justizpraxis lässt in solchen Fällen kaum Gnade walten: Wer mit hohen Schwarzgeldbeträgen erwischt wird, die er jahrelang in Stiftungen gebunkert hat, verliert fast alles.

Die Bilanz war bitter. Möllemann musste sich das Worst-Case-Szenario seiner prominenten Rechtsberater anhören, und das ging so: Zunächst muss der gesamte Schwarzgeldbetrag lückenlos deklariert und als Einkommen versteuert werden, zum Spitzensteuersatz plus Zinsen und Einnahmen aus Erträgen, die über die Jahre hinweg erzielt wurden. Damit sind bereits weit mehr als 50 Prozent des Vermögens aufgezehrt. Nun kommt die Steuerstrafe hinzu. Sie liegt erfahrungsgemäß kaum unter zwanzig Prozent der Steuerschuld. Sie kann aber »im besonders schweren Fall« deutlich höher liegen, wenn es um hohe Summen geht oder der Steuerbetrug systematisch betrieben wurde. In dieser Strafmaßkategorie befand sich Möllemann schon allein auf Grund der Deliktsumme.

Zudem war der FDP-Politiker mit einer Millionenforderung konfrontiert, weil er seine aufwändigen Wahlkampfeinsätze offenbar auch aus dem Liechtensteiner Schwarzgeldpool finanziert hatte. Mindestens fünf Jahre lang hatte er falsche Rechenschaftsberichte der Partei verursacht. Den Schaden hatte die Partei, die zu einer saftigen Strafe verdonnert wurde. Die Parteiführung forderte daher von ihm vollen Schadenersatz.

Für Möllemann müssen die sich abzeichnenden Folgen erschütternd ausgefallen sein. Bei einem angenommenen Vermögen von zehn Millionen Franken hätte er durch Geldstrafen und Nachzahlungen sogar direkt in der Überschuldung landen können. Auch sein bürgerliches Ansehen war nicht mehr zu retten. Der Düsseldorfer Staatsanwalt Johannes Mocken erklärte: »Unterhalb einer Strafe mit Gefängnis auf Bewährung wurde mit seinen Verteidigern nie verhandelt.« Diese bittere Pille musste Möllemann wenige Wochen vor seinem tragischen Tod schlucken.

Während er sich über die Konsequenzen Klarheit verschaffte, kamen die Ermittler seinen Geldgeschäften immer näher. Die Skandalberichte hatten mittlerweile den Namen Möllemann in ganz Europa verbreitet. Die Anti-Geldwäsche-Leute fütterten in den Banken wieder ihre Computer. In Luxemburg wurde eine Barabhebung entdeckt, die zu einer Verdachtsmeldung führte. Am Ende war der Politiker in vier Verfahren verstrickt.

Am Morgen seines Todes begannen die Ermittler der Staatsanwaltschaft Düsseldorf mit einer internationalen Durchsuchungsaktion. In Luxemburg und in Liechtenstein, im Rheinland und in Spanien trugen sie Dokumente über ein mysteriöses Finanznetzwerk zusammen, das Möllemann zur Finanzierung seines rechtspopulistischen Bundestagswahlkampfes mit einem antisemitischen Flugblatt genutzt hatte. Einige Wochen später gingen die Fahnder ein weiteres Mal auf Durchsuchungstour in Deutschland und in der Schweiz.

Staatsloyale Erklärungen in Bonn und ein Nummernkonto in Zürich

An der Dufourstrasse 43 im Zürcher Seefeldquartier machten die Ermittler eine überraschende Entdeckung. Im Büro der angesehenen Anwaltskanzlei Reber stießen sie auf Unterlagen der Firma Intermedia Services AG, die bereits vor zwanzig Jahren von freidemokratischen Spitzenleuten eingerichtet worden war. Rechtsanwalt Markus Hagmann, Verwaltungsrat der Intermedia, musste das Anwaltsgeheimnis wahren: »Ich kann dazu nichts sagen.« Er betreute die Firma seit seinen Tagen als Junganwalt bei der Zürcher Revisuisse. Die große Wirtschaftsprüfungsgesellschaft, heute in die PricewaterhouseCoopers aufgegangen, war die erste Domiziladresse der Intermedia. Advokat Hagmann nahm sie auf seinen beruflichen Stationen mit.

Die Ermittler entdeckten einen interessanten Bankbeleg vom 31. Mai 2000. Demnach wurde dem Konto der Intermedia bei der UBS in Zürich ein Betrag von 500 000 Mark gutgeschrieben. Das Geld kam per Banküberweisung aus Luxemburg, vom Konto 63-155236-83-6101 bei der BNP Paribas. Kontoinhaber war Jürgen Möllemann. Von dieser Summe wurden 400 000 Mark nach Deutschland weitergeleitet, direkt an die Werbefirma des altbewährten FDP-Kampagnenmachers Klaus Golombek. Der damals 72-jährige PR-Mann beglich damit im Jahr 2000 Wahlkampfinserate in verschiedenen Tages- und Wochenzeitungen für die Landtagswahl am Rhein. Auftraggeber für die Kampagne war die Partei.

Eine Wahlkampfkosten-Finanzierung dieser Art war nach deutschem Parteigesetz illegal. Die Geldzuflüsse hätten in den Rechenschaftsberichten der FDP erfasst und ordentlich über die Bücher des Parteischatzmeisters abgewickelt werden müssen. Außerdem drohten Strafverfahren wegen Betrugs und Untreue. Denn Täter und Mitwisser hatten mutmaßlich in Kauf genommen, dass – im Falle des Auffliegens der dunklen Geschäfte – ihre Parteiorganisation schwerwiegende Bußen berappen muss. Finanzierungen aus solchen schwarzen Kassen sind sanktionspflichtig und müssen von der Berliner Bundestagsverwaltung verfolgt werden. Im schlimmsten Fall drohen Strafzahlungen in dreifacher Höhe.

Der verstorbene damalige FDP-Säckelmeister Günter Rexrodt musste nicht zum ersten Mal die Rechenschaftsberichte seiner Partei korrigieren. Unvergessen ist sein verzweifelter Ausruf anlässlich einer Pressekonferenz vom November 2002: »Woher kommt das Geld? Woher kommt das Geld? Woher kommt das Geld?«

Auf dem Höhepunkt des ersten deutschen Parteispendenskandals Anfang der Achtziger war die Intermedia in Zürich von dem liberalen PR-Mann Klaus Golombek und dem inzwischen verstorbenen nordrhein-westfälischen Parteischatzmeister Hans Gattermann aufgebaut worden. Während die damaligen Parteioberen Otto Graf Lambsdorff und Hans-Dietrich Genscher vor Staatsanwälten, Richtern und Untersuchungsausschüssen über die erste Generation ihrer schwarzen Schweizer Kassen in Genf, Bern und Schindellegi aussagen mussten, waren ihre Finanzmanager längst dabei, ein neues Geheimdepot einzurichten. Ohne Skrupel diskutierten sie in den Parlamenten über die Verabschiedung verschärfter Partei- und Steuergesetze und lenkten weiterhin ungerührt Parteigelder über die Schweiz.

Nachdem Jürgen Möllemann wie weiland Ex-Kanzler Helmut Kohl die Spender für eine Briefaktion nicht offen legen wollte, ermittelte die Staatsanwaltschaft. Weil das deutsche Parteiengesetz nach den Erfahrungen mit Kohl verschärft wurde, drohten Möllemann bis zu drei Jahre Haft. Im Schatten der Ereignisse um Jürgen Möllemann begann ein weiterer deutscher Spitzenpolitiker über seine ungewöhnliche Lebenssituation nachzudenken. Holger Pfahls hielt sich irgendwo auf der Welt in einem Versteck auf. Seit Juli 1999 war er auf der Flucht vor der deutschen Justiz. Beim Bundeskriminalamt galt er als »meistgesuchte Person«.

Macht korrumpiert: Vom Staatsanwalt zur meistgesuchten Person

Ludwig-Holger Pfahls begann seine Laufbahn als Staatsanwalt für Wirtschaftssachen in Bayern. Seine schnelle politische Karriere führte durch das Vorzimmer des bayerischen Ministerpräsidenten Franz-Josef Strauß über den Präsidentenposten im deutschen Bundesamt für Verfassungsschutz bis hin zur Berufung zum Staatssekretär im Verteidigungsministerium in der Kohl-Regierung. 1992 folgte Pfahls dem Ruf des damaligen Daimler-Konzernchefs Jürgen Schrempp auf einen Spitzenmanager-Posten, der ihn nach Brüssel und Singapur führte.

Auf dem Höhepunkt der Enthüllungen über die Saudi-Panzeraffäre stießen die Augsburger Staatsanwälte auf ein so genanntes Rubrik-Konto, das der bayerische Waffenhändler Karlheinz Schreiber »Holgert« genannt hatte. Sie mutmaßten schnell, dass »Holgert« für Holger Pfahls stünde und beschuldigten ihn der Bestechlichkeit, der Vorteilsnahme und der Steuerhinterziehung. Schmiergelder in Höhe von 3,8 Millionen Mark sollen ihm zugeflossen sein. Denn als Verteidigungs-Staatssekretär hatte er auch über die Lieferung der Saudi-Panzer zu entscheiden. Mit Rechtshilfegesuchen beschlagnahmten die Staatsanwälte Unterlagen in der Schweiz und beschatteten dort seine Ehefrau. Ein internationaler Haftbefehl wurde gegen ihn ausgestellt, während er in Singapur auf dem Daimler-Posten saß. Zudem tauchte sein Name im Zusammenhang mit Schmiergeldzahlungen beim Bau der Ölraffinerie im ostdeutschen Leuna auf.

Das alles war Pfahls zu viel. Im Juli 1999 tauchte er in Hongkong unter. Im Sommer 2004 nahm er endlich Kontakt zu einem deutschen Anwalt auf. Nach fünfjähriger Flucht kam die Erlösung. Am 13. Juli 2004 wurde er in einem Mietappartement in Paris verhaftet. Die Augsburger Staatsanwälte beantragten seine Auslieferung, im November stimmte er zu. Das Leben im Pariser Knast war nichts für den Mann, der als Porsche fahrender Sunnyboy des Münchner Establishments berühmt wurde.

Seine Verteidigungsstrategie war schnell entwickelt. Weitere Ermittlungen über die alles entscheidende Frage, ob er mit Schreibers »Holgert« identisch sei, hätten seine Zeit in der Untersuchungshaft verlängert. Mit der Unterstützung seines Anwalts Volker Hoffmann einigte er sich daher mit den Staatsanwälten auf einen Deal: Pfahls legte ein Teilgeständnis über den Empfang einer Zahlung von 3,8 Millionen Mark ab. Die Summe habe Schreiber für ihn in der Schweiz treuhänderisch verwaltet, davon seien ihm 873 000 Mark direkt ausgehändigt worden. Den Vorwurf der Bestechlichkeit leugnete er. Im Gegenzug wurde ihm eine Strafe offeriert, die knapp über der anzurechnenden Haftdauer lag, die er bereits in Paris und Augsburg abgesessen hatte.

Für alle Beteiligten war der juristische Kuhhandel der goldene Weg. Die Staatsanwälte kamen nicht nochmals in die prekäre Lage, ihre dürftigen Beweise für die Zuordnung von Schreibers Tagebucheintragungen zu den Zürcher Konto-Namen nachzubessern, wie ihnen dies im Fall eines bereits verurteilten Thyssen-Managers im Revisionsverfahren vom Bundesgerichtshof auferlegt wurde. Pfahls hatte Aussicht auf baldige Haftentlassung. Seine Fluchthelfer blieben unbehelligt und alle anderen Beteiligten aus der Bonner und Münchner Politik, aus Wirtschaft und Lobbyismus konnten sich über das Ende der Aufklärungsbemühungen freuen.

Helmut Kohl trat am 3. August 2005 als Zeuge vor dem Augsburger Landgericht auf und entlastete Pfahls mit seiner Aussage. Der Altkanzler übernahm selbst die alleinige Verantwortung für den Export von 36 Fuchs-Spürpanzern an Saudi-Arabien im Jahr 1991, ganz so, als sei das komplexe Geschäft in Deutschland allein durch das Jawort eines Alleinherrschers genehmigt worden. Er habe die Lieferung dem damaligen US-Außenminister James A. Baker bereits im Herbst 1990 zugesagt, dies aber seinem Kabinett verheimlicht. Die Staatsanwälte revidierten nun eilfertig ihre Anklage gegen Pfahls und verzichteten auf den Vorwurf der Bestechlichkeit. Pfahls' Rolle als Staatssekretär im Verteidigungsministerium zum Beispiel, der mit der Bereitstellung der Panzer befasst war, wurde nicht weiter vertiefend hinterfragt.

Wenige Tage später, am 12. August 2005, wurde Pfahls wie geplant der Vorteilsnahme und Steuerhinterziehung schuldig befunden und zu einer Freiheitsstrafe von zwei Jahren und drei Monaten verurteilt. Die hinterzogene Einkommensteuer wurde auf 1,96 Millionen Mark beziffert. Die Dauer seiner U-Haft wurde voll angerechnet. Am 1. September wurde Holger Pfahls aus der Haft entlassen, weil er unter Anrechnung der bisherigen Haft die Hälfte seiner gut zweijährigen Strafe abgesessen hatte und der Rest zur Bewährung ausgesetzt wurde. Aber wen Schreiber mit dem Tagebucheintrag »Holgert« meinte, das war immer noch nicht geklärt.

Nur wenige Wochen später wurde Pfahls wieder vor Gericht vernommen, diesmal als Zeuge in einem Berufungsverfahren gegen Kronzeugen im Prozess gegen den früheren Thyssen-Vorstand Winfried Haastert und seinen Wehrtechnik-Spezialisten Jürgen Maßmann. Anders als in seinem Verfahren, in dem er als Angeklagter vor Gericht stand, musste er nun als Zeuge die Wahrheit sagen.

Richter Manfred Prexl fragte: »Haben Sie damals an ein Treuhandverhältnis mit Herrn Schreiber gedacht?«

Holger Pfahls antwortete: »Der Gedanke war mir damals fremd.«[65]

Das Geständnis über die treuhänderische Geldverwaltung durch

Schreiber hielt also nur wenige Wochen. Die Frage, warum der Thyssen-Konzern lange nach Helmut Kohls geheimer Privatverfügung zur Lieferung der Panzer noch 217 Millionen Mark Schmiergelder auszahlte, blieb vor Gericht unbeantwortet. Und auch die Frage nach den Namen der Empfänger. Die Akte kann geschlossen werden. In Erinnerung bleibt eine denkwürdige Szene vom Ende des Augsburger Pfahls-Prozesses. Im Blitzlicht-Gewitter der versammelten Fotografen verbeugte sich der Vorsitzende Richter Maximilian Hofmeister in seiner Robe devot zum Handschlag vor dem Verurteilten. Pfahls ergriff die Hand, schüttelte sie und lächelte siegesgewiss in die Kameras. Er stand aufrecht.

Bahnhofstrassen-Kundschaft im Deutschen Bundestag

Das ist die Doppelmoral deutscher Politiker: Sie stimmen über verschärfte Steuergesetze ab, reformieren unentwegt die Parteienfinanzierung, beschließen strenge Geldwäsche-Regeln, lassen ihre Geheimdienstbeamten kritische Berichte über das Schweizer Bankgeheimnis fabrizieren – und nutzen es eifrig für ihre eigenen schwarzen Kassen.

Im Jahr 2000 gab es sogar einen Untersuchungsausschuss im Bundestag, wo über die Gabe des bayerischen Waffenhändlers Karlheinz Schreiber an den damaligen CDU-Parteichef Wolfgang Schäuble verhandelt wurde – allerdings ergebnislos. Bis heute konnte nicht aufgeklärt werden, warum das Geld nicht im Rechenschaftsbericht der Partei verzeichnet wurde. Das liegt auch an der seltsamen Rechtsauffassung mancher Politiker. So erklärte Ex-Bundeskanzler Helmut Kohl, durch Schreibers Enthüllungen unter Druck geraten, rund 1,5 bis zwei Millionen Mark an Barspenden entgegengenommen zu haben – einfach so. Bis heute ist offen, woher diese Gelder stammen. Er weigerte sich beharrlich, die Namen der Spender zu benennen, und berief sich dabei auf sein »Ehrenwort«, mit dem er den Spendern die Vertraulichkeit fest versprochen hatte. Damit lebte der frühere Regierungschef seinen Bürgern vor, dass die Befolgung der Gesetze individuelle Ansichtssache ist – nicht anders als in Argentinien, Nigeria oder Italien.

Nach dem Ausscheiden aus dem Regierungsamt kümmerte sich Helmut Kohl um strategische Fragen des Finanzgewerbes – als Mitglied des »Internationalen Beirates« der Credit Suisse in Zürich. Der Beraterjob war mit rund 100 000 Franken pro Jahr dotiert, die in Aktien ausgegeben wurden. Auf dem Höhepunkt seiner Spendenaffäre gab er den Posten ab.[66]

Oder Kohls Law-and-Order-Mann Manfred Kanther. Er hatte 1996 als Bundesinnenminister das deutsche Geldwäsche-Gesetz verschärft. In der Öffentlichkeit trat er als stahlharter Kämpfer für Recht und Ordnung auf, forderte repressivere Lauschangriffe und Rasterfahndungen. Im Januar 2000 musste er eingestehen, dass die hessische CDU unter seiner Führung von 1983 bis 1999 knapp 21 Millionen Mark illegal auf geheime Konten in Zürich transferiert hatte – während er ungerührt strengere Steuer- und Parteienregeln verabschiedete. Perfide verteidigte er die Geldverstecke anfangs als angebliche »Vermächtnisse jüdischer Emigranten«.[67]

Und dabei hatte Kanther kurz nach seinem Amtsantritt in der Bundesregierung 1993 die Beweislastumkehr beim Geldwäsche-Verdacht gefordert: »Wer plötzlich mit einem Sack voll Geld auftaucht und nicht nachweisen kann, daß er im Lotto gewonnen hat, der sollte nachweisen müssen, wo er es herhat.«[68] Er beendete seine Amtszeit mit der Forderung, alle von Banken erstatteten Geldwäscheanzeigen in einer zentralen Datenbank zu erfassen.[69] Seine Polizisten beim Bundeskriminalamt (BKA) spornte er an, »mit der Dynamik des Verbrechens Schritt zu halten«.

Das Wiesbadener Landgericht verurteilte den einstigen Bundesinnenminister im April 2005 zu achtzehn Monaten Haft auf Bewährung und einer Geldauflage von 25 000 Euro. Der Bundesgerichtshof hob im Oktober 2006 das Urteil auf und wies das Verfahren ans Landgericht Wiesbaden zurück.

Schwarze Kassen schienen quer durch die politische Landschaft gang und gäbe zu sein. Die deutschen Sozialdemokraten erlebten, wie 1989 zwei Nummernkonten mit Millionenbeträgen bei der Basler Ingeba-Bank auf dem Weg der Rechtshilfe enthüllt wurden. Die Konten liefen offiziell über die Fitz-Naphtali-Stiftung und die parteinahe Friedrich-Ebert-Stiftung und halfen, die SPD zu finanzieren.[70]

Der ehemalige deutsche Bundesverkehrsminister Günther Krause fiel nach seinem Rücktritt durch obskure Finanztransaktionen über eine Zürcher Firma auf, die er mit Hilfe eines Rechtsanwaltes abwickelte, der auch im Fall der Schwarzgeldkasse des schwedischen Telekom-Konzerns Ericsson auftauchte. Das Landgericht Rostock verurteilte den früheren CDU-Politiker 2002 zu einer Gefängnisstrafe von drei Jahren und neun Monaten. Das Urteil wurde im August 2004 vom Bundesgerichtshof aufgehoben, der Hauptvorwurf der Untreue eingestellt und die neue Verhandlung über die Vorwürfe des Betrugs und der versuchten Steuerhinterziehung an eine andere Kammer des Landgerichts Rostock zurückverwiesen.[71]

Politikerkassen in Zürich sind allerdings keine deutsche Spezialität. Auch italienische Politiker kennen sich auf der Bahnhofstrasse bestens aus. Ministerpräsident Silvio Berlusconi und seine Vertrauten aus Wirtschaft, Politik und Advokatur sind seit Jahrzehnten Thema von Rechtshilfe-Untersuchungen in der Schweiz und in Liechtenstein.[72] Der britischen Conservative Party wurden Millionenbeträge aus Zürich und Genf übermittelt. Sie verdeckte ihre Geldquellen über Trusts in Liechtenstein.[73]

Einer der größten Sponsoren der britischen Tories war der griechische Ölmagnat, Reeder und Bankier Spiros Latsis, dessen EFG Private Bank an der Zürcher Bahnhofstrasse residiert. Latsis geriet im Sommer 2005 nochmals in die Schlagzeilen, weil er seinen Freund, den EU-Kommissionspräsidenten José Manuel Barroso vor dessen Amtsantritt auf seiner Luxusyacht bewirtete und beherbergte. Charles Pasqua, ehemaliger französischer Innenminister, wurde in den UN-Untersuchungen über korrupte Machenschaften bei Saddam Husseins Ölgeschäften genannt. Für

Schmiergeldzahlungen soll dabei eine Firma im schweizerischen Zug benutzt worden sein. Ebenso wurden dabei die Geldspuren eines britischen und eines russischen Diplomaten verfolgt.[74]

Am Tag, als sich Möllemann in den Tod stürzte, war ein verdächtiges Vaduzer Konto aufgetaucht, über das der Politiker verfügte. Geldflüsse in Millionenhöhe wurden zwischen Luxemburg, Liechtenstein und seiner deutschen Beraterfirma entdeckt. Doch der Fall Möllemann war erledigt. Gegen Tote wird nicht ermittelt.[75]

Teil 3

Neue Gesetze, private Fahnder und der Mythos des Schweizer Bankgeheimnisses

Es wird eine Zeit kommen, wo in unserem Lande, wie anderwärts, sich große Massen Geldes zusammenhängen, ohne auf tüchtige Weise erarbeitet und erspart worden zu sein; dann wird es gelten, dem Teufel die Zähne zu weisen …

Gottfried Keller:
»Das Fähnlein der sieben Aufrechten«, 1861

Mythos und Marketing

Von der Moral der Kritiker und der Wirklichkeit des Bankgeheimnisses

»John Doe«, wie amerikanische Staatsanwälte ihren Unbekannten bezeichnen, wurde mutmaßlich von einer großen Zürcher Traditionsbank auf die Cayman Islands geschickt. Dort sollte er das Backoffice der Julius Baer Bank and Trust managen. Er scheiterte und wurde eine Bedrohung für das angesehene Geldinstitut.

Hans J. Bär, der große alte Mann der Zürcher Bankenwelt, blickt auf eine legendäre Karriere als Privatbankier zwischen Wall Street und Bahnhofstrasse zurück. Er ist der Doyen auf dem Finanzplatz Zürich und redet nicht gerne über Geld. Bär meint, dass nicht mehr gestohlen werde als früher, nur vermisst er heute die Anmut beim Stehlen.

Was hat es eigentlich mit dem berühmten »Schweizer Bankgeheimnis« auf sich? Ist es handfeste und unverrückbare Realität – oder nur noch Mythos und Marketing des Finanzplatzes?

Gerne sprechen die Bankenvertreter mit Stolz davon, dass das Schweizer Bankgeheimnis strafrechtlich geschützt sei. Wer es verletze, würde wie ein Verbrecher bestraft. Eine Spontanumfrage unter Zürcher Bankern und Juristen, wie hoch die Maximalstrafe gegen einen Bankier bei der Verletzung des Bankgeheimnisses ausfalle, ergibt eine Strafzumessung, die zumindest im Segment der schweren Vermögensstraftaten liegt: drei, vier, sogar sechs Jahre Gefängnis werden geschätzt.

Wo der entsprechende Paragraph im Gesetzbuch überhaupt steht, ist allerdings weithin unbekannt. Im Strafgesetzbuch der Eidgenossenschaft sucht man vergeblich nach dem Bankgeheimnis. Die Sache ist komplizierter als mancher Banker ahnt, der einen Eid auf das Bankgeheimnis geschworen hätte. Der entsprechende Gesetzesartikel ist im Bundesgesetz über die Banken und Sparkassen aus dem Jahr 1934, kurz Bankengesetz, niedergeschrieben. Dort heißt es im Artikel 47:

»Wer ein Geheimnis offenbart, das ihm in seiner Eigenschaft als Organ, Angestellter, Beauftragter oder Liquidator einer Bank, als Untersuchungs- oder Sanierungsbeauftragter der Bankenkommission, als Organ oder Angestellter einer anerkannten Revisionsstelle anvertraut worden ist oder das er in dieser Eigenschaft wahrgenommen hat,

wer zu einer solchen Verletzung des Berufsgeheimnisses zu verleiten sucht,

wird mit Gefängnis bis zu sechs Monaten oder mit Busse bis zu 50 000 Franken bestraft.

Handelt der Täter fahrlässig, so ist die Strafe Busse bis zu 30 00 Franken.

Die Verletzung des Berufsgeheimnisses ist auch nach Beendigung des amtlichen oder dienstlichen Verhältnisses oder der Berufsausübung strafbar.«[1]

Der über siebzig Jahre alte Text zeigt: Ein Zuwiderhandeln gilt nicht gerade als Kavaliersdelikt. Aber im Vergleich zu anderen, handfesten Vermögensdelikten ist die Strafe sehr moderat angesetzt. Tatsächlich werden Verletzungen des Bankgeheimnisses vor Schweizer Gerichten kaum verhandelt. Wir haben hier also den seltenen Fall einer Gesellschaft, die ein schwaches Gesetz scheinbar ernster und strenger nimmt, als es geschrieben ist. Ein Fall der Übererfüllung von Ordnungsliebe und Gesetzesstreue also?[2]

Ein Blick hinter die Kulissen des Bankenalltags zeigt ein anderes Verhalten. In der Praxis pflegen die Geheimnisträger untereinander teilweise einen sehr lockeren Umgang mit ihrer Berufspflicht. Zum Beispiel bei der Anwerbung und Verpflichtung neuer Kundenbetreuer in der Vermögensverwaltung, die häufig mitsamt ihrem Kundenstamm zur Konkurrenz wechseln. In Stellenanzeigen liest man mitunter eine unverblümte Formulierung: »Wir gehen davon aus, dass ihnen ihre Kundschaft treu bleibt.« Es wird also erwartet, dass der Bewerber seine Kunden zum neuen Arbeitgeber mitbringt. Wie macht er das? Natürlich mit den Adressen und Daten, die er in seinem privaten Organizer, Funktelefon, Laptop oder ganz konventionell im Adressbuch gespeichert hat. Und wie weiß sein neuer Arbeitgeber, welche Kunden der Bewerber mitbringt – und ob darunter dicke Fische sind? Wie viele Millionen, im Bankerjargon »Kisten« genannt, der Kandidat auf seinen neuen Arbeitgeber zu transferieren gedenkt? Natürlich, indem über die Kunden der Bank gesprochen wird, die der Bewerber gerade verlassen will.

Und wie verhält es sich, wenn die Bank ihre Kunden an Anwälte oder Treuhänder weiterempfiehlt, damit diese Stiftungen oder Trusts in fernen Offshore-Domizilen einrichten, zum Beispiel auf Guernsey oder den Cayman Islands – je nach Vorliebe und Marktpräsenz der Berater? Dann befindet sich das Wissen über den Kunden in den Händen von Banken, Finanzgesellschaften und Anwalts- und Steuerkanzleien, die wieder einem völlig anderen gesetzlichen Diskretions-Reglement unterstehen. Das mag im jeweiligen nationalen Gesetzbuch mal schlechter, mal besser fixiert sein. Aber wie sieht es dort in der Praxis aus? Halten sich die Behörden an diese Standards, so wie es Europäer gewohnt sind? Besteht der Bankengesetz-Artikel 47 aus dem Jahre 1934 den Praxistext im 21. Jahrhundert?

160 Megabyte Kundendaten in der Redaktionspost

Diese Fragen haben zahlreiche Kunden im Frühsommer 2005 mit ihren Rechtsberatern erörtert – aus einem für sie sehr unangenehmen Anlass: Erstmalig war am Zürcher Bankenplatz der Geheimnis-Supergau eingetreten. Kundendaten waren der Zürcher Redaktion der größten Schweizer Wirtschaftszeitung anonym zugestellt worden. Betroffen waren ausgerechnet jene Klienten, die erhöhten Diskretionsschutz für ihre Milliardenvermögen suchten.

Die CD-ROM in der Redaktionspost enthielt kein Zeichen des Urhebers, keine Beschriftung, kein Signet – es war handelsübliche Massenware aus dem Computershop. Der Inhalt hingegen war absolut nicht für den allgemeinen Gebrauch bestimmt: 169 Megabyte umfassende Dateien mit Kunden- und Geschäftsdaten des größten Schweizer Vermögensverwalters, dessen Weltruf auf Verschwiegenheit aufbaute und der rund 270 Milliarden Franken Kundengelder betreut. Die Datensätze, das wurde schnell klar, stammten aus dem Büro der Julius-Bär-Gruppe auf den Cayman Islands. Sie wurden in den Jahren 1997 bis 2003 erstellt und betrafen große Teile des geschäftlichen Ablaufs der Bär-Firmen auf der Karibikinsel und eine Kundenklientel, die es gerne besonders vertraulich geregelt hat: sehr vermögende Privatkunden aus der ganzen Welt.

Es waren Kunden dies- und jenseits des Atlantiks, schwerreiche Erben, gestandene Unternehmerpersönlichkeiten, bekannte und weniger prominente Personen aus Politik, Wirtschaft und Kultur, auch wohlhabende Schweizer Bürger. Sie ließen sich von ihren

Anwälten oder direkt von der Julius Baer Bank and Trust Company und der Julius Baer Trust Company (Cayman) Stiftungen, Domizilgesellschaften und Trusts zur Verwaltung ihrer Vermögen einrichten.

Diese Firmen hatten in der Regel ihren Sitz in karibischen Inselstaaten oder auf den britischen Kanalinseln. Deren Konti wiederum befanden sich bei Julius Bär in New York oder Zürich, hin und wieder auch bei anderen Geldinstituten. Es waren die üblichen Konstruktionen, die superreiche Anleger wählen, um ihr weltweit verstreutes Vermögen zu verwalten.

Nachdem der Fall publik wurde, forschte das Bankhaus mit Hochdruck nach dem Datendieb. Die verdächtige Person hatte sogar Zugriff auf die Sitzungsprotokolle des Managements, verfügte über vertrauliche Besprechungsnotizen mit Fondsgesellschaften, konnte interne Gebührenberechnungen und nichtöffentliche Bilanzen einsehen.

Die Weitergabe von sensiblen Informationen ist ein Risiko, mit dem jedes Unternehmen leben muss, auch feinste Bankhäuser und verschwiegene Treuhänder: frustrierte Mitarbeiter, rachsüchtige Gekündigte, die Verlierer im Backoffice haben Motive genug. Bei der Bär-Bank glaubten die Männer von der Sicherheit, an alles gedacht zu haben. Bernhard Hodler, der Chief Risk Officer, und Giampaolo Trenta, der Chief Security Officer, hatten kurz zuvor in der gesamten Bankengruppe einen »Leitfaden für den sicheren Umgang mit Kunden- und Geschäftsdaten« verschickt. Ob in Zürich oder Basel, in Dubai oder New York – die Broschüre im CD-Hüllen-Format war Pflichtlektüre für jeden Mitarbeiter. Der verbindliche Leitfaden klärte über die praktischen Seiten des Bankkundengeheimnisses auf. Von Passwörtern und vom Virenschutz war die Rede, vom korrekten Zugangsschutz zu den Computern und vom sorgsamen Umgang mit dem Notebook. So dürfen Portfolio-Manager auf Auslandsreisen ihren Laptop nur mit verschlüsselter Festplatte mitführen. Die Experten von der Privatbank wussten, dass ihr Institut wie jedes andere Unternehmen durch den Einsatz moderner Datenbanken und IT-Technik

»verletzlich« geworden ist. Sie gaben den Mitarbeitern zu bedenken, dass Hacking und Datendiebstahl nicht nur zu finanziellen Schäden führen. Im Leitfaden stand ganz unmissverständlich: »Der damit oft einhergehende Reputationsverlust kann um ein Vielfaches größer und existenzgefährdend sein.«[3]

Kaum ein Kunde im Private Banking hat eine Vorstellung davon, in wie vielen Kontexten sein Name und Hinweise über seine Konti oder Anlagevehikel in den Geldhäusern gespeichert sind. Sensible Datenspuren sind gewöhnlich in Dutzenden von Textdateien zu finden. Zum Beispiel in gespeicherten Faxbriefen, die zwischen der Trustverwaltung und dem Portfolio-Manager versandt wurden. Oder in Dateien mit den Reglements der Trustfirmen sowie in Listen über Kredit- und Investment-Geschäfte. Kundenbetreuer und Vermögensverwalter legen wiederum Datenbank- und Tabellendateien an, in denen sie die Adressen von Kontoinhabern, Anwälten, Asset-Managern, Treuhändern und den »beneficial owners« notieren. Assistenten im Backoffice fertigen mit ihrem Textverarbeitungsprogramm Inventarblätter für die Kundensafes an. Eine Datenkopie bleibt auf der Festplatte gespeichert. So findet man dann zum Beispiel den Namen des Verfassers eines Testaments, das im Safe abgelegt wurde. Und Kundenbetreuer zeichnen bei komplexen, verschachtelten Anlagevehikeln Organigramme mit der Grafiksoftware – als Gedächtnisstütze. Die ganz normale Arbeit der Angestellten führt dazu, dass die Namen der Klienten dutzendfach im Rechnernetz vorhanden sind.[4]

Dieser Umstand wäre nicht weiter gefährlich, wenn die Daten nur wenigen Mitarbeitern zugänglich wären. Doch ohne Informationen können die Banker nicht arbeiten. Zudem verlangen gesetzliche Aufbewahrungspflichten, dass viele Kundeninformationen langfristig gespeichert werden. Besonders deutlich wird das Datenschutz-Dilemma am Alltagsproblem der Systemadministratoren: den Computerviren. Banker kommunizieren per E-Mail mit Fondsverwaltern, Vermögensmanagern, Kommunikationsfirmen und natürlich mit den Kollegen im Firmennetz. So können Viren, »Würmer« und »Trojaner« in die Netze eindringen, die Software und die Daten schädigen, im schlimmsten Fall sogar elektronisch ausspionieren.

E-Mails können inzwischen verschlüsselt werden, auch Faxleitungen sind ein sicherer Kommunikationsweg. Aber die Datenbestände auf den Festplatten sind häufig nicht kryptiert. Denn sonst könnten Virenschutzprogramme die Dateien nicht auf schädlichen Befall absuchen. In gediegenen Prospekten ist das Bankkundengeheimnis schnell und ohne Wenn und Aber garantiert. Für deren tatsächliche Einhaltung müssen die Computerexperten sorgen. Der Bank Julius Bär blieb nur die verhaltene Krisenkommunikation: »Das Restrisiko ›Mitarbeiter‹ kann kein Unternehmen trotz modernster Infrastruktur und Sicherheitsmaßnahmen vollständig ausschließen. Deshalb versuchen wir mit einer sorgfältigen Rekrutierung unserer Mitarbeiter sowie laufender Prävention diese Gefahr zu minimieren. Zur Klärung des vorliegenden Falles arbeiten wir eng mit der Polizei und anderen Behörden zusammen.«

Die Bank erstattete Strafanzeige. Doch die Kunden, ob betroffen oder nicht, schickten ihre Anwälte los. Viele von ihnen hatten sich in den vergangenen Jahren über politische Angriffe auf das Bankgeheimnis Sorgen gemacht. Aber dass die Gefahr ausgerechnet bei diesem Institut, das für Tradition und Geschichte steht, von einer ungesicherten Harddisk ausging, ahnte wohl kaum ein Klient.

Ein Bankier redet Tacheles

Die Privatbank ist von der überragenden Persönlichkeit Hans J. Bär geprägt worden. Der 1927 geborene Grandseigneur des Zürcher Bankenplatzes war 1947 in das vom Großvater gegründete Institut eingetreten, verbrachte seine Lehrjahre in New York und baute zusammen mit seinen Cousins ein transatlantisches Beziehungsgeflecht zwischen Finanzbranche, Musikwelt und Ökonomie auf, das der Bank Kundenvermögen jenseits der Hundert-Milliarden-Grenze einbrachte. Die Schweizer Banken verdanken seiner diplomatisch-politischen Weitsicht die Lösung der bizarren

Diskussion um den Verbleib jüdischer Vermögen. Die öffentliche Debatte darüber, wo eigentlich das in der Schweiz angelegte Geld der im Holocaust ermordeten Juden geblieben war, hatte der Schweiz die schwerste Krise der Nachkriegszeit beschert. Mit Hilfe seiner exzellenten Kontakte ins amerikanische Establishment erreichte Hans J. Bär die Gründung einer Kommission unter der Leitung des ehemaligen US-Notenbank-Präsidenten Paul Volcker, die schließlich eine Vereinbarung über die Auszahlung der Vermögen an die Hinterbliebenen ermöglichte.

Als er im Jahr 2004 seine Memoiren vorlegte, ging ein Raunen durch die Bahnhofstrasse. Sie wurden zur Anklageschrift gegen das Räubertum in der Wirtschaft. »Recht hat er«, tuschelten die Rechtschaffenen. »Wenn er das nicht so direkt gesagt hätte!«, meinten die Furchtsamen. Bär hatte sich erlaubt, Tacheles zu schreiben. Sein Ethik-Kapitel überschrieb er mit einem abgewandelten Shakespeare-Bonmot der zynischen Figur Sir John Falstaff: »Merkt euch, ihr Stümper, man stiehlt beizeiten und mit Anmut«, und fügte hinzu: »Vielleicht wird gar nicht einmal soviel mehr gestohlen als früher, aber es fehlt einfach die Anmut.«[5]

Hans J. Bär ärgert sich über den »verschwenderischen Gebrauch« des Ethik-Begriffes. In Anlehnung an Max Webers berühmten Essay über »Politik als Beruf« urteilt Bär über die aktuelle Situation: »Heute erleben wir weder Gesinnung noch Verantwortung, dafür aber anstelle der Arbeitsethik eine neue Schöpfung: die ›Bereicherungsethik‹.« Als wirklichen Ehrenmann betrachtet Bär den italienischen Manager Raoul Gardini, der den Freitod wählte, als nach einem mutmaßlichen Betrug die Verhaftung drohte: »Neu ist höchstens, dass sich niemand mehr erschießt oder erhängt, wenn der Skandal ruchbar wird.« Die heutige CEO-Generation lasse eine »fehlende Kinderstube« erkennen.

Nicht alle »Bären« waren angetan davon, wie der Patron den Jungbankern die Leviten gelesen hatte. Im Jahr nach der Publikation seiner Memoiren wurde es im Hause Bär turbulent. Die modernen Zeiten brachen nun auch über sein Haus herein. Sohn Raymond setzte im Verwaltungsrat durch, dass die Familie das gesamte Kapital der Bank für das Börsenpublikum öffnete. Wachstum war das Ziel, eine »kritische Größe« an verwaltetem Kundenvermögen sollte erreicht werden, um die gestiegenen Kosten für die Geldwäschekontrollen in den Backoffices und die Akquisition neuer Kunden bezahlen zu können. Im September 2005 verkündete Raymond Bär, dass künftig Abgesandte der Giganten aus dem Hause des Finanzdienstleisters UBS von schräg gegenüber an der Bahnhofstrasse in die Chefetage einziehen würden. Der verkündete Deal war recht raffiniert: Julius Bär übernimmt aus dem UBS-Konzern drei kleine Privatbanken mit rund 119 Milliarden Franken Kundenvermögen, deren durchmischte Klientschaft nicht mehr in ein an der Wall Street kotiertes Unternehmen passte. Im Dezember 2006 wurden bei Julius Bär insgesamt Kundenvermögen von rund 360 Milliarden Franken betreut. Die bittere Pille dabei war, dass nun die UBS als Großaktionär im Haus sitzt und Schlüsselpositionen im Management besetzt.

Daten-Katastrophen und Datendiebe

Auch die UBS kennt das Thema »Daten-Desaster« im Betriebsalltag. Anfang Juni 2005 meldete die Niederlassung in Tokio einen Festplattenverlust. Die Großbank gab eine beschwichtigende Notiz an die Medien: »Das Risiko, dass Kundendaten in unbefugte Hände gelangen, ist gering, da die Daten in einem speziellen Format gespeichert wurden und nur schwer zugänglich sind.« Von den Konzernverantwortlichen wurde der Vorfall freilich nicht auf die leichte Schulter genommen: Die Aufsichtsbehörden wurden davon ebenso informiert wie die betroffenen Kunden. Einige Tage später berichtete die amerikanische Citigroup, dass in der Frachtpost Datenträger mit vier Millionen Kundennamen verschwunden sind. Ein Datenverlust bei der Bank of America betrifft 1,2 Millionen Kunden.

Datendiebstahl ist ein Wachstumsgeschäft. In den USA raubten Kriminelle Kundendaten der Auskunftsfirma Choicepoint, um mit fremder Identität Darlehen zu erhalten oder Waren zu bestellen. Choicepoint liefert Bonitätsdaten für die Finanzindustrie. Später meldete Konkurrent Lexis-Nexis den Raub von 310 000 Kundennamen. Im Juni 2005 wurde bekannt, dass bei einer amerikanischen Datenverwaltungsfirma Informationen über 40 Millionen Kreditkarten-Konti nicht zugriffssicher waren. »Die internen Hacker-Angriffe auf die Finanzbranche sollen sich gemäß einer aktuellen Studie innerhalb eines Jahres knapp verdreifacht haben«, sagt IT-Ingenieur Stefan Arn von der Zürcher Software-Firma AdNovum, die Sicherheitssysteme für Schweizer Banken und Behörden, darunter die UBS, liefert.[6]

Der zunehmende Datenklau ist der Stoff für die nächste Welle großer Schadensersatzprozesse. Längst führt Versagen bei der Datensicherheit dazu, dass in den Vorstandsetagen die Köpfe rollen, vor allem in den USA, wo die Brisanz des Themas erkannt ist. In Washington D.C. wird bereits an zahlreichen neuen Rechtsregeln für Datensicherheit in US-Unternehmen gebastelt. Datenraub führte zu einer Sicherheitsdebatte im US-Senat. Datenverluste werden von der amerikanische Federal Trade Commission (FTC) geahndet.[7]

Auch wenn man an der Bahnhofstrasse über die praktischen Seiten des Bankgeheimnisses nicht so gerne offen spricht, erleben die Bankhäuser, dass das Bankgeheimnis mehr ist als eine naturgegebene Gratisbeigabe für alpines Banking. Es gehört inzwischen zu den kostspieligsten unternehmerischen Risiken einer Privatbank. So wie die heimische Hotellerie gelernt hat, dass der Hinweis auf das berauschende Bergpanorama nicht mehr reicht, um die Kundschaft in die Gasthäuser zu locken, wird das traditionsbewusste, gediegene Geldgeschäft nicht mehr allein mit flott formulierten Marketingsprüchen in Imagebroschuren überleben können. In den Zeiten globaler Vernetzung lässt sich das Bankgeheimnis zudem nicht mehr in der alpenländischen Festung garantieren. Große und mittelgroße Schweizer Banken sind vom amerikanischen Markt abhängig und müssen sich an amerikanischen Regeln orientieren. Ihre US-Töchter bilanzieren nach

US-GAAP, halten sich an den US-Patriot Act, orientieren sich am Regelwerk der Federal Reserve Bank wie an der Securities and Exchange Commission, achten peinlichst auf die scharfen Regeln des Sarbanes-Oxley-Acts, und wenn etwas schief geht, leisten sie exorbitante Straf- und Schadenersatzzahlungen nach modernen amerikanischen Gepflogenheiten.

Noch ist kein Fall bekannt geworden, dass US-Behörden nach diesen neuen Regeln über die amerikanischen Filialen und Tochterunternehmen auf sensible Kundendaten einer Schweizer Bank zugegriffen hätten, die vom Bankgeheimnis gesichert sind. Aber der Schweizer Datenschutzbeauftragte Hanspeter Thür munkelte im Juli 2005 bereits über diese Möglichkeit: »Ich bin nicht so naiv, zu glauben, dass die Administration in Washington nur heiße Luft produziert, wenn sie bekannt gibt, dass sie weltweit auf alle Bankdaten zugreifen will. Ich vermute – kann das aber nicht belegen –, dass Schweizer Firmen sich aus verständlichen Interessen nicht mit den Amerikanern anlegen, sondern kooperieren. Deshalb hört man nichts von Übergriffen.«[8]

Die beiden Großen UBS und Credit Suisse sind völlig amerikanisierte Unternehmen. 30 819 von 78 140 Mitarbeitern im UBS-Konzern arbeiten in den Vereinigten Staaten – mehr als am Schweizer Stammplatz. Bei der Credit Suisse arbeiten mehr als 24 518 von 44 871 Angestellten außerhalb der Schweiz.[9] Viele der amerikanischen Mitarbeiter stehen in den Diensten von Abteilungen, die noch ihren Sitz im Stammland haben. In Zweifelsfällen müssen sie sich fragen, was gilt: der Schutz des Schweizer Bankgeheimnisses oder der Schutz der Vereinigten Staaten von Amerika.

Ein besonders heikles Kapitel sind IT-Einheiten der Banken, die durch Outsourcing ins Ausland verlagert wurden. Für diese Fälle hat die Eidgenössische Bankenkommission eigens Regeln aufgestellt, um das Bankgeheimnis auch im modernen IT-Leben zu sichern: »Bei Auslagerungen ins Ausland ist mit angemessenen technischen und organisatorischen Massnahmen sicherzustellen, dass das Bankgeheimnis und der Datenschutz nach schweizerischem Recht eingehalten werden.«[10]

Bankkundengeheimnis, Diskretion, Privatsphäre, Datenschutz – das sind die Worte, die viele Kunden von ihrem Vermögensverwalter hören. Und glauben, diese Stichworte seien ein sicheres Schutzschild gegen die Neugier der Steuerbeamten. Wenn es schief geht, bricht für sie eine Welt zusammen und oft zerschmilzt dabei auch das heimlich gebunkerte Vermögen.

Der größte anzunehmende Unfall eines Treuhänders

So wie im Fall des Springreiters Paul Schockemöhle. Der Pferdehändler mit 900 Zuchttieren und Speditionsunternehmer mit 140 Camions im oldenburgischen Steinfeld war ein langjähriger Kunde in der großen liechtensteinischen Treuhandkanzlei Batliner. Im Fürstentum hatte er sein Vermögen vor den Augen der deutschen Steuerverwaltung versteckt und es in Sicherheit gewähnt. Eine trügerische Hoffnung.

Szenen wie in einem Thriller spielten sich ab, als in Batliners Büro ein gewaltiger Datenklau entdeckt wurde. Buchhalter Franz Ender machte der Fund schwer nervös. Höchste Konspiration und kunstvolles Krisenmanagement waren gefordert. Ender musste damit rechnen, dass er abgehört würde. Am Telefon gab er dem Kunden aus dem Westfälischen hastig eine verschlüsselte Botschaft durch: »Sie müssen sofort kommen. Das Pferd ist erkrankt.« Paul Schockemöhle verstand die Warnung und eilte nach Vaduz. Was ihm dann sein Treuhänder eröffnete, verschlug ihm die Sprache. Herbert Batliner, Doyen der Liechtensteiner Treuhänder, weltweit führender Vermögensbetreuer der Reichen und Mächtigen und Wanderfreund von Ex-Bundeskanzler Helmut Kohl, hatte den wichtigsten Mann in seiner Kanzlei nicht im Griff.

Ausgerechnet der Systemadministrator Batliners hatte ein Alkoholproblem und kam mit dem knappen Gehalt nicht mehr klar. In nächtlichen Streifzügen durch die Datenbanken des Treuhänderbüros kam der Herr der Computerprogramme aus dem Staunen nicht mehr heraus: Anlagen und Vermögenswerte prominenter Kunden in zwei- bis dreistelliger Millionenhöhe konnte er am Bildschirm studieren.

Das war zu viel für den unzufriedenen Programmierer. Er betätigte den Copy-Befehl und füllte eine CD-ROM mit den Daten von gut 8000 Stiftungen und Anstalten und tausenden Schweizer Konti. Als die Sache aufflog, wurde der Mann entlassen, der nun mit Enthüllung drohte. Batliner erstattete am 21. Januar 1997 eine Strafanzeige gegen seinen Ex-Mitarbeiter. Irgendwann landete die Datensammlung auf den Tischen deutscher Nachrichtenmagazine und bei der Schwerpunkt-Staatsanwaltschaft für Wirtschaftskriminalität in Bochum.

Seitdem geht es hunderten deutscher Steuersünder an den Kragen. Batliner-Kunden haben auf Grund der Entdeckung ihrer wahren Vermögensverhältnisse bereits mehr als 120 Millionen Euro nachgezahlt. Paul Schockemöhle wurde im Herbst 1999 wegen Steuerhinterziehung zu elf Monaten Gefängnisstrafe auf Bewährung verurteilt. Dem Fiskus musste er einen zweistelligen Millionenbetrag zahlen.

Schockemöhle wollte das nicht auf sich sitzen lassen. Er verlangte von Batliner Schadenersatz über »DEM 36 569 449,83«. Im Januar 2001 klagte er vor dem Fürstlichen Landgericht in Vaduz. Schockemöhle behauptete: Weil er von Batliner nicht rechtzeitig gewarnt worden sei, habe er nicht rechtzeitig Selbstanzeige erstatten können und deshalb ungünstige Deals mit dem Fiskus abschließen müssen. Im Prozess kam Amüsantes zur Sprache. Batliner erzählte freimütig, dass man »in dieser Pferdesprache redete«, seitdem Schockemöhle erste Probleme mit den Steuerämtern hatte. Verschiedene Ideen für Verschleierungsaktionen seien durchgespielt worden, um diese aus dem Weg zu schaffen. Ältere D-Mark-Noten mit Banderolen aus dem Jahr 1993 sollten besorgt werden, die eine Detektivfirma aus dem Fürstentum bei Lindau über die Grenze schleusen sollte. Übergabelosung: »Das Pferd, das Krankheitssymptome hatte, ist wieder gesund.« Schockemöhle protestierte vor Gericht gegen die Darstellung. Er habe die konspirative Aktion einfädeln wollen, um zehn Millionen Mark ans Finanzamt zu überweisen. Der Pferdehändler berief sich auf die Haftung nach liechtensteinischem Personen- und Gesellschaftsrecht. Danach ist auch jener Schaden zu ersetzen, den eine »Hilfsperson, wie Hausgenossen, Arbeiter oder Angestellte«, verursacht hat. Das sollte auch für Batliners Systemadministrator gelten.

Auf dem Instanzenweg erhielt einmal Schockemöhle, einmal die andere Partei Recht. Das Fürstliche Obergericht forderte Batliner zunächst auf, 8,2 Millionen Euro an Schockemöhle zu zahlen. Ein Aufschrei ging durch die Vaduzer Treuhänder-Szene und Batliner legte Beschwerde ein. Die Gerichte hatten auch die weit reichende Frage zu klären, ob die Mandatsverträge, wie sie zwischen dem Kunden und dem Treuhänder abgeschlossen wurden, überhaupt gültig sind. Schockemöhles Anwälte von der renommierten Berliner Kanzlei Buse, Heberer, Fromm, die auch eine Dependance an der Zürcher Bahnhofstrasse hat, wagten damit den Generalangriff gegen das System Liechtenstein – vor der fürstlichen Justiz: »Vielmehr steht zur Debatte, ob der vorliegende Mandatsvertrag eine aktive oder auch nur passive Beihilfe zur Steuerhinterziehung des Mandanten rechtswirksam zu decken vermag.« Die Anwälte argumentierten, dass diese Verträge, wie sie tausendfach im Fürstentum unterschrieben werden, wegen »Sittenwidrigkeit« nichtig seien, weil sie im Wesentlichen dem Verschweigen der Informationen über die so geschützten Vermögenswerte dienten.

Batliners Anwälte nahmen diese Position im Verfahren auf und entwickelten ein originelles Argument: Weil die Verträge zum Teil ohnehin nichtig gewesen seien, würden sich für den Treuhänder auch keine »Nebenverpflichtungen« ergeben, wie zum Beispiel die rechtzeitige Warnung im Fall eines Datenverlustes. Dass er seinen Klienten zu spät informiert habe, spiele daher gar keine Rolle. Außerdem wies die Gegenpartei den Kläger Schockemöhle auf seine staatsbürgerlichen Pflichten in Deutschland hin. Schließlich stehe im Mandatsvertrag geschrieben, dass der Kunde sich »zur Respektierung der (= aller) gesetzlichen Bestimmungen verpflichtet, wozu auch das deutsche Steuergesetz gehört«.[11]

Im September 2004 entschied der Oberste Gerichtshof des Fürstentums gegen die Schadensersatzforderung von Schockemöhle. Beim »Geheimnisbruch« in der Kanzlei Batliner habe es sich um eine »Panne« gehandelt. Anschließend zogen seine Anwälte den Fall vor den Staatsgerichtshof, das Verfassungsgericht des Fürstentums. Sie klagten dort, weil zwei Richter der Vorinstanz wegen enger Beziehungen zum Treuhänder Herbert Batliner befangen gewesen seien.[12]

Im Mai 2005 erzielten die Anwälte Schockemöhles einen unerwarteten Teilerfolg. Der Staatsgerichtshof des Fürstentums hob das Urteil des Obersten Gerichtshofes wegen einer Formsache auf. Der vertraulich tagende Oberste Gerichtshof habe gegen die Landesverfassung verstoßen, indem er Schockemöhle nicht vorab über die Besetzung des Gerichts informiert habe. Pikant ist das deswegen, weil der Gerichtspräsident bei Batliners eine Festrede gehalten hat und so als befangen gelten kann. Schockemöhles Klage auf Schadensersatz wurde von den höchsten Richtern nicht mehr behandelt. Der Fall wurde zurückverwiesen an das Oberste Gericht. Mit offenem Ausgang.[13]

In Bochum verfolgt unterdessen die unerschrockene Staatsanwältin Margrit Lichtinghagen Schockemöhles Leidensgenossen. Seit 1998 arbeitet sie an dem Mammut-Fall, seitdem die CD-ROM mit Batliners Kundendaten ihrer Behörde zugespielt wurde. Auch gegen den Treuhänder selbst hat sie ein Verfahren wegen Beihilfe zur Steuerhinterziehung eingeleitet. Noch immer werden Batliner-Kunden von Ermittlungsbeamten in den frühen Morgenstunden mit Durchsuchungs- und Beschlagnahme-Beschluss aufgesucht.

Auch die Eidgenössische Steuerverwaltung erhielt eine CD-ROM mit Batliners Kundendaten. Dort prüfte die Abteilung »Besondere Steueruntersuchungen« (BSU), eine Spezialistenabteilung für schwierige Fälle, das Material. Einzelfälle wurden an die kantonalen Steuerbehörden weitergeleitet. Die fünfzehn Köpfe zählende Sondereinheit BSU darf allerdings nur bei »begründetem Verdacht auf schwere Steuerwiderhandlungen oder auf Beihilfe oder Anstiftung zu solchen« untersuchen. Für die Einleitung einer Ermittlung benötigt sie die Unterschrift des Schweizer Finanzministers. Das Risiko ist daher für Schweizer Steuerschwindler überschaubar.[14]

Das Schweizer Bankengesetz ist in der heutigen Fassung ein schwacher Schutz des Bankgeheimnisses. Als sich eine Zürcher Staatsanwältin um den Datenklau bei der Bär-Bank kümmern sollte, war ihr dies schnell aufgefallen. Das Bankengesetz erlaubt nämlich keine scharfen Zwangsmaßnahmen, um die Täter zu ergreifen. Auf der Grundlage des Artikels 47 kann zum Beispiel keine Telefonüberwachung beantragt werden. Hilfsweise können die Ermittler auf den modernen Strafgesetzbuch-Artikel 143 ausweichen, der den Datendiebstahl regelt. Aber diese Norm erlaubt die Strafverfolgung nur, wenn der Datendieb sich bereichern wollte oder irgendeinen materiellen Vorteil aus seiner Geheimnisverletzung erzielen wollte. Doch wie steht es um einen Täter, der sich lediglich an seinem Arbeitgeber oder seinen Vorgesetzten rächen möchte? Diesen Fall hatten die Mütter und Väter des neuen Strafgesetzbuch-Artikels nicht bedacht.

Ewigkeitsgarantien von freundlichen EU-Politikern

Die Bankiers denken beim Wort »Bankgeheimnis« ohnehin an eine andere Regel, die ihnen viel bedeutsamer erscheint: den Schutz ausländischer Steuerhinterzieher und Schwarzgeldanleger durch Schweizer Steuerrecht und Rechtshilfe-Regeln. Diese Vorschriften können sie ihren Kunden, die hin und wieder besorgt nachfragen, wie die jungen Messdiener ihren Katechismus herunterbeten: Steuerhinterziehung ist in der Schweiz kein Verbrechen. Sie wird nur als Verstoß im Verwaltungsverfahren geahndet. Und weil sie kein Verbrechen ist, gehört sie auch nicht zum Katalog der Verbrechenstatbestände, die von ausländischen Strafverfolgern auf dem Weg der Rechtshilfe in der Schweiz verfolgt werden können.

Doch genau diese Sonderregel geriet Anfang des neuen Millenniums ins Wanken, als sich die Schweiz gezwungen sah, mit den Abgesandten der Europäischen Union über ihre Bereitschaft zur Rechtshilfe bei Steuerdelikten zu verhandeln. Die Schweiz sollte mit der Europäischen Union neue Justizverträge entwickeln. Schweizer Diplomaten sollten in einer zweiten Runde verschiedene bilaterale Vereinbarungen zwischen der EU und der Eidgenossenschaft über den Austausch bei der Betrugsbekämpfung, den Grenzkontrollen und der Besteuerung von Kapitaleinkünften beschließen (»Bilaterale II«). Dabei ging es wieder einmal um die heikle Frage, ob die Schweiz auch bei der grenzüberschreitenden Strafverfolgung von Steuerhinterziehern Rechtshilfe leistet. Die Schweizer erreichten im Juni 2004 – wie die Luxemburger – eine Ausnahmeregel, die ihnen erlaubte, die Zinserträge der Kapitalerträge von ausländischen Kunden im Land zu erheben, um die so gesammelten Steuergelder anschließend an die Heimatländer der Kunden zu überweisen. Somit konnte weiterhin gesichert werden, dass den Steuerämtern in den Herkunftsländern keine Kundennamen mitgeteilt werden, wie dies beim gleichzeitig beschlossenen Informationsaustausch zwischen den meisten EU-Staaten der Fall sein wird.

Die Politiker der konservativen Schweizer Volkspartei (SVP) lieferten die politische Begleitmusik. Sie forderten, dass das Bankgeheimnis in die Bundesverfassung geschrieben werden sollte. Das Schweizer Bankgeheimnis, in Wirklichkeit eine schlappe Vorschrift in einem Nebengesetz, sollte immerwährendes Verfassungsrecht der Eidgenossenschaft werden. Doch die Bankiers waren davon gar nicht angetan. »Wir brauchen diesen Verfassungsartikel nicht«, sagte Urs Roth, der Geschäftsführer der Schweizerischen Bankiervereingigung. Und sein Präsident, der Bankier Pierre G. Mirabaud, erklärte: »Persönlich glaube ich nicht, dass eine Verankerung in der Bundesverfassung notwendig ist.«[15] So viel Wirbel möchten die behutsamen Banken-Lobbyisten lieber nicht haben. Den Schweizer Verhandlungsführern in Brüssel genügte es, auf die Forderung der heimischen Krawallpartei hinzuweisen.

Im Januar 2005 verursachte Ex-Bundeskanzler Gerhard Schröder wieder leichte Unruhe in der Schweizer Bankenwelt. Nationalrat Hans Kaufmann, ein gestandener Banker mit dem SVP-Parteibuch, machte folgende Eingabe beim Finanzminister im Berner Bundesparlament: »Anlässlich des WEF (World Economic Forum) 2005 gab der deutsche Bundeskanzler Schröder am 30. Januar 2005 in einem Interview mit der Sonntagspresse bekannt, dass er in der Schweiz ein lockereres Bankgeheimnis wünsche, und die Verhandlungen darüber seien auf gutem Wege. Wann wurden solche Verhandlungen geführt, wer war daran beteiligt, und wer hat dieses Verhandlungsmandat erteilt?« Tatsächlich hatte Schröder zum Bankgeheimnis gesagt: »Ich hätte es gern offener, das ist gar keine Frage. Aber wir sind in den Verhandlungen auf einem guten Weg.«[16]

Bundesrat Hans-Rudolf Merz erläuterte: »Ich kann ihm antworten, dass weder mit Deutschland noch mit anderen Staaten Verhandlungen über das Bankgeheimnis stattfinden oder stattgefunden haben. Mit den bilateralen Abkommen zwischen der Schweiz und der Europäischen Union wurde in Sachen Bankgeheimnis sowohl für den Bereich der direkten als auch für den Bereich der indirekten Steuern eine dauerhafte Lösung gefunden, die für alle Mitgliedstaaten der Europäischen Union Bestand hat. Das waren die Verhandlungen über die Ihnen bekannten Dossiers der Bilateralen II. Es besteht keinerlei Anlass, Verhandlungen über das Bankgeheimnis zu führen, die weiter gehen würden, als dies im Zusammenhang mit diesen beiden bilateralen Verträgen der Fall war.«

Kaufmann fragte nach: »Herr Bundesrat, habe ich Sie richtig verstanden? Das würde ja bedeuten, dass Bundeskanzler Schröder Unwahrheiten verbreitete, denn das wurde nach den Verhandlungen über die Bilateralen II gesagt.«

Merz wurde diplomatisch: »Ich möchte mich über diese Äußerung von Herrn Bundeskanzler Schröder nicht äußern, weil ich das Zeitungsinterview nicht gesehen und gelesen habe. Aber ich möchte noch einmal bestätigen, Herr Kaufmann, dass seitens des

Bundesrates in keine Richtung Verhandlungen über das Bankgeheimnis stattfinden.«[17] Er hätte es auch so ausdrücken können: Nehmen Sie das nicht so ernst!

Während des Bundestagswahlkampfes gab Schröders Herausforderin Angela Merkel der *Neuen Zürcher Zeitung* im Interview zu Protokoll: »In der Schweiz hat das Bankgeheimnis ja Verfassungsrang.«[18] Die rührende, aber falsche Aussage wurde von den Gesprächspartnern nicht korrigiert. Das gebietet der Respekt vor den selbstbewussten Preußen.

Die Diplomaten an den Finanzplätzen in Zürich und Luxemburg teilen ein offenes Geheimnis: Demnach sind die Verhandlungen mit der EU über ein Zinsbesteuerungsabkommen für Kapitalerträge mit den Finanzministern der großen EU-Staaten – mit Ausnahme der Briten – auch deshalb glimpflich ausgegangen, weil es auf deren Seite an fachlicher Kompetenz oder am tatsächlichen Willen zum strengen Durchgreifen fehlte. Schon die deutsche Bundesregierung hatte im Jahr 2004 ein handwerklich unsauberes Steueramnestiegesetz verabschiedet, das etwa die immensen Vermögen in liechtensteinischen Stiftungen nicht konsequent erfasste. Ebenso ließen die französischen und deutschen Vertreter in den Verhandlungen mit der Schweiz und Luxemburg eine Regelung durchgehen, die allerhand Schlupflöcher bietet. Die Kernidee war zunächst, Zinserträge aus Vermögenswerten an der Quelle zu besteuern – also in dem Land, wo die Erträge erwirtschaftet wurden. Drei Viertel dieses Steuerertrages sollte anonym an die Herkunftsländer der Anleger überwiesen werden, ein Viertel sollte dem Schweizer Fiskus verbleiben.

Damit konnte weiterhin sichergestellt werden, dass über die Identität der Kunden Stillschweigen gewahrt wird. Mit anderen EU-Ländern wurde ein Informationsaustausch über die ausländischen Kundendepots vereinbart. Die Schweiz wiederum machte Zugeständnisse bei der Rechtshilfe im Umsatzsteuerbetrug. Somit können zum Beispiel Zigarettenschmuggler-Organisationen künftig in der Schweiz ausgehoben werden – eine längst überfällige und unstrittige Maßnahme. Bei der Hinterziehung der

Einkommenssteuer bleibt aber alles beim Alten. Es wurde sogar einseitig der Schweiz eine Art Ewigkeitsgarantie für das Bankgeheimnis zugesprochen. Damit bei denkbaren künftigen Abkommen über eine intensivere Rechtshilfe in der EU die Schweiz nicht wieder in die gleiche Verhandlungslage gerät, wurde für Durchsuchungen und Beschlagnahmen bei Steuerhinterziehungsdelikten von direkten Abgaben »eine zeitlich unbefristete Ausnahmeregelung« geschaffen.[19]

Eine neue Dummensteuer und die Schlupflöcher für die Klugen

Und dann wären da die Schlupflöcher, die allen Verhandlungspartnern sehr wichtig waren. So wurde bei der Formulierung des Vertrags augenzwinkernd darauf geachtet, dass nur die auf natürliche Personen ausgestellten Konti von den Regelungen zur Besteuerung der Gewinne betroffen sind. Anleger, deren Vermögen über Trusts, Stiftungen, Liechtenstein-Anstalten oder andere Firmenvehikel bei den Banken verwaltet werden, wurden ausdrücklich ausgenommen. Die wirklich bedeutsamen, großen Vermögen bleiben also weiter völlig außen vor, weil diese meist über genau solche Konstruktionen betreut werden. Allen Kunden, die ihre Gelder noch nicht über solche Domizilgesellschaften angelegt haben, ist diese Ausnahmeregelung verständlicherweise eine Einladung zum Umdenken. Warum also nicht auch eine Stiftung gründen und das Geld so vor dem Fiskus retten? Das Abkommen bringt daher Treuhändern und Vermögensverwaltern ein neues Geschäft. Sie gründen seitdem fleißig Offshore-Firmen für ihre Kundschaft.

Das Eidgenössische Finanzdepartement hat im Jahr 2006 nur 537 Millionen Franken aus der »Zahlstellensteuer« eingenommen – für alle 25 begünstigten EU-Länder. Deutschland erhält davon den Löwenanteil von rund 103 Millionen Franken. Für das Berliner Bundesfinanzministerium ist dieser Ertrag im Verhältnis zum vermuteten Schwarzgeldvolumen der Deutschen in der Schweiz ein

Flop. Den mangelnden Einnahmen stehen mehr als 300 Millionen Franken entgegen, die von den Banken nach Angaben der Schweizerischen Bankiervereinigung für die Einführung und Abwicklung der Zahlstellensteuer bereits ausgegeben wurden.[20] Das Abkommen ist daher nichts anderes als eine neue Dummensteuer.

Monique Jametti Greiner, die Verhandlungsführerin der Eidgenossenschaft, legt Wert darauf, dass die Schweizer Sonderregeln von den EU-Vertragspartnern explizit »quittiert« wurden, um einem späteren Vorwurf vorzubeugen, »die Schweiz würde sich duch eine List ihren Verpflichtungen entziehen wollen«.[21]

Einzelnen Bankiers ist das Ergebnis zu schön. Sie sinnieren bereits über freiwillige Abgaben, damit das Resultat für die Finanzminister der Europäischen Union nicht gar so peinlich aussieht. »Ich würde die Dossiers sofort wieder öffnen und auf eine Lösung drängen, die wirklich wasserdicht ist«, sagte Konrad Hummler, der im liberal-konservativen Spektrum sehr gut vernetzte Chef der St. Galler Bank Wegelin. Er plädiert für eine jährliche Ablasszahlung: »Vorsichtig gerechnet, müssen wir der EU drei bis vier Milliarden pro Jahr überweisen.« Hummler schimpft zugleich auf die Kollegen vom Londoner Finanzplatz, deren vermögende Kundschaft vorwiegend über Trusts ihr Geld gebunkert hat und daher ebenfalls steuerfrei bleibt: »Die haben uns ausgetrickst.«[22]

Gesetze und Abkommen mögen von Generation zu Generation immer wieder neu justiert werden, aber der Mythos Bankgeheimnis wird dabei nicht aussterben. Die alte, direkte Demokratie Schweiz lebt weiterhin vom Vermögenszustrom aus den jungen, parlamentarischen Demokratien in der Nachbarschaft, deren regierende Politikergeneration sich mehr darüber freut, beim Auftritt in Polit-Talkshows eine gute Einschaltquote zu haben, statt den Willen des Volkes zum Maßstab ihres Handelns zu machen. Die Anziehungskraft der Schweiz ist so groß, weil ihr politisches System und ihr Abgabensystem dem Alltag der Menschen angepasst sind, die darüber abzustimmen haben, wie ihre Steuern eingenommen und ausgegeben werden. Während in den EU-Mitgliedsstaaten bereits über direkte Fiskalabgaben an die Brüsseler

Kommission diskutiert wird, zahlt eine Zürcher Familie, die nach Abzug steuermindernder Ausgaben noch 50 000 Franken zu deklarieren hat, nur rund 3700 Franken Steuern an den Kanton und an die Gemeinde. Mehr als die Hälfte davon bleibt in ihrem Wohnort. Für den Bund bleiben nur noch 304 Franken. Falls die Familie den doppelten Betrag versteuern muss, gehen 11 873 Franken an Kanton und Gemeinden sowie 2425 nach Bern.[23]

Bei den großen Schweizer Nachbarländern Deutschland, Frankreich und Italien ist es seit Dekaden ganz anders: Die Löhne und Gehälter der verdienenden Mittelschichtbürger wurden kräftig an der Quelle besteuert, um einen gewaltigen politischen Apparat zu finanzieren, der wiederum ein ungelöstes Sozial- und Rentenproblem zu verwalten hat. Die Wahlkämpfe für diese Politik wurden oft genug aus geheimen Schatullen finanziert, die in Zürich versteckt worden waren. Die Angriffe ausländischer Politiker auf das Schweizer Bankgeheimnis können getrost als Polemik und Ausdruck der Doppelmoral betrachtet werden. Hinter den Kulissen der Bankenfassaden wird längst nüchtern gerechnet. Dabei geht es um handfeste volkswirtschaftliche Risiken.

Der Schwarzgeld-Haufen in der Gesamtrechnung

Eine abrupte Abschaffung des Bankengeheimnisses, also eine Einführung der Rechtshilfe bei Steuerhinterziehungsdelikten, würde den Schweizer Finanzplatz tatsächlich in eine schwere Krise stürzen. Es wäre schlagartig vorbei mit den Kundenvermögen, die unversteuert über die Grenze gekommen sind. Wie extrem die Verluste für die Dienstleister an der Bahnhofstrasse wären, zeigen Berechnungen über die Dimension des Schwarzgeld-Marktes, die von der Schweizer Wirtschaftszeitung *Cash* im April 2004 angestellt wurden. Die Zahlen basierten auf Daten über den Weltmarkt an verwaltetem Privatvermögen, auf Zahlen der Nationalbank und auf bankeninternen Einschätzungen.

Diesen Berechnungen zufolge sind bis zu 1400 Milliarden Franken betroffen, die als »Offshore-Geld« in den Depots liegen – etwa ein Drittel des gesamten schweizerischen Vermögensverwaltungsvolumens. Sie bringen eine Bruttowertschöpfung von mehr als 11 Milliarden Franken, die auf dem Spiel steht. Ivan Pictet, Partner der größten Genfer Privatbank Pictet & Cie., bestätigte diese Kalkulation: »Gefährdet wäre mehr als ein Drittel der in der Schweiz verwalteten Vermögen.«

Nach Schätzungen von Finanzmarkt-Experten sind 40 Prozent der Genfer Privatbankengelder nicht beim Fiskus deklariert. Um diese heiklen Kundendepots kümmern sich mehr als 15 000 Schweizer Bankenmitarbeiter in der Kundenbetreuung, im Portfolio-Management und in den Backoffices. Hinzu kommen tausende Mitarbeiter in Treuhand- und Vermögensverwaltungsfirmen.

Die Steuereinnahmen an direkten und indirekten Abgaben, die der Offshore-Sektor in der Schweiz generiert, liegen bei rund 2,5 Prozent des gesamten Steueraufkommens, auf jeden Fall einem Milliardenbetrag.[24] Privatbankier Ivan Pictet gab unumwunden zu: »Wir sind Gefangene des Schweizer Systems.«[25] Besonders betroffen sind die 150 in der Schweiz ansässigen Auslandsbanken, die zusammen rund 987 Milliarden Franken Kundenvermögen verwalten, sowie Privatbankiers, die ihre Traditionshäuser als persönlich haftende Gesellschafter führen.[26]

Der Weltmarkt des großen Geldes, das es zu verteilen gilt, wird alljährlich vom Beratungsunternehmen Cap Gemini zusammen mit der Bank Merrill Lynch bewertet. Ihr »World Wealth Report« bezifferte für das Jahr 2005 die Zahl der Vermögensmillionäre auf weltweit 8,7 Millionen Personen – ein wachsender Markt, dessen Volumen im Vergleich zum Vorjahr um 7,6 Prozent zunahm. Das Gesamtvermögen der Menschen in dieser Reichtumsklasse mit einer Million US-Dollar flüssiger Mittel wird auf 33 300 Milliarden US-Dollar geschätzt – mit dem größten Zuwachs in Singapur, Südafrika, Hongkong und Australien. Und das Vermögen der Superreichen wächst kontinuierlich, ungerührt von politischen und ökonomischen Krisen. Im Jahr 2009 wird mit einem Geldvolumen von 42,2 Billionen US-Dollar kalkuliert. Das entspricht dem Eintausendsechshundertfachen der jährlichen Investitionsausgaben des deutschen Bundeshaushaltes.[27]

Ein Stück von diesem Kuchen wollen sich die Bankiers in allen Weltfinanzzentren abschneiden. Die Schweizer Großbanken und die Geldhäuser mit genügender Größe haben sich aber längst davon verabschiedet, abzuwarten, bis ein neureicher Interessent an der Bahnhofstrasse vorbeischaut. Sie expandieren seit Jahren auf die neuen Geldmärkte in Asien und Amerika. Dort wird das Geld dann nach den Regeln der lokalen Gesetzgebung verwaltet – onshore. Sie haben sich darauf eingestellt, dass das Offshore-Geschäft zurückgeht, bei dem die Kundengelder grenzüberschreitend an Finanzplätzen mit freundlichen Steuergesetzen verwaltet werden. Es sei »gehemmt«, fand der Zürcher Finanzmarktforscher Teodoro D. Cocca im Frühjahr 2005.[28] Doch er irrte sich. Das Offshore-Geschäft läuft besser denn je.

Seit Sommer 2005 meldete die UBS Quartals-Rekorde im Neugeldzufluss im Geschäft mit den Reichen. Rund 300 Milliarden Franken Neugelder flossen ihr in den Jahren 2005 und 2006 zu. Die Aktionäre durften sich freuen. Pro Aktie betrug das Ergebnis 6,20 Franken. Das Geldhaus war Ende 2006 an der Börse rund 154 Milliarden Franken wert. Die Eigenkapitalrendite lag bei 28,2 Prozent. Insgesamt verwaltete die Bank Ende 2006 weltweit private und institutionelle Vermögen in Höhe von 2989 Milliarden Franken.[29] Das zahlt sich auch für die Arbeitsmärkte aus. Binnen zweier Jahre wuchs die Mitarbeiterzahl um mehr als 10 000 Vollzeitbeschäftigte auf 78 140.

Die Strategie der UBS ist eindeutig: Überall auf der Welt neue Kunden und somit neue Gelder einsammeln. Vor allem in den USA, in Lateinamerika und in Asien. Der europäische Markt stagniert. Mehr als die Hälfte ihres Ertrages im Vermögensverwaltungsgeschäft macht die UBS in den USA – onshore, unter strengsten gesetzlichen Auflagen. Das ist die Marschrichtung.

Was bleibt? Ein harter wirtschaftlicher und politischer Wettbewerb um das Geld der Superreichen. Über Terroristengelder und Geldwäscherei wird dabei oft nur diskutiert, um den jeweiligen Konkurrenten mit unbequemen, kostenintensiven Prozeduren zu belasten. Es sind vorgeschobene Instrumente zum Schutz der eigenen Wirtschafts- und Bankenmacht.

Der amerikanische Diplomat Craig Names hatte einmal unfreiwillig unter Beweis gestellt, wie doppelzüngig die Forderungen seiner Regierung sind. Das ganze trug sich zu, als er im Juni 2003 in Zürich auf der internationalen Anti-Geldwäsche-Konferenz einen Vortrag hielt. Die Veranstaltung stand unter dem Motto »The New Global Regime«. Ob Moskau oder Vaduz, Beirut oder Dubai, von allen aktuell wichtigen Plätzen der Geldwäscher-Szene waren sie gekommen, die Regulatoren, Oberaufseher, Consultants und Banker. Die Zuhörer konnten tatsächlich den Eindruck gewinnen, dass die Welt mit Anti-Geldwäsche-Regeln perfekt neu geordnet worden sei.

Craig Names, der Seniorberater aus dem Washingtoner Außenministerium, marschierte mit militärisch einstudiertem Schritt zum Rednerpult und spulte sein ödes Powerpoint-Programm mit den neuesten Forderungen der US-Regierung zur Regulierung der weltweiten Geldwäsche ab. Im Offiziers-Stakkato, das an Nato-Meetings erinnerte, wollte der Keynote-Speaker einigen hundert Anti-Geldwäsche-Experten, darunter die Koryphäen der Branche, den Tarif in den amerikanischen Landesfarben mit Stars and Stripes durchgeben. Er begann mit einer Präsentationstafel, die seinen Auftritt sogleich relativierte. Darauf war zu lesen, dass seine Darstellung keineswegs die Ansichten, Meinungen oder Positionen der amerikanischen Regierung wiedergeben würde. Dann erläuterte er, wie mit elektronischem Banking anonyme Geldtransaktionen in Sekundenschnelle rund um den Globus organisiert werden können und warum dies alles außerhalb des Radarbereichs der nationalen Überwachungsbehörden geschieht. Er demonstrierte, dass Terroristen mit falschen oder gestohlenen Kreditkarten diese Möglichkeiten nutzen können. Er warnte vor den Gefahren von Internet-Casinos, die weltweit bereits von 71 Staaten reguliert oder toleriert würden. Er bemängelte die »Laissez-faire«-Haltung vieler kleinerer Staaten und dass viele Länder wie zum Beispiel Antigua solche Casinos akzeptieren, auch wenn sie ihren tatsächlichen Sitz nicht im Land haben. Er zeigte mit dem Finger die verdächtigen Orte auf der Landkarte an: die britischen Inseln Alderney und Man, die Republik San Marino in Italien oder Montenegro auf dem Balkan.[30]

Der ganze Saal schien zu gähnen, so wenig spektakulär war den versammelten Fachleuten dieser Vortrag. Als Diplomat Names sein perfekt einstudiertes Stück beendet hatte, bat ein Konferenzteilnehmer in der vorletzten Reihe ums Mikrofon. Eine Frage wollte er stellen, eine ganz einfache. Er beschäftige sich bereits seit Jahren mit hochkriminellen Internet-Casinos, die über die ganze Welt hinweg ihre Kunden betrügen würden. Komischerweise würde er auf der komplizierten Spurensuche nach den Betreibern, die in der Karibik registriert sind, meistens auf Täter in Miami im US-Bundesstaat Florida stoßen. Oder er lande im US-Bundesstaat Delaware, wo man übers Internet binnen zehn Minuten eine anonyme Aktiengesellschaft gründen könne. Was denn die US-Regierung dagegen zu tun gedenke, wollte der Herr wissen.

Eine Antwort konnte Names nicht geben. Schließlich war er – nicht als Sprecher der Regierung angetreten. Außerdem, so musste er zugeben, gebe es von Seiten Washingtons keinen Auftrag zur Verfolgung dieses Problemes. Und in Delaware seien die meisten Firmen wegen der Steuern. Aber da gebe es wohl ein paar Schlupflöcher, räumte er ein. Names' bescheidene intellektuelle Reaktionsschnelle und seine Ausflüchte wurden allmählich durch lautes Gelächter überdeckt, das sich über den großen Konferenzsaal ausbreitete.

An dieser Praxis, die der beherzt nachfragende Konferenzteilnehmer monierte, hat sich in den USA nichts geändert. Delaware ist mehr denn je ein El Dorado für klandestine Firmengründungen. Im Handelsregister sind dort mehr als eine halbe Million Gesellschaften angemeldet.[31] So bemerkte der Holländer Jos de Wit, weltweit einer der respektiertesten Geldwäschespezialisten: »Ich vermisse ein Land auf der Liste der nichtkooperativen Staaten – die USA.«

Jos de Wit war als Chefüberwacher im Amsterdamer Bankenkonzern ING für 115 000 Mitarbeiter in 61 Ländern verantwortlich, die weltweit 50 Millionen Kunden betreuen. De Wit kennt die Probleme aus eigener Anschauung, er war als Banker in Polen, Bulgarien und auf den niederländischen Antillen tätig. Er nimmt kein Blatt vor den Mund, wenn er die Situation seiner Kollegen beschreibt, die stets auf der Suche nach vermögender Kundschaft sind, aber durch einen kleinen Fehler beim Prüfen ihrer Klientenprofile unermessliche Reputationsschäden riskieren: »Die Banken bewegen sich zwischen Angst und Gier.«

Die Betreiber der großen Finanzplätze in London, Zürich und Luxemburg würden gerne auf das kriminelle, schmutzige Geld verzichten. Aber die »steuerneutralen« Vermögen, die bereits eingebunkert sind, wollen sie ebenso gerne weiterhin betreuen. Kein Bankier spricht es öffentlich aus, es wäre politisch unkorrekt. Sie wissen, dass sie schnell unter internationalen politischen Druck geraten, wenn die Justiz versagt. Sie wird hin und wieder zum Auskehren benötigt. Aber sie sollte den Besen nicht zu heftig schwingen, wenn es nach den Bankiers geht.

Al Capone junior

Vom Versagen der Justiz
und der modernen Selbstjustiz

Alphonse »Al« Capone trug monogrammbestickte Hemden und eine diamantbesetzte Gürtelschnalle. Seine monströsen Partys, teuren Limousinen und edlen Teppiche waren legendär. Er hatte lausige Berater und kam hinter Gitter.

Andreas Ochsenbein ist Staatsanwalt in Zürich und musste sechs Jahre lang um eine Antwort auf seine Rechtshilfegesuche in den Vereinigten Staaten kämpfen. Am Ende wurde sein Angeklagter freigesprochen.

Lorenz Erni gehört zu den Stars unter den Zürcher Strafverteidigern. Er gewinnt fast immer, es sei denn, es handelt sich um Drogendealer oder hoffnungslose Fälle. Seine stärkste Waffe ist das Strafgesetzbuch.

Schimpfend schritt der Angeklagte an den Pressefotografen und Reportern vorbei in den Gerichtssaal: »Der Presserummel – das ist es, worüber ich gestolpert bin.« Im feinen violetten Anzug nahm er auf der Anklagebank Platz, begleitet von drei lausigen Strafverteidigern. Ihr Kuhhandel mit dem Gericht war gescheitert.

Sein luxuriöser Lebenswandel wurde detailliert ausgebreitet. Zeugen berichteten von edelstem Zwirn und von Krawatten, die er in Großhandelsmengen orderte. Von riesigen Partys, teuren Limousinen und edlen chinesischen Teppichen war die Rede. Auch die diamantbesetzte Gürtelschnalle kam zur Sprache. Alles nur, um angebliche Einkünfte zu belegen, die nicht versteuert wurden: ein Indizienprozess mit schwachen Beweismitteln.

Am 17. Oktober 1931 wurde das Urteil gegen den 32-Jährigen gesprochen: »Schuldig des schweren Vergehens der Steuerhinterziehung.« Der Angeklagte, ein gewisser Alphonse Capone, wanderte für elf Jahre hinter Gitter. Die meiste Zeit davon verbrachte der Gangsterkönig aus Chicago als Häftling Nr. 85 in Alcatraz auf der damals neu eingerichteten, nunmehr berüchtigten Gefangeneninsel vor San Francisco.

Al Capone würde heute bei ähnlicher Beweislage jeden Schweizer Gerichtssaal als freier Mann verlassen. Nicht einmal eine Gefängnisstrafe auf Bewährung hätte er zu erwarten. Allenfalls würde ihm wegen einer unvollständigen Steuererklärung eine Geldbuße drohen, die er leicht mit ein paar seiner Notenbündel begleichen könnte. Auch in den Vereinigten Staaten wären die Anklagevertreter heute abgeblitzt. Der wesentliche Grund: Wirtschaftsstraftäter mit entsprechend ausgestatteter Kapitalbasis erscheinen vor Gericht mit exzellenten Strafverteidigern. Capones Anwälte gingen damals schlecht vorbereitet und ohne Strategie in die Verhandlung, nachdem ihr Versuch eines Kuhhandels gescheitert war.

Strafverteidiger Terry McCarthy übernahm die Rolle eines Capone-Anwalts in einem nachgestellten Prozess, den die amerikanische Anwaltsvereinigung ABA 1990 veranstaltete. Nach dem Studium der Verhandlungsprotokolle erklärte er: »Von geschickter Verhandlungsführung kann keine Rede sein. Nach heutigen Maßstäben kann man nur sagen, dass sie keine Ahnung hatten.« Und Show-Richter Marshall attestierte: »Die Rechtspraxis ist wesentlich raffinierter geworden.«[32]

So sieht es auch beim Gerichtsstand Schweiz aus. Exzellente Strafverteidiger, assistiert durch Junganwälte, durchkämmen die Aktenberge, prüfen die Anklageschrift auf jeden erdenklichen Fehler in der Sache oder Form. Mit der viel beschworenen Waffengleichheit zwischen Anklage und Verteidigung ist es nicht weit her. Eine knapp verfasste Anklageschrift, die sich oft – aus ökonomischen Gründen – auf nur wenige, einfach zu beweisende Tatvorgänge beschränkt, wird vor Gericht häufig mit einer mehrstündigen Replik des Verteidigers bestritten.

Der Einsatz eines erstklassigen Strafanwalts kann in aufwändigen Fällen gut und gerne einige hunderttausend Franken verschlingen, manchmal sogar Millionen. Das Kassationsgericht des Kantons Zürich hat für einen komplizierten, aber letztlich durchschnittlichen Fall 120 Stunden Honorar à 250 Franken anerkannt. In großen Straffällen rechnet man aber mindestens mit doppeltem Honorarsatz und nicht selten 500 Arbeitsstunden.

Der Zürcher Staatsanwalt Hanspeter Hirt weiß ein Lied davon zu singen. Im Konkursfall eines Schweizer Papierkonzerns warf er dem Angeklagten Gläubigerbevorzugung, Veruntreuung, ungetreue Geschäftsbesorgung und Steuerhinterziehung vor. Die Öffentlichkeit empörte sich mehrfach über den Sanierer, einen ehemaligen Unternehmensberater. Vor Gericht wurde die Anklageschrift dann von dem exzellenten Zürcher Anwalt Hans-Jürg Hug zerpflückt. Er bestritt den Untreuevorwurf unter anderem mit dem Argument, dass der Angeklagte als oberster Arbeitnehmer seiner Firma im Rang eines Chief Executive Officer (CEO) eigene Interessen wahrgenommen habe und daher nicht für das Konzernvermögen verantwortlich sein konnte. Dem Richter blieb nur noch der moralische Verweis und ein mildes Urteil: 18 000 Franken Buße wegen bescheidener Steuerdelikte.

Zuvor hatte Staatsanwalt Hirt nach vierjähriger Untersuchungszeit einen Teil der Verfahren eingestellt – ausgerechnet die erfolgversprechenden Vorwürfe, wie später das Bezirksgericht befand. Das Gericht war nochmals von einem Geschädigtenvertreter und von der Schweizerischen Investorenschutzgemeinschaft angerufen worden, die Rekurs gegen die Einstellungsverfügung einlegten. Sie waren der Ansicht, dass die Verwaltungsräte »unwahre Angaben über das kaufmännische Gewerbe« (Art. 152 StGB) gemacht hätten. Die Bezirksrichter wiesen den Rekurs im März 2003 ab, weil die Taten mehrheitlich verjährt waren. Inhaltlich rügten die Richter allerdings die Einstellungsverfügung des Staatsanwaltes und gaben den Rekursklägern in wichtigen Punkten Recht. Obwohl die Verwaltungsräte der Papierfabrik erkannt hatten, dass der Eigenkapitalwert bei null liegen könnte, sei in einem Halbjahresbericht von »steigendem Umsatz und verbesserter Bruttomarge«, »Rekordabsätzen« und »stabilen Bilanzverhältnissen« die Rede gewesen. Die berichteten Höhen von Aktiven und Eigenkapital seien »als unwahr zu qualifizieren«.[33]

In der Öffentlichkeit machen vor allem die Großeinsätze der Verteidiger von zahlungskräftigen Angeklagten Eindruck. Das hat bedenkliche Effekte. Es sind vor allem die großen, publikumswirksamen Fälle, die zu wenig abschreckend wirken und daher der alten Weisheit Nahrung geben: Die Kleinen fängt man, die Großen lässt man laufen. Schlichtheit in der Tatausführung hingegen wird hart bestraft: der Bankbuchhalter, der in den Tresor greift; die Verwaltungssekretärin, die Gelder auf ihr Privatkonto umlenkt. Hier gibt es empfindliche Zuchthausstrafen, auch für Ersttäter.

»Auf dem Land wird noch richtig bestraft. Da gilt eine Million noch etwas«, erzählt Peter Cosandey, der nach seiner ersten Karriere als erfolgreicher Staatsanwalt mit großen, internationalen Fällen die Forensik-Abteilung beim Prüfkonzern KPMG in Zürich aufgebaut hat und numehr als Unternehmensberater für heiße Fälle tätig ist. So sorgte im Sommer 2004 vor dem Schaffhauser Kantonsgericht der größte Wirtschaftsprozess der Region und gleichzeitig das bisher aufwändigste Strafverfahren in der Geschichte des Kantons für – allerdings nur regionales – Aufsehen. Angeklagt war der damals 64-jährige Gerhard Fischer, dem bei einer Deliktssumme von 327 Millionen Franken allerhand vorgeworfen wurde: gewerbsmäßiger Betrug, mehrfache Urkundenfälschung, Anstiftung zur Urkundenfälschung und der Versuch der gewerbsmäßigen Geldwäscherei und Gläubigerschädigung durch Vermögensminderung. Der Schaffhauser Gerichtspräsident Werner Oechslin lag mit seinem Urteil noch über dem Antrag des Staatsanwaltes: zehn Jahre Zuchthaus. Dieser hatte sieben Jahre für Fischer gefordert. Er wurde zudem verurteilt, dem Staat einen Gewinn von 300 Millionen Franken aus seinen Straftaten abzuliefern. Daran angerechnet wurden die eingezogenen Vermögenswerte. Auch die Kosten des Verfahrens von über einer Million Franken sollte Fischer tragen. »Dieser Fall sprengt in jeder Hinsicht die bisher bekannten Dimensionen«, sagte der Richter bei der Urteilsverkündung. Fischer hatte zu Beginn der neunziger Jahre in Sachsen mit einer Firmengründung Staatsgelder und Bankkredite in dreistelliger Millionenhöhe erhalten. Das Urteil wurde allerdings bald korrigiert. Das Obergericht des Kantons verwies einige der erhobenen Betrugsvorwürfe zurück an die Staatsanwaltschaft zur neuerlichen Abklärung oder Einstellung des Verfahrens. Im Mai 2006 wählte der Angeklagte in Untersuchungshaft den Freitod.[34]

Freispruch für den Anlageschwindler

An scharfen Gesetzen mangelt es grundsätzlich nicht. Gegen die transnationale, organisierte Kriminalität, im Fachjargon »OK« genannt, wurde 1994 dem Beispiel anderer Länder folgend die Mitgliedschaft oder Unterstützung einer kriminellen Organisation unter Strafe gestellt. Doch die Spruchbilanz nach dem neuen OK-Paragraphen ist äußerst mager. In den sieben ersten Jahren seit Inkrafttreten bis zum Dezember 2000 endeten 80 Prozent der kantonalen Strafentscheide mit Freisprüchen oder Einstellung des Verfahrens. Ganze elf Fälle wurden von Kantonsgerichten mit einem Schuldspruch beendet, nur zwei landeten vor dem Bundesgericht.

Manche Schweizer Experten ziehen daraus bequeme Schlüsse. Für den Berner Strafrechts-Emeritus Gunther Arzt, eine Koryphäe in der eidgenössischen Strafrechtlerzunft, ist die organisierte Kriminalität ein »weitgehend imaginäres Problem«. Frei nach der Devise: Was nicht vorm Kadi behandelt wird, existiert auch nicht. Er kann dem Treiben der Mafia sogar Gutes abgewinnen: »Die mafiose Ausnutzung in Form des Subventionsbetrugs richtet nur Sekundärschaden an.« Arzt findet dies »insofern sogar positiv, als sie zum Kollaps einer unwirtschaftlichen Subventionsbürokratie« beitrage, die von der EU und ihrem Paragraphen-Dschungel verursacht werde.[35] Tausende angehende Juristen wurden durch den Hörsaal von Professor Arzt geschleust, und der libertäre Geist scheint in die Köpfe gerieselt zu sein. In Schweizer Juristenbibliotheken bleiben Regalmeter internationaler OK-Fachliteratur unbearbeitet. Das scheint kein Thema für die Strafrechtsforscher zu sein.

Die Realität sieht anders aus, als sie in den Hörsälen präsentiert wird. 1997 hat der St. Galler Ermittlungsexperte Christof Müller für das global operierende Beratungsunternehmen PricewaterhouseCoopers (PwC) die erste Untersuchung zum Phänomen der Wirtschaftskriminalität in der Schweiz gestartet. 62 Prozent der 113 befragten Unternehmen erklärten, dass sie in den vergangenen fünf Jahren mindestens einmal Opfer von Wirtschaftdelikten geworden sind. Nur 20 Prozent der Fälle wurden gegenüber den Behörden offen gelegt. Im Jahr 2000 hat PwC die Studie europaweit auf 3400 Firmen und Organisationen ausgedehnt, darunter 208 in der Schweiz. Fast ein Drittel der Befragten konnte von Betrugsfällen berichten, doch bei vielen blieb die Schadenhöhe unbekannt. Allein bei den bezifferbaren Fällen wurde europaweit ein Schaden von 5,3 Milliarden Franken angerichtet.[36]

Exemplarisch ist der Fall der drei Anlagebetreuer, die der Zürcher Staatsanwalt Andreas Ochsenbein erst nach sechs Jahren zur Anklage bringen konnte. Der Fall war längst in Vergessenheit geraten, die Artikel über die Firma SFH Trading verstaubten im Archiv, als der Angeklagte im Dezember 2004 vor dem Bezirksgericht Zürich erscheinen musste. Im Januar 1999 war der Börsenbroker wegen des Verdachts des gewerbsmäßigen Betruges in Millionenhöhe inhaftiert worden. Als der Mann nach acht Monaten U-Haft die Gefängniszelle verließ, hatte das Publikum die Causa ad acta gelegt.

Für Staatsanwalt Andreas Ochsenbein begann da erst die kafkaeske justizielle Bürokratie. Als er im Dezember 2004 im Bezirksgerichtssaal endlich die Anklageschrift verlesen durfte, konnte er dem Geldhändler noch vorwerfen, 332 Anleger durch systematisch überhöhte Kommissionen bei Optionsgeschäften geprellt zu haben. In der Fachsprache der Kriminalisten wird das »Churning« genannt. Den Schaden bezifferte er auf 11 Millionen Franken. Andere Vorwürfe musste er fallen lassen. Als Vermittler war ein gewisser Rolf H. mit dabei, der »Generalbevollmächtigte« des jungen Airline-Gründers Mario Ritter.[37]

Ochsenbein beantragte drei Jahre Gefängnis und der Zürcher Starverteidiger Lorenz Erni plädierte nach dem Verlesen eines 70-seitigen Plädoyers auf Freispruch. Justizalltag am Zürcher Bezirksgericht: Erni erreichte das gewünschte Urteil in erster und zweiter Instanz. Der Angeklagte verließ den Gerichtssaal als freier Mann.

Dem Angeklagten wurde zugute gehalten, dass in seinen Prospekten »ein klarer Hinweis auf das Risiko eines Totalverlustes« gegeben wurde. Andererseits kamen die Richter zum Ergebnis, dass die Verkäufer »den Kunden gegenüber die Risiken beschönigten und ihnen hinsichtlich der Profitmöglichkeiten bei diesen Anlagen ernsthafte Chancen auf größere – spekulative – Gewinne vorspiegelten«. Die wirklichen Chancen seien jedoch »vernichtend klein« gewesen. Es bedürfe keiner näheren Ausführung, dass kein Kunde bei Aufklärung über die tatsächlichen Umstände, also die erhebliche Minderung der Gewinnchancen auf Grund der Kommissionshöhe und die Erfolgsquoten früherer Kunden, je einen solchen Vertrag abgeschlossen hätte.

So weit die Analyse über den Sachverhalt. Nun prüften die Richter, ob ein solches Vorgehen gemäß schweizerischem Recht strafbar ist. Sie kamen zunächst auf eine helvetische Besonderheit beim Betrugstatbestand zu sprechen: Betrug setzt nach dem schweizerischen Strafgesetzbuch nämlich eine »arglistige Täuschung« des Opfers voraus. Die Richter erläuterten mit ihrem vorgestanzten Textbaustein:

»Nach der bundesgerichtlichen Rechtssprechung ist Arglist gegeben, wenn der Täter zur Täuschung eines andern ein ganzes Lügengebäude errichtet oder besondere Kniffe (manœuvres frauduleuses) anwendet, aber auch dann, wenn er bloss falsche Angaben macht, deren Überprüfung nicht oder nur mit besonderer Mühe möglich oder nicht zumutbar ist, sowie dann, wenn er den Getäuschten von der möglichen Überprüfung abhält oder nach den Umständen voraussieht, dass jener die Überprüfung der Angaben aufgrund eines besonderen Vertrauensverhältnisses unterlassen habe.«[38]

Anders als im deutschen Strafrecht wird damit eine Opfer-Mitverantwortung in die Betrachtung einbezogen. Wer sich selbst mit einem Mindestmaß an Aufmerksamkeit oder einem Minimum zumutbarer Vorsicht hätte schützen können, hat also keinen Schutz durch das Strafrecht zu erwarten.[39] Daher drehen sich in allen Zürcher Betrugsprozessen Staatsanwälte, Verteidiger und Richter unentwegt um diese Frage: Waren die Geschädigten tatsächlich schutzbedürftig?

Wenn das Opfer nicht durch körperliche oder geistige Gebrechen oder eine besondere Notlage unterlegen war, ist der Arglistvorwurf praktisch nur schwer durchsetzbar.

So stellten die Richter auch in diesem Fall die Frage, ob »der Anleger den Schutz des Strafrechts überhaupt verdient, oder ob er ihm nicht deshalb zu versagen sei, weil er sich als sorgloser Spekulant den erlittenen Schaden selber zuzuschreiben hat«. Das Gericht kam zum Ergebnis, dass es den Opfern zuzumuten war, sich bei einer neutralen Stelle – »etwa bei der Hausbank« – zu erkundigen, wie die Gewinnchancen ihres Investments seien.

Ohnmächtige Staatsanwälte im Fahnderfrust

Staatsanwalt Ochsenbein hatte das Problem in weiser Vorahnung in seinem Plädoyer vorweggenommen, nicht ohne die Besonderheiten zu bemängeln, die ihm immer wieder das Ankläger-Leben schwer machen: »In Deutschland braucht es keine Arglist. Im Effekt wird damit das Vertrauen eines Anlegers in der Schweiz weit schlechter geschützt als in Deutschland. Ähnlich fällt der Vergleich mit vielen anderen Ländern aus, besonders mit den USA. ... Weiter gibt es auf dem Finanzplatz Schweiz keine systematische Finanzmarktaufsicht; das heißt, die Schweiz baute eine achtspurige Finanzautobahn ohne Finanzpolizei. Je nach der eigenen Einstellung kann man das kritisieren oder sich an der Freiheit freuen, die damit verbunden ist.«[40]

Ihm blieb nur noch ein politischer Seufzer: »Wenn der Staat derart grosse Freiheit gewährt, so muss ihr Missbrauch umso energischer bekämpft werden, denn hier bewirkt Missbrauch in aller Regel grossen Schaden. Wer es ausnützt, dass dieser Finanzplatz sehr liberal organisiert ist, um zum Schaden anderer grosse Profite zu erzielen, der handelt besonders verwerflich und soll eine hohe Strafe gewärtigen. Fehlt dem Staat dazu die Kraft, so ist er nicht liberal, sondern bloss Nachtwächter.«[41]

Andreas Ochsenbein blieb nichts, als frustiert in die Berufung zu gehen. Warum dauerte es überhaupt sechs Jahre, bis der Richter diesen traurigen Fall zu verhandeln hatte? Staatsanwalt Ochsenbein, ein sehr versierter Strafverfolger, erzählt vom tristen Ermittleralltag. Die Beweissammlung füllt 150 Bundesordner mit Dokumenten aus der Schweiz, den Britischen Jungferninseln, den Bermudas, Jersey und den USA, wo die Fahnder Vermögenswerte der Täter aufspüren wollten, unter anderem eine schmucke Ferienvilla. Ein einziger Kriminalpolizist half ihm dabei, den Aktenberg durchzuwühlen. Und er beschwerte sich nicht einmal: »Das war ein sehr guter Fahnder, der mit viel Akribie den allergrößten Teil der Vermögenswerte sichergestellt hat.«

Für den Staatsanwalt ist es auch nicht ungewöhnlich, wie Rechtshilfeersuchen in den USA behandelt wurden. Das erste Gesuch wurde mangelhaft erledigt, das zweite gar nicht, das dritte unvollständig. Und immer musste das Begehr den Instanzenweg über das Bundesamt für Justiz in Bern zum Department of Justice in Washington D. C. nehmen, um dann an die Behörden in Florida, Kalifornien oder Illinois zu gelangen. »Viele, viele Male« wurde in den USA interveniert, sagt Ochsenbein. Vergebens. Sein kritischer Bericht an die US-Justiz blieb unbeantwortet.[42]

Rechtshilfe zwischen Staaten ist ein Teil der Außenpolitik und wird auch so behandelt. Alle Staaten, mächtige imperialistische Nationen wie verarmte Diktaturen, behalten sich die politische Entscheidung über die Rechtshilfe vor. Auch in der Bundesrepublik Deutschland können Staatsanwälte davon berichten, dass Rechtshilfegesuche beim Landesjustizminister oder beim Bundesjustizminister gestoppt wurden, weil sie politisch nicht opportun waren. Weil zum Beispiel ein verbündeter oder befreundeter Politiker oder General in das Verfahren verwickelt war. Oder weil, wie so oft bei Fällen des illegalen Rüstungshandels, eigene oder befreundete Geheimdienste die Finger im Spiel hatten. Nach Schweizer Recht kann die Rechtshilfe verweigert werden, wenn die Souveränität, Sicherheit oder andere wesentliche Interessen der Schweiz beeinträchtigt werden könnten. In diesen Fällen entscheidet das Justizministerium oder sogar der Bundesrat. Explizit wird aber auch darauf hingewiesen, dass der Entscheidungsspielraum im Zweifelfall zugunsten einer Rechtshilfe zu nutzen ist, weil »es dem Landesinteresse widerspricht, wenn die Schweiz zu einem Hort für Fluchtgelder oder kriminelle Gelder wird und dass dies dem Ansehen der Schweiz schadet«.[43]

Grundsätzlich regelt ein Europäisches Übereinkommen über die Rechtshilfe in Strafsachen, dass dem ersuchenden Staat nach einer einfachen, summarischen Plausibilitätsprüfung geholfen wird, wenn die vorgeworfenen Straftaten in beiden Ländern strafbar sind. Dabei werden keine Beweismittel untersucht oder beschafft. Regelmäßig erklärt auch das Bundesgericht in Lausanne in Beschwerdeverfahren, dass es nicht verpflichtet sei, »nach weiteren der Rechtshilfe allenfalls entgegenstehenden Gründen zu forschen, die aus der Beschwerde nicht hervorgehen«. Das höchste Gericht orientiert sich daran, was die Vorinstanz als Sachverhalt festgestellt hat, »soweit dieser nicht offensichtlich unrichtig, unvollständig oder unter Verletzung wesentlicher Verfahrensbestimmungen festgestellt worden ist«. Nur grobe Schnitzer sollen demnach zu einer Ablehung führen: »In Rechtshilfesachen ist allerdings ganz allgemein vom Sachverhalt auszugehen, wie er im Rechtshilfegesuch und in dessen Ergänzungen bzw. Beilagen geschildert wird, es sei denn, diese Darstellung ist offensichtlich unrichtig, lückenhaft oder widersprüchlich.«[44]

Das ist zwar international üblich, aber der Schweizer Bankiervereinigung geht das zu weit. Ihr Geschäftsführer Urs Roth forderte, dass die Rechtshilfeersuchen eingehender geprüft werden. Sonst würde sich die Schweiz in die Rolle eines reinen Informationslieferanten drängen lassen.[45] Mit diesem Vorwurf können zwar völkerrechtlich verbindliche Normen nicht verwässert werden. Aber das Justizpersonal kennt nun die Parole, die die Banken im Lande vorgeben.

Wie auf einen Schlag sechs Milliarden Franken konfisziert werden

Tatsächlich haben die prüfenden Staatsanwälte einen gewissen Spielraum. Sie können Nachbesserungen verlangen, wenn ihnen die Vorwürfe unschlüssig erscheinen. Aber sie können die Freigabe der Akten auch beschleunigen, wie man an einem prominenten Fall studieren kann: Die sehr wohlwollende Erledigung der Rechtshilfe im Fall des russischen Oligarchen Michael Chodorkowski durch die Bundesanwaltschaft war am Bankenplatz ein großes Ärgernis. Der ehemalige Chefankläger Valentin Roschacher, dem ein sehr freundliches Verhältnis zu seinen Kollegen in Moskau nachgesagt wird, hatte russische Gesuche durchgewunken, die zur Sperre zahlreicher Konti führten.

Als die Kontensperren im März 2004 verfügt waren, stellte sich heraus, dass damit 6,2 Milliarden Franken auf einen Schlag arrestiert waren, darunter Gelder einer Art Pensionskasse des Ölkonzerns Yukos. 20 Stunden später wurde die Sperre vom Gericht aufgehoben, doch Ex-Bundesanwalt Roschacher verfügte die Sperre ein zweites Mal. Damit war hinter den Kulissen die Schlacht zwischen Anwälten, Diplomaten, Lobbyisten, Bankern und Staatsanwälten eröffnet. Bundesanwalt Roschacher wurde vorgeworfen, er würde sich zum Büttel einer politischen Justiz machen, die nach Auffassung des Europarates unfair und parteiisch sei und fundamentale Angeklagten-Rechte missachte. Eine Welle von Beschwerdeverfahren wurde eingeleitet.[46]

Tatsächlich war die Mitwirkung der Schweizer an Putins Justiz gegen den politischen Widersacher höchst fragwürdig. Das Bundesgesetz untersagt in solchen Fällen die Rechtshilfe: »Einem Ersuchen um Zusammenarbeit in Strafsachen wird nicht entsprochen, wenn Gründe für die Annahme bestehen«, dass das Verfahren im Ausland den in der Europäischen Menschenrechtskonvention »über bürgerliche und politische Rechte festgelegten Verfahrensgrundsätzen nicht entspricht.«[47]

Die Bundesrichter hoben die Sperren teilweise auf und signalisierten damit, dass ihnen der politische Hintergrund der Verfahren missfällt.[48] Unter dem Eindruck des Verfahrens haben auch Bundesrat und Parlament eine Revision abgelehnt, die ein schnelleres und einfacheres Rechtshilfeverfahren ohne das Bundesgericht als letzte Beschwerdeinstanz vorsah. Sie beschlossen im März 2005, dass den Betroffenen weiterhin der Rechtsweg zum höchsten Gericht offen steht. Diese Entscheidungen passen in eine »Rollback«-Stimmung, die sich in der Schweiz ausbreitet, nachdem sich das Land einige Jahre gegenüber der ausländischen Justiz sehr weit geöffnet hat.

Die Anwälte des Staates müssen den gleichen Fahnderfrust verkraften, wie er in fast allen europäischen Ländern erlebt wird. »Als ich 1986 hier angefangen habe«, erzählt Ochsenbein, »bearbeiten wir drei große Fälle gleichzeitig.« Für ein Dossier wurde ein

»Mannjahr« kalkuliert. Seitdem sind die Verfahren komplizierter geworden und die Verteidiger formalistischer. »Heute haben wir mindestens fünf Fälle auf dem Pult«, sagt Ochsenbein, »wenn es gut geht.« Hinzu kommen »kleine Fische«, die zügiger durch die Justizmühle getrieben werden. Doch beim »Mannjahr« pro Fall ist es geblieben. Das bedeutet für den Ermittler, dass er für jedes große Dossier rund fünf Jahre benötigt und jedes Jahr einen Fall abschließen kann.

Der internationalen Wachstumsindustrie Wirtschaftskriminalität stehen kaum konkurrenzfähige Fahnderorganisationen gegenüber. In die Justiz wird erst dann investiert, wenn das Ungleichgewicht offensichtlich wird. 30 Prozent mehr Personal wünscht sich Peter Herren vom Kantonalen Untersuchungsrichteramt in Bern und fügt hinzu: »Absolut illusorisch.« Im Tessin wurden sechs Ermittler eingestellt, nachdem der Schmugglerfall Cuomo Schlagzeilen gemacht hatte. Jetzt gebe es »nur noch die normalen Rückstände«, sagt Staatsanwältin Maria Galliani.

Es sind die Merkmale einer Strafverfolgung, die mit dem rapiden Wachstum der Finanzplätze nicht mitgehalten hat, geprägt von einer mehrheitlich liberalen Strafrechtswissenschaft, deren Exponenten immer noch vom Idyll einer ehrlichen Eidgenossenschaft ausgehen.

Unterdessen verkommt auch die eidgenössische Justiz zum Backoffice der internationalen Strafverfolgung. Nirgendwo erledigen Staatsanwälte auf dem Weg der Rechtshilfe so viele Hilfsdienste für ausländische Ermittler, nirgendwo beschäftigt sich das oberste Gericht eines Staates so intensiv mit Beschwerden gegen Rechtshilfegesuche. Die Strafverfolger haben in der globalen Arbeitsteilung die Assistentenrolle übernommen.

Gnädige Justiz und »außergerichtliche Lösungen«

Dieses Bild der Justiz spiegelt die Verhältnisse am Tatort als Drehscheibe für die finanzielle, steuerliche und rechtliche Planung der Taten sowie der Geldwäsche. Dabei wird übersehen, dass auch

Schweizer Täter mithalten können und komplexe Millionenbetrügereien anzetteln. Falls sie erwischt werden, dauern ihre Verfahren bis zur letzten Berufungsinstanz mitunter ein Jahrzehnt. Am Ende können die Täter auf milde Urteile hoffen, machmal sogar auf Freispruch.

- Wie im Fall des Tessiner Zigarettenschmugglers Augusto A., der im Herbst 2002, zehn Jahre nach der Tat, wegen Bestechung verurteilt wurde. Weil die Delikte so lange zurücklagen, kam er mit einer Bewährungsstrafe davon.
- Wie im Zuger Millionen-Betrugsfall eines Treuhänders, der auf eine Strafanzeige aus Amsterdam aus dem Jahr 1991 zurückgeht. Erst nach acht Jahren wurde ein erstes Urteil über eine 18-monatige Bewährungsstrafe erreicht, dann in der nächsten Instanz auf acht Monate reduziert. Wegen des Eintritts der absoluten Verjährung hob dann das Obergericht den ersten Schuldspruch auf.[49]
- Wie im Fall eines Transfer-Rubel-Betruges aus den ostdeutschen Wende-Zeiten, bei dem es um einen Schaden von 115 Millionen Mark ging. Das entscheidende Beweismittel, die bei einem Zürcher Rechtsanwalt beschlagnahmte Hängemappe über eine benutzte Domizilgesellschaft, blieb zwei Jahre lang versiegelt und konnte somit nicht an die ersuchenden Berliner Staatsanwälte weitergegeben werden.[50]
- Wie im Tessiner Goldschmuggler-Fall, bei dem es um eine Deliktssumme von 153 Millionen Franken ging. Erst nach zehn Jahren Verfahrensdauer kam es zum Prozess vor einem Geschworenengericht in Lugano. Der angeklagte Italiener Michele Pizzato wurde im März 2005 zu zwei Jahren und zehn Monaten Haft verurteilt. Im September 2005 reduzierte das Tessiner Appellationsgericht die Haftstrafe gegen den Edelmetallhändler um knapp drei Monate. Der Vizedirektor der Bank wurde zu 22 Monaten Haft verurteilt. Wo das Geld gelandet ist, konnten weder die Gerichte noch die Finanzexperten der Bank herausfinden. Der Italiener machte sich im Tessin als Mäzen und Vizepräsident des Fußballclubs Chiasso einen Namen.[51]

Der Kampf des Staates gegen Wirtschaftsdelikte steckt in der Krise. Welches geschädigte Unternehmen sucht da noch Schutz und Genugtuung durch den Strafprozess? Eine Kriminalitäts-Studie von PricewaterhouseCoopers (PwC) beantwortet diese Frage: Die Wirtschaft greift zur Selbsthilfe und privatisiert die Fahndung. Zwei Drittel der in Europa befragten Unternehmen gaben im Jahr 2001 an, dass sie ihre Betrugsfälle den Behörden nicht meldeten. Im Jahr 2005 kam eine weitere PwC-Umfrage, diesmal mit weltweit 3630 Unternehmen in 36 Ländern, zum Ergebnis, dass die Hälfte aller Delikte ohne Strafuntersuchungen verliefen. Diese Fälle kamen nie vor Gericht. Das Resultat müsste als politisches Alarmzeichen registriert werden. »Der Rest wird intern geregelt«, sagt John Wilkinson, der Chef der Zürcher PwC-Ermittlungsabteilung »Da wird in der Regel eine außergerichtliche Lösung gefunden.«[52]

Das neue Schattenreich der Kriminalisten

Der britische Kriminalwissenschaftler James W. Williams hat der neuen Branche schon ein Kürzel zugeteilt: FACI – für »forensic accounting and corporate investigation industry«.[53] Er bemängelt, dass die Kriminologie die private, nichtstaatliche Regulierung kaum beachtet hat. Er zitiert sechs jüngere Studien, die allesamt zum Ergebnis kamen, dass die Mehrzahl aller Fälle von Wirtschaftsstraftaten informell über private Systeme abgewickelt und der Polizei oder anderen staatlichen Ordnungsinstitutionen nicht gemeldet werden.[54]

In einer kanadischen Untersuchung hat er bei den Unternehmen die Gründe ermittelt. Sie sind ein unmittelbares Produkt des Niedergangs der Justiz- und Polizeisysteme und der geschmälerten Staatsbudgets. »Jedesmal wenn die Polizei-Etats heruntergefahren werden, bekommen wir mehr Geschäft«, sagte einer der Befragten aus der privaten Ermittlerindustrie. Die forensischen Dienstleistungsunternehmen bieten einen funktionierenden transnationalen Service, während die staatlichen Institutionen sich in bürokratischen Amtshilfe- und Rechtshilfeverfahren verzetteln. Sie verfügen über mächtige investigative Ressourcen. Sie reagieren schnell und effizient.

So können sich die Privatfahnder noch am Tag der Auftragsannahme ins Flugzeug setzen, um im Ausland vermutete Vermögenswerte aufzuspüren. Dort können sie die Mitarbeiter ihrer lokalen Firmenfiliale einschalten, die ihre geregelten und inoffiziellen Verbindungskanäle in die Behörden und Banken spielen lassen. Unterdessen durchforsten weitere Mitarbeiter regionale und internationale Spezialdatenbanken, wühlen wochenlang im Internet nach Datenspuren der Täter und gleichen diese Erkenntnisse mit ihren ausländischen Kollegen ab.

Einige der Befragten legten auch die Hintergründe für ihre Privatinitiative offen: Sie wollen als Unternehmen, wenn sie eine Ermittlung anstoßen, die Kontrolle über die Sache behalten. Sie wollen die Fälle diskret und geheim behandeln: »Wenn sie zur Polizei gehen, dann müssen sie damit rechnen, dass die Sache publik wird. Das schädigt das Opfer-Unternehmen, das beschädigt die Aktionäre und das beeinträchtigt den Wert der Aktie. Deshalb werden sie es stattdessen unter der Decke halten.« Ein früherer Polizeiermittler erklärte: »Das Letzte, was sie wollen, ist der Gang zum Gericht. Sie wollen nicht erleben, dass ihre Aktionäre sehen, dass sie um 30 Millionen Bucks betrogen wurden. Die Aktionäre sind genervt, wenn sie diesen Mist sehen. Das beschneidet ihre Dividenden. Deshalb wollen sie, dass das Problem aus dem Weg geschafft wird. Schau, dass die Sache aus der Welt kommt.« Und ein Privatermittler brachte es auf den Punkt: »Sie kaufen Diskretion.«[55]

Diese Situation offenbart ein gravierendes Demokratieproblem: Private Investigation und Corporate Intelligence, die neuen Nachrichtendienste der Unternehmenswelt, treten an die Stelle der Justiz. Das staatliche Gewaltmonopol, in den demokratischen Verfassungen als Garant einer vom Volk kontrollierten Strafverfolgung und Rechtsprechung vorgesehen, gilt im Bereich der Wirtschaftskriminaliät nur noch für eine Minderheit. Das Gros aller Fälle kommt nicht mehr an die Öffentlichkeit.

Die bevorzugten Adressen für Ermittlung und Aufklärung der Taten heißen unter anderem KPMG, Ernst & Young, PricewaterhouseCoopers (PwC), Deloitte Touche, Kroll Associates oder Control Risks Group. Wenn überhaupt, dann beauftragen geschädigte Unternehmen Privatermittlerteams der Prüfgesellschaften und Wirtschaftsdetekteien. Die arbeiten schnell und geräuschlos, beschaffen rasch verschwundene Vermögenswerte und entsorgen das Problem rückstandsfrei – ohne Gerichtsverhandlung und Öffentlichkeit. Um die großen Beratungskonzerne herum hat sich wiederum weltweit eine Zulieferindustrie etabliert, die Spezialdienste anbietet wie zum Beispiel Festplatten-Wiederherstellungen oder IT-Sicherheits-Checks. In der Branche ist es auch ein offenes Geheimnis, dass sich unter diesen Zuträgern auch kleine, feine und im Dunkeln operierende Unternehmen etabliert haben, die ihre nicht ganz regelkonformen Verbindungen in die Justizbehörden, Nachrichtendienste und Finanzverwaltungen ausnutzen, um an vertrauliche Erkenntnisse heranzukommen. Diese Informationsbeschaffungs-Netzwerke haben sich informell gebildet und sie liefern durchaus Erstaunliches: Steuerakten, Personalakten vom Militärdienst, von Versicherungen, Ärzten und früheren Arbeitgebern. Und manchmal liefern sie auch grenzüberschreitend Erkenntnisse über Mietwagen- und Flugbuchungen sowie über Transaktionen auf Banken- und Kreditkarten-Konti.

Die moderne Form der Selbstjustiz wirkt im Stillen. Weder Parlamente noch Expertenkommissionen oder Strafrechtsinstitute nehmen Notiz davon. Während das Problem bislang von der europäischen Forschung kaum erkannt wurde, fragen amerikanische Kriminalistik-Forscher bereits, wer bei diesen verschwiegenen Ermittlungen überhaupt die Kriterien festlegt und bestimmt, was Recht und Unrecht ist. Und fassen die Relativität der verschiedenen Interessenlagen in unmißverständliche Worte: »Nicht alles, was für das Geschäft gut ist, ist gut für Amerika oder den Rest der Welt.«[56] Die privatisierte Wahrheitsfindung ist eine neue Branche, die mit geheimdienstlichen Techniken nicht nur Kriminellen auf der Spur ist, sondern auch in der Konkurrenzforschung und zur politischen Lobby-Arbeit eingesetzt wird – »Competetive Intelligence« heißt dieses neue Gebiet.[57]

So sitzen in vielen Großunternehmen bereits ganze Abteilungen von professionellen Informationsbeschaffern, die alle erdenklichen Hinweise über Forschungsziele, Pläne und Strategien der Konkurrenz zusammentragen, um den eigenen Konzern im Wettbewerb zu wappnen. Sie untersuchen Geschäftsberichte, Stellenanzeigen, Bauanträge und Patentanmeldungen – einfach alle Informationen, die öffentlich zu beschaffen sind. Weitere Erkenntnisse werden zum Beispiel über Interviews mit Managern gewonnen, die von vermeintlichen Headhuntern zum Anwerbungsgespräch eingeladen werden. Sie nähren sich dabei häufig von scheinbar belanglosen Informationen, die allerdings entscheidende Veränderungen ankündigen können: Wenn zum Beispiel die Betriebskantine für das kommende Jahr doppelt so viele Brötchen ordert, steht eine Expansion bevor.

Weil das nun fast alle so betreiben, löst diese »Spionage« wie bei den Geheimdiensten auch »Gegenspionage« aus. So beschäftigt sich bereits ein Teil des Berufsstandes in »Counter Intelligence«-Abteilungen mit der Abwehr gegnerischer Informationsbeschaffer. Die Schnüffler vom Vorstand sind in der internationalen Berufsorganisation Society of Competitive Intelligence Professionals (SCIP) vereint, die weltweit mehr als 3000 Mitglieder zählt. Sie sind die Agenten des modernen Informationskrieges.[58]

Die Schattenwelt der Wirtschafts- und Finanzkriminalität hat ein neues Schattenreich der privaten, klandestinen Kriminalistik hervorgebracht. Das Leben in diesem Dunkelfeld bleibt für Gesellschaft und Staat ein Geheimnis. Der ehemalige Tessiner Untersuchungsrichter und Anwalt Paolo Bernasconi sagt daher, dass amtliche »Kriminalstatistiken absolut nichts über das Risikopotential von Wirtschaftskriminalität aussagen«. Er beklagt sich, dass zwar »Statistiken über die Zahl der täglich gestohlenen Mofas« bestehen, »jedoch nicht über den jährlich durch die Wirtschaftskriminalität verursachten Gesamtschaden«.[59]

Mofadiebe werden gezählt, Kapitalanlage-betrüger nicht

Die staatlichen Statistiken geben zwar Auskunft über Straßenkriminelle, Sexualdelikte, Drogendealer und Kleinwaffengebrauch. Die amtliche Kriminalstatistik des Kantons Zürich erfasst allerdings nur Betrugs- und Fälschungsdelikte mit analytischem Schwerpunkt bei der Straßenkriminalität. Scheck- und Kreditbetrügereien, in der Regel von Kleinkriminellen verübt, werden zum Beispel erfasst, weil es hier weit öfter zur Anzeige kommt.[60] In Deutschland gibt es immerhin in den Ländern und vom Bundeskriminalamt einen Lagebericht zur Wirtschaftskriminalität und wie in der Schweiz eine statistische Erhebung zur Geldwäsche-Bekämpfung. Die Untersuchungsbehörden stellen in ihren Statistiken ihre Arbeitsbelastung unter Beweis, aber genauere Daten über ihren Untersuchungsgegenstand werden darin nur mangelhaft ermittelt. Die »Untergrund-Ökonomie« wird von den meisten OECD-Staaten gar nicht berechnet.[61]

Während im Bereich der Gewaltkriminalität schon lange untersucht wird, wie hoch die Dunkelziffern sind, fehlt das bei der Schattenwelt der Finanz- und Wirtschaftskriminalität völlig. Das empirische Wissen dazu tendiert gegen null. Die Forschung ist gerade erst dabei, die Fragen zu formulieren.[62]

Zudem werden die gesetzlichen Regelwerke nur zögerlich der globalen Wirtschaftsentwicklung angepasst. Das schweizerische Strafgesetzbuch macht bei oberflächlichem Studium zwar den Eindruck, mit den in der EU üblichen Regelwerken mithalten zu können. Doch beim genauen Hinschauen tauchen eidgenössische Spezialitäten auf – und das nicht nur in den bekannten Sonderfällen des Steuerstrafrechts oder beim Tatbestandsmerkmal der Arglist im Fall des Betruges. Ein eigenständiger Straftatbestand des Kapitalanlagebetruges wie in Deutschland existiert in der Schweiz nicht. Hinzu kommen gesellschaftsrechtliche Regeln, die den Aufbau intransparenter Briefkastenfirmen erlauben und nicht selten zur Verschleierung der Eigentumsverhältnisse genutzt werden.

Unterschiede gibt es auch bei der Definition, was eine Urkunde ist oder nicht. Denn was von der bundesgerichtlichen Rechtsprechung nicht als Urkunde betrachtet wird, kann logischerweise auch nicht als solche gefälscht werden. Dies spielt wiederum im Steuerstrafrecht eine wichtige Rolle.

Deutliche »Strafbarkeitslücken« sieht Günter Heine, Ordinarius für internationales Strafrecht an der Uni Bern, zum Beispiel bei den so genannten Beihilfetaten. Darunter fallen, vereinfacht ausgedrückt, nachrangige Förderer und Helfershelfer der Täter. Wenn die Haupttat im Ausland begangen wird und in der Schweiz nur die Beihilfetat stattgefunden hat, dann gilt für die Strafverfolgung der Ort der Haupttat. Eine »unerträgliche Situation«, wie Heine meint. In der Folge bleiben die Gehilfen dann in der Schweiz oft straflos. Denn die ausländischen Verfahren werden nur selten an die Schweizer Behörden übergeben.

Häufig könnte in der Schweiz ein Verfahren wegen »Mittäterschaft« angestrengt werden. Zum Beispiel wenn ein Ingenieur Scheingutachten für ein ausländisches Unternehmen erstellt, einzig und allein zum Zweck, ein Millionenhonorar in die Taschen eines Managers dieses Unternehmens umzulenken. Seine Mitwirkung ist in diesem Fall von fundamentaler Bedeutung, denn mit dem Gutachten steht und fällt die Tat. In modernen Geldwäsche-Verfahren werden die Helfershelfer auch immer häufiger einbezogen. Aber mit den Feinheiten der eidgenössischen Regeln sind viele ausländische Ermittler nicht vertraut, ihre Rechtshilfegesuche schlagen daher oft fehl.

Nach der Rechtsprechung des Bundesgerichts gilt die in der Schweiz begangene Teilnahme an einer im Ausland ausgeführten Haupttat »als im Ausland verübt«. Anders als in Deutschland wird in der Schweiz daher – wie im französischen Strafrecht – der inländische Gehilfe einer Auslandstat nur dann verfolgt, wenn die Tat nach dem Recht beider Staaten zu verfolgen ist.[63]

Und dabei achten die eidgenössischen Gesetzestexter peinlichst genau auf ihren Sonderstatus im Steuerstrafrecht, um das Geschäft des Finanzplatzes zu schützen. Dazu müssen sogar rechtslogisch sehr heikle Klimmzüge gemacht werden, um das Recht den internationalen Verträgen anzupassen. Im Fall der Steuerhinterziehung wird deshalb dem Beschuldigten eine Beschwerdemöglichkeit vor dem Schweizer Bundesgericht verweigert, damit das gesamte Steuerhinterziehungsverfahren in der Verwaltungsgerichtsbarkeit verbleibt, für die der internationale Austausch nicht gilt. Damit muss die Schweiz keine Rechtshilfe leisten, weil es sich nicht um eine »ordentliche« Straftat handelt, die vor ordentlichen Gerichten verhandelt wird. Besonders skurril ist dabei der Umstand, dass damit die Schweizer Bürger schlechter gestellt sind, weil ihnen Verfahrensrechte aus der ordentlichen Gerichtsbarkeit verwehrt werden, zum Beispiel das Recht auf Aussageverweigerung als Beschuldigter. Denn im Steuerverfahren hat der Bürger eine Mitwirkungspflicht.

Dass diese Sonderbehandlung nicht mehr mit dem Europäischen Menschenrechtsübereinkommen vereinbar ist, hat der Berner Strafrechts-Emeritus Stefan Trechsel bemängelt. Der Professor, dessen Kurzkommentar zur Handbibliothek jedes Schweizer Strafjuristen gehört, machte das Thema im Januar 2005 zum Gegenstand seiner viel beachteten Abschiedsvorlesung. Trechsel meint, dass die Gesetzgeber dem Schweizer Steuerpflichtigen ein »kühles ökonomisches Kalkül« unterstellen, wenn er auf Zwangsmittel wie die Öffnung der Bankkonten verzichtet und darauf vertraut, dass der Steuerpflichtige genau und vollständig angibt, was er während der Steuerperiode eingenommen hat: »Wenn wir nachfragen, auf was der Staat verzichtet, so stossen wir in erster Linie auf eine heilige Kuh: Das Bankgeheimnis.« Trechsel leistete sich dazu bei seinem letzten Auftritt im Hörsaal eine ketzerische Bemerkung. »Persönlich finde ich den Gedanken, dass unser Wohlstand zu einem nicht unerheblichen Teil auf einer Grundlage ruht, die ich nicht anstehe als ›Steuerhinterziehungshehlerei‹ zu bezeichnen, schwer erträglich.«[64] Solche Rechtslücken fördern die Anziehungskraft des Finanzplatzes für Gelder, die nicht versteuert wurden, und im Schatten der Schwarzgelder gelangen auch die kriminellen Vermögen auf den Finanzplatz. Auf dieser gesetzlichen Basis hat Zürich in der internationalen Arbeitsteilung der globalen Wirtschaftskriminalität seinen festen Platz gefunden.

Es gibt allerdings eine zynische Konsequenz zu bedenken. Wer dem Finanzplatz Schweiz den Garaus macht, der fördert neue Plätze, die das Geschäft übernehmen und weitaus weniger streng geregelt sind. Es sind Plätze mit viel Sonne und Sandstrand, die dank vorzeigbarer Gesetzestexte und präsentabler Aufsichtsbehörden von den Regulierungs-Überwachern der OECD in der Staatengemeinschaft als kooperative Partner anerkannt sind und dennoch weiterhin ihre lockeren Sitten pflegen.

Die Geldpolizisten

Wie die Anti-Geldwäsche-Industrie wächst

Michael Alkalay leitet die Schweizer Wirtschaftskriminalisten-Ausbildung. Der Jurist und Unternehmensberater war jahrelang bei der größten Schweizer Bank für die Geldwäsche-Überwachung verantwortlich. Er kennt die Datenbanken, die Suchmaschinen und die Transaktionsüberwachungsmaschinen und vertraut trotzdem nur dem persönlichen Know-how des Controllers.

John Wilkinson leitet die Forensic-Abteilung beim Revisionskonzern PricewaterhouseCoopers in Zürich. Er ermittelt auf der ganzen Welt und taucht immer dann auf, wenn es im Unternehmen brennt.

Peter Cosandey hat sich als Staatsanwalt in Zürich mit den Potentatengeldern des verstorbenen philippinischen Präsidenten Ferdinand Marcos beschäftigt. Danach baute er die Ermittlungsabteilung von KPMG auf. Als Berater wird er gerufen, wenn die Kassen geplündert sind.

Christof Müller ist Ökonom und Anwalt in St. Gallen und war Mitbegründer der Anti-Geldwäsche-Organisation in der Schweiz. Er findet heute, dass das Konzept gescheitert ist.

Wie schützt sich der Staat vor der Korruption des modernen Lebens? Wie vermeidet er das Eindringen krimineller Gelder in das Gemeinwesen?

Den Weg bereiteten die Amerikaner seit den siebziger Jahren, indem sie Gesetze gegen die organisierte Kriminalität verabschiedeten. 1986 entwickelten sie das erste Anti-Geldwäsche-Gesetz der Welt, und zwar unter dem Eindruck von großen Drogenmafiafällen wie der so genannten Pizza-Connection. In dem bis dahin größten Strafprozess der USA wurde erstmalig ein überdimensionales Schaubild über die Geldbewegungen der Drogenkuriere in den Gerichtssaal hineingetragen, eine Schemazeichnung von der Größe zweier Tischtennisplatten. Eine Gerichtsreporterin berichtete anschaulich über das Novum in dem Mammut-Verfahren: »Auf einem mattschwarzen Untergrund drängen sich Zahlen mit vielen Nullen, Pfeile, Linien, Flaggen, Namen internationaler Banken und Maklerhäuser, Symbole für Flugzeuge, Telefone, Schiffe, miteinander redende Leute und eine große Auswahl an Währungen aller Herren Länder – und das alles in hochglänzendem Gelb, Rot, Grün und Blau; die Geschichte sieht nicht weniger kompliziert aus als der Rohrleitungsplan der Queen Mary und sieht ihm wohl auch ähnlich.«[65]

Heute erstellen Polizisten, Staatsanwälte und Privatermittler auf der ganzen Welt solche Tafeln am Computer und noch immer sehen sie wie Rohrleitungspläne aus, die nur mit großen Druckern, wie sie Architekten benutzen, zu Papier gebracht werden können. Dabei hilft ihnen Spezial-Software wie »Analyst's Notebook« oder »Case Notebook« von der britisch-amerikanischen Firma i2, Inc., die aus den Datenbank-Einträgen nach den Angaben der Ermittler automatisch die bunten Schaubilder erstellt und aktualisiert. Komplexe Programme nehmen Personennamen, Firmen und Organisationen aus dem Datenmeer von Ermittlungsakten und Pressedokumenten auf.

Die Software aus McLean im US-Bundesstaat Virginia wird weltweit von 2000 Organisationen bei der Justiz, Nachrichtendiensten und Unternehmen eingesetzt. Die Programme zum Aufspüren und Visualisieren von Geldwäsche sind der größte Geschäftszweig der Firma. Kriminalität macht sich für sie bezahlt.

Der Boom dieser neuen Industrie wurde ausgelöst durch die Geldwäsche-Gesetze, die heute auf der ganzen Welt gelten. In den Vereinigten Staaten verdient an einem geschätzten Jahresbudget krimineller Erträge von 224 Milliarden US-Dollar eine ständig wachsende Industrie von Ermittlungsfirmen, Buchprüfungs-Konzernen, Computer- und Software-Gesellschaften und Beratungsunternehmen, die ebenfalls Milliarden mit dem Abwehrgeschäft umsetzt. Andere berechnen die Summe, die im globalen Kampf gegen die Geldwäsche erwirtschaftet wird, auf Grund von Schätzungen des Internationalen Währungsfonds auf 2,5 Milliarden US-Dollar.[66]

Die US-amerikanische Gesellschaft der kriminalistisch spezialisierten Buchprüfer »Association of Certified Fraud Examiners« (ACFE) zählt 34 000 Mitglieder, unterhält weltweit mehr als 1000 Länderorganisationen und beliefert mehr als 100 Universitäten mit Unterrichtsmaterial. Ihre geprüften Mitglieder, die sich den Titel des Certified Fraud Examiners (CFEs) auf die Visitenkarte drucken können, haben mehr als eine Million Betrugsfälle ermittelt.[67]

Im Londoner Finanzzentrum werden nach Schätzungen des Beraters Martyn Bridges mehr als eine Milliarde Pfund in die Anti-Geldwäsche-Maschine investiert.[68] Seit dem ersten großen Londoner Prozess, in dem ein Wechselstubenbetreiber wegen einer reinen Geldwäsche-Tat 1999 zu vierzehn Jahren Haft verurteilt wurde, gilt Geldwäsche auch in der britischen Justiz als schick.[69] Karrierebewusste Jungstaatsanwälte drängen in die Geldwäsche-Abteilungen, und Polizisten möchten lieber Geldbewegungen studieren als Autodiebe verfolgen.

Einschlägige Beratungsunternehmen werden rund um den Globus gegründet. Sie betreuen Banken und Finanzgesellschaften, prüfen Kunden-Portfolios für Versicherungsgesellschaften, bauen Anti-Geldwäsche-Institutionen für Regierungen auf. So wie die kleine Zürcher Beratungsfirma TVT Compliance, deren Dienste von Moskau über Sofia bis Nassau auf den Bahamas gefragt sind.

Hinzu gesellen sich Unternehmen, die Trainingsveranstaltungen und Kursprogramme für Anfänger und Fortgeschrittene feilbieten sowie Vermögensverwalter und Banker regelmäßig auf den neuesten Stand der sich ständig ändernden Rechtslage bringen. Dann gibt es noch die Event-Veranstalter, die prächtig daran verdienen, dass sie die wachsende Gemeinde in internationalen Anti-Geldwäsche-Konferenzen unterhalten. Die Anwaltsfirmen wollen natürlich auch am neuen Geschäft teilhaben, indem sie den Hausjuristen in Banken und Unternehmen mit Rechtsrat zur Seite stehen. Und als Zaungäste nehmen auch die Journalisten an dem modernen Treiben teil.

Die komplexen Überwachungssysteme haben in den Geldhäusern die Kosten für IT-Systeme, Risikomanagement und die Compliance-Abteilungen, die alle Geschäfte auf ihre rechtliche Korrektheit abklopfen, derart in die Höhe schnellen lassen, dass kleinere Institute bereits nicht mehr konkurrieren können und zu Expansion oder Fusion gezwungen sind. Neuerdings bieten Beratungsunternehmen ihre Dienste dabei an, wie die Banken ihre »übermäßigen Ausgaben« in den Risiko- und Compliance-Departements wieder senken können.[70] Auch in der Schweiz fürchten die Finanzinstitute die nächste Welle der Revision des Geldwäschereigesetzes, das wieder überarbeitet werden muss, weil die neuesten EU-Richtlinien zur Geldwäsche-Bekämpfung eine Anpasssung erfordern. Die Liste der Verbrechen wächst, deren Erlöse illegalisiert werden, im Fachjargon »Vortaten« genannt.[71]

Pioniere und Praktiker

Die Geldwäsche-Abwehr hat in Zürich eine Expertengemeinde hervorgebracht, die Weltruf genießt. Als Pioniere und Praktiker sind zu nennen: Michael Alkalay, der bei der UBS die hauseigenen Ermittlungs-Strukturen aufgebaut hat, jetzt Unternehmen in der Deliktsprävention berät und in Luzern Wirtschaftskriminalisten in einem Nachdiplom-Studiengang ausbildet; René Brülhart, der die liechtensteinische Financial Intelligence Unit (FIU) leitet; Peter Cosandey, der viele Jahre die Forensik-Abteilung von KPMG leitete und nun Unternehmen berät; Anne van Heerden, der als Nachfolger von Cosandey die KPMG-Investigatoren-Abteilung übernahm; Michael Lauber, der die Kontrollbehörde in Liechtenstein gründete und heute den Bankenverband des Fürstentums managt; Christof Müller, der als Wissenschaftler zur Gründungsgeneration des Kontrollsystems gehört und jetzt als Anwalt und Gutachter Unternehmen berät; Renate Schwob, die bei der Credit Suisse das Geldwäsche-Management steuerte und die Schweizerische Bankiervereinigung mit Fachwissen ausstattet, sowie die forensischen Berater John Wilkinson, Franco Mautone und Rolf Schatzmann vom Revisorenkonzern PricewaterhouseCoopers (PwC).

Mit Michael Alkalay hatte die Großbank UBS im Jahr 2000 eine kriminalistische Koryphäe engagiert, um das Geldwäscheproblem in den Griff zu bekommen. Der promovierte Jurist und ehemalige Polizeioffizier war zuvor Berater und Projektleiter für die innere Sicherheit bei der eidgenössischen Justizministerin Ruth Metzler, hatte die Schule des Bundesamtes für Polizei reorganisiert und sich um den Aufbau eines Studienganges für Wirtschaftskriminalistik gekümmert. Der Justiz-Pionier entwickelte für die UBS ein Beobachtungssystem, das die Bank vor bösen Überraschungen bewahrt – soweit dies bei Millionen Konti, hunderttausenden von Kunden und 67 000 Mitarbeitern überhaupt möglich ist. Vom Typ her würde man ihn eher bei Scotland Yard oder der amerikanischen Bundespolizei FBI als unter Bankern vermuten: direkt, zupackend, trainiert im Schusswaffengebrauch. Alkalay blickt auf eine Fahnderkarriere zurück, die ihn bis in Toppositionen des Bundesamtes für Polizei brachte.

Überhaupt besetzte die UBS, immer noch die erfolgreichste Schweizer Bank, weltweit den Pionierposten bei den ethischen Standards. So hatte der frühere Chef-Risikomanager Hans-Peter Bauer eine Deklaration vorangetrieben, die im Oktober 2000 im thurgauischen Ermattingen am Bodensee im UBS-Ausbildungszentrum »Wolfsberg« feierlich unterzeichnet wurde. Neben den Schweizer Großbanken UBS und Credit Suisse Group gehörten weitere zehn Institute zu den Erstunterzeichnern: ABN Amro (Niederlande), Banco Santander (Spanien), Citibank (USA), Chase Manhattan (USA), Barclays Bank (Großbritannien), Deutsche Bank und die mit ihr fusionierte US-Bank Bankers Trust, HSBC (Hongkong/Großbritannien), J. P. Morgan (USA) und Société Générale (Frankreich). Die »Wolfsberg-Principles« gelten heute in der gesamten Finanzwelt als Orientierungsmarke – auch wenn viele Institute noch große Mühe haben, den Prinzipien zu folgen.

Gangster-Suchmaschinen und PEP-Datenbanken

Die großen Bankhäuser gehen heute mit Datenbank-Suchmaschinen auf die Jagd nach schwarzen Schafen, um sie aus dem riesigen Datenmeer an Transaktionen herauszufischen. Wenn zum Beispiel der Italiener Ahmed Idris Nasreddin bei der UBS an der Zürcher Bahnhofstrasse seinen Reisepass vorlegt, um ein Konto zu eröffnen, wird er freundlich behandelt, wie alle anderen. Ein Kundenberater wird ihn nach seiner Adresse fragen. Der Mann könnte sich auch als Hadj Ahmad Nasredine ins Formular eintragen und seine italienische Steuernummer vorlegen. Selbst sein kuwaitisches Passdokument würde ihm nicht helfen. Jedes Mal werden seine Angaben in den Hinterzimmern des Bankhauses Alarm auslösen. Sobald die Daten seines Kontoeröffnungsformulares durch die virtuellen Karteien des Geldinstituts wandern, werden die Rechner dort Warnmeldungen ausgeben.

Dahinter steckt unter anderem die britische Suchmaschine »Searchspace«, die mit unstillbarer Gier nach frischen Daten von Tag zu Tag fetter wird. Einer Search Engine gleich, wie wir sie aus dem Internet kennen, verarbeitet sie sämtliche Kundendateien aller Filialen des Bankhauses. Sie durchforstet die Transaktionen auf Giro- und Depotkonten, analysiert und vergleicht mit den

Bewegungen branchenähnlicher Kunden. Die Alarmmeldungen über den unerwünschten Kunden werden in der Compliance-Abteilung der UBS im Chefbüro in der Nähe der Bahnhofstrasse ausgespuckt.

Die Datenbanken werden die bereits bekannten Wohnorte Nasreddins in Lugano und Mailand, in Marokko und Äthiopien melden sowie Geburtsdatum und Geburtsort des 73-Jährigen auswerfen. Auch ein kuwaitischer Pass und zahlreiche Medienberichte werden erwähnt. Der Fall wäre für den obersten UBS-Ermittler noch eine leichte Übung. Denn Nasreddin ist ein Promi unter den Geächteten. Er steht seit Jahren auf der schwarzen Liste des Sanktionskomitees beim Uno-Sicherheitsrat und wird verdächtigt, bei Transfers von Terroristengeldern mitgewirkt zu haben.[72]

Auch wenn ein zunächst unverdächtiger Kunde durchrutscht und ein Konto eröffnen kann, bleibt er nicht unbeobachtet. Dank »Searchspace« fallen ungewöhnliche Transaktionen sofort auf. Der elektronische Wachhund aus London wurde an die bestehenden Datenbanksysteme angepasst. Forscher in den Labors für Intelligente Systeme am Londoner University College haben die Maschine zunächst für die Börse an der Themse entwickelt. Die London Stock Exchange brauchte eine Software zur Handelsüberwachung, um verbotene Insidergeschäfte zu entdecken.

Das System ist heute auf der Insel bei der Royal Bank of Scotland, bei Barclays und Lloyds TSB im Einsatz. In Übersee stattete sich die Bank of New York damit aus, nachdem sie wegen eines Geldwäschereiskandals der Russenmafia ins Gerede kam. Weltweit überwacht »Searchspace« mehr als eine Billion Franken Kundengelder. Ähnliche Systeme werden von den Herstellern Unisys, SAS Institute oder der holländischen Net Economy angeboten.

Nicht nur die UBS, auch andere Banken wie die Zürcher Kantonalbank, die Credit Suisse und die LGT Bank in Liechtenstein schätzen solche Systeme, um die Gefahren für Image und Reputation einzudämmen, die durch Geldwäschereiaffären entstehen. »Searchspace« entwickelt für jeden Kunden ein eigenes Profil und funktioniert als selbst lernendes, »intelligentes« System. Denn sonst würde das Compliance-Büro mit falschen Verdachtsmeldungen auffälliger Transaktionen geradezu überschwemmt: Studenten, die plötzlich ihr erstes Gehalt beziehen; Getreidehändler, die Hochsaison haben; Reisebüros im Sommergeschäft oder Restaurants mit Festtagseinnahmen.

Der elektronische Mitarbeiter im Backoffice erkennt diese ungewöhnlichen Kontenbewegungen zum Beispiel durch systematischen Branchenvergleich oder durch historischen Abgleich mit weiteren Konten des Kunden. Die Kunst besteht darin, illegale von bloß merkwürdigen Transaktionen zu unterscheiden.

Die Mitarbeiter füttern die UBS-Suchmaschinen regelmäßig mit frischen Daten, zum Beispiel mit allen Politikernamen aus Enzyklopädien wie dem CIA-Weltjahrbuch. Ergänzt wird die Sammlung durch Namen von Angehörigen und Bezugspersonen. Futter kommt auch von großen Pressedatenbanken wie Lexis-Nexis und Nachrichtenagenturen wie Reuters. Schwarze Listen der US-Regierung kommen hinzu. Seit dem 11. September sind auch Arabistik-Experten im Einsatz. Die UBS nennt die »Fichensammlung«, wie amtliche Personenregister in der Schweiz heißen, ihr modernes Compliance-Register. Die elektronische Kartei enthält die »PEPs« (Politically Exposed Persons bzw. politisch auffällige Personen) und die Listen der Geldwäschereibehörden. In der Kartei der »unerwünschten Geschäftsbeziehungen« werden Pleitiers, Kreditbetrüger und ähnlich unangenehme Kundschaft notiert. Aber auch auffällig gewordene Treuhänder und untreue Manager werden eingespeist. Ergänzt wird das System durch eine Investigations-Datenbank, die ständig mit neuen Hinweisen über kritische, verdächtige oder unerwünschte Kunden gefüllt wird.

PEP-Daten werden den Finanzinstituten inzwischen vom Mediendatenlieferant Factiva, einem Gemeinschaftsunternehmen von Dow Jones & Reuters, angeboten. In deren riesige Datenbank wurden mit Hilfe von Alkalay über eine halbe Million Namen von Politikern und öffentlich exponierten Personen aufgenommen. Eine ganze Industrie ist entstanden, um das Informationsbedürfnis zu stillen. Neben Factiva beliefern die amerikanisch-südafrikanische

Firma World Check und weitere kleine Unternehmen den Markt mit einer vergleichbaren PEP-Datenbank.

Die UBS arbeitet skandalorientiert. Schlüsselfiguren aktueller Affären wie im deutschen Schmiergeldfall um die Lieferung der Thyssen-Panzer nach Saudi-Arabien werden kontinuierlich beobachtet. Organigramme der Firmenimperien verschiedenster Magnaten und Oligarchen können mit einem Knopfdruck abgerufen werden.

Wie beim Geheimdienst in der Agentenzentrale

Michael Alkalay, der Vater des UBS-Überwachungssystems, hat für Personen mit »erhöhtem Reputationsrisiko« eine Begrifflichkeit geschaffen, die von dem traditionellen Begriff der Bankenwelt des »unerwünschten Kunden« abrückt – den »sensitiven Kunden«.[73] Die ständige Beobachtung dieser Klientel stellt die Finanzinstitute vor große Herausforderungen. Sie müssen frühzeitig bemerken, wenn sich der rechtschaffene brasilianische Senator auf dem Karriereweg durch die Institutionen in einen korrupten Politiker verwandelt. Dies zu erkennen, meint Alkalay, gehörte zur »unabdingbaren Kompetenz des international tätigen Finanzintermediärs«. Er kann sich vorstellen, dass diese Aufgaben künftig von ausgelagerten Unternehmenseinheiten oder Beratungsunternehmen übernommen werden, die ihre Dienste günstiger und rechtlich unbedenklich mehreren Kunden im Finanzgewerbe anbieten, weil die kostenintensive Ermittlungs- und Recherchearbeit die Möglichkeiten der einzelnen Auftraggeber übersteigt. Inzwischen bereiten den global tätigen Finanzinstituten ihre intelligenten Filtersysteme auch viel Ärger bei der Suche nach verdächtigen Zahlungen im internationalen Zahlungsverkehr. Denn hier liefern die Systeme mitunter »falsche positive« Treffer, die unter großem Zeitdruck analysiert werden müssen, aber letztlich unbedenklich sind. Die Überwachungsmaschine verrichtet ihr Werk im Backoffice still und geräuschlos. Der überwachte Kunde bemerkt davon nichts.

Beim Blick auf endlose Namenkolonnen, die auf seinen Bildschirmen flimmern, kommen Alkalay auch Zweifel: »Wir sind drauf und dran, interne, elektronisch gestützte Geheimdienste im Stile der amerikanischen National Security Agency (NSA) aufzubauen.« Die elektronischen Helfer sind wunderbare Instrumente, aber auf der täglichen Suche nach den »faulen Eiern« zählt für ihn immer noch die Spürnase erfahrener Kriminalisten mehr als die Technik: »Wir haben in den Banken zig Millionen für Software und Rechner ausgegeben, die uns das Transaktions-Monitoring und das Screening bewerkstelligen. Wir haben einen gewaltigen Meldungsapparat entwickelt. Wir haben Terabytes von Daten gesammelt. Aber was zählt? Am Ende kommt es darauf an, dass Fachleute mit viel Know-how das vorhandene Wissen über den Kunden prüfen, nachrecherchieren und ergänzende Informationen sammeln. Die beste Technik kann den intelligenten Analytiker nicht ersetzen. Es ist ein Irrtum zu glauben, dass im Nachrichtenwesen und der Geldwäschereiprävention die Technik besser und billiger ist als der Mensch.«

Die Geldwäsche-Meldungen aus Finanzinstituten, von Treuhändern und Vermögensverwaltern landen bei so genannten Selbstregulierungs-Organisationen und bei der Meldestelle für Geldwäscherei (MROS) in Bern. Nach den New Yorker Terroranschlägen vom 11. September 2001 stieg die Zahl der Meldungen rapide. Erstmals seit Entstehung im April 1998 wurde für das Jahr 2004 keine Zunahme mehr verzeichnet. Seitdem gehen die Verdachtsmeldungen zurück. 2006 trafen noch 619 Meldungen in Bern ein, davon 58 Prozent von den Banken. Von diesen 619 Meldungen wurden 507 an Strafverfolgungsbehörden übergeben, die meisten davon an die Bundesanwaltschaft und an die Justiz des Kantons Zürich.

In 19 Prozent der Fälle waren verdächtige Bartransaktionen Anlass für die Meldungen. Es waren oft Kleindealer-Operationen. In 31 Prozent der Fälle gaben Medienveröffentlichungen den Anstoß zur Meldung – dies waren naturgemäß die besonders heiklen Fälle, vor denen sich die Finanzinstitute fürchten. Markant zugenommen haben Verdachtsmeldungen, die von Betrugsfällen ausgehen. Bei Bestechungsdelikten blieb die Entwicklung konstant.

In nur 58 Prozent der Fälle war versucht worden, das inkriminierte Geld direkt in das regulierte Finanzsystem einzuschleusen. Häufig war es Bares, das direkt bei den Verdächtigen entdeckt wurde, als sie es zum Beispiel über die Grenze schmuggeln wollten. Häufig flogen etwa Wechselgeschäfte von kleinen in große Noten auf Poststellen oder Bankfilialen oder das Wechseln des Geldes in Fremdwährungen und Money-Transfer-Überweisungen ins Ausland auf – Fälle alltäglicher Straßenkriminalität also.[74]

Besonders dürftig sind die Resultate beim Aufspüren von Terrorgeldern, obwohl dieses Thema erste Priorität hat, weil jede Entdeckung als höchst reputationsschädigend empfunden wird. Nur in elf Meldungen wurden Geldtransfers zur Terrorfinanzierung vermutet. In ihrem Jahresbericht erklärte die Meldestelle, dass die Hinweise vorwiegend auf publizierten Namenslisten basierten, die von der amerikanischen Regierung und den Vereinten Nationen herausgegeben werden. Die bescheidenen Ergebnisse haben einen simplen Grund. Die Großbanken benutzen diese Listen als Basis für ihre elektronischen Compliance-Filter. Folglich finden sie auch nicht mehr, wenn sie nicht intensiver forschen.

Die großen politischen Ziele erfüllt die Anti-Geldwäsche-Industrie also kaum. Das Einsatzgeld der Terroristen wird wieder wie in den Tagen des Kalten Krieges per Kurier an die Tatorte transportiert. Drogengelder werden mit Propellerflugzeugen über süd- und nordamerikanische Kleinflugplätze geschmuggelt oder von albanischen Mafiafamilien auf der Balkanroute verschoben.

In den Augen des St. Galler Geldwäsche-Experten Christof Müller, der beim Aufbau des liechtensteinischen Kontrollsystems mitwirkte, hat der Kampf gegen die Geldwäscher einen »sozialdarwinistischen« Charakter. Denn erwischt werden nur die Dümmsten und Ungeschicktesten.

Nachwort zur 3. Auflage

»Es gibt kein Land der Welt, das mehr Privatvermögen von Ausländern verwaltet als die Schweiz.« Der erste Satz dieses Buches gilt immer noch, und grundsätzlich muss das Geschriebene nicht korrigiert werden, auch wenn Sie nunmehr die 3. Taschenbuchauflage in der Hand halten und die Erstauflage im Jahr 2006 publiziert wurde.

Obschon Publikationen über Wirtschaftsstraftäter fast schon regelmäßig von Betroffenen rechtlich angegriffen werden, hat dieses Buch zu keinerlei juristischen Beanstandung geführt. Alles, was hier gesagt wurde, hat rechtlich Bestand.

Dennoch hat sich einiges verändert. Es ist immer noch so, dass die Superreichen dieser Welt ihr Geld in Zürich bunkern. Aber es gibt heute keinen bedeutsamen Bankenplatz auf der Welt, der so radikal das Problem der grenzüberschreitend angelegten Schwarzgelder angeht. Die Schweiz hat sich in zahlreichen Abkommen und neuen Rechtsnormen dazu verpflichtet, Kunden mit unversteuertem Vermögen nicht mehr zu schützen. Sie gewährt anderen Staaten Amtshilfe bei Steuerdelikten. So wurde in einem Steuerabkommen mit Großbritannien geregelt, wie die bestehenden Schwarzgeldvermögen durch eine Einmalzahlung versteuert werden und die Schweizer Banken künftig jährlich und anonym eine Abgeltungssteuer auf die künftigen Vermögenserträge erheben. Das Abkommen dient als Muster für ähnliche Vereinbarungen mit anderen Ländern, auch mit Deutschland wird ein solches Abkommen diskutiert. Dieser radikale Umbruch hat eine historische Dimension, und er wird die Geschäfte auf dem Schweizer Finanzplatz verändern: Wo sonst auf der Welt werden die Kunden nach ihrer Steuererklärung gefragt? Wo sonst kassiert ein Land die Steuern von Ausländern ein? In Miami? In Wien? In Frankfurt?

Gewiss, viele Schweizer Banken haben nahezu ein Jahrhundert lang sehr gut von dem Geschäft mit dem großen Steuergeheimnis gelebt. Aber dies ist nun Geschichte, zumindest in der Schweiz. Und die neuen Geschichten von den Geldtouristen erzählen von anderen Motiven und Triebfedern als von der Flucht vor dem heimischen Steuervogt.

Eine Ironie der Geschichte entdeckt der Leser sogleich in der Einleitung dieses Buches: Es war der ehemalige Bundesfinanzminister Peer Steinbrück, der den Schweizern – mit mangelndem Feingefühl für das Bild der Deutschen in der Welt – verbal den Einsatz der Kavallerie androhte, um das steuerpolitische Problem zu lösen. Ausgerechnet Steinbrück, der in der Rolle des ehemaligen Landesfinanzministers in Nordrhein-Westfalen kein Problem damit hatte, dass seine Steuerbeamten Konzernmanagern erlaubten, 220 Millionen Mark Schmiergeldzahlungen steuermindernd in die Bücher zu nehmen und in die Zürcher Schwarzgeld-Depots anonymer Empfänger zu transferieren. Wir wissen heute: Steinbrück löste das Schwarzgeldproblem nicht.

Über viele Helden der Geld-Storys dieses Buches gibt es natürlich Fortsetzungsgeschichten zu erzählen. Holger Pfahls zum Beispiel, der ehemalige Staatssekretär aus dem deutschen Verteidigungsministerium und Verfassungsschutzpräsident, musste sich im Oktober 2011 ein weiteres Mal vor dem Gericht einfinden, diesmal wegen des Vorwurfs des Bankrotts, des Betruges und der Erpressung. Er räumte Millionenverstecke aus Auslandskonten ein. Als Gehilfe wurde auch sein damaliger Geschäftspartner, der Lobbyist Dieter Holzer beschuldigt. Leo Kirch, der Münchner Filmhändler, starb im Juli 2011. Er hinterließ – wer hätte das gedacht? – ein beträchtliches Vermögen. Sein Berater, der Anwalt Joachim Theye, konnte den Umzug in eine Zürcher Luxusvilla wenig genießen. Er starb wenige Monate nach dem Einzug. Pfahls-Partner Karlheinz Schreiber, der Waffenhändler, wurde im Mai 2010 zu acht Jahren Haft verurteilt. Sein Fall muss allerdings neu verhandelt werden.

Ernst Imfeld, das einst gefeuerte Devisenhändler-Genie der

Bank Leumi, wurde vom Zürcher Obergericht zu einer Gefängnisstrafe von fünfeinhalb Jahren verurteilt. Er zog seinen Fall an das Bundesgericht weiter, das Urteil ist daher noch nicht rechtskräftig. Sein Widersacher, der Staatsanwalt Nathan Landshut, hat inzwischen als Rechtsanwalt erfolgreich prominente Angeklagte verteidigt, unter anderem im Verfahren gegen Verantwortliche der Swissair-Pleite.

Ivo Hoppler, der Geldwäsche-Spezialist der Zürcher Staatsanwaltschaft, ermittelt heute als Forensic-Fachmann beim Prüfkonzern PwC im Auftrag der Unternehmen und lehrt an der Universität St. Gallen über Wirtschaftskriminalität.

Der Hedgefund-Künstler Dieter Behring, der den Kantonspolizisten den Verlust von mehr als 800 Millionen Franken gemeldet hatte, wartet immer noch auf seine Verhandlung vor dem Bundesstrafgericht in Bellinzona. Sein Verfahren geht nun ins achte Jahr, und er bedauert auf seiner persönlichen Webseite »die großen Verluste«. Sein Gehilfe Raymond Pousaz ist inzwischen verstorben.

Keith Mitchell, der Premierminister Grenadas, der bei der Übergabe eines Louis-Vuitton-Köfferchens gefilmt wurde, regierte sein Land noch bis Juli 2008. Unbehelligt. Die internationale Organisation zur Geldwäschebekämpfung FATF führt ihre schwarzen Länderlisten unermüdlich weiter. Myanmar, Nauru und Nigeria sind nicht mehr gelistet, sie gelten nun offiziell als kooperativ. Stattdessen werden Iran, Pakistan, Turkmenistan, Usbekistan und Sao Tomé aufgeführt. Und in einem Beobachtungsbericht zur Qualität der Geldwäschebekämpfung schnitt ausgerechnet Deutschland unerwartet schlecht ab. Demnach hat es der gemeine Geldwäscher heute in Frankfurt einfacher als in Zürich.

Seit dem ersten Erscheinungstag des Buches ist die Geldwäsche-Industrie stetig gewachsen. Aber die Finanzkriminalität auch. In den Jahren seit dem Platzen der Immobilienblase in den USA entdeckten die Ermittler eine ungeahnte, neue Dimension. Banken und Bankmanager brachten durch fahrlässige oder gar kriminelle Machenschaften das Weltfinanzsystem an den Rand des Abgrunds.

In meinem neuen Buch können Sie diese Kriminalgeschichte

der Finanzkrise lesen, erschienen unter dem Titel »Bank-Räuber. Wie kriminelle Manager und unfähige Politiker uns in den Ruin treiben«, wieder einmal im Econ Verlag.

Leo Müller im November 2011

Anhang

Dank

Die Fakten wurden hier nicht mit politischen und ökonomischen Theorien interpretiert. Sie wurden auch nicht nach den Dogmen von Parteien oder Ideologen geglättet oder angespitzt. Dieses Buch bietet nur die persönliche Sichtweise eines recherchierenden, unabhängigen Journalisten, der sich um größtmögliche Nähe zum Geschehen und höchstmögliche Annäherung an die empirische Wahrheit bemüht und das Zürcher Finanzzentrum seit Ende der achtziger Jahre – aus verschiedenen Perspektiven und über zahlreiche Kriminalaffären – beobachten durfte. Die Fälle wurden auf Grund von Originaldokumenten aus allen verfügbaren und recherchierbaren Quellen beschrieben: Gutachten, Prüfberichte, Verträge und Korrespondenzen sowie Untersuchungs- und Gerichtsakten. Falls sich dennoch Fehler oder falsche Interpretationen eingeschlichen haben, ist dafür allein der Autor verantwortlich.

Ohne die Unterstützung und Hilfe durch ausgewiesene Fachleute, honorige Kollegen und vertrauenswürdige Informanten konnte dieses Buch nicht geschrieben werden. Ich danke hier insbesondere meinen deutschen Freunden und Journalistenkollegen Rudolf Lambrecht, Richard Rickelmann und Klaus Wirtgen, mit denen zusammen ich zahlreiche schwierige Wirtschaftskriminalfälle recherchieren, beschreiben und auch enthüllen durfte. Ebenso gilt dieser Dank den Zürcher Kollegen Roman Seiler und Dirk Schütz sowie dem New Yorker Uno-Ermittler Enrico Carisch. Der Berliner Literaturagent Rüdiger Dammann hat die ersten Konzepte mit mir diskutiert und Verlagslektorin Silvie Horch hat dafür gesorgt, dass aus einem Manuskript ein Buch wurde.

Der Zürcher Kriminalistik-Experte Michael Alkalay hat mit mir die praktischen Probleme der Anti-Geldwäsche-Konzepte diskutiert. Der St. Galler Wirtschaftsanwalt und Kriminal-Fachmann

Christof Müller erläuterte mir die Entwicklung der Geldwäschebekämpfung in Gesetz und Praxis und öffnete mir die Augen für Lücken und Konflikte. Den Strafrechts-Professoren Paolo Bernasconi, Günter Heine und Stefan Trechsel danke ich für wertvolle Privatlektionen und wichtige Hinweise auf Rechtsprobleme, dem Zürcher Banken-Professor Hans Geiger für viele anregende Gespräche über den Finanzplatz und dem Revisionsexperten Peter Bertschinger für wertvolle Ratschläge zur Bewertung kreativer Bilanzen.

Viele haben mir Informationen und Dokumente unter der Zusicherung der Vertraulichkeit geliefert. Diesen namenlosen Helfern sei hier ganz besonders gedankt. Sie wissen, dass alle Geheimnisse, ob die der Bankiers oder die der Journalisten, nur so lange halten, wie ihre Geheimnisträger sorgsam damit umgehen. Staatsanwälte, private Wirtschaftsermittler und forensische Computerexperten aus verschiedenen Ländern haben mir in Hintergrundgesprächen ihre Schwierigkeiten bei der Wahrheitssuche erläutert. Anwälte haben mir die Sichtweise der Verteidigung nahe gebracht und geholfen, Motive und Profile der Täter zu verstehen.

Nicht zuletzt möchte ich den besonders pfiffigen wie auch trickreichen Akteuren aus der Finanz- und Wirtschaftswelt für ihren Mut danken, mit einem Journalisten über ihre Fälle, Kniffe und Methoden zu sprechen. Und auch darüber, warum am Ende alles schief lief.

Glossar

Die Tricks und Kniffe, wie sie in der Schattenwelt der Finanzkriminalität angewendet werden, sind vielen unverständlich. Der Fachjargon der Branche bereitet ebenso oft Verständigungsprobleme. Das folgende Glossar erläutert die wichtigsten Begriffe.

Assets under Management sind die gesamten Kundenvermögen, die ein Finanzinstitut betreut.

Backoffice Der Arbeitsbereich eines Geldinstituts, der sich nicht direkt mit dem Kauf und Verkauf sowie dem Kundenkontakt beschäftigt. Im Backoffice werden administrative Vorgänge abgewickelt, Handelsabschlüsse dokumentiert, die Buchhaltung bearbeitet, die IT-Systeme gesteuert und programmiert sowie Kundenprofile, Anlagestrategien und Transaktionen auf verdächtige Vorgänge untersucht. Die Geldwäschekontrolle nimmt dabei einen immer größeren Raum ein.

Back-to-Back loan bezeichnet eine früher übliche Methode zur Währungsabsicherung, bei der sich zwei Parteien in unterschiedlichen Ländern gegenseitig in zwei Währungen Gelder ausleihen. Weil dabei keine Banken und Börsen beteiligt sind, wird dieses Verfahren auch als Geldwäsche-Trick verwendet. Diese Masche kann zum Bargeldschmuggel eingesetzt werden: Ein Geldwäscher transferiert seine Gelder aus kriminellen Geschäften als Sicherheit oder Garantie für ein Bankdarlehen in ein anderes. Das Geld wird dann in sein Land zurückgesandt. Dieses Arrangement ist zudem steuergünstig.

Beneficial Owner (wirtschaftlich Berechtigter) ist die Person oder Gesellschaft, der die Vermögenswerte eines Kontos tatsächlich zustehen, während als Kontoinhaber eine Stiftung, ein Treuhänder, Anwalt oder Vermögensverwalter auftritt. Der Beneficial Owner tritt auf diese Weise im Bankenverkehr persönlich nicht in Erscheinung, er erteilt seinem Treuhänder eine Vollmacht, so dass dieser die Unterschriftsberechtigung für das Konto erhält. Vertragspartner der Bank bleibt allerdings, auch bei allen Konfliktfällen, der Kontoinhaber. Dem Beneficial Owner werden direkt keine Unterlagen herausgegeben.

Cash-Matching bezeichnet unter anderem eine Geldwäsche-Methode, bei der eine Person in einem Land für einen Partner in einem anderen Land über einen Dritten, zum Beispiel einen Treuhänder oder Bankier, eine Geldtransaktion ausführt. Es ist ein Kompensationsschema, bei dem ein Kontokorrentkonto auf Vertrauen geführt wird. Geldwäsche-Experten kennen diese Masche seit Jahrzehnten als Modell der Drogengeld-Verwalter oder von den Devisenschmuggeln während des Zweiten Weltkrieges.

Churning ist das übertriebene Umschichten eines Wertschriftendepots durch einen Vermögensverwalter oder Effektenhändler ohne ersichtlichen wirtschaftlichen Grund und mit dem ausschließlichen Zweck, Transaktionsgebühren und Courtageeinnahmen zu erzielen.

Derivate sind Finanzinstrumente, deren Preis auf der erwarteten Wertänderung eines zugrunde liegenden Wertpapieres beruht. Solche Papiere können zum Beispiel mit Währungen, Aktien, Börsenmarktindizes oder Rohstoffen handeln. Weil sie einen hohen Anteil an Fremdkapital beinhalten, kosten sie nur einen Bruchteil des zugrunde liegenden Papieres und können daher bei Kursveränderungen sehr hohe Wertschwankungen erreichen.

Eidgenössische Bankenkommission (EBK) Die Aufsicht über den Finanzplatz ist in der Schweiz über die EBK als unabhängige Verwaltungsbehörde geregelt, die lediglich administrativ dem Finanzminister zugeordnet ist. Sie nimmt die Aufsicht über Banken und Effektenhändler, Börsen, Anlagefonds und Geldwäschefragen wahr und entscheidet über Konkurse und Sanierungen bei Banken und Effektenhändlern.

Financial Action Task Force on Money Laundering (FATF) ist eine 1989 von den G-7-Staaten in Paris gegründete multinationale Organisation zur Koordinierung der Aktivitäten gegen die Geldwäsche und die Terrorismusfinanzierung. Sie wird mittlerweile von 31 Staaten, einschließlich der Schweiz, getragen. Bislang hat die FATF vierzig Empfehlungen als Mindeststandards sowie neun Sonderempfehlungen zur Bekämpfung der Terrorismusfinanzierung verabschiedet. Das Regelwerk gilt als weltweiter Standard, es wird von mehr als 130 Staaten anerkannt, auch von der Weltbank und dem Internationalen Währungsfonds (IWF). Die FATF wird unter dem Dach der Organisation für wirtschaftliche Zusammenarbeit und Entwicklung (OECD) geführt.

Finanzintermediäre sind alle Personen oder Unternehmen, die im Finanzsektor Dienstleistungen erbringen und berufsmäßig fremde Vermögenswerte annehmen, aufbewahren, anlegen oder transferieren.

Hedge-Fonds sind Investmentvehikel, die häufig in Offshore-Finanzzentren angesiedelt sind und alternative Anlageinstrumente einsetzen. Dazu gehören kreditfinanzierte Investments in Aktien und Derivate sowie so genannte Leerverkäufe, bei denen auf den Misserfolg eines Unternehmens gewettet wird. Ursprünglich wurden sie zur Absicherung gegen mögliche Verluste sowie Preis- und Währungsschwankungen eingesetzt. Die Finanztransaktionen und Anlagestrategien der Hedge-Fonds sind oft für das Publikum nicht transparent.

High Net Worth Individuals (HNWI) sind vermögende Kunden, die mindestens über ein flüssiges Anlagevermögen von mehr als einer Million US-Dollar verfügen. »Very high net worth individuals« verfügen über mehr als fünf Millionen US-Dollar Vermögen, »Ultra high net worth individuals« über mehr als 30 Millionen US-Dollar. Ihre Vermögen gelten als mobiles und flexibles Gut, um das sich die Banken und Vermögensverwalter auf dem internationalen Private-Banking-Markt bemühen (offshore). Die vermögende Mittelschicht hingegen, im Bankenjargon »Affluents« genannt, ist dem Heimatmarkt der Banken vorbehalten (onshore).

Hold Mail bedeutet, dass der Kunde seine Bankenpost banklagernd aufbewahrt. Die Post wird ihm, wenn er eine »Banklagernderklärung« unterzeichnet hat, nicht zugestellt. Er muss die Post bei persönlichen Besuchen im Bankhaus einsehen. Insbesondere Kunden, die ihre Vermögen nicht versteuern, wählen diese Prozedur, damit keine Papierspuren entstehen. Bei der telefonischen Kommunikation mit den Kundenbetreuern wählen diese Kunden mitunter auch Code-Namen. Auf Besuchsreisen zu den Kunden benutzen die Bankenmitarbeiter unter anderem besonders verschlüsselte Laptop-Computer, die nur an einem vorher bestimmten Ort eine kryptierte Verbindung zum Bankenrechner aufnehmen, von wo aus die Kundendaten studiert werden können.

Initial Public Offering (IPO) ist der Gang einer Gesellschaft, die sich im Privatbesitz befindet, an die Börse, auch »Going public« genannt. Sie öffnet sich auf diese Weise dem Publikum bzw. dem Kapitalmarkt, so dass jedermann Aktienbeteiligungen am Unternehmen erwerben kann.

Kick-Back-Zahlungen bezeichnen in der Regel illegale oder unautorisierte Geldflüsse eines Käufers oder Auftraggebers an den Manager eines Unternehmens, weil er die Güter oder Leistungen unter Preis oder zu sonstigen Vorteilen lieferte. Weil der Manager damit das Vermögen seines Unternehmens schädigt, kann dies eine strafbare Veruntreuung sein. In der Regel kassieren Manager, die Bestechungsgelder im Auftrag ihres Unternehmens verteilen, auch insgeheim einen Anteil des gezahlten Betrages vom Bestochenen als Kick Back.

Leveraged Buy-out (LBO) sind Unternehmenskäufe, bei denen einige Manager als Käufer auftreten und den Kauf im Wesentlichen über Kredite und Fremdmittel finanzieren (auch Management Buy-out).

Nummernkonto Ein Konto oder Wertschriftendepot, bei dem der Name des Inhabers durch eine Nummer oder ein Kennwort ersetzt wird. Damit bleibt der Kunde auch gegenüber dem gewöhnlichen Bankpersonal inkognito, nur die Direktion oder ein

Kundenbetreuer kennen seine Identität. Seit dem 1. Juli 2004 müssen die Kontoinhaber von Nummernkonti aber auch bei Auslandsüberweisungen genannt werden. Das Nummernkonto, das Anfang des vergangenen Jahrhunderts für französische Kunden geschaffen wurde, ist daher weitestgehend nur noch ein Mythos. Es wird aber bei Wirtschaftsdelikten fast regelmäßig eingesetzt.[75]

Offshore Banking bedeutet die Geschäftstätigkeit einer Bank überwiegend für ausländische Kunden an einem Offshore-Finanzplatz, die sich an den gesetzlichen Regeln dieses Landes orientiert.

Offshore-Finanzplätze sind Bankenzentren in Ländern mit typischerweise niedriger oder gar keiner Steuerpflicht für ausländische Gesellschaften. Dort werden in der Regel wenige oder gar keine Inlandsgeschäfte getätigt oder weitestgehend in fremder Währung abgewickelt. Die Offshore-Finanzplätze werden seit einigen Jahren regelmäßig von der Organisation für wirtschaftliche Zusammenarbeit (OECD) untersucht, ob ihre Aufsicht und Geldwäschekontrolle internationalen Standards genügt.

Onshore Banking bezeichnet das Bankgewerbe in dem Land, in dem die Bewilligung für den Geschäftsbetrieb erteilt wurde und in dem in der Regel inländische Kunden betreut werden.

PEP (Political exposed Persons) sind Bankkunden mit einer bedeutenden politischen Funktion in einem ausländischen Staat. Über die Kundenbeziehung muss die oberste Geschäftsleitung der Bank entscheiden, sie muss von der Bank laufend überwacht werden. Besonders aufmerksam müssen auch Kunden beobachtet werden, die den PEPs »aus familiären, persönlichen oder geschäftlichen Gründen erkennbar nahe stehen«.[76]

Privatbankiers sind alle Schweizer Banken, bei denen ein oder mehrere Gesellschafter unbeschränkt mit ihrem Privatvermögen für die Verbindlichkeiten der Bank haften.

Private Banking bezeichnet Banken, die sich hauptsächlich mit der Vermögensverwaltung wohlhabender Kunden beschäftigen.

Promissory Note Eigenwechsel, den ein Schuldner mit guter Bonität im Rahmen einer Finanzierungsvereinbarung in der Regel mit mittelfristiger Laufzeit begibt. Die Papiere werden über Banken im Markt platziert.

Stiftung bezeichnet in der Vermögensverwaltung eine Gesellschaft, die vom Kunden eingerichtet wird, um Vermögenswerte zu verwalten. Nach liechtensteinischem Recht kann der Stifter sich dabei in einem Stiftungs-Reglement selbst begünstigen und Angehörige sowie Dritte als Zweit- und Drittbegünstigte eintragen, die nach seinem Ableben über das Vermögen verfügen können. Im Stiftungsrat bestimmen in der Regel die Treuhänder des Kunden über die Verwaltung des Vermögens. Sie richten auch die Konti ein, kümmern sich um die Verwaltung von Immobilien und Wertpapieren, die vom Kunden an die Stiftung übertragen wurden. Finanzgerichte und Steuerverwaltungen in der Schweiz und in Deutschland behandeln die Stiftungen nicht einheitlich. Einige ignorieren sie als juristische Person und schlagen das Stiftungsvermögen dem Stifter zu. Andere betrachten die Vermögensübertragung an die Stiftung und auch den Rücktransfer steuerrechtlich als Schenkung an Dritte und berechnen entsprechend hohe Schenkungssteuern – falls sie die Stiftungsvermögen entdecken.[77]

Treuhänder (Trustees) verwalten Vermögen im Namen ihrer Kunden, richten für sie Vermögensverwaltungsgesellschaften (Stiftungen, Trusts, Anstalten) ein und verwalten deren Konti. Sie halten und betreuen das Vermögen nach den Weisungen des Kunden. Das Verhältnis wird gewöhnlich über einen Treuhand-, Mandats- oder Vermögensverwaltungsvertrag geregelt.

Anmerkungen

Zürich, Bahnhofstrasse. Einleitung

1 Schweizerische Nationalbank (SNB): Die Banken in der Schweiz 2005, Zürich 2006; International Financial Services: International Private Wealth Management, London, Dezember 2004; The Boston Consulting Group: Crafting New Approaches to Offshore Markets, Boston 2003; Deutsche Bundesbank: Ergebnisse der gesamtwirtschaftlichen Finanzierungsrechnung, Juli 2006, S. 27. Zum Vergleich: Einer Studie der Boston Consulting Group zufolge werden offshore in London 840 Mrd. Franken, auf den Kanalinseln 310, auf den karibischen Inseln 1155 und in Luxemburg 840 Milliarden Franken verwaltet.

2 Capgemini, Merrill Lynch: World Wealth Report 2006, S. 3.

3 James W. Williams: Reflections on the Private Versus Public Policing of Economic Crime, British Journal of Criminology, 45, 2005, S. 316–339.

4 International Monetary Fund (IMF): Annual Report 2004, S. 32; International Monetary Fund: Offshore Financial Centers (OFCs): IMF Staff Assessments; International Monetary Fund: Offshore Financial Centers, The Assessment Program – A Progress Report, 25.2.2005; Paul Ponsaers: What is so organised about financial-economic crime? The Belgian Case, Crime, Law and Social Change, 2003, 37, S. 198.

5 Richard W. Rahn: Why the War on Money Laundering Should be Aborted, Conference Lecture Financial Cryptography, 5th International Conference, 2001, Grand Cayman.

6 Steuerberater und Anwalt Jean-Philippe Chetcuti auf seiner Webseite www.chetcuticauchi.com.

7 Interviews mit Konrad Hummler, *Cash* vom 16.6.2005; *Neue Zürcher Zeitung* vom 7.6.2005 (Die Schweiz braucht einen Turnaround, S. 15).

8 Mitteilung gegenüber dem Autor, Zürich 2.5.2005.

9 Financial Action Task Force (FATF/GAFI): Current NCCT list, Paris

13.10.2005; FATF/GAFI: NCCT Annual Review 2004–2005 (Sixth Review), Paris 10.6.2005.

10 Peter Reuter and Edwin M. Truman: Chasing Dirty Money, The Fight Against Money Laundering, Washington 2004, S. 80; William F. Wechsler: Follow the Money, in: Foreign Affairs, 80 (4), July/August 2001, S. 40–57.

11 Schweizerische Nationalbank: Die Banken in der Schweiz 2005, S. 38.

12 Gustavo Bell Lemus: Colombia: A Story To Be Told, Bogotá 2003. Der ehemalige Vize-Präsident Kolumbiens spricht von 4000 Hektar Coca-Produktionsfläche.

13 Sandeep Chawla/Thomas Pietschmann: Drug Trafficking as a Transnational Crime, in Philip Reichel (Hrsg.): Handbook of Transnational Crime and Justice, Thousand Oaks 2005, S. 167; United Nations Office of Drug and Crime: Afghanistan Opium Survey 2004, New York 2004, beziffert den Jahresumsatz der afghanischen Farmer und Schmuggler im Jahr 2004 auf 2,8 Milliarden US-Dollar; vgl. Christoph Berg: The role of Opium Poppy Economy in the Development of Afghanistan, SENLIS High Level Panel, »Building an Effective Drug Policy with Afghanistan«, Wien, 8.3.2005.

14 Ebd., S. 170.

15 Interview mit Sali Berisha, *Der Spiegel*, 29/2005.

16 Edwin Sutherland: White-Collar Criminality, American Sociological Review, 10/1940, S. 132–139.

17 Jeffrey Reimann: The Rich Get Richer, the Poor Get Prison, New York 1984.

18 Steve Tombs: Corporate Crime, in: Chris Hale u.a. (Hrsg.): Criminology, Oxford 2005, S. 27.

19 Ebd., S. 270.

20 Ebd., S. 273f.

21 Matt Hopkins: Crimes Against Businesses: The Way Forward for Future Research, 42/2002, S. 782–797; Steve Tombs and Dave Whyte: Unmasking The Crimes Of The Powerful: Scrutinizing States and Corporations, New York 2003; Gary Slapper and Steve Tombs: Corporate Crime, London 1999; R.T. Naylor: Towards A General Theory Of Profit-Driven Crimes, British Journal of Criminology, 43/2003, S. 81–101; Steve Russell and Michael J. Gilbert: Truman's Revenge: Social control and corporate crime, Crime, Law & Social Change, 32/1999, S. 59–82; Nikos Passas: Anomie And Coroporate Crime, Crime, Law & Social Change, 14/1990, S. 157–178.

22 ACFE: Report to the Nation on Occupational Fraud and Abuse, 2006, S. 8f.; Joseph Wells: Corporate Fraud Handbook, Prevention and Detection, Hoboken 2004, S. 25.

TEIL 1

Lokaltermin: Geschichten von Geldtouristen

1 U.S. District Court, Central District of California (Western Division – Los Angeles), Civil Docket for Case: 2:96-cv-05551-R-E: Christopher D Hodges, et al. v. Acacia Research Corp, et al.

2 Securities and Exchange Commission v. Bradley J. Simmons and American Energy Group, ltd H-97-1384, USDC SD/TX (Houston Division), 29.4.1997; District of Utah (Central), Criminal Docket for case #: 2:95-cr-00245-DB-2, USA v. Brown, et al.; Bloomberg News, 13.8.1997; Desert News, 1.1.1999; Reuters 2.5.1997; Handelsregister Düsseldorf, HRB 25747; Houston Chronicle, 14.8.1997.

3 Energy Alert 16.5.1995. Die Zürcher Tochtergesellschaft der Northamerican Sureties Ltd. (NAS) schickte sich im Herbst 2004 an, das Bankenimperium des Basler Anlagekünstlers Dieter Behring aufzukaufen, siehe Kapitel zu Behring, S. 123.

4 Im Jahr 2005 änderte die Bezirksanwaltschaft Zürich nach einer Organisationsreform ihren Namen in Staatsanwaltschaft. Aus Gründen der Lesbarkeit wird nur die aktuelle Bezeichnung »Staatsanwaltschaft« verwendet.

5 Zur Problematik des Bankgeheimnisses im Strafprozess siehe Christoph Hohler und Niklaus Schmid: Die Stellung der Bank und ihrer Mitarbeiter im Strafverfahren, Aktuelle Juristische Praxis, St. Gallen, 5/2005.

6 Gesetz betreffend den Strafprozess, Zürich 4.5.1919 (STPO).

7 Case No. 1:2003cv03063 vom 5.1.2003 Varabiev gegen Bank Leumi, Imfeld Ernst.

8 ASIC closes in on Rivkin, The Australian Financial Review vom 31.10.2003.

9 »Outed by a Crooked Gnome.« Nickel for your thoughts: Rivkin's tip of iceberg, The Australian Financial Review vom 31.10.2003.

10 Bundesgerichtsentscheid BGE vom 25. April 2001 i. S. Murrin Murrin.

11 Verfügung der Eidg. Bankenkommission vom 30.6.2004 i. S. Allfinanz Zentrum AG in Liq.

12 Vermögensverwalter P., der Mitte der neunziger Jahre Prokurist der Allfinanz Zentrum AG war, hat später einen noch größeren Coup gelandet. Der italienische Devisenhändler war im Mai 2002 einen Urlaub auf Sardinien angetreten, nachdem er mit der neuen Zürcher Firma World Financial Services (WFS) ein ordentliches Finanzloch hinterlassen hatte – und ist seitdem nicht mehr aufgetaucht. Anleger waren um rund 80 Millionen Franken betrogen worden. Die Schweizer Bundesanwaltschaft ermittelt gegen Mitarbeiter der WFS, unter anderem wegen der Geldwäsche für die kalabresischen Mafia-Organisation N'drangheta.

13 Kunden klagen über das Verhalten von Leumi, *Sonntagszeitung* vom 25.5.2003.

14 Leumi-Affäre: Untersuchung, *Tages-Anzeiger* vom 9.4.2003; Wealthy Swiss clients to sue Bank Leumi, Financial Times vom 17.3.2003.

15 Das Milliardenspiel des Private Bankers Ernst Imfeld, *Cash* vom 13.9.2002.

16 Daniel Ammann: »Konten geplündert«, Facts vom 15.2.2001.

17 PricewaterhouseCoopers, Reports Bank Leumi (Switzerland), Zürich 31.1.2001 und 31.5.2001.

18 Christof Müller: Geldwäscherei: Motive, Formen, Abwehr: eine betriebswirtschaftliche Analyse, Dissertation der Hochschule St. Gallen, St. Gallen, 1992, S. 114; Jeffrey Robinson: The Laundrymen, Simon & Schuster UK, London 1998.

19 Der Kunde erteilt der Bank eine schriftliche Weisung (Banklagernderklärung), die Korrespondenz nur auf Verlangen auszuhändigen oder zuzustellen. Max Boemle: Geld-, Bank- und Finanzmarktlexikon der Schweiz, Verlag SKV Zürich, 2002, S. 142. Ein Rechtsstreit beschreibt Konflikte mit Hold Mail bei der Bank Sal. Oppenheim Jr. & Cie. (Schweiz) AG in Zürich: BGE 4C.377/2000/rnd vom 8.3.2001.

20 Anschaulich erläutert in: Monika Roth: Die Spielregeln des Private Banking in der Schweiz, Zürich 2003, S. 63f.

21 Veil Lifted on Bank Leumi's Secret World, Australian Financial Review, 30.10.2003.

22 »Making a Buck in Alpine Country«, The Age vom 12.6.2004; »Stockbroker Rene Rivkin found dead«, The Age vom 2.5.2005;

Rivkin's Swiss Bank Scandal, Australian Financial Review vom 30.10.2003.

23 Monika Roth, a.a.O., S. 64ff.; vgl. Glossareintrag »Beneficial Owner«.

24 Assets under Management laut The Wernlin Directory Private Banking 2002/2003, Genf 2002.

25 Bank Leumi le-Israel: Geschäftsbericht 2003, S. 5; Geschäftsbericht 2002 und 2001.

26 »Der heilige Markt diktiert das«, *Tages-Anzeiger* vom 22.1.2001.

27 *Neue Zürcher Zeitung* vom 22.11.2002.

28 St. Galler Tagblatt vom 11.12.2004 und 26.4.2005.

29 Kreisgericht St. Gallen: Pressemitteilung vom 15.7.2005.

30 John D. O'Gara: Corporate Fraud, Case Studies in Detection and Prevention, Hoboken 2004.

31 Jahrzehntelang galt eine goldene Regel, dass die Täter ein »unlösbares Finanzproblem« zu bewältigen haben, das sie antreibt, eine Gelegenheit wahrzunehmen. Siehe Donald Cressey: Other People's Money, Montclair 1973.

32 PricewaterhouseCoopers: Global Economic Crime Survey 2005.

33 *Tages-Anzeiger* vom 5.8.2005.

34 Art. 400 Abs. 1 OR, vgl. Monika Roth, a.a.O., S. 40f.

35 Michael Lewis: Liar's Poker, New York 1990, S. 17; vgl. Richard Behar: The Shabby Side of the Street, Fortune vom 3.3.2003.

36 Zitiert nach: Judith Rawnsley, Going for Broke. Nick Leeson and the Collaps of Barings Bank, London 1995, S. 165.

37 Lynn T. Drennan: Ethics, Governance and Risk Management: Lessons From Mirror Group Newspapers and Barings Bank, Journal of Business Ethics, 52, 2204, S. 257–266; Kian-Guan Lim and Soo-Chen Wong: Financial Markets Trends and Studies of Singapore Futures Markets, Asia-Pacific Financial Markets, 5/1998, S. 45–63.

38 Nick Leeson: Rogue Trader, London 1996, S. 2.

39 Ebd., S. 3

40 Judith Rawnsley, a.a.O., S. 188, 191.

41 Ebd., S. 96.

42 Ebd., S. 206.

43 Vgl. Gerhard Mahler: Die Milliarden-Zocker, München 1995.

44 Sascha Buchbinder: »Willst du eine Ferienwohnung in Monaco?«, *Tages-Anzeiger* vom 25.6.2002.

45 Edwin Sutherland: White-Collar-Criminality, American Sociological Review, 5/1940, S. 1–12; ders.: Is »White-Collar Crime« Crime?,

American Sociological Review, 10/1945; ders.: White-Collar Crime. The Uncut Version, New Haven, 1983.

46 Fritz Sack: Vorwort in: Eva Wyss: Kriminalität als Bestandteil der Wirtschaft, Eine Studie zum Fall Werner K. Rey, Herbolzheim 2003, S. 8.

47 Thomas Knecht: Das Persönlichkeitsprofil des Wirtschaftskriminellen, Vortrag an der zweiten Tagung der Schweizerischen Expertenvereinigung zur Bekämpfung der Wirtschaftskriminalität (SEECI), Bern 2.9.2005.

48 Steve Tombs: Corporate Crime, in: Chris Hale u.a.: Criminology, New York, 2005, S. 267.

49 Eidgenössische Bankenkommission (EBK): Vernehmlassung »Interne Überwachung und Kontrolle«; Zora Ledergerber: Whistleblowing unter dem Aspekt der Korruptionsbekämpfung, Dissertation der Rechtsfakultät der Universität Zürich, 2005.

50 Schweizerische Bankiervereingung (SBVg): Medienmitteilung zum Rundschreiben der EBK, August.2005.

51 Vgl. Bundesgericht BGE 129 IV 124.

52 Christof Müller: Die Bestechung gemäss Art. 4 lit. B UWG, Dissertation der Universität St. Gallen, Bamberg 1997, S. 52f.

53 *Tages-Anzeiger* vom 5.8.2005.

54 Eine Liste der Fälle in den siebziger und achtziger Jahren erstellten Paolo Bernasconi und Christof Müller: Revision und Wirtschaftskriminalität, Untersuchungen anhand von Gerichtsurteilen mit Wirtschaftsstraffällen, Zürich 1990.

55 Denunciato dalla sua stessa Banca, un buco die milioni, *Corriere del Ticino* vom 5.8.2003; SDA-Meldung vom 5.8.2003.

56 AP-Meldung vom 18.9.2003; *Tages-Anzeiger* vom 26.9.2001.

57 AP-Meldung vom 3.8.2004. Die beiden Banker wurden nach wenigen Wochen wieder aus der U-Haft entlassen. Die Untersuchungen dauern an.

58 SDA-Meldung vom 17.12.2002.

59 AP-Meldung vom 19.2.2002.

60 Pressemitteilung Bilanz, Zürich 28.1.2004.

61 Die im Januar 2003 im so genannten Bernasconi-Bericht aufgedeckten Bilanzmanipulationen bei der BCV hatten in der Waadt wie eine Bombe eingeschlagen. Die Bank trennte sich fristlos von Generaldirektor Ralph Ziegler, Vize-Präsident Pierre Fischer und Ex-Generaldirektor Bernard Krähenbühl. Die Kantonsregierung reichte Strafklagen ein. SDA-Meldung vom 23.1.2004; AP-Meldung vom 2.4.2004.

62 AP-Meldung vom 1.3.2002.

63 Securities and Exchange Commission vs. Enrique E. Perusquia, 31.1.2002; U.S. District Court California Northern District (Oakland), Criminal Docket for Case #: 4:02-cr-40013-CW-1, USA v. Perusquia, 30.1.2002 New York Law Journal 1.7.2005; UBS Receives Penalty For Failing To Supervise Advisor, The Bulletin's Frontrunner, 21.8.2003. Es handelte sich um die Minengesellschaften American Pacific Minerals, American Resource Corporation und Northern Orion Explorations und die Briefkastenfirma Enzora Investments Corporation in British Virgin Islands (B.V.I.).

64 Peter Hossli: Mein Gott, Walder!, *Süddeutsche Zeitung Magazin* vom 18. Juni 2004.

65 UBS-Analyst Nicholas Tan hatte Kleinfirmen beurteilt; AP-Meldung vom 27.2.2004.

66 UBS: Financial Fact Sheet, 1.10.2005.

67 Peter Truell and Larry Gurwin: False Profits, The Inside Story of BCCI, the World's Most Corrupt Financial Empire, Boston, New York 1992; Mark Potts u.a.: Dirty Money, The Inside Story of the World's Sleaziest Bank, Washington 1992; Nikos Passas: Transnational Crime, Ashgate 1999; Nikos Passas: Organized Crime, Dartmouth 1995, S. 361ff.

68 Marco Zwick: Banking Secrecy and Money Laundering, Luxembourg 2003, S. 49ff.

69 Jon Ashworth: Bank's costs for BCCI lawsuit set to rise to £ 100m, *The Times* vom 16.6.2005; Mark Killick: Fraudbusters, The Inside Story of the Serious Fraud Office, London 1998.

70 The BCCI Affair, A Report to the Committee on Foreign Relations, United States Senate, by Senator John Kerry and Senator Hank Brown, Washington D.C. 1992; AFX International Focus, 24.11.2005.

71 Nikos Passas: Structural sources of international crime: Policy lessons from the BCCI Affair, Crime, Law and Social Change (Historical Archive), Volume 20, Issue 4, 1993, S. 293–309; Nikos Passas, Richhard B. Grooskin: Overseeing and overlooking: The US federal authorities' response to money laundering and other misconduct at BCCI, Crime, Law and Social Change, Volume 35, Issue 1–2, March 2001, S. 141–176; Nick Fielding: Investigating BCCI: A journalist's experience, Crime, Law and Social Change (Historical Archive), Volume 20, Issue 4, 1993, S. 311–317; Mark S. Gaylord: City of secrets: Drugs, money and the law in Hong Kong, Crime, Law and

Social Change, Volume 28, Issue 2, 1997, S. 91; Nikos Passas: False Accounts: Why Do Company Statements Often Offer a True and Fair View of Virtual Reality, European Journal on Criminal Policy and Research, Volume 9, Issue 2, 2001, S. 117–135.

72 Schreiben A.G. Stanford – Encaje vom 18.10.2002.

73 *The Guardian* vom 17.5.2004.

74 Max Boemle u.a.: Geld-, Bank- und Finanzmarkt-Lexikon der Schweiz, Verlag SKV, Zürich 2002, S. 797, 867.

75 Peter Sheridan: The Downfall of Don Johnson, *The Express* vom 11.8.2004.

76 US-Bankruptcy Court for the District of Colorado, Case-No. 04-17597 MER.

77 Antwort der deutschen Bundesregierung auf eine kleine Anfrage der FDP-Fraktion, Bundestags-Drucksachen 15/3156 und 15/3020.

78 *Neue Zürcher Zeitung* vom 9.6.2005.

79 Bundestags-Drucksache 15/3156.

80 Bulgarian News Agency; Agence France-Presse; Capital Weekly, Sofia; WMRC Daily Analysis; Metal Bulletin; Bulgarian Press Digest; PARI Daily; Dun & Bradstreet; Dumrath & Fassnacht; Handelsregisterakten Sofia, Vaduz und Zug.

81 Die Minstroy Mining Company Ltd. ist am 20.9.2005 in Liquidation getreten.

82 Weiterentwickelt im Schweizer Obligationenrecht (OR), dem Bundesgesetz betreffend die Ergänzung des Schweizerischen Zivilgesetzbuches (Fünfter Teil: Obligationenrecht) vom 30.3. 1911.

83 »Der Killer kam nach Feierabend«, *Cash* vom 29.8.2003; Interview mit dem Autor am 26.8.2003.

84 Ausdruck der Multigroup-Webseite, 22.8.2003.

85 Alexander Adreev: Die unheilvolle Allianz aus Mafia, Politik und Geheimdiensten, *Frankfurter Rundschau* vom 11.1.1999.

86 Ebd.

87 The Truth of MG's Origin, Interview mit Brian Jenkins in *Capital Weekly* (Sofia) vom 11.3.2003.

88 Interview mit dem Autor am 26.8.2003.

89 Bulgaria losing war against organized crime, Agence France-Presse, 29.6.2003; One Killed in Sofia Shootout, Bulgarian News Agency, 19.8.2003; Economist Intelligence Unit, 14.3.2003; »Der Killer kam nach Feierabend«, *Cash* vom 29.8.2003.

90 Handelsregisterauszug Zug, 30.5.2005.
91 Verband der Schweizerischen Vermögensverwalter VSV: Unabhängige Vermögensverwaltung, in: www.vsv-asg.ch.
92 Handelsregisterauszug Zug, 10.1.2001.
93 Handelsregisterauszug Zug, 28.11.2002.
94 A. Craig Copetas: Metal Men, How Marc Rich Defrauded the Country, Evaded the Law, and Became the World's Most Sought-After Corporate Criminal, New York 2001.
95 Kanton Zug: Rechenschaftsbericht des Regierungsrats 2006, S. 294 ff.
96 Credit Suisse, Economic and Policy Consulting: Standortqualität, Zürich 2004.
97 Vgl. Anmerkung 23 und Glossareintrag »Beneficial Owner«.
98 UN-Security Council, Letter dated 7 August 2003 from the Acting Chairman of the Security Council Committee established pursuant to resolution 1343 (2001) concerning Liberia addressed to the President of the Security Council, New York 7.8.2003.
99 Schreiber jun. wollte sich gegenüber dem Autor zu der Angelegenheit nicht äußern: »Kein Kommentar.«
100 Interview mit dem Autor am 18.8.2005.
101 UN-Security Council, Letter dated 28 October 2003 from the Chairman of the Security Council Committee established pursuant to resolution 1343 (2001) concerning Liberia addressed to the President of the Security Council, New York 28.10.2003.
102 Verordnung der Eidgenössischen Bankenkommission zur Verhinderung von Geldwäscherei vom 18.12.2002 (EBK-Geldwäschereiverordnung, GwV EBK), Anhang: Anhaltspunkte für Geldwäscherei.
103 Bundesgesetz zur Bekämpfung der Geldwäscherei im Finanzsektor (GwG).
104 305bis StGB (Geldwäscherei), 305ter StGB (Mangelnde Sorgfalt bei Finanzgeschäften), 260ter StGB (Beteiligung an einer kriminellen Organisation), 260sexies StGB (Finanzierung des Terrorismus), 102 StGB (Unternehmensstrafrecht), 322ter–322octies StGB (Korruptionsstrafrecht).
105 Alois Rimle: Recht des schweizerischen Finanzmarktes, Zürich 2003, S. 312ff.; Monika Roth: Die Spielregeln des Private Banking in der Schweiz, Zürich 2003, S. 124f.
106 Bundesamt für Polizei, Meldestelle für Geldwäscherei: 7. Jahresbericht 2004, Bern, April 2005.

107 AP-Meldung 24.10.2003; *The Japan Times* vom 6.8.2003 und 25.10.2003; *Kyodo News* vom 5.11.2003; *The Daily Yomiuri* vom 28.11.2003.

108 Zur Bedeutung der japanischen Mafia siehe das Standardwerk von David E. Kaplan und Alec Dubro: Yakuza, Japan's Criminal Underworld, Berkeley and Los Angeles, 2003.

109 LDP's Kamei accepted donations from King of loan sharks, *Mainichi Daily News* vom 16.8.2003.

110 Las Vegas Review-Journal: Gaming board pushed for probe, 22.11. 2003.

111 Das Zürcher Millionen-Depot des Yakuza-Paten, *Cash* vom 4.12. 2003.

112 *The Japan Times* vom 10.2.2005.

113 Velisarios Kattoulas: Japan: The Yakuza Recession, FEER vom 17.1.2002.

114 Die Paten des Ostens, *Der Spiegel*, 4/2004, S. 98.

115 Es war mehr Yakuza-Geld, als die Finanzpolizisten des gesamten australischen Kontinents (Austrac) innerhalb eines Achtjahreszeitraumes (1989–1997) eingesammelt hatten: 41,4 Millionen US-Dollar. Ungeklärt war noch die Frage des Beute-Sharing mit der Bundeskasse in Bern, die nach einem neu in Kraft getretenen Gesetz ein Drittel davon einstreichen darf.

116 The Boston Consulting Group, zitiert nach: International Financial Services: International Private Wealth Management, London 2004; Facts vom 23.9.2004; The Boston Consulting Group: Crafting New Approaches to Offshore Markets, Boston 2003, S. 5; The Boston Consulting Group: The Rich Return to Richer Returns, Global Wealth 2004, Boston 2004, S. 9.

117 BB.2005.6 Entscheid des Bundesstrafgerichts, Bellinzona, 22.6. 2005; BB.2004.79 und BB.2004.80 Entscheide des Bundesstrafgerichts, Bellinzona, 22.4.2005; Reports Moore Park Investments, Nassau (Bahamas), Archiv des Autors; Zahlreiche Interviews mit vertraulichen Quellen.

118 Eva Wyss: Kriminalität als Bestandteil der Wirtschaft, Eine Studie zum Fall Werner K. Rey, Pfaffenweiler 1999; Rita Flubacher: Die Milliardenpleite, Aufstieg und Fall des Finanzjongleurs Werner K. Rey, Frankfurt/M., Berlin 1994.

119 Invitation »Meet the Manager-Meeting« der Rodia Investments, 29.3.2004, Datensicherung Website Rodia Investments: www.rodia.co.uk, 5.2.2004, Archiv des Autors.

120 Selbstdarstellung in Präsentationsschriften der Moore Park Investments, Archiv des Autors.
121 Handelsregister Basel, CH-270.3.001.919-1; Handelsregister Arlesheim, SHAB Nr.135, 16.7.1992, S. 3329.
122 Dossier Fichtner, Archiv des Autors.
123 *Cash* vom 14.2.1992.
124 Dossier Refco, Archiv des Autors.
125 Die Bank Maerki Baumann & Co. wurde später wegen der Geschäftsbeziehung zu dem externen Vermögensverwalter Behring von der Eidgenössischen Bankenkommission untersucht. Es wurden keine Verfehlungen festgestellt.
126 Dossier Provitas, Archiv des Autors.
127 Das Strafverfahren gegen die KBV-Manager war zum Redaktionsschluss Anfang Dezember 2005 noch nicht beendet.
128 Dossier KBV, Archiv des Autors.
129 Tycoon with taste had £ 42,000 dinner, *The Sunday Times* (London) vom 25.4.2004.
130 Diverse Behring-Präsentationen; Steuerverwaltung Basel-Stadt, Einschätzung Wertschriften für die Schönkind Holding AG, Basel, Archiv des Autors.
131 Behring kündigte später in einer Medienkonferenz neue Revisorenberichte an, die er den Investoren vorlegen werde. Er hat nie Dokumente vorgelegt. Sein Kompagnon Raymond Pousaz aus Nassau, Bahamas, verweigerte kurz vor dem Zusammenbruch des Systems gegenüber der Bank Sarasin in Zürich die Herausgabe der Prüfberichte mit der Begründung, dies sei nicht mehr nötig, weil die Gesellschaften ohnehin aufgelöst und die Vermögen den Investoren zurückgezahlt würden.
132 *Cash* vom 24.6.2004.
133 Strafklage Dieter Behring ./. Leo Müller betreffend Ehrverletzung durch die Presse, Proz.-Nr. PS.2004.50027, Bezirksgericht Zofingen; Gerichtspräsidium Zofingen, Verfügung vom 17.3.2005.
134 Ebd. sowie »Fakten und Dementis«, *Cash* vom 1.7.2004.
135 Dossiers Melbury Invest Ltd., Rodia Investments Ltd., Archiv des Autors.
136 Strafklage Dieter Behring, a.a.O.; Rodia Investments Ltd.: Financial Statements 2003, Wingrave Yeats Partnership, London 30.9.2003; Dossier Rodia Investments, Archiv des Autors; Invitation »Meet the Manager-Meeting« der Rodia Investments, 29.3.2004.
137 Reports Moore Park Investments, Archiv des Autors.

138 Moore Park Investments Inc. – in Liquidation: Meeting of Creditors, Report to Creditors and Appendices, Mulhouse 22.3.2004.
139 Charles Raw, Bruce Page und Godfrey Hodgson: Do You Sincerely Want To Be Rich?, London 1971; Jeffrey Robinson: The Sink, London 2003, S. 46f.
140 Zu ihnen gehörte von 1965 bis 1969 auch der Schweizer Werner K. Rey, der es bis zum Divisions-Manager in Österreich brachte und später ebenfalls als kreatives Finanzgenie mit einer Milliardenpleite berühmt wurde.
141 Charles Raw u.a., a.a.O. , S. 108.
142 So erlebte es der Autor selbst bei seinen Behring-Recherchen auf den Britischen Jungferninseln und den Bahamas.
143 www.ebk.ch
144 Eidgenössische Bankenkommission, Jahresbericht 2004.
145 Wirtschaftstäter verhalten sich häufig wie unverletzbare Wesen und fühlen sich »bullet-proof« – siehe John D. O'Gara: Corporate Fraud, Hoboken 2004, S. 30.
146 Griechische Komödie, *Cash* vom 2.9.2004.
147 London (UK) Ltd. Directors Reports, Fianancial Statements, London 2004; North American Sureties, Case No. 2:2002mc00006, 8:1998mc00943, 2:1998mc31739, 2:1994cv74837; NAS: Confidential Reference List, ohne Datum; Daniel S., Universa Treuhand: Bericht der Revisionsstelle über die Prüfung der Jahresrechnung der Northamerican Sureties (Europe) AG, per 31.12.2003, Zürich, 4.2.2004; Investigation Reporte NAS, Burns & Gimble, Archiv des Autors.
148 Securities and Exchange Commission, EDGAR Filings LFG International Inc.
149 LFG International, Inc., Balance Sheet 31.3.2005.
150 Securities and Exchange Commission, Washington, D.C.: Amended Form 8-K, Current Report Pursuant to Section 13 or 15(d) of the Securities Act of 1934, LFG International, Inc., 16.9.2004.
151 Dossier Karl Prinz von Thurn und Taxis, Archiv des Autors; »Die drei von der Nevada-Garage«, *Cash* vom 16.9.2004; Karl Prinz tauchte bald wieder im Aufsichtsrat des merkwürdigen Investmentvehikels Akzenta auf, gegen das die EBK eine Strafananzeige erhoben hat; *Sonntagszeitung* (Zürich) vom 3.4.2005.
152 Siehe S. 28f.
153 U.S. Department of the Treasury, Fiscal Service: Dept. Circular 570; 2005 Revision, Companies Holding Certificates of Authority as Ac-

ceptable Sureties on Federal Bonds and as Acceptable Reinsuring Companies, Washington D.C. 1.7.2005.

154 Dossier Northamerican Sureties, Archiv des Autors.

155 Interview mit dem Autor im September 2004 in Zürich.

156 Kommentar Adrian Roost, *Basler Zeitung* vom 1.7.1995.

157 Das Basler Strafgericht hat den 36-jährigen Bauunternehmer wegen mehrfacher Veruntreuung, leichten Konkurses sowie Urkundenfälschung verurteilt, weil er in 75 Fällen Baukredite der Basler Kantonalbank (BKB) veruntreut hatte. Die Deliktsumme betrug rund 18 Millionen Franken. Sein Verteidiger war der Anwalt Alberto Nanni, der seit 2003 wiederum mit Peter Weibel geschäftlich verbunden ist, unter anderem als Aktionär eines »European Aeronautical Institute« in Basel und als Nachfolger im Management einer Beratungsfirma. *Basler Zeitung* vom 8.4.2004.

158 Man Found Guilty in Ponzi Scheme, *The Orlando Sentinel*, 19.6.2004; Knight and Huggins on Trial over Evergreen, HedgeWorld News, 26.5.2004; Evergreen Creditors Committee, Press Releases, Winter Park, Florida, 2001–July 2005; District Attorney, New York County, Release News, 28.8.2002; U.S. Bankruptcy Court, Middle District of Florida (Orlando), Bankruptcy Petition #: 6:01-bk-00533; U.S. District Court, Middle District of Florida (Orlando), CIVIL DOCKET FOR CASE #: 6:02-cv-01247-ACC; EVERGREEN SECURITY, LTD., POST BANKRUPTCY CONFIRMATION UPDATE PREPARED BY R. W. CUTHILL, JR., PRESIDENT, JUNE 2004 TO JUNE 2005, Press Release 27.7.2005.

159 Christopher Faille: Outcome of Latest Evergreen Trial Still Indecisive, *HedgeWorld News* vom 22.6.2004.

160 Evergreen Security Committee, Committee Meeting, 1.5.2001, www.rpm.se.

161 RPM Risk & Portfolio Management AB, Due Diligence Report Moore Park Investments, Stockholm 2001.

162 Jack Schwager: Schreiben an den Autor vom 24.1.2005.

163 Eidgenössische Bankenkommission: Jahresbericht 2004, S. 42f.; Medienmitteilung Bank Sarasin, 7.7.2005; *Basler Zeitung* vom 8.7.2005; *Neue Zürcher Zeitung* vom 8.7.2005.

164 Organisational Structure of the Anti-Moneylaundering Regulatory Framework, 6.5.2002.

165 E-Mail-Korrespondenz mit FIU, SEC, Government of the Bahamas, Archiv des Autors.

166 Investment Funds Act, 2003.

167 SECURITIES COMMISSION OF THE BAHAMAS, PRESS RELEASE – FOR IMMEDIATE RELEASE, RE: DIETER BEHRING, November 16, 2004.

168 Individual Licensees/Registrants of the Securities Commission of the Bahamas, Nassau, 15.7.2005.

169 Report Moore Park Investments Inc. (MPII), Tortula, B.V.I., März 2005; William Tacon, Mark Forte: The British Islands Insolvancy Act 2003 – Practical Experience after the First Four Months.

170 Dieter Behring: Redemanuskript Medienkonferenz 2004.

171 BGE 119 IV 284, 22. September 1993.

172 BB.2005.6 Entscheid des Bundesstrafgerichts vom 22.6.2005, S. 5f.

173 Financial Affidavit, Eric Resteiner, 18.6.2004.

174 Dossier Resteiner, Archiv des Autors; U.S. District Court, District of Massachusetts (Boston), Securities and Exchange Commission ./. Eric E. Resteiner et al., Civil Docket for Case: 1:01-cv-10637-PBS; Boston Business Journal, 25.3.2004; U.S. District Court, District of Massachusetts (Boston), Criminal Docket for Case: 1:04-cr-10082-NG-1, 24.3.2004; als Verhandlungstermin wurde der 6.2.2006 angesetzt.

175 Jeffrey Robinson, The Sink, London 2003.

176 *Grenada Today* vom 19.7.2004 und 7.8.2004; World Markets Analysis vom 30.8.2005; BBC Monitoring International Reports 27.11.2005; Testimonial Timothy Lee Bass, Bloomington, IL, Archiv des Autors. Sonderermittlungen über den Fall dauerten zum Redaktionsschluss noch an.

177 Testimonial Timothy Lee Bass, Bloomington, IL, 25.4.2003.

178 KYC News, Gilbert Allen Brink, Keith Mitchell 10.3.2005.

179 Grenada Broadcasting Network (GBN), Announcement 1.6.2004; Carribean Net News vom 8.3.2004 und 30.8.2004.

180 *Financial Times* vom 23.10.2001; Freedom in the World 2004, The Annual Survey of Political Rights and Civil Liberties, Lanham 23.8.2004.

181 Paul Ponsaers. What is so organised about financial-economic crime? The Belgian Case, Crime, Law and Social Change, 37/2003, S. 198.

182 Christoph Maria Merki: Der Finanzplatz Liechtenstein: Zürichs attraktive Außenstelle, in: Christoph Maria Merki (Hrsg.): Europas Finanzzentren, Geschichte und Bedeutung im 20. Jahrhundert, Frankfurt 2005, S. 167f.

183 Ranald C. Michie: Der Aufstieg der City of London als Finanzplatz,

Vom Inlandsgeschäft zum Offshore-Zentrum?, in: Christoph Maria Merki (Hrsg.): Europas Finanzzentren, Geschichte und Bedeutung im 20. Jahrhundert, Frankfurt 2005, S. 47.

184 Anthony Sampson: Who Runs This Place, The Anatomy of Britain in the 21st Century, London 2005, S. 259.

185 Nick Kochan: The Washing Machine, How Money Laundering and Terrorist Financing Soils Us, Mason 2005, S. 253.

186 Stefan Altorfer: Die Kanalinseln Jersey und Guernsey: Im Windschatten der City of London, in: Christoph Maria Merki (Hrsg.): Europas Finanzzentren, Geschichte und Bedeutung im 20. Jahrhundert, Frankfurt 2005, S. 198ff.

187 Paolo Bernasconi: Recherche et Saisie de Recettes Délictueuses, Conférence présentée à la Deuxième Réunion de L'ASECE, Berne, 2.9.2005.

188 Steuergesetz des Fürstentums Liechtenstein (StG), 30.3.1961, Art. 84; Bericht und Antrag der Regierung an den Landtag des Fürstentums Liechtenstein betreffend die Abänderung des Personen- und Gesellschaftsrechts vom 20.1.1926 (PGR), 16.8.2005.

189 Regierung des Fürstentums Liechtenstein: Bericht und Antrag der Regierung an den Landtag des Fürstentums Liechtenstein betreffend die Abänderung des Personen- und Gesellschaftsrechts sowie damit zusammenhängende Gesetze (Totalrevision des Öffentlichkeitsregisterrechts), Nr. 102/2002, Vaduz, 22.10.2002.

190 Christoph Maria Merki: Der Finanzplatz Liechtenstein, a.a.O., S. 171.

191 Christoph Maria Merki: Der Finanzplatz Liechtenstein, a.a.O., S. 176.

192 International Monetary Fund: Assessment of the Supervision and Regulation of the Financial Sector, Volume I: Review of Financial Sector Regulation and Supervision, Principality of Liechtenstein, August 2003, S. 13.

193 Bericht und Antrag der Regierung an den Landtag des Fürstentums Liechtenstein betreffend die Abänderung des Personen- und Gesellschaftsrechts vom 20.1.1926 (PGR), 16.8.2005, S. 29.

194 FATF: Nauru delisted, 13.10.2005; Current NCCT list, 13.10. 2005.

195 Jeffrey Robinson, Laundrymen, New York 1998, S. 63.

196 Eidgenössisches Finanzdepartement: Umsetzung der revidierten Empfehlungen der Groupe d'action financière sur la lutte contre le blanchiment de capitaux, Erläuternder Begleitbericht zum Vernehmlassungsverfahren: Korrigierte Version: 13.1.2005, S. 13.

197 Entwurf Bundesgesetz über die Umsetzung der revidierten Empfehlungen der Groupe d'action financière sur la lutte contre le blanchiment de capitaux, Korrigierte Version: 13.1.2005.

198 StGB Art. 327 VE; Eidgenössisches Finanzdepartement, a.a.O., S. 14; Entwurf Bundesgesetz über die Umsetzung der revidierten Empfehlungen der Groupe d'action financière sur la lutte contre le blanchiment de capitaux, Korrigierte Version: 13.1.2005.

199 Eidgenössisches Finanzdepartement, a.a.O., S. 14.

200 Eidgenössisches Finanzdepartement, a.a.O., S. 59.

201 Gottfried Keller: Martin Salander. Roman, München, Wien 2003, S. 86.

202 Julius Rodenberg, Tagebucheintrag nach einem Gespräch mit Gottfried Keller, 27.9.1885, zitiert nach: Gottfried Keller: Sämtliche Werke, hrsg. unter der Ltg. von Walter Morgenthaler, Band 8, Basel, Zürich 1996.

TEIL 2

Besuche im Hinterzimmer: Inside Corporate Crime

1 Die Staatsanwälte des Kantons Zürich hießen damals noch Bezirksanwälte. Zuständig war die Bezirksanwaltschaft IV. Der Autor wählt nur noch die aktuelle Bezeichnung »Staatsanwaltschaft«.

2 Europäisches Übereinkommen vom 20. April 1959 über die Rechtshilfe in Strafsachen; Eidg. Justiz- und Polizeidepartement, Bundesamt für Justiz: Die Internationale Rechtshilfe in Strafsachen, Wegleitung, Bern 1998.

3 UBS AG: Schreiben an Bezirksanwaltschaft IV für den Kanton Zürich, 5.9.2004, betr. Eintretens- und Zwischenverfügung i.S. Ekobrottsmyndigheten Stockholm gegen LM Ericsson.

4 Meldung im Sinne von Art. 67a IRSG vom 26.5.2003 in Sachen Bezirksanwaltschaft IV für den Kanton Zürich gegen Unbekannt betreffend Geldwäscherei-Verdacht.

5 StGB Art. 322septies, Bestechung fremder Amtsträger; Botschaft über die Änderung des Schweizerischen Strafgesetzbuches und des Militärstrafgesetzes (Revision des Korruptionsstrafrechts) so-

wie über den Beitritt der Schweiz zum Übereinkommen über die Bekämpfung der Bestechung ausländischer Amtsträger im internationalen Geschäftsverkehr, Bern 19.4.1999; Niggli/Riklin: Skript Strafrecht BT., Fribourg 2004/2005.

6 Formular A der Konti Longco Investment, AFC-Consultoria, C.S. Project Services, Pan-Atlantic, Seedienst; Dossier Ericsson, Archiv des Autors.

7 UBS AG: Schreiben Urs Wenzel und Patrick Meier, a.a.O.

8 Ermittlungsakte Ericsson, Az. Bda: C 910-14-47-00, Beweismittelordner-Sammlung, Stockholm, 2002-2005.

9 Ermittlungsakte Ericsson, Az. Bda: C 910-14-47-00: Bezirksanwaltschaft IV für den Kanton Zürich: Geldfluss der »E«-Gelder, Zürich 23.10.2002; Zusammenstellung Zahlungsverkehr; Konten Ritter/Ericsson.

10 »Tatort Teppich-Etage«, *Cash*, 22/2003.

11 Ericsson's Comments on the Prosecution Regarding Evasion of Tax Control, Stockholm 20.4.2005.

12 www.cfo.com, 21.4.2005; forbes online 21.4.2005.

13 »Schwarze Kasse am Paradeplatz«, *Cash* vom 23.5.2003; »Nummernkonto 733 889, Transithalle Flughafen«, *Cash* vom 4.5.2005.

14 »Die heimlichen Deals des Leo K.«, *Cash* vom 19.4.2002.

15 Credit Suisse, Schreiben Ruth Stadelmann an den Autor, Zürich, 28.1.2003, zur Beantwortung der Schreiben an die Credit Suisse, Zürich, 11.12.2002, 7.1.2003 und 24.1.2003.

16 Dossier Kirch, Archiv des Autors; »Zahlungsauftrag aus Vaduz«, *Cash* vom 31.1.2003.

17 Urteil des Bundesgerichts vom 10.3.2004, BGE 1A.228/2003.

18 Credit Suisse: Schreiben Ruth Stadelmann, a.a.O.

19 »Die Schatztruhe des Leo Kirch«, *Cash* vom 6.5.2004.

20 Urteil des Bundesgerichts vom 10.3.2004, BGE 1A.228/2003.

21 Vgl. zum Spezialitätenvorbehalt: Urteil des Bundesgerichts BGE 115 Ib 373 E. 8 S. 377.

22 »Verräterisches Memo über Leo K.«, *Cash* vom 24.1.2003.

23 Schreiben Ekkehard Schumann und Peter Gauweiler an den Leitenden Oberstaatsanwalt Christian Schmidt-Sommerfeld, München 13.5.2004.

24 Vermerk MH Medien-Handels AG, Besprechung Eidgenössische Steuerverwaltung (EStV) vom 13.9.1991.

25 Mitteilung an den Autor auf das Schreiben an Günther Kiss, Minusio 17.1.2003.

26 *Neue Zürcher Zeitung* vom 19.2.2005.
27 *Der Spiegel* vom 30.10.2004.
28 Gesetz zur Förderung der Steuerehrlichkeit; Michael Streck (Hrsg.): Berater-Kommentar zur Steueramnestie, Köln 2004.
29 »Razzia bei Leo Kirchs Consigliere«, *Cash* vom 23.10.2003.
30 Urkunden Divaco Beteiligungs AG, Andante Grundstücksverwaltungsges. mbH, Adagio Grundstücksverwaltungsges. mbH, Beta Grundstücksverwaltungsges. mbH, BHI Beteiligungsges., Domi GmbH, Foma GmbH, FoMax GmbH, Formatus GmbH, Hares GmbH, Jagotin Beteiligungsges. mbH, Jagotin Grundstücksverwaltungsges. mbH, Mabis Beteiligungsges. mbH, MotorRent Leasing GmbH, Pedus GmbH, Peri Grundstücksverwaltungsges. mbH, Kas-Com Beteiligungs-GmbH, SEC Vermögensverwaltungs- und Beteiligungsges. mbH, Septimus Grundstücksverwaltungsges. mbH, VfE Verwaltungsges. für Einkaufsstätten mbH, Adler Modemärkte, Asset Immobilienbeteiligungen GmbH, AIB Holding GmbH & Co KG, DFH Fertighaus GmbH, GHB Gesellschaft für Handelsbeteiligungen mbH, IT-Holding GmbH, Kaufhalle AG, Massa AG, RH Shoe-Holding GmbH.
31 Wortprotokoll Hauptversammlung Metro AG, Mai 2002, Archiv des Autors.
32 Handelsregisterauszüge Crailsheim, Frankfurt/M., u.a., Archiv des Autors.
33 Mitteilung Metro AG an den Autor, Archiv des Autors.
34 Staatsanwalt Bernhard Englisch: Mitteilung an den Autor, Archiv des Autors.
35 Landgericht Düsseldorf, Urteil Hannjörg Hereth gegen Metro AG, Az 41 O 122/03, Düsseldorf 28.9.2005.
36 *Financial Times Deutschland* vom 30.9.2005.
37 »Milliardenspiel in der Blackbox«, *Cash* vom 22.1.2004.
38 Metro AG, Ad-hoc-Meldung 22.1.2004.
39 »Deutschlands schnellster Chef«, *Cash* vom 23.6.2005; *Bilanz* (Zürich) vom 1.12.2004.
40 Mitteilung der Staatsanwaltschaft Köln, 21.11.2005; Spiegel Online am 15.11.2005
41 AIB-Holding: diverse Dokumente, u.a. Angebotsunterlage Öffentliches Pflichtangebot der ADAGIO Grundstücksverwaltungsgesellschaft mbH, Saarbrücken, an die Aktionäre der Kaufhalle AG, Saarbrücken, zum Erwerb ihrer Aktien der Kaufhalle AG, Rolf-Ulrich Dreyer und Ralf Bender, Saarbrücken 2.6.2003.

42 Schreiben Urs Wehinger an den Autor, Dossier Berninghaus, Archiv des Autors.

43 David J. Middleton: The Legal and Regulatory Response to Solicitors Involved in Serious Fraud, British Journal of Criminology Advance Access published on February 22, 2005; David J. Middleton, Michael Levi: The role of solicitors in facilitating »Organized Crime«: Situational crime opportunities and their regulation, Crime, Law and Social Change, Volume 42, Issue 2–3, Januar 2005, S. 123–161.

44 OR Art. 716a.

45 *Neue Zürcher Zeitung* vom 27.10.2004.

46 *Die Welt* vom 7.10.2005; *Neue Zürcher Zeitung* vom 4.3.2006; Mitteilung der Staatsanwaltschaft Köln, März 2006.

47 Bezirksanwaltschaft III für den Kanton Zürich: Anklageschrift an das Bezirksgericht Zürich gegen X., Az. A-1/1998/783, Zürich 20.2.2004; Bezirksanwaltschaft III für den Kanton Zürich: Plädoyernotizen in Sachen X, Bezirksgericht Zürich, 9. Abteilung, Hauptverhandlung vom 15./16.12.2004.

48 »Orientalische Kapitalerhöhung«, *Cash* vom 11.7.2003.

49 »Blüten aus Bahrain a conto Mario Ritter«, *Cash* vom 4.7.2003.

50 Mitteilung der Staatsanwaltschaft des Kantons Zürich an den Autor, 1.9.2005, Liechtensteiner Vaterland vom 5.3.2005.

51 Strafanzeige Pelossi vom 4.10.1995; Interview Georgio Pelossi mit dem Autor; John Goetz, Conny Neumann und Oliver Schröm: Allein gegen Kohl, Kiep & Co., Die Geschichte einer unerwünschten Ermittlung, Berlin 2000, S. 13ff.

52 »Die große Schmiere«, *Stern* vom 13.1.2000.

53 Dossier Thyssen, Beweismittelordner I–XVIII, Archiv des Autors.

54 Staatsanwältin Simone Kämpfer in einem Fernsehinterview, 2003: »Darauf haben wir Hinweise.«

55 Schreiben Rechtsanwalt Prof. Dr. Gunter Widmaier an Staatsanwaltschaft Düsseldorf, Az 28 Js 158/00 betr. Jürgen Maßmann, Karlsruhe 24.5.2005.

56 Interview mit dem Autor, 1998.

57 »Die große Schmiere«, *Stern* vom 13.1.2000.

58 »Früher Verdacht gegen Eckhard Rohkamm«, *Der Spiegel* vom 20.11.2000.

59 »Die Akte ›Great Aziz‹ oder Das lange Warten auf Bern«, *Cash* vom 15.11.2002.

60 »Warum knickte Genscher ein?«, *Stern*, 49/1999; »Die Freunde des

Herrn Möllemann«, *Stern*, 50/1999, »Die große Schmiere«, *Stern*, 3/2000.

61 Bundeamt für Justiz, Lettre signature an Justizministerium des Landes Nordrhein-Westfalen, Az. B 100 220/15 GOP, Bern 18.12.2002; Eidgenössische Steuerverwaltung, Abteilung für internationales Steuerrecht, Prof. Robert Waldburger, Ergänzende Stellungnahme an das Bundesamt für Justiz, Abteilung internationale Rechtshilfe, Az. B100 220/10 GPO/AS, Bern, 28.11.2002.

62 Thyssen AG, Rechtsabteilung, Schreiben vom 4.3.1993, siehe Faksimile S. 226.

63 »Die große Schmiere«, a.a.O.; Schreiben Finanzministerium des Landes Nordrhein-Westfalen, Minister Peer Steinbrück an den Präsidenten des Landtags Nordrhein-Westfalen, Az S 1505 – Th 1 – VC5, Düsseldorf 14.10.2000; Antwort der Landesregierung auf die Kleine Anfrage 1598, Düsseldorf 26.4.2000; Antwort der Landesregierung auf die Kleine Anfrage 1597, 26.4.2000. Jürgen Möllemann erwiderte in einer Pressemitteilung am 1.12. 1999: »Der Sternbericht ist der unfaire Versuch, einer sachlich notwendigen Entscheidung falsche Motive zu unterstellen und ein schlechtes Licht auf Hans-Dietrich Genscher und mich zu werfen. Ich weise diesen Versuch mit aller Entschiedenheit zurück.«

64 Interview mit dem Autor, Oxford 2000.

65 Klaus Wiendl und Rudolf Lambrecht: Steuermillionen verpulvert. Wie Kronzeuge Pfahls die Augsburger Justiz austrickst, Report München, Bayerischer Rundfunk, 21.11.2005

66 *Neue Zürcher Zeitung* vom 14.3.2001.

67 Schreiben Dr. Peter Monauni, Kanzlei Dr. Dr. Batliner & Partner, Vaduz, an Hunzinger Information AG, Frankfurt v. 27.12.1999; Dossier Lüthje, Weyrauch, Archiv des Autors.

68 *Frankfurter Allgemeine Zeitung* vom 28.8.1993.

69 dpa-Meldung vom 5.7.1998.

70 Bundesgerichtsurteil, Lausanne 4.4.1989, BGE 115 Ib 68.

71 *Frankfurter Allgemeine Zeitung* vom 10.8.2004; Handelsregisterauszüge Aufbau Invest i.L., Zürich; Dossier Günther Krause, Archiv des Autors; Dossier Leuna, Archiv des Autors; Dossier Dieter Holzer, Archiv des Autors.

72 EuGH, Urteil vom 3.5.2005 – C-387/02, C-391/02 und C-403/02; Tobias Jones: The Dark Heart of Italy, London 2003, S. 185ff.

73 Kevin Cahill, Peter Kirwan and Pete Sawyer: Tory Money: deals, donors and deceit, BusinessAge, London, Juli 1993.

74 Independent Inquiry Committee into The United Nations Oil-For-Food Programme: Third Interim Report, New York, 8.8.2005; Independent Inquiry Committee into The United Nations Oil-For-Food Programme: Report on the Manipulation of the Oil-for-Food Programme, New York, 27.10.2005; *Washington Post* vom 2.11.2005, *Newsweek* vom 7.11.2005.

75 »Die Bilanz des Jürgen Möllemann«, *Cash* vom 13.6.2003.

TEIL 3

Neue Gesetze, private Fahnder und der Mythos des Schweizer Bankgeheimnisses

1 BankG, Fassung vom 8.6.2004.

2 Paolo Bernasconi: Das Schweizer Bankgeheimnis und das neue Rechtshilfegesetz in Strafsachen, in: Der Schweizer Treuhänder 1983, S. 13f.; Bundesgericht BGE 115 IB 68.

3 Bank Julius Bär: Leitfaden für den sicheren Umgang mit Kunden- und Geschäftsdaten, Zürich 2005.

4 Vgl. Franco Taisch: Diskretion am Bankschalter oder Persönlichkeitsschutz und Bankgeschäft, Vaduz 1996.

5 Hans J. Bär: Seid umschlungen, Millionen. Ein Leben zwischen Pearl Harbor und Ground Zero, Zürich 2004.

6 »Die Hacker benutzten einen Bagger«, Interview in *Sonntagszeitung* vom 26.6.2005.

7 The leaky corporation; *The Economist* vom 25.6.2005.

8 »Auch Firmen haben eine Privatspähre«, Interview in *NZZ am Sonntag* vom 3.7.2005.

9 Credit Suisse Group, Annual Reporting 2006, S. 3; UBS: Key Figures Personnel, Dezember 2006.

10 Rundschreiben der Eidg. Bankenkommission: Auslagerung von Geschäftsbereichen (Outsourcing), 22.8.2002.

11 Fürstliches Obergericht, Paul Schockemöhle gegen Prof. Dr. Dr. Herbert Batliner, wegen EUR 18 697 662,78, Az. 10 CG2000.00199.

12 F.L. Oberster Gerichtshof, Urteil 10 CG 2000.199-68, 2.9.2004; Beschwerde gegen das Urteil 10 CG 2000.199-68.

13 *Financial Times* vom 6.6.2005.

14 Bundesgesetz über direkte Bundessteuer (DBG), Art. 190ff.; Eidge-

nössische Steuerverwaltung, Informationsgespräch mit dem Autor, Bern, Juni 2004.

15 *Basler Zeitung* vom 26.5.2005; Facts vom 17.2.2005.

16 *Sonntagsblick* (Zürich) vom 30.1.2005.

17 Amtliches Bulletin, Nationalrat: 05.5019, Fragestunde, Frage Kaufmann Hans, Verhandlungen über das Bankgeheimnis, 07.03.05-14h30.

18 *Neue Zürcher Zeitung* vom 31.8.2005.

19 Monique Jametti Greiner und Hanspeter Pfenninger: Der Schutz des schweizerischen Bankgeheimnisses im Abkommen zur Assoziierung der Schweiz an Schengen, Aktuelle Juristische Praxis, St. Gallen 2/2005, S. 167.

20 Medienauskünfte gegenüber dem Autor von der Schweizerischen Bankiervereinigung, 14.9.2005; *Der Bund*, Bern, vom 24.4.2007

21 Monique Jametti Greiner, a.a.O., S. 166.

22 Konrad Hummler, Interview, *Sonntagszeitung* vom 21.11.2004.

23 Provisorische Berechnung für 2005 mit dem »Steuerrechner« der Webseite des Kantonalen Steueramtes, Zürich 2005: www.steueramt.zh.ch.

24 »Bankgeheimnis ade«, *Cash* vom 1.4.2004.

25 Interview mit Dirk Schütz, *Cash* vom 1.4.2004.

26 *Neue Zürcher Zeitung* vom 24.5.2007.

27 Cap Gemini and Merrill Lynch: World Wealth Report 2006; Kevin Philips: Wealth and Democracy. A Political History of the American Rich, New York 2002.

28 Teodoro D. Cocca: Schweizerisches Private Banking, Markt in Wachstums- oder Reifephase?, Der Schweizer Treuhänder, 4/2005; S. 270–277.

29 UBS: Geschäftsberichte 2006.

30 Craig J. Names: Presentation Cyer Money Issues, Money Laundering Conference 2003, Zurich 19.6.2003.

31 State of Delaware: Official Website, www.state.de.us.

32 Robert J. Schoenberg, Al Capone, Die Biographie, Düsseldorf 2001, S. 374ff.

33 Bundesgericht BGE 4C.111/2004, 9.11.2004; Daniel Hug, *NZZ am Sonntag* vom 4.5.2003; *Neue Zürcher Zeitung* vom 5.9.2002; *Neue Zürcher Zeitung* vom 23.7.2002.

34 *Schaffhauser Nachrichten* vom 21.8.2004, 9.7.2005 und 19.11. 2005; *Tages-Anzeiger* vom 17.5.2006 und 10.1.2007.

35 Gunther Arzt: Ein Kampf gegen Windmühlen, *Neue Zürcher Zeitung* vom 13.3.2002.

36 Revisuisse Pricewaterhouse: Wirtschaftskriminalität. Die Lage, Zürich 1997; PricewaterhouseCoopers: European Economic Crime Survey 2001. Eine jüngere Studie von KPMG kommt zu ähnlichen Ergebnissen, hat aber mit einem Rücklauf von nur 25 befragten Unternehmen nicht die notwendige empirische Grundlage erreicht: KPMG Forensic: Wirtschaftskriminalität in der Schweiz 2005, Zürich, 2005.

37 Bezirksanwaltschaft III für den Kanton Zürich, Anklageschrift vom 20.2.2004, Az. A-1/1998/783.

38 Bezirksgericht Zürich, 9. Abteilung: Urteil und Beschluss vom 19.1.2005, Az. DG040123/U. *Neue Zürcher Zeitung* vom 30.11. 2006.

39 Bundesgerichtsurteil, Lausanne, BGE 122 IV 248.

40 Bezirksanwaltschaft III für den Kanton Zürich, Plädoyernotizen Andreas Ochsenbein, Zürich 15.12.2004.

41 Ebd.

42 »Die Fahnder versinken im Aktenberg«, *Cash* vom 9.12.2004.

43 Bundesamt für Justiz: Die Internationale Rechtshilfe in Strafsachen, Wegleitung, Bern 1998.

44 Europäische Übereinkommen über die Rechtshilfe in Strafsachen, 20.4.1959, EUeR, SR 0.351.1; Bundesgerichtsentscheide BGE 1A.101/2000, BGE 105 Ib 418 E. 4b S. 425f., 115 Ib 68 E. 3b/bb S. 78; BGE 112 Ib 576 E. 3, S. 586.

45 *Neue Zürcher Zeitung* vom 15.9.2005.

46 »Bernhard Lötscher: Keine Rechtshilfe der Schweiz im Fall Yukos«, *Neue Zürcher Zeitung* vom 8.2.2005; Parlamentarische Versammlung des Europarates, Sabine Leutheusser-Schnarrenberger: Sitzungsperiode 2005, Bericht 2. Sitzung, 5.1.2005; Parliamentary Assembly Assemblée parlementaire: Doc. 10568, Honouring of obligations and commitments by the Russian Federation, Report Committee on the Honouring of Obligations and Commitments by Member States of the Council of Europe (Monitoring Committee), 3.6.2005.

47 Bundesgesetz über internationale Rechtshilfe in Strafsachen vom 20.3.1981, Art. 2 a (IRSG; SR 351.1 111).

48 Bundesgericht BGE 1A.17/2005, 1A.86/2004, 1A.81/2004, 1A84/2004, 1A85/2004.

49 Bundesgericht BGE 6P.210/1999, 5.4.2000.

50 Bundesgericht BGE 1A.207/2000, 17.11.2000.

51 *Corriere del Ticino*, 8.3.2005; AP-Meldung vom 8.3.2005; SDA-Mel-

dung vom 18.3.2005; SDA-Meldung vom 28.9.2005; US vs. Pizzato, Michele, 12.11.2003 (closed 1.3.2004).

52 PricewaterhouseCoopers: European Economic Crime Survey 2001; PricewaterhouseCoopers: Global Economic Crime Survey 2005.

53 James W. Williams: Reflections On The Private Versus Public Policing Of Economic Crime, British Journal of Criminology, 45, 2005, S. 316–339.

54 James W. Williams, a.a.O., S. 320.

55 James W. Williams, a.a.O., S. 328.

56 Nikos Passas and Neva Goodwin (Hrsg.): It's Legal but It Aint't Right, Harmful Social Consequences of Legal Industries, Ann Arbor 2004, S. 5.

57 Eveline Lubbers: Battling Big Business, Countering Greenwash, Infiltration And Other Forms Of Corporate Bullying, Cornwall 2002.

58 Dietmar Pfaff: Competitive Intelligence in der Praxis, Frankfurt/M. 2005; www.scip.org.

59 Paolo Bernasconi: Grauzonen Schweiz, Zur Unsicherheit in der Wirtschaft, Blickpunkt Sicherheit, Jahrbuch 2003/2204, Zürich, Chur, S. 83–94.

60 Kriminalstatistik des Kantons Zürich 2005 (KRISTA), Zürich 2005.

61 Bundeskriminalamt: Bundeslagebild Wirtschaftskriminalität 2004, Wiesbaden 2005; Bundeskriminalamt: Jahresbericht 2004, Financial Intelligence Unit (FIU) Deutschland; Bundesamt für Polizei, Meldestelle für Geldwäscherei: 7. Jahresbericht 2004, Bern, April 2005; Peter Reuter and Edwin M. Truman: Chasing Dirty Money, Washington 2004, S. 18.

62 Zum Beipiel: Paul Ponsaers: What is so organised about financial-economic crimes?, Crime, Law & Social Change, 37/2002, S. 196; Paolo Bernasconi: Grauzonen Schweiz, Zur Unsicherheit in der Wirtschaft, Blickpunkt Sicherheit, Jahrbuch 2003/2204, Zürich, Chur, S.83–94.

63 Bundesgericht BGE 104 IV 77; BGE 80 IV 34; BGE 81 IV 37.

64 Stefan Trechsel: Nemo tenetur bei Steuerhinterziehung, Manuskript dem Autor zur Verfügung gestellt, Zürich 2005.

65 Shana Alexander: The Pizza Connection, New York 1988, S. 183; Money Laundering Control Act (MLCA).

66 Estimated earnings from criminal activity in the United States (Tax evasion excluded), 2000, in: Peter Reuter and Edwin M. Truman: Chasing Dirty Money, Washington 2004, S. 20; Nick Kochan: The

Washing Machine, How Money Laundering and Terrorist Financing Soils Us, Mason 2005, S. xiv.

67 www.cfenet.com.

68 Nick Kochan: The Washing Machine, How Money Laundering and Terrorist Financing Soils Us, Mason 2005, S. 257.

69 Money launderer jailed for 14 years, *Financial Times* vom 26.2. 1999

70 Bearing Point, Financial Services: SOS For Financial Institutions: Stop Excessive Spending on Risk and Compliance!, White Paper, McLean 2004.

71 Hans-Rudolf Merz: Geldwäscherei: Wo stehen wir?, Referat am GwG-Kongress, Bern 7.6.2005; Peter Lutz: Zur Revision des Geldwäschereigesetzes, *Neue Zürcher Zeitung* vom 12.4.2005; Zum Schweizer Geldwäsche-Recht: Jürg-Beat Ackermann: Geldwäscherei – Money Laundering, eine vergleichende Darstellung des Rechts und der Erscheinungsformen in den USA und der Schweiz, Zürich 1992; Christof Müller: Geldwäscherei: Motive – Formen – Abwehr, Zürich 1992.

72 U.S. Treasury Department, Office of Foreign Assets Control (OFAC): SDN and Blocked Persons, 21.10.2005.

73 Michael Alkalay: Sensitive Kunden, Maßnahmen zur Geldwäschereiprävention auf dem Finanzplatz Schweiz unter dem Aspekt eines dynamischen Bedrohungsszenarios, Kriminalistik Schweiz, 5/2004, S. 343–351.

74 Bundesamt für Polizei, Meldestelle für Geldwäscherei: 9. Jahresbericht 2006, Bern, April 2007.

75 Peter Hug: Steuerflucht und die Legende vom antinazistischen Ursprung des Bankgeheimnisses, in: Jakob Tanner, Sigrid Weigel (Hrsg.): Gedächtnis, Geld und Gesetz, Zürich 2002, S. 269ff.; Dominik Flammer: Mythos Nummernkonto verschwindet, *NZZ am Sonntag*, 11.4.2004; Malik Mazbori: L'émergence de la place financière suisse 1890–1913: itinéraire d'un grand banquier, Lausanne 2003.

76 Verordnung der Eidgenössischen Bankenkommission zur Verhinderung von Geldwäscherei (GwV EBK), Artikel I. lit. A.

77 Finanzgericht Rheinland-Pfalz, Urteil wegen Schenkungssteuer, 4 K 1590/03, Neustadt 14.3.2005.

Register

C

D

E

M

N

O

U

V

W

Y

Z